NO TETO DO MUNDO

RODRIGO RAINERI
COM DIOGO SCHELP

NO TETO DO MUNDO

LeYa

Diretor editorial **Pascoal Soto**
Coordenação editorial **Tainã Bispo**
Produção editorial **Fernanda Ohosaku**

Preparação de textos **Fátima Couto**
Revisão de textos **Débora Tamayose Lopes**
Projeto gráfico e diagramação **Città Estúdio**
Capa **João Baptista da Costa Aguiar**

Dados internacionais de catalogação na publicação (CIP-Brasil)
Ficha catalográfica elaborada por Oficina Miríade, RJ, Brasil.

R155 Raineri, Rodrigo, 1969-
No teto do mundo / Rodrigo Raineri com Diogo Schelp.
– São Paulo : Leya, 2011.
272 p. : il.

Inclui encarte com fotos.
ISBN 978-85-8044-125-3

1. Alpinismo – Everest, Monte (China e Nepal). 2.
Everest, Monte (China e Nepal) – Descrições e viagens. 3.
Alpinistas – Brasil. I. Schelp, Diogo. II. Título.

11-0140 CDD 915.496

2011
Todos os direitos desta edição reservados a
TEXTO EDITORES LTDA.
[Uma editora do Grupo Leya]
Rua Desembargador Paulo Passaláqua, 86
01248-010 – Pacaembu – São Paulo – SP – Brasil
www.leya.com.br

AGRADECIMENTOS

Agradeço aos patrocinadores, que ao longo dos anos viabilizaram os projetos: Multi-Holding, com as marcas Wizard e Alps, Try On, Go Outside, Cia Athletica, Sol Paragliders, Grade6, Atel, Ceec do Vale, Snake, Kailash, Lenços Presidente, Rossignol, Caloi, Green Life, Solo Propaganda e aos inúmeros apoios de empresas que acreditaram e contribuíram para o sucesso e para a segurança das expedições.

Aos amigos e colaboradores, que participaram como apoio, nos acampamentos base ou mandando notícias e previsões via satélite, emprestaram equipamentos e discutiram estratégias.

Aos familiares, amigos e admiradores, que torceram, acompanharam e mandaram mensagens de apoio, tanto nas conquistas quanto nos momentos difíceis.

À imprensa, que valorizou, divulgou e apoiou os projetos e patrocinadores, abrilhantando e fazendo ecoar em todos os rincões do Brasil as conquistas mundo afora.

À Graziela, minha companheira, com quem divido meus sonhos e desafios diários.

Ao Diogo Schelp, pelo profissionalismo e entusiasmo que conduziu este trabalho.

Muito obrigado a todos, de coração.

Namastê!

Rodrigo Raineri

Agradeço à Giuliana Bergamo e ao Eduardo Burckhardt pelas primeiras leituras críticas dos originais e à Neide de Oliveira pelo apoio na fase inicial de apuração. Agradeço, também e principalmente, à Giuliana, mais uma vez, e à Valentina por terem cedido o precioso tempo livre deste marido e pai para a realização desse projeto.

Diogo Schelp

Ao meu filho Rodrigo
A Vitor Negrete e Sueli Rumi (in memoriam)

SUMÁRIO

TRY ON
Experimente a Vida
uvex
supravision

CAPÍTULO 1

MEMÓRIAS

Rodrigo e Vitor no cume do Aconcágua
em pleno inverno de 2004.

Plaza Francia, face sul do Aconcágua, Argentina
26 de dezembro de 2001
22h

Meu querido filho,

Acabo de jantar e estou preparado para enfrentar o maior desafio da minha vida! Mesmo concentrado nele, não paro de pensar em você um só minuto. Todos os dias, olho nossas fotos. Isso me faz muito bem. Você é tão pequeno ainda!

Às vezes penso que é egoísmo dedicar-me a expedições tão longas e sinto-me péssimo, mas sei que viajando terei muitas histórias para contar e muitos lugares para lhe mostrar um dia. Acho que você me entenderá quando crescer. Sinto muitas saudades!

Em alguns momentos penso no que seria de você se eu morresse, se eu não voltasse mais. Tenho certeza de que você se sairia muito bem, apesar da dor de não me ter presente...

Não imagine que seu pai é louco, maluco ou qualquer outro adjetivo que talvez venha a escutar, porque não é verdade. Para algumas pessoas, desafios são desafios, e, não importa quais sejam, elas têm de enfrentá--los: a vitória é o enfrentamento, quer a gente saia ileso, quer não.

Por isso, quero deixar bem claro que meu amor por você é a coisa mais importante da minha existência! Quero vê-lo crescer, e que possamos viver muitas aventuras juntos. Quero acompanhar você em cada momento de sua vida, todos muito especiais. Por tudo isso estou tentando esta escalada, e porque tenho 99% de certeza de que vou sair ileso.

Se eu não voltar, gostaria que você continuasse pensando em mim e tendo a certeza de que seu pai nunca quis que isso acontecesse. Eu nunca o abandonaria, em hipótese alguma! Você é a melhor coisa que me aconteceu na vida, e nem mesmo escalar a face sul do Aconcágua ou qualquer outra montanha do mundo é maior do que nossa ligação.

Se algo der errado, foi porque Ele (Deus) ou Ela (a montanha) quis assim.

Estarei sempre junto de você! Se não for assim, perdoe-me.

Amo muito você. Muito mesmo!

Rodrigo Raineri

Estava deitado sobre meu colchonete isolante térmico, dentro do saco de dormir. Acabara de escrever uma carta para meu filho – ele completaria cinco meses de vida dois dias depois. A vida inteira cruzava pela minha cabeça num turbilhão, as imagens passando ora muito rápidas, ora em câmera lenta. As memórias surgiam e davam lugar a outras em alta velocidade. Revivia cada momento da minha existência e me emocionava profundamente; até que um estalo, um barulho de gelo quebrando, trouxe meus pensamentos de volta ao presente. Era o impressionante ruído de uma avalanche na face sul do Aconcágua.

Ansioso, desvencilhei-me do saco de dormir, abri o zíper da barraca e tentei localizar o deslizamento. O vento gelado das grandes altitudes bateu no meu rosto. Na encosta à frente, de 3 quilômetros de altura, varrendo o que houvesse pelo caminho, despencavam milhares de toneladas de gelo, grandes blocos misturados a pequenos fragmentos, erguendo uma nuvem alva de beleza e destruição. Um espetáculo formidável e aterrador. Se alguém estivesse na trajetória da avalanche, repousaria para sempre no seio do Aconcágua.

Deixei a carta, que escrevi com os dedos endurecidos pelo frio da montanha, com Guilherme Setani, o Totó, para que ele a entregasse ao meu filho caso algo saísse errado. Totó é um guia de montanha que trabalhava em minha empresa de atividades *outdoor*, em Campinas. Ele havia ficado no acampamento base nos esperando e dando apoio durante a escalada. Se tudo corresse bem, como todos nós esperávamos, eu pegaria a carta de volta. Mal comparando, dei a Totó uma tarefa parecida com a dos oficiais dos filmes americanos que levam a notícia da perda de um soldado à família. Um toque de campainha, uma saudação solene e respeitosa, a tristeza. A semelhança, porém, termina aí, no ritual. Para mim, subir uma montanha nunca teve uma conotação trágica, de sacrifício. Ao contrário. Aquele era um momento de alegria e concentração. Estávamos a poucos dias de atingir o cume de 6.962 metros de altitude, o mais elevado do continente americano, utilizando a rota mais difícil e desafiadora. Seríamos os primeiros brasileiros a fazê-lo. A carta nunca precisou ser entregue.

Seis anos e cinco meses depois, encolhido dentro de uma barraca coberta de neve, a 8.000 metros de altitude, com os pulmões ardendo e ofegante, tornei a sentir aquela sensação já conhecida: um estado de alerta extremo e naufragado em lembranças, emoções e sentimentos muito fortes. Estava no acampamento 4 do monte Everest, o último antes do trecho final que se usa para atingir o cume da montanha pelo lado sul, no Nepal. A data: 26 de maio de 2008. As condições climáticas estavam ruins, e era preciso aguardar que elas melhorassem para iniciar a escalada final. A espera já durava várias horas.

O pensamento da carta que eu escrevera logo após o Natal do ano de 2001 não me deixava. Apesar de estar na encosta da montanha mais alta do planeta, tinha consciência de que enfrentaria, desta vez, riscos menores do que os superados naquele ano.

Toda montanha oferece mais de um caminho – em alpinismo, dizemos "via" – para chegar ao seu topo. O percurso menos difícil até o cume é chamado de via normal. Enquadra-se nessa categoria a face noroeste do Aconcágua, onde existe uma rota de ascensão suave até o ponto mais alto da montanha. Ou seja, chega-se ao pico caminhando. Nesse caso, os maiores desafios a serem vencidos são o clima e o ar rarefeito. Já a face sul é um paredão vertical de rocha e gelo de 3.000 metros de altura. Na primeira vez que vi aquele gigantesco penhasco, em 1993, pensei: "Só doido para escalar isso aí". Em alguns momentos, é preciso literalmente avançar agarrado ao teto como uma lagartixa, pois a já difícil subida em 90 graus dá lugar a trechos de rocha ou gelo com inclinação negativa. Um passeio a pé de 3 quilômetros no terreno plano do Parque Ibirapuera, em São Paulo, dura em média 30 minutos. Para vencer a mesma distância na vertical, usando as mãos para se apoiar nas frestas da rocha ou cravando a piqueta no gelo para puxar o corpo para cima, são necessários cinco dias. É quase uma semana sem sentir um apoio firme sob os pés e dormindo pendurado como um casulo de borboleta, em barracas especiais afixadas por cordas e pinos presos à pedra e ao gelo. Detalhe importante: durante boa parte da escalada, sobem-se muitos metros sem ter onde prender a corda de segurança. Quando enfrentei a face sul com meu parceiro, o multiatleta paulista Vitor Negrete, houve momentos em que o ponto de apoio mais próximo da corda à qual estávamos presos estava 40 metros abaixo de onde eu me encontrava. Se eu despencasse dali, sofreria uma queda de 80 metros (40 até o ponto onde a corda estava presa, segurada pelo freio de Vitor, mais 40 até ela esticar), o equivalente a um prédio de 25 andares. No caso de eu cair, ficaria pendurado, mas provavelmente sem vida. Além de tecnicamente difícil, a face sul é um percurso cheio de imprevistos naturais: vez ou outra, pedaços de rocha podre (que se desmancha com o peso do corpo) ou blocos de gelo do tamanho de uma Kombi se soltam e levam junto para o abismo o que quer que esteja preso a eles. Tudo isso, somado ao frio intenso e aos ventos fortes, faz da face sul do Aconcágua uma das escaladas mais difíceis do mundo. Pouquíssimas pessoas venceram esse desafio.

Os riscos do Everest são de outra ordem. A montanha fica exatamente na divisa entre o Nepal e o Tibete, território pertencente à China. Há pelo menos oito vias conhecidas para chegar ao topo do mundo, mas as mais populares são a aresta sudeste, do lado nepalês, e a aresta nordeste, do lado tibetano. Em ambas, as escaladas não são nem de longe tão íngremes como a face sul do Aconcágua. Mas oferecem outros perigos. O primeiro é a altitude. O Everest é quase 2.000 metros mais alto que o Aconcágua. O acampamento base do lado nepalês, por exemplo, utilizado pelas expedições como ponto de apoio para a escalada, fica a 5.300 metros acima do nível do mar e 1.000 metros a mais do que a Plaza Francia, de onde se parte para a escalada da face sul do Aconcágua. Esse dado é relevante porque a baixa concentração de oxigênio nessas altitudes provoca um grande desgaste no corpo humano. Uma simples caminhada de uma barraca a outra deixa a maioria dos alpinistas treinados sem fôlego. Acima de 8.000 metros começa a chamada zona da morte, onde a concentração de oxigênio é apenas um terço da encontrada no nível do mar. Esse ar rarefeito já basta para causar diversas complicações de saúde que podem levar à morte se a pessoa não for medicada e levada a tempo para um lugar mais baixo. A melhor maneira de minimizar esse problema é fazendo uma boa aclimatação, como é chamado o processo de adaptação lenta do corpo à altitude. O segundo fator de risco no Everest é o frio. A 8.000 metros, a temperatura dentro da barraca pode ficar abaixo dos 20°C negativos. Fora do abrigo, a sensação térmica pode ser de até 70°C negativos, se estiver ventando muito forte. Submetido ao frio extremo, o metabolismo gasta cerca de 6.000 calorias por dia apenas para manter o corpo aquecido (em condições normais, um adulto precisa de pouco mais de 2.000 calorias diárias). Muitos alpinistas relatam perda de peso só de ficar descansando no acampamento base, por causa do frio e do ar rarefeito. O terceiro perigo da montanha mais alta do mundo são as avalanches. Em alguns trechos, principalmente na cascata de gelo do Khumbu e na face do Lhotse (um pico de 8.516 metros de altitude ao lado do Everest), pedras e grandes massas de gelo e neve podem movimentar-se e deslizar pela encosta a 190 quilômetros por hora. Ser atingido por uma avalanche dessas é pior do que ser atropelado por uma jamanta em alta velocidade.

A logística escolhida por mim para as escaladas do Aconcágua e do Everest também foram distintas. Para subir a face sul da montanha argentina, Vitor e eu utilizamos o "estilo alpino" – um método purista de atingir um pico que, como o próprio nome diz, foi popularizado nos Alpes, a principal cordilheira da Europa. Trata-se de uma escalada minimalista, em que se utiliza o mínimo de equipamento possível, e não há ninguém para carregá-lo além do próprio atleta. Ou seja, não há apoio externo. Vitão e eu subimos o paredão do Aconcágua com apenas uma corda, poucos equipamentos de segurança, uma pequena barraca, um fogareiro e alguns pacotes de comida pronta. Só isso. Um ano antes, havíamos tentado vencer o desafio com duas cordas e muitos equipamentos de segurança: ficou pesado demais, e, para piorar, o gelo estava derretendo além do normal, possivelmente como efeito do aquecimento global. Acabamos desistindo.

Para chegar ao cume do Everest, optei, como quase todo mundo faz, pelo "estilo expedição". Nessa forma de escalada, os atletas têm o respaldo logístico de diversos profissionais, de cozinheiros a carregadores e guias auxiliares de montanha, e algumas centenas de quilos de equipamentos. A equipe de apoio monta vários acampamentos ao longo da rota que será utilizada para chegar ao pico. Assim, quando um alpinista ou sherpa sai de um acampamento para outro, já encontra lá sua barraca montada, com fogareiro e comida. No percurso entre os acampamentos, é bem provável que ele possa utilizar cordas e escadas que foram colocadas pelos alpinistas sherpas, um povo nepalês conhecido por sua força e sua resistência à altitude, para vencer os trechos mais complicados. Nos lugares mais íngremes onde já há corda fixa, é possível prender-se a ela e puxar o corpo para cima, como o Batman, com um equipamento chamado de blocante ou, popularmente, "jumar". Trata-se de um aparelho de alumínio que, ao ser empurrado para cima, desliza na corda e, ao ser puxado para baixo, trava. Escalar o monte Everest no estilo alpino, contudo, sem nenhuma das "mordomias" citadas acima, exige quase tanta técnica quanto subir a face sul do Aconcágua.

O vento de 70 quilômetros por hora sacudia a barraca e jogava gelo em meu rosto, aguçando meu estado de alerta extremo. No dia anterior, 25 de maio de 2008, eu tinha presenciado a volta da expedição que levou Min Bahadur Sherchan, um nepalês de 76 anos, ao cume do Everest – o homem mais velho a conquistar esse feito. Um dos alpinistas contratados para acompanhá-lo teve todos os dedos das mãos congelados, e, por isso, teriam de ser amputados. As condições climáticas eram realmente ruins. Por causa delas, eu precisava tomar uma decisão vital: manter ou não meu plano de subir os 850 metros verticais restantes até o pico sem o auxílio de cilindros de oxigênio. O sherpa que acompanhou o senhor Bahadur tivera a vantagem de contar com oxigênio suplementar, e, apesar disso, suas extremidades congelaram. Sem esse equipamento, o risco de isso acontecer comigo era ainda maior, porque o meu ritmo de ascensão seria mais lento, e eu teria menos energia e ficaria mais tempo exposto às baixíssimas temperaturas da montanha.

Eu estava certo em pensar que já havia enfrentado perigos maiores em minha carreira. Nem por isso estava menos tenso e apreensivo. As certezas racionais nem sempre se sobrepõem às certezas da emoção. E isso é bom, porque se trata de uma expressão do nosso instinto de sobrevivência. A situação em que me encontrava naquele momento não dava espaço para excesso de confiança. Algum passo em falso ou qualquer fenômeno incontrolável, como um movimento do gelo sob a minha barraca, poderia significar o meu fim. Muitas vezes, a confiança excessiva na própria experiência arrastou bravos escaladores montanha abaixo: um erro que não durou mais do que décimos de segundo, uma decisão entre se agarrar um palmo mais à direita ou à esquerda, um bloco de gelo que se desprende... A natureza ou os meus próprios atos, portanto, poderiam conspirar contra mim. Minhas conquistas passadas não serviam como garantia de que tudo sairia como o esperado.

Outra sensação já conhecida era a de estar mais sozinho do que nunca naquela imensidão branca, apesar de eu liderar uma equipe que incluía o meu parceiro, o cirurgião plástico paulista Eduardo Keppke, e quatro alpinistas sherpas. Na escalada de uma montanha como o Everest ou o Aconcágua, temos de cuidar de nós mesmos e também estar prontos para ajudar alguém da equipe sempre que possível. O sentimento de solidão se explica porque, sendo o mais experiente e o chefe da expedição, eu era em grande medida responsável por todos. Eu tinha de ser autossuficiente e, ao mesmo tempo, tomar decisões pelos outros. Nem a companhia de centenas de amigos faria diminuir o desamparo inerente àquela situação. Talvez por isso, também, tantas lembranças do Brasil, da minha carreira, da minha infância e da minha família me viessem à mente.

A memória mais persistente, que brotava em meio às outras, lembrança sim, lembrança não, era a da minha última expedição ao Everest, em 2006. Foi quando perdi para sempre Vitor Negrete, o meu melhor parceiro e amigo por 18 anos.

É comum, entre os alpinistas, amaldiçoar uma montanha quando uma ascensão é frustrada pela morte de um dos integrantes da equipe. Isso aconteceu, por exemplo, com a austríaca Gerlinde Kaltenbrunner, quando tentava completar o circuito dos 14 picos mais altos do mundo. Em maio de 2010, ela escalou o Everest. Em agosto do mesmo ano, viu seu parceiro Frederik Ericsson despencar da corda, a poucos metros de onde ela se encontrava, durante a escalada do K2 (8.611 metros), no Himalaia. Faltava pouco para Gerlinde alcançar o cume, tornando-se, assim, a primeira mulher a subir, sem o auxílio de oxigênio, todas as montanhas com mais de 8.000 metros de altitude. Mas ela voltou atrás, esperançosa de resgatar o amigo com vida – no íntimo, sabia que isso era impossível, devido à altura da queda. Ele estava morto. Gerlinde declarou à imprensa alemã, posteriormente, que talvez nunca mais voltasse ao K2. As lembranças da tragédia assombrariam cada passo que a alpinista desse naquela montanha. Eu também, depois do acidente de Vitor, em 2006, abandonei o monte Everest, odiando-o.

O praticante de esportes de aventura frequentemente confere atributos humanos aos fenômenos naturais e à paisagem. Falamos da montanha como se ela tivesse vida. Na minha mitologia interna, ainda não concluí qual entidade da natureza é a culpada pelos acidentes com alpinistas. A maioria das mortes no Everest é causada por avalanches ou tempestades, não por quedas. Às vezes penso que as tempestades são um instrumento das montanhas para punir os homens que se aventuram em suas encostas. Em outros momentos, tenho a sensação de que as tormentas são uma entidade à parte, que castiga a montanha e tudo o que estiver sobre ela – inclusive nós, escaladores.

Se os ventos violentos que matam os atletas de frio e exaustão não são controlados pela montanha, aquela raiva que eu sentia nos primeiros meses após a perda de meu companheiro não fazia sentido. Quando voltei ao Brasil após a malfadada expedição de 2006, diversos fatos me fizeram ver – após um longo processo de aprendizado interno – que atribuir a culpa à montanha e desistir dos meus sonhos não estava certo. Logo após minha volta do Himalaia, em 2006, o padrinho do meu filho me falou da angústia que sentira com a morte de um colega. Ele é bombeiro e participava de uma operação para apagar um incêndio quando uma laje do edifício despencou sobre seu companheiro. Meu amigo ficou mal com o ocorrido, mas não abandonou a profissão ou deixou de ter orgulho do que faz. Pouco depois, houve o acidente com o avião da TAM no Aeroporto de Congonhas, em São Paulo, em que 199 pessoas morreram. Voar, como muitas outras atividades, tem seus riscos. Da mesma forma que a maioria dos comandantes das linhas aéreas continua pilotando aviões para levar as pessoas de uma cidade a outra, apesar das possibilidades de acidentes, não havia razão para eu deixar de fazer aquilo que me realiza como ser humano.

O italiano Reinhold Messner, o primeiro a escalar o Everest sem oxigênio suplementar e a completar os 14 picos mais altos do mundo, passou por um trauma assombroso e não desistiu de seus sonhos. Em 1970, depois de atingir o cume do Nanga Parbat (8.125 metros), no Paquistão, por uma rota inédita, ele e seu irmão Gunther tiveram dificuldades na volta. Reinhold teve congelamento em seis dedos dos pés, posteriormente amputados. Com Gunther foi pior. Ele desapareceu para sempre na montanha. Apesar da tragédia, Reinhold Messner continuou em atividade por muitas décadas mais. Aos 66 anos, mantém-se na ativa, ainda que em expedições menos extenuantes. É exagero tentar me comparar a Messner em qualquer quesito, mas não posso deixar de recorrer à sua história para entender a minha. Se há vida após a morte e se a fatalidade tivesse recaído sobre mim, e não sobre Vitor, eu estaria lá em cima, torcendo para que meu parceiro continuasse escalando, buscando os seus desafios e trazendo felicidade para as pessoas ao seu redor e conquistas para o Brasil.

Onze meses após voltar do Nepal cheio de luto e ódio pela morte do meu amigo, eu estava finalmente reconciliado com a maior de todas as montanhas – o Everest para os ocidentais, a Chomolungma, a Deusa Mãe do Mundo, para os tibetanos e os nepaleses – e começava já os preparativos para uma nova expedição em 2008. Aquela seria a minha terceira tentativa de chegar ao ponto mais alto da Terra. A primeira foi em 2005, também em parceria com Vitor, em que fui forçado a desistir a poucos metros do cume. O fato de estar na minha terceira expedição poderia ser apenas algo em comum com muitos montanhistas que passaram pela mesma situação. Mas não era bem assim. Tudo o que aconteceu até aquele momento gerou grande impacto na vida de pessoas queridas e enorme repercussão no esporte nacional. A principal mudança, contudo, foi a que aconteceu no meu interior. Dessa vez, o que os meus amigos e familiares pensavam e sentiam passara a ter um peso muito maior do que anteriormente. O acidente de 2006 abalou a todos, e, mesmo querendo desvencilhar-me disso, eu tinha um sentimento de culpa por deixar as pessoas queridas apreensivas com minhas empreitadas.

Tive de superar a minha própria montanha interna para, dois anos depois, poder estar ali, naquela barraca, pronto para pisar no teto do mundo pela primeira vez – mas não a última.

CAPÍTULO 2

PRIMEIRO DESAFIO

Totó, no alto, Clayton, no meio, e Vitor vencem trecho de escalada íngreme no percurso para o C1, na face norte do Everest, em 2005.

Acampamento 2, face norte do monte Everest, China
30 de maio de 2005
16h

Com o corpo curvado para a frente, eu tentava evitar que a força do vento me jogasse para trás. Precisávamos chegar ao local, a 7.800 metros de altitude, onde as expedições costumam montar o acampamento 2, o penúltimo antes do ataque ao cume. Vitor vinha logo atrás de mim. Avançávamos o mais rápido possível naquelas condições. A nevasca não me permitia enxergar mais do que 2 metros à frente. Não podia ver, portanto, o repórter da TV Globo Clayton Conservani, que caminhava a algumas dezenas de metros de distância, acompanhado dos sherpas Mombadur Tamang e Lila Tamang. Eles tinham saído antes do acampamento 1, situado a 7.100 metros, porque fariam o percurso em um ritmo mais lento do que Vitor e eu. Clayton escalava com o auxílio de tubos de oxigênio suplementar e pretendia chegar ao cume conosco.

Pouco a pouco, comecei a vislumbrar dois vultos se aproximando. Eram Clayton e um sherpa. Faltavam apenas 200 metros de ascensão para chegar ao nosso destino daquele dia, mas a força da nevasca fez com que eles decidissem voltar. Clayton, por não ser montanhista profissional, estava assustado e convenceu os sherpas de que o melhor a fazer era retornar. Tentei de todas as formas convencê-los a continuar mais um pouco, pois no dia seguinte teríamos outro trecho longo a ser vencido, mas era o meu poder de persuasão contra condições climáticas assustadoras. Era impossível continuar, e decidimos montar nossas barracas um pouco abaixo, a 7.500 metros. Fizemos contato por rádio com Guilherme "Totó" Setani, contratado pela TV Globo para dar apoio a Clayton, para consultar as últimas previsões do tempo, que nos ajudariam a planejar nossos próximos passos. Totó estava no acampamento base avançado (*advanced base camp* – ABC), a 6.400 metros.

Essa seria a última noite de relativo conforto e descanso antes da escalada final. No ABC, eu havia pedido ao cozinheiro da expedição para preparar um frango com macarrão, que, embrulhado, foi colocado do lado de fora da barraca para congelar. Usamos o fogareiro como nosso "forno micro-ondas": demorou um pouco para descongelar a comida, mas logo tínhamos à disposição um verdadeiro banquete. Não desfrutaríamos um cardápio decente como esse pelos próximos quatro dias, pois dois deles seriam gastos na subida e dois na descida.

Mais tarde, liguei o telefone por satélite para gravar um depoimento para a imprensa do Brasil. O barulho provocado pelas rajadas de vento e pelas pedras de granizo batendo na barraca tornava a comunicação difícil:

— Olá, pessoal! Os dias têm amanhecido com tempo relativamente bom, e de tarde temos tido ventos e nevascas. Com isso, hoje muita gente conseguiu chegar ao cume usando cilindros de oxigênio suplementar, mas assim mesmo tiveram problemas na descida.

Contra todas as expectativas, a temporada de 2005 foi muito ruim do ponto de vista das condições climáticas. Começou bem, com dias bonitos, mas, antes mesmo de a fase de aclimatação – que dura uns 30 dias – terminar, não abriu mais nenhuma janela de bom tempo. Nas poucas vezes em que melhorou um pouco, algumas pessoas aproveitaram para arriscar chegar ao cume com oxigênio suplementar. No dia 27, enquanto ainda estávamos no ABC esperando o clima amenizar, vimos várias caravanas de iaques descendo: muitas das expedições já estavam indo embora. Outras ainda tentavam desesperadamente alcançar o cume, pois os alpinistas tinham passagem aérea marcada e precisavam retornar a seus países para trabalhar. Com isso, a montanha estava cheia de gente forçando o ataque ao cume em dias ruins.

Vitor e eu precisávamos de uma janela de tempo mais ameno para poder completar a escalada sem usar cilindros de oxigênio. Afinal, essa era a meta de nossa expedição desde o princípio. Alguns dias antes, Vitor havia enviado a seguinte mensagem para o Brasil: "Quando encontramos outros alpinistas, a primeira pergunta sempre é: qual foi o outro pico de 8.000 metros que vocês escalaram?" No e-mail, Vitor explicou que existem 14 montanhas com mais de 8.000 metros de altitude no planeta. A maioria dos alpinistas escala alguma delas, de preferência uma menos difícil, antes de tentar o Everest. Vitor continuou o seu relato da seguinte forma:

"Assim, encarar o Everest como primeira montanha acima dos 8.000 metros já seria por si só um projeto ousado. A este desafio adicionamos outra dificuldade extrema: vamos escalar o Everest sem utilizar oxigênio suplementar (oxigênio engarrafado em cilindros). Cada vez percebemos mais que a diferença entre escalar com oxigênio e sem oxigênio é muito grande. Encontramos outros alpinistas que escalaram sem os cilindros, e eles confirmam que é muito duro. Você fica com o raciocínio de uma criança de oito anos. A falta de oxigênio afeta não apenas o desempenho físico, mas também o mental."

Além do raciocínio mais demorado para tomar decisões e do impacto sobre a *performance* física, que faz com que o atleta se desloque na metade da velocidade normal, há outras consequências da falta de oxigênio que Vitor não abordou naquele e-mail. A principal delas é a sensação muito maior de frio, porque o corpo tem menos energia para se manter aquecido. Em todos os sentidos, portanto, prescindir dos cilindros de oxigênio nessas condições radicais significa expor-se muito mais e assumir riscos altos. Para chegar ao cume e voltar ileso, era imprescindível que o dia nascesse bonito e assim permanecesse.

Na manhã seguinte, o tempo continuou ruim. Clayton, após passar uma noite péssima na barraca que dividiu com o equatoriano Pepe Jijón, desistiu de tentar a ascensão e preparou-se para voltar ao ABC. Ele estava sofrendo muito com a altitude. Vitor optou por continuar, mas com oxigênio suplementar. Para isso, ficou com os cilindros de Clayton. Eu ainda insistia na possibilidade de vencer o desafio apenas com o ar externo que meus pulmões fossem capazes de captar. Eu queria pelo menos chegar aos 8.000 metros sem suplemento artificial de oxigênio. Nunca tinha estado na zona da morte e queria testar a reação do meu organismo nesse ambiente em que nada sobrevive por mais de alguns dias. Essa meta era tão importante para mim quanto chegar ao cume.

A decisão de continuar sem oxigênio suplementar fez com que, no percurso entre os acampamentos 2 e 3, eu me deslocasse com maior lentidão do que Vitor e os dois sherpas que nos acompanhavam. Quando os alcancei, estavam os três dentro de uma única barraca, 200 metros abaixo do acampamento 3 propriamente dito. Não havia nenhuma outra expedição ao redor. Por algum motivo, os outros sherpas contratados por nossa equipe tinham montado apenas uma barraca para nós, e ainda por cima no local errado. Havíamos encomendado duas barracas de dois lugares, uma para mim e para o Vitor, e a outra para os sherpas de apoio.

Sentindo-me enganado por nossos carregadores, abri o zíper da solitária barraca e olhei para dentro. Vitor, Mombadur Tamang e Lila Tamang estavam amontoados lá dentro, todos com suas máscaras de oxigênio. Não cabia mais ninguém. Mas tinha de caber. Entrei e fechei o zíper atrás de mim. Ficamos os quatro sentados, encolhidos em meio a todo o equipamento – meia dúzia de cilindros de oxigênio, pacotes de comida e fogareiro. Mal dava para se mexer naquele aperto, que dirá dormir ou preparar algo para comer. A posição desconfortável, mais os equipamentos, as botas e as roupas volumosas de frio faziam com que a circulação sanguínea das minhas pernas fosse prejudicada, o que me obrigava a me movimentar a todo instante, gerando mais desconforto para os meus companheiros de aperto.

A ideia era descansar algumas horas e iniciar a escalada final às 10h da noite. Analisei as circunstâncias. A etapa decisiva da ascensão ao cume já havia começado mal. Estávamos no lugar errado – o acampamento deveria ter sido montado 200 metros acima de onde estávamos –, e havia apenas uma barraca para quatro pessoas. Castigado por ventos de 70 quilômetros por hora, passei muito frio até chegar ao acampamento e não poderia sequer compensar o esforço com um cochilo ou esticar o corpo para me recuperar. As condições climáticas eram bastante ruins. Verifiquei as mensagens com a previsão do tempo que haviam chegado pelo telefone por satélite. Elas não indicavam qualquer perspectiva de o vento diminuir. Por rádio, consultamos Totó, no ABC. Ele tinha acesso a uma previsão do tempo mais detalhada pela internet. A tendência era de o clima não melhorar muito, uma informação que ele já havia confirmado com as equipes de expedições com acesso a boletins meteorológicos diferentes dos nossos. (A troca de informações é muito comum, eu diria até essencial, entre diferentes expedições de uma montanha.)

Não era possível continuar a escalada sem oxigênio. Só havia duas opções: descer a montanha, desistindo de chegar ao cume quando faltavam 700 metros verticais, ou continuar com os cilindros de oxigênio, que me dariam energia para sobreviver à sensação térmica de 50°C negativos.

Durante mais ou menos meia hora, fiquei no interior da barraca, sem oxigênio, conversando com Vitor para decidir o que fazer. O barulho da nevasca se intensificava. Peguei a câmera de vídeo e gravei um depoimento desanimado. Nele, eu dizia que estávamos desistindo e que, naquele momento, a expedição chegava ao fim porque não havia condições climáticas para continuar. Não podíamos esperar mais um dia na esperança de o tempo virar, porque nosso visto estava vencendo, e precisávamos sair da China, no máximo, até o dia 5 de junho. Estávamos no limite do calendário. Precisávamos de um dia para chegar ao cume e retornar ao acampamento 3, um para chegar ao ABC, um para voltar à base da montanha e um para viajar de carro até a fronteira. Só na manhã seguinte poderíamos cruzar para o Nepal, porque os postos fronteiriços não abrem à noite. Ou seja, sairíamos do país na última data de validade do visto chinês. Não podíamos nos dar ao luxo de esperar mais nada. Aquela era nossa última oportunidade.

Continuar a ascensão com auxílio de oxigênio suplementar era viável, mas havia um problema: não havia cilindros para todo mundo. Como planejávamos fazer o ataque ao cume sem respiração artificial, Vitor e eu trouxéramos apenas cilindros de emergência. Não era o suficiente para chegar ao topo e voltar. Concluímos que teríamos de continuar sozinhos, sem o apoio dos sherpas, para poder usar o oxigênio deles e o nosso. Até tomarmos essa decisão, eu tremia de frio, apesar de estar protegido do vento e hidratado com um bom chá quente. Todo esse desconforto passou apenas cinco minutos após eu começar a usar o oxigênio suplementar. Com a dose extra de energia propiciada pelo complemento respiratório, já começava a sentir calor e tive até de abrir o macacão.

Dispensamos Mombadur e Lila da tarefa de nos acompanhar até o cume. Instruí os dois a deixar tudo preparado para nossa descida:

— Vocês descem amanhã para o acampamento 2, recolhem todos os nossos equipamentos que ficaram lá e levam para o acampamento 1. No dia seguinte, vocês desmontam o acampamento 1. O Mombadur desce com uma parte das coisas para o ABC. Já o Lila retorna aqui para o acampamento 3 e espera o Vitor e eu voltarmos do cume. Quando chegarmos, desmontamos tudo e descemos os três juntos para o acampamento 1 ou para o ABC. Tudo bem?

— Tudo bem – disse Lila. Mombadur concordou, balançando a cabeça.

Nossa comunicação era muito difícil por causa do barulho do vento golpeando a barraca. Vitor e eu dialogávamos em português, os sherpas em nepalês entre eles, e, vez ou outra, tentávamos uma conversa entre todos, em inglês.

Como o tempo estava curto, queríamos tentar descer direto do cume para o acampamento base avançado. No acampamento 3, Lila Tamang nos esperaria com sacos de dormir, comida e uma xícara de chá para nos aquecer e hidratar. Esse apoio seria vital para nós. Por mais que levássemos água em nossos cantis ou *camelback*,[1] não seria suficiente para repor o que o nosso organismo gastaria. Por causa do frio, do ar seco e rarefeito e do esforço físico, a desidratação durante a escalada em alta montanha é intensa. Além disso, a água congela mesmo em um cantil protegido dentro do macacão. Daí a importância de ter, no retorno do cume, uma barraca com fogareiro para fazer água, derretendo o gelo abundante da montanha. Eu também levava uma garrafa pet de Coca-Cola de 500 mililitros

1 Bolsa de plástico acoplada à parte interna da mochila, com um canudinho que permite beber o líquido sem parar de caminhar.

para beber na volta do cume. Não conheço outro alpinista que leve refrigerante para o alto do Everest. Mas posso garantir: quando se está desidratado, e a água do cantil congelou, é uma delícia tomar aquele líquido doce e geladinho.

No acampamento 3, descansaríamos um pouco, e em seguida o sherpa nos ajudaria a desmontar tudo para descermos a montanha juntos. Tudo decidido e conversado, Vitor e eu passamos uma noite de cão naquela barraca apertada. Para racionar comida, não jantamos. Na manhã seguinte, bem cedinho, Mombadur e Lila desceram para o acampamento 1. Esperamos a noite chegar, sempre analisando o clima lá fora e a pressão do barômetro de nossos relógios de pulso – se indicassem uma tendência de aumento na pressão atmosférica, seria sinal de melhora do tempo. Às 22h – 14h30 no horário brasileiro – do dia 1º de junho, iniciamos nossa derradeira tentativa de atingir o cume. O clima estava ruim, mas suportável. O Vitor saiu na frente, como sempre. Ele gostava de andar mais devagar do que eu. Fiquei para arrumar algumas coisas no acampamento e fechar a barraca.

Nossas mochilas pesavam 15 quilos cada uma. Além de água e comida, eu levava um telefone via satélite, uma filmadora, três cilindros de oxigênio e uma máscara reserva – se a principal falhasse, não ficaria sem ar. Como não tinha muita experiência no uso de oxigênio engarrafado, decidi economizar, abrindo só um pouco a válvula. Comecei a ascensão, portanto, com uma vazão de oxigênio de apenas 1 litro por minuto. O padrão para a zona da morte é 2,2 ou 2,5 litros por minuto. Alguns alpinistas fazem o cume com a válvula aberta, no máximo, 4 litros por minuto. Por causa do peso da mochila e da baixa vazão de oxigênio no misturador (a máscara mescla o gás puro que vem do cilindro com o ar da atmosfera e com o ar expirado), eu não conseguia alcançar o Vitor. Em situações normais, em pouco tempo eu estaria ao lado dele, entrando no seu ritmo.

Quando recebe menos oxigênio do que o ideal, o cérebro é mais lento. Talvez por isso não conseguia perceber por que ainda não tinha conseguido alcançar o Vitor. Para piorar, a mochila pressionava o ombro que eu tinha fraturado no ano anterior e que ainda doía muito.

Então meus pés começaram a congelar.

Como sempre, eu usava dois pares de meia – devidamente testados com antecedência, para descobrir se causavam bolhas ou se saíam do lugar. Por baixo, uma meia fina, por cima uma grossa, bem quente. As grossas estavam escorregando e pressionando a ponta dos pés, interrompendo a circulação sanguínea. Era a receita exata para o congelamento de extremidades. Passei um rádio para Vitor:

— Meus pés estão congelando, vou precisar entrar numa dessas últimas barracas do acampamento 3 para tirar as botas, ver o que está acontecendo e talvez massagear um pouco os pés para conseguir fazer a circulação do sangue voltar ao normal. Do jeito que está, não rola.

— Tudo bem, eu continuo devagar, e você me alcança – respondeu Vitor.

— Beleza.

Sempre foi assim na nossa parceria. Quando havia muito vento e frio e um tinha de parar por algum motivo, o outro continuava. Se ficasse parado, congelaria. A temperatura naquele momento era de 25°C negativos, e ventava a uma velocidade de 70 quilômetros por hora. A sensação térmica, portanto, era de aproximadamente 45°C negativos.

Avistei uma barraca à esquerda da trilha. Fui até lá e conferi se estava vazia. O dono devia estar a caminho do cume. Tirei a mochila, o cobre-luvas[2] e os *crampons*.[3] Entrei na barraca, tirei as botas duplas e vi que uma das meias estava toda engruvinhada e dura. Tirei as meias grossas e as larguei dentro da barraca – alguém ganhou um par de alta montanha que chega a custar 80 dólares. Comecei a massagear o pé para estimular a circulação. Senti o calor voltando. Obviamente, como a temperatura dentro da barraca era de 25°C negativos, voltar a calçar as botas foi, sem exagero, pior do que enfiar os pés num balde de gelo, daqueles usados nos bares para deixar a cerveja tinindo. Fechei as botas, saí da barraca e cerrei-a, coloquei os *crampons*, joguei a mochila nas costas, calcei o cobre-luvas e saí para escalar de novo. Toda essa manobra me custou três horas. Ou seja, o nosso plano era deixar o acampamento 3 às 22h, mas saímos depois, porque ficamos esperando o clima melhorar, e partimos de um ponto 200 metros abaixo do que havia sido planejado. Com a parada para massagear os pés, só comecei para valer a ascensão às 3h da madrugada. Eu estava cinco horas atrasado em relação ao planejado. "Mas, já que estou aqui, vou até onde der", pensei. "Vou curtir a montanha, ver o sol nascer e conhecer o caminho, os escalões, porque no ano que vem vou voltar sem oxigênio."

De fato, eu estava desfrutando a montanha, a escalada. Mas, de repente, a trilha sumiu. Não achava mais o caminho. A confusão aconteceu porque, para chegar à barraca onde salvaria meu pé da amputação, andei em diagonal para a esquerda e saí da trilha. Se tivesse continuado, perceberia que o caminho continuava em diagonal para a

2 Luva externa, só com dedão, cuja vantagem é reduzir a superfície de perda de calor das mãos. Quando se tem frio também no dedão, pode-se colocá-lo para dentro, junto com os outros.

3 Equipamento com cravos de metal pontiagudos que se prendem nas solas das botas do alpinista para ajudá-lo a se mover na neve e no gelo.

direita. Quando saí da barraca, achei que a trilha da qual eu havia saído continuava em linha reta, para cima. Eu não tinha como saber que ela estava à direita. A única referência segura era a posição do cume.

Fiquei perdido. Tentei chamar Vitor pelo rádio, sem sucesso.

Durante meia hora, passei um perrengue danado, tentando reencontrar o caminho. Transpus lugares sem corda, sem segurança. Qualquer escorregão poderia ser fatal. Continuei subindo até encontrar riscos de *crampons* na rocha. "É por aqui", pensei. Segui as marcas e cheguei a um lugar bem empinado, com uma corda fixa. Fiquei mais aliviado: "Beleza, estou no caminho". O tempo abriu um pouquinho, e enxerguei a luz das lanternas de um pessoal que já estava lá em cima, na aresta. "Legal, estou me sentindo bem, e esse é o caminho", pensei. Passei um lance um pouco mais íngreme, continuei subindo, deparei com outro trecho inclinado de novo, outra corda. "Maravilha, o chão batido, uma passagem de neve toda pisada, é por aqui mesmo." Voltei a ficar otimista. Acelerei o passo, o sol começou a nascer, a temperatura amenizou, a claridade incipiente expôs o tapetão de nuvens aos pés da cordilheira, aos pés do Everest, aos meus pés.

Encontrei um camarada desistindo, abatido. Ele estava cego de um olho, por causa do vento cortante.

— Você está bem? - perguntei, em inglês.

— Tudo bem. Só não consigo enxergar com este olho aqui. Estou voltando.

O acampamento 3 estava perto, ele chegaria lá em segurança. Peguei a filmadora e fiz uma gravação em que aparece o sujeito já se afastando, o Cho Oyu ao fundo, lá embaixo. O Cho Oyu é a sexta montanha mais alta do mundo, 8.200 metros acima do nível do mar. Em todo o planeta, só havia cinco picos mais altos do que o ponto onde eu estava. Perceber isso enquanto apreciava o nascer do sol me deixou muito feliz. Filmei o fim da madrugada, a corda fixa por onde eu escalaria e o cume. Continuei subindo. Eu me sentia bem, feliz e privilegiado por estar ali. "Quanto esforço para chegar até aqui!", pensei. "Mas está valendo a pena cada momento investido neste projeto." Eu tinha acabado de descobrir que existe um lugar onde, com os pés no chão, é possível avistar a olho nu a curvatura do planeta. Era sensacional.

Passei por um lugar muito exposto ao vento e, um pouco mais adiante, encontrei uma garrafa de oxigênio com um adesivo da TryOn, uma das patrocinadoras da nossa expedição, e a inscrição Brasil 2005. Era do Vitor. Tirei a mochila e olhei para o medidor do meu cilindro. Do total de 24 psi (unidade de pressão), ele ainda tinha 10, pouco menos da metade de sua capacidade, portanto. Era o suficiente para a volta.

"Tenho outros dois cilindros, para que ficar carregando isso nas costas? O Vitão tem razão", pensei. Deixei o meu cilindro usado na neve, ao lado do de Vitor, e conectei o novo na mangueira da máscara. Antes de partir, aproveitei para abrir mais a válvula do oxigênio. Quando se está sozinho, é muito difícil mexer no regulador dos cilindros, porque fica nas costas. Cheio de roupa, pesado, todo preso por equipamentos, é preciso se desvencilhar da mochila e apoiá-la no chão.

"Ainda tenho muito O_2, era para estar acabando, mas está sobrando", pensei. Abri em 2,2 litros por minuto e tive uma agradável surpresa. Descobri que era aquilo – a vazão muito baixa no cilindro – que estava reduzindo o meu ritmo. Ganhei uma energia incrível.

Pouco antes de começar o primeiro escalão – trecho de escalada mais vertical –, na aresta da montanha, há uma pedra grande sob a qual se forma uma pequena caverna virada para o lado de onde vem o vento. A trilha para o primeiro escalão contorna essa caverninha pela direita. Trata-se de um lugar relativamente protegido, onde é possível parar para descansar, porque o vento bate na pedra e sobe. Ou seja, a sensação de frio ali é menor porque, apesar de a caverninha estar exposta ao vento, ele perde a força porque não é canalizado, como em lugares mais abertos. Exatamente nesse ponto protegido, tive uma visão terrível: encontrei um par de botas e de pernas para fora da neve. O resto do corpo estava enterrado sob o manto branco. Após o susto inicial, parei para descansar ao lado daquele cadáver. Já me haviam alertado de que encontraria alguns corpos pelo caminho, mas naquele momento senti o primeiro baque emocional da escalada. A imagem é vívida na minha lembrança: ele calçava botas verdes. Eu pensei que já estava preparado para encontrar gente morta na montanha, mas ainda assim tive uma sensação ruim. Era uma situação estranha, porque foi preciso passar meio de lado, quase pulando por cima das pernas do morto, para continuar a escalada. "Poxa, o cara morreu fazendo a mesma coisa que eu. O que será que aconteceu?", pensei. Eu não sabia quem era, sua história, se ele estava preparado ou não para a empreitada e em que condições tinha perdido a vida. Talvez ele tivesse se atrasado para voltar do cume, fora surpreendido por uma nevasca e tentara se abrigar naquele lugar. Fiquei preocupado e, acima de tudo, triste. "Bem", pensei, "preciso continuar." Fosse o que fosse que tivesse ocorrido, ele morrera fazendo algo incrível, realizando um sonho semelhante ao meu.

Quando cheguei ao primeiro escalão, encontrei o George Dijmarescu, romeno naturalizado americano, e sua mulher, a nepalesa Lakpa Sherpa. George escalou o Everest sete vezes pela face norte, e Lakpa, cinco (nenhuma outra mulher esteve tantas vezes no lugar mais alto do mundo). Eles estavam acompanhados de Ang Dawa, um sherpa muito forte, boa gente e molecão que eu viria a contratar no futuro em outras expedições. Eles tinham saído às 20h do acampamento 3 e chegaram ao cume às 6h da manhã. Ou seja, os três já estavam descendo, e eu ainda não tinha sequer deixado para trás o primeiro escalão. Cumprimentamo-nos, e continuei. Depois de subir o primeiro escalão, olhei para baixo e vi mais dois corpos deitados na montanha. Dessa vez, não parei nem pensei em nada. Apenas apertei o passo.

Na Mushroom Rock (rocha do Cogumelo, em inglês – que tem esse nome por causa do seu formato), entre o primeiro e o segundo escalões, deparei com uma alpinista indiana que estava passando muito mal. Havia três sherpas e um guia ajudando-a a descer. Eles também já estavam voltando do cume. Puxei a filmadora e gravei a cena. Guardei a câmera novamente junto ao corpo, por dentro da roupa, para mantê-la aquecida e poupar bateria. Passeei os olhos pelo caminho que ainda precisava percorrer. Nesse momento, vi o Vitor e outros alpinistas lá no alto, rumo ao topo. Ele não estava me esperando. "Pô, o Vitor não está indo devagar, como tinha dito que faria. Ele está indo direto para o cume", pensei, chateado. Para mim era um grande erro estarmos sozinhos, cada um na sua escalada. Tínhamos de ficar em dupla.

Eu demorei três horas para começar a escalada e depois ainda me perdi. Na última vez que nos falamos pelo rádio, e já fazia tempo, ele disse que ia continuar subindo devagar, e eu concordei. Depois disso, eu tentei voltar a estabelecer contato algumas vezes com Vitor e com Totó, mas meu rádio não funcionava. Provavelmente, o suor do meu corpo entrou no aparelho e provocou um curto-circuito. Assim como a filmadora, o rádio ficava protegido em um bolso interno do macacão, para evitar que o frio fizesse a bateria arriar. Até aquele dia, contudo, eu nunca tinha tido problema com a umidade do corpo, nem no Aconcágua. Atualmente, guardo todos os equipamentos eletroeletrônicos dentro de um saquinho plástico com *ziploc*, dentro do bolso interno. Mas o fato é que, naquele momento crítico, eu estava sozinho no Everest, e incomunicável. Era de se esperar que meu parceiro e a equipe de apoio que ficou no ABC estivessem preocupados com meu paradeiro. O fato de Vitor estar avançando rapidamente rumo ao cume me deu a impressão de ele não estar nada preocupado.

Por uma questão de segurança para ambos, seria melhor se estivéssemos juntos. Inclusive porque eu estava com uma parte do equipamento, e ele, com outra. Ele não tinha máscara de oxigênio de reserva, eu sim. E se a dele falhasse? Em compensação, ele levava um regulador sobressalente para os cilindros, eu não. E se o meu falhasse? Também tínhamos apenas um telefone por satélite e um aparelho de GPS, de localização, que estava com ele. Tínhamos também a responsabilidade de registrar toda a nossa escalada em vídeo, para a TV Globo, cuja equipe nos esperava no ABC, e em foto para a divulgação posterior da nossa expedição. Até esse trabalho estava prejudicado, porque eu levava a filmadora, e ele, a máquina fotográfica. Em resumo, era para estarmos juntos, mas a sequência imprevisível dos fatos acabou nos separando.

Balancei a cabeça, inconformado, mas continuei a escalada. Queria ver até onde chegaria. Logo após a rocha do Cogumelo, há uma travessia em diagonal para baixo. É uma passagem muito estreita, colada à montanha, que levava ao segundo escalão, no topo do qual havia uma escada de alumínio. Pensei: "Como vou chegar naquela escada?" Olhei para a trilha e vi as pisadas de *crampons*, algumas das quais formavam longos riscos na rocha: marcas de derrapadas assustadoras à beira do abismo. Eu me dei conta de estar fazendo uma travessia onde as quedas são frequentes e mortais. Quando alguém escorrega ali, não há salvação. Depois de cair, o corpo vai deslizando por vários metros até parar em uma área mais plana, descoberta em 1999 por uma expedição que estava à procura dos restos de Andrew Irvine e George Mallory, dois pioneiros do Everest mortos em 1924 (não se sabe se eles sucumbiram na subida ou já voltando do cume). Os alpinistas que buscavam os indícios de Mallory e Irvine encontraram um amontoado de cadáveres naquele local, abaixo da travessia onde eu havia visto as marcas de *crampons*. Eles deram ao lugar o nome de Bacia de Corpos. "Caramba, estou em cima da Bacia de Corpos, preciso tomar cuidado", pensei.

Concentrei-me naquele trecho. Meu mundo passou a se resumir ao espaço de 2 metros ao meu redor, e meu objetivo era encontrar pontos de apoio mais firmes para os pés e para as mãos. De maneira fria e meticulosa, com as passadas precisas de um velho lobo da montanha, superei aquela passarela macabra e cheguei ao segundo escalão. Fiquei impressionado com a dificuldade. Havia estudado em detalhes, no Brasil, todos os obstáculos que enfrentaria na ascensão. Achava que aquele trecho seria muito mais fácil. O escalão era formado por uma sequência de blocos de pedra altos. Para subi-los, era preciso esticar as mãos, em busca de apoio, puxar o corpo e jogar um dos pés para cima, como quem pula um muro. Em escalada, chamamos esse movimento de "fazer o domínio". É algo que requer certa força e, portanto, desgasta muito o físico, especialmente a 8.700 metros de altitude. Para aumentar o desafio, a minha mochila pesada me jogava para trás. Após esses pontos de domínio, atingi um trecho muito vertical e alto, onde os chineses, para chegar ao cume pela primeira vez, em 1966, colocaram uma escada de alumínio presa à parede. Respirei ofegantemente dezenas de vezes e subi a escada.

Ao transpor os degraus, encontrei um alpinista austríaco que, formalmente, era membro do nosso grupo. Por uma questão de economia, expedições pequenas como a nossa costumam se juntar para comprar um *permit*, a permissão do governo nepalês ou chinês para escalar a montanha. Um *permit* custa, no Nepal, 10.000 dólares por pessoa a partir de sete pessoas. Os sherpas não pagam. Na China, onde o *permit* é um quinto do nepalês, é preciso pagar também a autorização dos sherpas. Hans – esse era o primeiro nome do austríaco – estava voltando do cume e parecia assustado. Ele havia feito o ataque ao cume sozinho, e seu oxigênio estava acabando. Acho que o sherpa o havia abandonado. O austríaco falou um "oi" pela metade e preparou-se para descer pela escada. Por bons motivos, não estava muito para conversa.

Deixei-o para trás e segui durante uma hora por uma trilha menos íngreme. O vento ali era tão violento que me derrubou com uma rajada. Fiquei deitado, descansando, com o vento batendo de lado. Parecia que ia me cortar ao meio, penetrando na roupa como uma faca comprida. "Caramba, tá foda", pensei. Levantei, curvando o tórax para resistir à força do vento, e cambaleei até conseguir fincar os pés no chão. Olhei para o aclive à minha frente e vi mais um cadáver. "Quanta gente!" Fiquei um pouco mais triste. Tentei continuar, mas o vento me derrubou de novo. Com muito esforço, cheguei à base do terceiro escalão, me desvencilhei da mochila e me atirei ao chão para descansar. O ar frio e seco travava a garganta, e os músculos respiratórios doíam de tanto trabalhar.

Verifiquei o marcador do cilindro: 6 psi. Hora de trocar. Todo cilindro tem uma tampinha que serve para proteger a rosca onde se prende a mangueira que leva o gás à máscara misturadora. Sua função é impedir que a rosca estrague durante um choque contra uma pedra, por exemplo. Pois não é que a bendita tampinha, feita de titânio, estava emperrada? Aparentemente, havia congelado na rosca.

Virei a garrafa de oxigênio de ponta-cabeça, com a rosca para baixo, prendi a tampa entre duas pedras e tentei girar. Nada feito. Procurei enfiar a ponta do meu *crampon* no furinho da tampa, como se fosse uma chave de fenda, para forçar a abertura. Mas as garras do meu *crampon* não tinham o tamanho certo, eram grossas demais para entrar na fenda. Passei uns 20 minutos tentando de tudo para destravar meu novo cilindro de oxigênio. Comecei a ficar preocupado. "Que roubada!", pensei. Eis minha situação: sozinho, na zona da morte e com o oxigênio acabando. Tranquilizei-me um pouco pensando no cilindro que eu tinha deixado mais abaixo com 10 psi de gás. Mas e se alguém, desesperado, o tivesse levado?

Avistei o americano Greg. Ele também estava voltando do pico. Gritei para que parasse para me ajudar, mas ele só acenou e continuou andando. Não fez menção nenhuma de parar. Não o culpo. Em um ambiente hostil como aquele, tudo o que se quer, depois de atingir o cume, é descer o mais rápido possível. Mas eu não tinha escolha.

— *Stop*! *Stop*! – gritei e me coloquei na frente dele, impedindo a passagem.

Ele tentou se desviar, depois parou, com uma expressão de desespero no rosto, sem entender o que eu pretendia. Eu me agachei, peguei o cilindro de oxigênio e enfiei a tampinha na ponta dianteira do *crampon* do americano. Serviu! Girei o cilindro, destravei o lacre, levantei e dei tchau. Sem uma palavra, o americano foi embora, lutando contra o vento. Enquanto trocava o cilindro, vi o Vitor descendo a montanha.

Subi o terceiro escalão e, no percurso, deparei com o corpo de um escalador que morrera 11 dias antes. Eu o havia conhecido no início da temporada, no ABC. A maioria dos cadáveres que eu encontrei em montanhas estava de bruços ou tinha as feições tranquilas. Os corpos de Othon Leonardos e Alexandre Oliveira, que eu vi na escalada da face sul do Aconcágua, estavam sentados, virados para o horizonte. Eles transmitiam serenidade. Parecia que tinham morrido tranquilos, em paz. Este não. Seu rosto congelado eternizava uma expressão de terror, os músculos todos contraídos. E ele estava caído de costas, morro abaixo, com as pernas dobradas e os braços esticados sobre a cabeça. Ainda estava preso à corda, a mesma que eu usava para subir a encosta. Tive de me desconectar da corda para contorná-lo. Tive uma sensação muito ruim, um aperto no peito. Continuei mais um tanto e encontrei o Vitor descendo. Paramos para conversar um pouco, alguns metros acima de onde se encontrava o cadáver, e dei-lhe os parabéns pela conquista do cume. Ele estava muito feliz e satisfeito, tranquilo, sem o desespero dos alpinistas que haviam passado por mim. Era realmente um atleta e tanto.

— Vitor, por que você não me esperou?

— Eu não sabia que você estava subindo.

— Bom, a gente não vai discutir isso aqui, em meio a este vendaval.

— Conversamos depois.

— Agora é meio-dia. Vou continuar subindo até as 14h, depois eu volto.

— Ok, vou continuar descendo.

— Então me espera ali embaixo do segundo escalão, perto da rocha do Cogumelo – eu disse. Era o único lugar mais protegido do vento.

Apontei para baixo, para o acampamento 3, e perguntei ao Vitor se ele conseguia ver nossa barraca.

— Nem sei onde deveria estar nosso acampamento – disse Vitor, sorrindo.

— Era para a gente conseguir ver um ponto amarelo solitário. É a nossa barraca, afastada uns 200 metros das demais. Acho que ela não está lá. Não a vejo.

— Você está encanado demais, Rodrigo, ela deve estar lá. Não vai ter problema nenhum. Toma, passa um rádio para o Totó e pergunta para ele.

Peguei o rádio de Vitor e falei com Totó.

— Calma, Rodrigo, a barraca está lá – tranquilizou-me Totó.

Despedi-me de Vitor. Tinha mais um alpinista subindo depois de mim. Não sei o aconteceu com ele, acho que retornou antes. Subi a pirâmide de gelo – os últimos 50 metros verticais que formam a ponta do Everest –, onde gravei umas cenas muito bonitas. Depois, contornei um pedaço de rocha inclinada, já bem próximo do cume. A pressão atmosférica mais baixa do que o normal, por causa do mau tempo, fazia o meu altímetro marcar 8.860 metros de altitude, mas obviamente estava errado. Eu devia estar a uns 50 metros verticais do topo. À minha frente, mais uma passagem técnica, mais uma travessia exposta ao vento. Havia pequenas saliências na rocha para apoiar as botas e uma parede lisa sem lugar onde cravar as mãos. Um erro, um escorregão, e eu despencaria 3.000 metros montanha abaixo. Para complicar, passei por um lugar onde havia uma corda muito fina, arrebentada. Senti um arrepio de horror, como se já estivesse caindo. Esse sentimento parecia não vir de mim. Era como se meu corpo replicasse a sensação da queda de um outro alpinista. Parecia que o ambiente estava carregado com as emoções de um acidente recente, e isso se projetava sobre mim, influenciando meus nervos. Era fantasmagórico. Depois fiquei sabendo que um dos integrantes da expedição indiana não tinha voltado. Ele simplesmente sumira na montanha. Tive a impressão de que o indiano havia morrido ali. Mesmo que não tivesse sido ele, alguém despencara da montanha quando aquela corda arrebentou. A mera visão daquela ponta esgarçada era suficiente para eu imaginar o desespero de uma pessoa caindo da montanha. Tive uma intuição muito ruim. Eu já estava atrasado, sozinho, sob o vento forte. Todo mundo descendo, e só eu subindo, ainda insistindo no meu sonho.

Olhei para baixo, pouco abaixo do amontoado de pontinhos coloridos que formavam o acampamento 3, e não conseguia enxergar nossa barraca. "Tudo errado, cara, tudo errado", murmurei para mim mesmo. Será que o sherpa desmontou nosso acampamento, ou eu é que não estava conseguindo visualizá-lo daquela distância? Mas não tinha como errar. Era para ser um pontinho amarelo isolado, um pouco abaixo do acampamento 3. Andei mais um pouco e cheguei a uma corda fixa. Era só me prender a ela e subir reto, rumo ao cume. Olhei para o relógio: 13h47 na China (meio-dia do horário nepalês). Apenas 13 minutos antes do meu horário limite. Meu rádio não funcionava, o vento zunia a 80 quilômetros por hora, algumas nuvens carregadas se acumulavam e ainda faltava um bom trecho, com passagens técnicas e expostas às intempéries, para percorrer na volta. Perscrutei o mundo aos meus pés e pensei: "Minha barraca não está onde devia estar. Isso vai me dar problema na descida. Já estou em um lugar mais alto do que todas as montanhas do mundo. Chegar ao cume, logo ali, é só uma questão de ego. Já conheço o caminho. Vou voltar para cá sem oxigênio, no ano que vem. Quer saber? Vou embora para casa".

Agarrei o caminho de volta a todo vapor. Fui atropelando o terreno. O Vitor não estava no lugar onde tínhamos combinado. Continuei descendo, passei por toda aquela sequência de cadáveres, mas agora o impacto não era mais o mesmo. Só tinha duas coisas em mente: sair da zona da morte e retornar ao Brasil, ao meu lar. Terminar bem a missão, esse era o meu objetivo agora. Estava tão concentrado que passei a me movimentar em um ritmo perfeito. Mesmo àquela altitude, não parava para descansar e superava os trechos técnicos com incrível facilidade. Enquanto descia, analisava o próximo trecho e mentalizava a sequência de movimentos que faria para transpô-lo. Alcancei Vitor pouco antes de chegar ao acampamento 3.

— Vitão! Empresta o rádio!

Entrei em contato com o Totó, no ABC.

— Totó, nossa barraca! Tem certeza de que ela está lá? Você confirmou com os sherpas?

— Tudo certo, Rodrigo, ela está lá.

Eu queria resolver a questão da barraca ali, pois, se houvesse algum problema, poderíamos conseguir uma emprestada no acampamento 3. Havia pelo menos meia dúzia montada, e, numa situação de morte iminente, poderíamos entrar em uma delas, passar um rádio para o ABC e perguntar de quem era para pedir pouso. Poderíamos, então, derreter gelo e fazer água, pois estávamos desidratados. A nossa estava mais para baixo e ainda dava tempo de nos deslocar até lá antes de escurecer. Continuamos descendo sem pausas. Mas, quando chegamos ao local onde devia estar nossa tenda, ela não estava lá. Era só a plataforma de pedra e gelo, vazia. Ventava como o inferno, e já eram 17h. Desde que havíamos começado o ataque ao cume, às 22h30 da noite anterior, até aquele momento, estávamos há mais de 18 horas ininterruptas submetidos a uma atividade física extenuante e expostos a uma sensação térmica inferior a 40°C negativos. E onde esperávamos encontrar abrigo não havia absolutamente nada. Era tarde demais para subir de volta ao acampamento 3, e estávamos exaustos demais para enfrentar outra escalada. Logo começaria a escurecer, e, para tornar nossa situação ainda mais dramática, Vitor perdera sua lanterna de cabeça. Não havia outra opção além de continuar descendo noite adentro.

– Vitor, vai descendo enquanto eu tento contato com o Totó por rádio.

Fiquei com o rádio do Vitor. Na verdade, não adiantava permanecer naquele platô para falar com o Totó. Era melhor descer de uma vez. Totó ficou desesperado ao saber que estávamos sem barraca e saiu pelo ABC perguntando em todas as expedições se alguém tinha alguma montada e desocupada no acampamento 2, para nos emprestar. Nesse meio tempo, consegui fazer contato por rádio com uma dupla americana, Greg Vadasdi e Dan Protz. Greg, cuja mãe é brasileira, fala português. Eles tinham uma barraca no acampamento 2. Falei também com os indianos, que disseram ter três tendas disponíveis, e com uma terceira expedição, que também tinha uma para emprestar. Dias antes, quando subimos do ABC para o acampamento intermediário, havíamos sido muito bem recebidos pela expedição indiana, organizada pelo exército do país. A meta do grupo, composto por 45 pessoas, era levar as primeiras mulheres indianas ao cume. Para isso, foi feita uma seleção com mais de 300 militares femininas. Dez haviam passado no teste.

Os indianos estavam com um acampamento completo para nos emprestar: saco de dormir, fogareiro, comida, tinha de tudo. Os americanos só possuíam a barraca, mais nada. Demorei muito para conseguir falar com todas essas pessoas e pedir autorização.

A descida foi muito sofrida. Começou a nevar, e o vento apertou ainda mais. Quando a neve encostava na pele do rosto, parecia que ia furá-la. Era tão frio que, com apenas alguns segundos de olhos fechados, as pálpebras grudavam. Era só piscar, e olhe lá. Os lábios também colavam um no outro. Nunca havia passado por isso antes. Quando encontrei o Vitor, já eram 18h30, e o céu escurecia rapidamente. Como eu era o único dos dois com lanterna, fui na frente. Íamos conectados às cordas fixas na encosta e, na ausência delas, um ao outro pelas fitas de segurança de nossas cadeirinhas de escalada. Numa descida bem inclinada, com relevo de pedra misturada com gelo, muito escorregadia, eu andava dois passos, virava para trás e iluminava o caminho para o Vitor.

As rajadas de vento nos derrubavam. Não só diretamente: as violentas lufadas de ar dificultavam até o movimento das pernas. Numa dessas, levantei o pé para dar um passo, e o vento o empurrou contra a outra perna. O *crampon* enroscou no tecido do macacão, e eu caí de frente, de boca. Por reflexo, consegui girar o corpo e desabei meio de lado, rolando. O macacão rasgou. Era como se o vento estivesse nos dando rasteiras.

Levantei e virei a cabeça para trás, para iluminar o terreno para o meu parceiro. Mas a lanterna já não era suficiente. A nevasca estava muito forte. Estava tudo branco à nossa volta, e às vezes não dava para ver os próprios pés.

Lutamos, lutamos, lutamos.

À meia-noite, encontramos uma barraca. Batemos, e ninguém atendeu. Continuamos descendo. Achamos outra tenda. Estávamos no acampamento 2. Começamos a procurar as barracas das equipes amigas. Tínhamos a descrição delas: marca, cor, tamanho. Batemos em uma barraca, e estava ocupada. O dono abriu o zíper e nos deu água. Bebemos uma quantidade pequena, respeitando a dificuldade de se obter água naquelas condições. Além disso, já estávamos voltando do cume, enquanto esse alpinista ainda tinha uma longa jornada rumo ao topo. Agradecemos e voltamos à nossa busca. Estávamos já exauridos, não suportávamos mais o frio. Os pés congelados, as mãos congelando. Vimos outra barraca, batemos, e ninguém respondeu.

— Dane-se. Nós vamos entrar é aqui mesmo, e eu quero que se dane! – disse Vitor.

Concordei com ele. Afinal, éramos dois zumbis nas encostas do Everest. Quase mortos.

A barraca tinha duas entradas. O Vitor foi por um lado, e eu, pelo outro. Quando o Vitor abriu o zíper, alguém lá dentro deu sinal de vida e começou a gritar em alemão. Ficamos indignados. Nós morrendo no Everest, e o sujeito quieto dentro da barraca, fingindo que não estava escutando os pedidos de ajuda. E ainda fez um teatrinho, esbravejando em alemão para fingir que não entendia inglês. Nessa hora, perde-

-se a noção da própria penúria e vem a vontade de dar o troco. Percebi que todo o equipamento do alemão estava do lado de fora, protegido apenas pela varandinha da barraca. Havia *crampons* e cadeirinha de escalada, entre outras coisas.

— Olha esses *crampons*, que lindos, vou pegar pra mim! Olha essa cadeirinha! É muito boa, vou levar – falei em inglês, bem alto.

Eu queria deixar o alemão em pânico, puni-lo pela falta de solidariedade. Mesmo no sufoco em que nos encontrávamos, encontrei ânimo para atazanar o sujeito. A indignação dá forças. Mas é claro que não furtei equipamento nenhum. Deixei tudo lá, fechei o zíper, e fomos achar refúgio em outro lugar. Depois de descer alguns metros, sempre seguindo a corda fixa à qual Vitor e eu estávamos presos pela solteira,[4] vi uma barraca relativamente distante da corda que descia a montanha. Eu já sabia que o acampamento dos americanos estava fora da linha da corda e que, para chegar lá, era preciso se desconectar dela e fazer uma escalada lateral.

— Vitor, olha lá a barraca dos americanos.

— Não é, não.

— Deve ser.

Fui até a barraca, conferi a marca e o modelo – uma Single Wall, da Bible.

— É esta, certeza – falei, já abrindo o zíper. — Vitor, vamos entrar, é esta aqui.

— Não é.

— Então tá, não é.

Atirei-me lá dentro, enchendo a barraca de neve. Desfaleci por alguns segundos, respirando sofregamente. Após breve recuperação, fechei o zíper e olhei em volta. Era a barraca dos americanos e estava vazia. Não tinha nenhum dos confortos que tornariam nossa sobrevivência bem mais fácil: fogareiro, comida, saco de dormir. Procurei nos bolsos laterais, e nada. Só um isolante térmico bem fino no chão. Nem isso eu achava que ia ter. O Vitor estava demorando, mas eu não podia voltar para fora, porque meu pé estava congelado. Esperei um pouco, na dúvida se ia atrás do cabeça-dura do Vitor ou se salvava os dedos da amputação. Como eu o conhecia bem, sabia que voltaria e achei melhor iniciar os procedimentos para salvar meus dedos. Para isso, teria de ficar descalço, mas então não poderia mais sair da barraca por um bom tempo. Eu não aguentava mais. Tirei as botas e comecei a massagear os pés. As meias eram uma pedra de gelo. Minutos depois, o Vitor

---

4 Fita de, no máximo, 1 metro, presa de um lado à cadeirinha de segurança e, do outro, por um mosquetão, a uma corda ou um ponto de ancoragem.

chegou. Acendi a lanterna, e ele entrou, engatinhando. Jogou-se de bruços, jogando um monte de neve para dentro, e desmaiou. Fechei o zíper.

Eu já tinha congelado os pés na escalada da face sul do Aconcágua, ocasião em que por pouco não tive os dedos necrosados. Lembrei-me dos ensinamentos do alpinista português João Garcia para não deixar as extremidades congelar: é preciso massageá-las até a circulação sanguínea voltar. Antes de tudo, deve-se conferir a qualidade da circulação. Para isso, é preciso apertar a ponta dos dedos e soltar. Se estiver tudo bem, os dedos ficam brancos com o apertão e rapidamente vão ficando rosados, recuperando a cor normal. Isso significa que o sangue está fluindo. Se depois de apertados eles permanecerem brancos, é sinal de que a perfusão está ruim. Se os pés estiverem congelados, não se sente nada.

Massageei os pés até voltar a senti-los e perceber que a perfusão melhorava. Calcei nos pés a luva de pinguim, sem dedos, como as de boxe, para mantê-los protegidos. Eu estava com sede e muita fome. O estômago parecia grudado às costas. Era 1h30 da madrugada. Deitei e dormi. Não tínhamos nada a fazer a não ser esperar o dia clarear.

Acordei às 5h com a luz fraca da madrugada. Não sentia nada da canela para baixo. Parecia que eu tinha duas próteses presas às tíbias. Era como se meus pés não pertencessem ao meu corpo. "Vou perdê-los", pensei. Comecei a fazer massagem, freneticamente, mas sem encostar nas partes em perigo. Apenas depois de uma hora de trabalho angustiante, tive a certeza de que a perfusão estava voltando. Continuei massageando, com as mãos já latejando de dor. O Vitor acordou, dormiu de novo – e eu lá, fazendo massagem. Não podia ceder. Quando entrou o sol com força, o interior da barraca esquentou, e passei a sentir os pés de novo. Ao todo, passei cinco horas massageando-os.

O Vitor acordou de vez. Ele, como eu, estava desidratado e faminto. Para agravar a situação, nosso oxigênio havia acabado já há muito tempo, e estávamos a 7.700 metros de altitude, ainda na zona da morte.

— Cara, vou embora. Não estou mais aguentando, preciso descer – disse Vitor.

— Então vai. Só vou sair daqui quando meus pés estiverem bem. Não posso correr o risco de congelarem outra vez.

Vitor saiu. Sozinho, gravei um depoimento em vídeo sobre o estado em que me encontrava, arrasado fisicamente, chorando e enfurecido com os sherpas que nos deixaram na mão:

— Foram poucas as vezes na vida em que eu tive raiva. Hoje eu estou com muita raiva. Eu não consigo acreditar: o *climbing sherpa*, o carregador, simplesmente pegou as coisas do nosso acampamento a

8.200 metros e foi embora. Nós chegamos do cume, e não tinha barraca, não tinha oxigênio, não tinha água, não tinha nada. Eu agradeço a Deus pelo Vitor ser forte e por eu também ser forte. Porque nós continuamos descendo noite adentro. O Vitor perdeu a lanterna, e a descida foi muito lenta, muito sofrida. Nós caímos várias vezes, rasgamos toda a roupa com *crampons* nas pedras. Daí achamos esta barraca aqui, do Dan e do Greg, que só tem um isolante ruim, um isolante muito frio, mas é um isolante e é uma barraca. Entramos na barraca à 1h da manhã, mais ou menos. O Vitor começou a escalada às 23h30, e eu à meia-noite do dia anterior. Imagina: estamos aqui a 7.700 metros, sem oxigênio, sem comer nada desde então. O que era para ter sido uma descida supertranquila, o filho da puta quase nos mata. Eu estou sem beber desde as 15h da tarde de ontem, quando acabou minha água, e agora devem ser umas 10h30 da manhã. Estou descontando minha raiva neste filme, porque foi foda. Tanto o Vitor quanto eu ficamos com os pés congelados pelo frio e pela desidratação. Passamos a noite aqui sem saco de dormir, sem nada. A gente não precisava passar por isso, cara. O pior de tudo é que, quando você congela uma vez, é muito mais fácil congelar de novo. Eu perdi uma hora e meia, quase duas horas da escalada por causa disso, entre outros motivos, e acabei não atingindo o cume. Entrei numa barraca no acampamento 3 e fiquei esquentando os pés durante uma hora e meia, porque no começo da madrugada estava frio. Meus pés estavam congelando. Eu parei e fiquei fazendo massagem. E agora eles congelam de novo, de besteira, de besteira... Não dá para acreditar. Mas tudo bem. Nós estamos bem, nós vamos suportar. Eu preciso descer, achar alguém que me dê água ou a barraca dos indianos, onde há um fogareiro. Eles já nos emprestaram, mas ontem à noite não conseguimos achar. Vou me hidratar, descansar e ir embora para o acampamento base avançado, depois para o base, Katmandu e Brasil. É isso aí. Embora para casa. Mas foi foda.

Nós havíamos contratado Mombadur e Lila por recomendação da agência de alpinismo de Katmandu, que nos forneceu toda a logística de nossa expedição. A própria agência tinha sido indicada por alpinistas nos quais confiávamos. Mombadur e Lila, na verdade, não eram da etnia sherpa, cujo nome se confunde com o trabalho desempenhado no Himalaia por quem dá apoio aos montanhistas. Os cozinheiros, os carregadores e os alpinistas locais que acompanham uma expedição são chamados genericamente de sherpas, mas muitos pertencem a outros povos. Existem mais de 40 grupos étnicos ou castas no Nepal. Mombadur e Lila, por exemplo, eram da etnia tamang, que significa "comerciantes de cavalos". Os sherpas são originários das terras altas da parte leste da cordilheira, no sopé do Everest. Os tamangs são o terceiro maior grupo nepalês e vivem nas montanhas médias, que marcam a transição do Himalaia para a planície indiana. Mombadur Tamang acumulara uma boa bagagem em alta montanha: já havia chegado ao topo do Everest pelo menos três vezes e era um homem de meia-idade. Eu acreditava que, por essa experiência, seria um bom trabalhador. Lila Tamang era o homem de confiança de Mombadur. Como era nossa primeira expedição no Himalaia, não conhecíamos nenhum alpinista sherpa – ou *climbing sherpa*, como também são chamados os carregadores de altitude –, ninguém com quem já tivéssemos trabalhado e em cujas mãos pudéssemos depositar tarefas vitais sabendo o que esperar. Tudo isso me passava pela cabeça enquanto fazia o desabafo em vídeo, dentro da barraca emprestada pelos americanos, a 7.700 metros de altitude.

E o sofrimento ainda não tinha acabado.

Picos nevados dominam a paisagem durante o ataque ao cume do Everest pela face norte, em 2005. O glaciar Rongbuk é a faixa branca que serpenteia por entre as montanhas.

Acampamento 2, face norte do monte Everest, China
3 de junho de 2005
9h

"Água, água por toda parte, mas nenhuma gota para beber." Os versos da "Balada do velho marinheiro", poema do inglês Samuel Coleridge-Taylor, descrevem a angústia da tripulação que definha de sede em um navio cujos suprimentos acabaram. Dentro da barraca dos americanos Greg e Dan, a 7.700 metros de altitude, eu bem poderia usar as palavras de Coleridge-Taylor para descrever minha situação. Eu também estava cercado de água, mas sedento. Enquanto o líquido dos oceanos não pode ser bebido porque o sal acelera o processo de desidratação, toda a água existente na alta montanha está em estado sólido. Se não dispomos de uma maneira de derreter a neve e o gelo, também não teremos "nenhuma gota para beber". Comer neve também não adianta. Quem duvida que faça o seguinte teste: corra 10 quilômetros e depois tente matar a sede chupando gelo. Mesmo se estiver calor, o que ajuda a derreter o gelo, é difícil e demorado, porque a quantidade de água necessária para se hidratar é grande. Na alta montanha é ainda pior, porque a temperatura ambiente mantém a água em estado sólido. Além disso, o gelo no Everest é mais frio do que o produzido por um *freezer* no Brasil. Derretê-lo com a boca requer um gasto grande de energia corporal. Até adianta colocar um pouco de neve na boca para umedecer a garganta, mas isso não é suficiente para hidratar o organismo.

Minha preocupação, enquanto massageava os pés na tenda do acampamento 2, era partir logo e chegar a algum lugar onde pudesse me hidratar. Na barraca emprestada dos americanos não havia fogareiro. Mais algumas horas sem água significariam morte certa. Calcei as botas e saí. Toda aquela água em estado sólido, e nenhuma gota para beber. Eu precisava continuar.

Na descida, encontrei a tão almejada barraca dos indianos. Na noite anterior, no escuro, não foi possível vê-la. Situava-se 300 metros abaixo da tenda vazia onde dormimos. O clima já estava melhor. Havia sol, e o vento diminuíra. Abri a barraca dos indianos, totalmente equipada, e tirei lá de dentro o fogareiro e uma panela. Sentei do lado de fora, acendi o fogareiro e enchi o recipiente com neve para transformá-la em água. Podia ter feito tudo isso dentro da barraca. Mas eu agia como um autômato, sem refletir muito bem sobre meus atos. Estava tão cansado e fraco que fiquei lá fora, sentado numa pedra, com o fogareiro aceso do meu lado. Os *crampons* estavam amarrados no topo da minha mochila. Eu os havia tirado para entrar na barraca dos americanos e não os coloquei depois disso. Enquanto a neve derretia, eu dava umas desmaiadas curtas. Caía para o lado e apagava. De vez em quando acordava, olhava para o fogareiro, encontrava água na panela, tomava uns goles, colocava mais neve, desmaiava de novo. Estava num estado de transe, alternadamente perdendo os sentidos, acordando, fazendo água.

Envolvido nesse processo, ouvi a chegada dos indianos. Eles estavam subindo do ABC para desmontar o acampamento. Já tinham feito o cume e me contaram que um dos seus conterrâneos tinha morrido na empreitada. Era um sujeito agradável, simpático. A mulher dele estava grávida, uma notícia muito triste. Nesse momento, intuí que aquela corda estourada que eu encontrara depois do terceiro escalão marcava o local da queda. Senti novamente aquela sensação do horror de alguém despencando desfiladeiro abaixo.

Os indianos entraram na barraca e retiraram de lá uma embalagem com suco e outra com isotônico. Misturaram tudo na água e me deram. Bebi com sofreguidão. Mais hidratado, comecei a me sentir bem melhor. Agradeci e levantei para seguir rumo ao acampamento 1. Desci uns 100 metros em terreno íngreme e rochoso até chegar a uma gigantesca rampa de gelo que leva até o acampamento 1, 400 metros abaixo. Precisaria colocar os *crampons* para fixar os pés no gelo e não resvalar na descida. Tirei a mochila, mas os *crampons* não estavam mais presos a ela. Talvez eu os tivesse perdido enquanto derretia neve no acampamento dos indianos. Ou talvez eles tivessem caído no caminho. E eu já estava sem piqueta – outro instrumento útil para se locomover no gelo –, que havia sumido no acampamento 1, antes de iniciar a subida. Os *crampons*, como já expliquei antes, são cravos de aço que afixamos nas solas das botas e que servem para fixar os pés na neve ou na massa de água congelada, dando aderência ao calçado. Já a piqueta é a agarra de mão do escalador no gelo. Para superar um bloco gelado, por exemplo, sobe-se cravando sua parte mais pontuda na parede e puxando o corpo para cima. Numa descida, utiliza-se a piqueta como um bastão, apoiando-se a extremidade do cabo no chão congelado. Uma queda nessas condições pode ser muito perigosa, porque o corpo desliza em alta velocidade pela rampa, como uma pedra de gelo em um escorregador de parque infantil, e não há onde se agarrar. Depois de uma queda dessas, a melhor maneira de frear o corpo é fincando a ponta mais curta da piqueta na neve.

Sem piqueta nem *crampons*, teria que descer 1.100 metros verticais, 400 até o acampamento 1 e mais 700 até o acampamento base avançado, sem as devidas condições de segurança. E eu estava exausto demais para subir de volta os 100 metros até o acampamento 2, a fim de encontrar os *crampons*. Com o rádio do Vitor, que havia ficado comigo, tentei falar com alguém que estivesse descendo para o acampamento 1 e que pudesse trazer os meus *crampons*, caso fossem encontrados no caminho. Passaram dois alpinistas, não sei de que nacionalidade. Perguntei se tinham visto algum par de *crampons* perdidos na descida. Eles responderam que não. Fiquei mais de uma hora sentado no limite entre a rocha e a rampa de gelo, desolado. Cada célula do meu organismo morria aos poucos.

"Quer saber, vou descer assim mesmo, sem proteção, sem equipamentos", decidi. O percurso, 400 metros de parede, era uma sequência de rapéis. Já havia uma corda fixa, e eu tenho bom equilíbrio. Sem *crampons*, as botas escorregam muito no gelo duro, mas conseguem se fixar razoavelmente na neve fofa. Minha estratégia para descer, portanto, consistiu em escolher as partes cobertas de neve para pisar. Nas partes em que havia apenas gelo, eu segurava firme na corda e ia deslizando as luvas, queimando as mãos com o atrito. Para não cair, não levantava os pés: em vez disso, escorregava as solas das botas no gelo como quem anda de patins.

Assim cheguei ao acampamento 1, a 7.100 metros. Nessa altitude, os membros das expedições já estão mais dispostos, e é mais fácil conseguir ajuda. Havia uns sherpas da equipe do Alex Abramov, que organiza expedições para os Seven Summits (roteiro clássico do alpinismo que consiste em subir os cumes mais altos dos sete continentes). Eles viram meu estado lastimável, sozinho, e um deles perguntou o que havia acontecido.

— Nossos sherpas desceram ontem e nos deixaram na montanha, sem abrigo – respondi.

— Foram vocês? Achávamos que vocês tinham morrido.

O nosso drama havia se espalhado por todas as expedições, desde que o Totó saíra em desespero pelo ABC tentando encontrar alguém que nos emprestasse uma barraca. Ninguém acreditou que fôssemos sobreviver.

O sherpa de Alex me deu salame, queijo e água. Comi, descansei e continuei a descida. Antes, passei um rádio para o ABC e avisei que estava sem *crampons* e precisava que alguém subisse para me ajudar a descer. Depois de transpor toda a parte de descida vertical, cheguei finalmente ao trecho menos inclinado do glaciar Rongbuk, onde me encontrei com meu sherpa, Mombadur Tamang. Foi uma decepção. A coisa óbvia a fazer, numa situação dessas, era ter me levado um par de *crampons* extras. "Toma, Rodrigo." E eu estaria salvo. Que nada. O esperto do Mombadur chegou sem nada.

— Está precisando de alguma coisa? – perguntou.

"Não, nada. Só chamei você aqui para bater um papo", pensei, suprimindo a ironia com a paciência que é preciso demonstrar quando alguém que acabou de cometer um erro ainda pode ser útil. Mombadur, que usava um par de *crampons*, tinha uma piqueta e um bastão de caminhada. Eu fiquei com o bastão, ele com a piqueta. Fui descendo, freando com o bastão toda vez que escorregava. Mandei Mombadur na frente, a uma distância curta. A ideia era que, se eu não conseguisse frear, ele me seguraria.

No meio do caminho, o vento voltou a se intensificar, a ponto de, em determinado momento, chegar a me arrastar para o lado. Mombadur veio correndo, eu estiquei a mão, ele a segurou, impedindo minha queda. A partir daí, desci quase que de braços dados com ele, para não ser derrubado pelo vento. Essa descida árdua durou cerca de uma hora. Exausto, tive de parar muitas vezes para descansar. Chegamos ao *crampon point*.[5] A partir dali, era uma caminhada mais plana e em terreno firme.

Quando cheguei ao acampamento base avançado, encontrei o Vitor. Lila Tamang, o sherpa que levara nossos equipamentos embora e nos deixara desprotegidos da montanha, não estava mais lá. Ele tinha se mandado para não enfrentar as consequências de ter nos deixado na mão. Fui até a barraca dos russos, onde fui recepcionado com uma macarronada e examinado por um médico da expedição. Ele confirmou que estava tudo bem com meus pés. Deu-me um medicamento, escrito em russo, pelo qual agradeci profundamente. Perguntei o que era, mas não consegui entender o que o médico dizia. Achei melhor não o tomar. Guardei-o para uma real necessidade, pois não sabia se poderia ter algum efeito colateral. Depois de lutar tanto e sobreviver à montanha, seria patético morrer no acampamento base avançado por uma reação alérgica a um medicamento.

Vitor, Clayton, Totó e eu comemoramos. Tínhamos, não há dúvida, muitos motivos para isso. Vitor havia atingido o cume do Everest. Não

---

5 *Crampon point* é o ponto onde termina a trilha nas pedras e começa o percurso no gelo. Recebe esse nome porque ali todos param para colocar os *crampons* nas botas na subida ou retirá-los na descida.

sem auxílio de oxigênio, como havíamos planejado, mas ainda assim um grande feito, conquistado em condições adversas. No topo, Vitor encontrara a dupla de brasileiros Irivan Burda e Waldemar Niclevicz, que haviam subido pela face sul do Everest, do lado nepalês. Irivan e Waldemar tinham o mesmo patrocinador que nós, a TryOn, mas o desafio deles, desde o princípio, era subir a montanha com auxílio de oxigênio. Vitor havia desistido da ideia de dispensar o oxigênio mais cedo e passara a usar os cilindros a partir dos 7.500 metros, a mesma altitude em que Irivan e Waldemar tinham começado a usar esses equipamentos. Como eu insistia em conhecer melhor os sintomas do ar rarefeito sobre o meu corpo, só passei a utilizá-los aos 8.200 metros de altitude – quando não havia outra opção além de adotar o oxigênio suplementar ou descer.

Quando Vitor encontrou Irivan e Waldemar no topo, o oxigênio da dupla estava terminando. Numa demonstração exemplar de solidariedade, meu companheiro trocou um cilindro com quase metade da carga pelo equipamento quase vazio de Irivan. Vitor achou que tinha oxigênio de sobra para si. Mal sabia ele que o retorno seria tão duro e que o gás da garrafa sobressalente que ele emprestara poderia ter amenizado o sofrimento. Isso porque, quando chegamos ao acampamento 2, já não tínhamos mais oxigênio. Não era essencial, mas teria ajudado.

Vitor e eu estávamos felizes por ter conseguido sobreviver a todas as dificuldades da volta. E eu ainda estava com todos os dedos dos pés intactos. Perceber nossa capacidade de resistir a tantas adversidades também foi motivo de comemoração. Nossos depoimentos ao vivo para os meios de comunicação brasileiros demonstravam essa sensação de alívio:

— Foi mais difícil a descida do que chegar ao cume. Estar no ABC, apesar de ser um lugar alto, significa uma segurança para nós, principalmente depois do que passamos – contou Vitor.

— Na descida, a água acabou às 3h da tarde, e só conseguimos nos hidratar no dia seguinte, por volta das 11h da manhã. Foram 20 horas sem água! Isso mantendo uma atividade física extenuante, em um lugar onde o ar é extremamente seco, e a desidratação é violenta. Mas estamos bem, foi tudo ótimo, temos belas imagens e boas histórias para contar – completei.

Nesse mesmo dia, arrumamos todos os nossos equipamentos e nos preparamos para ir embora. Na manhã seguinte, bem cedo, seguimos para o acampamento base. Tão logo chegamos, carregamos o caminhão, subimos no jipe e chegamos à fronteira da China com o Nepal à noite. No dia seguinte, 5 de junho, no limite do nosso visto, saímos do país.

Na viagem de jipe, Vitor e eu tivemos a oportunidade de esmiuçar tudo o que havia acontecido na montanha. Ele me explicou por que não me esperou na subida, quando eu lhe disse, por rádio, que ia parar em uma barraca para tirar as botas e arrumar as meias.

— Eu te esperei pra caramba, Rodrigo, mas você não veio.

— Demorei, eu concordo. Mas eu disse que estava a caminho.

— Eu passei um rádio para a base e perguntei de você. Como você tinha entrado numa barraca no acampamento 3 para esquentar os pés, tanto o pessoal da base quanto eu achamos que você tinha desistido e estava dormindo. Afinal, você não respondia ao rádio. Ninguém imaginou que você estava subindo, nem que o seu rádio não funcionava. O Totó, na base, falou: "Toca para o cume, Vitor. Desencana do Rodrigo que ele está bem".

O raciocínio do Vitor era o seguinte: um alpinista como eu, que já havia escalado a face sul do Aconcágua, não teria problemas na via normal do monte Everest. E como não tinha notícias minhas, precisava tomar uma decisão. Se eu havia desistido, como ele e o Totó acreditavam, não podia ficar parado na nevasca. Era continuar ou descer. Eu pensava de outro modo.

— Tudo bem, Vitor, eu entendo. Mas eu podia estar com algum problema. Podia ter rompido uma mangueira do meu equipamento de oxigênio, eu podia ter me ferido com os *crampons* ou ter perdido uma luva.

— Imagina, Rodrigo. Isto aqui é muito fácil para a gente. Pense no Aconcágua: quase uma semana escalando em um lugar com avalanches verticais e rocha podre, sem nenhuma barraca nem apoio externo. O Everest, com toda essa estrutura, é fácil para nós.

Vitor estava convencido de que estávamos muito bem sozinhos na montanha mais alta do mundo. Já eu insistia em mostrar a ele outro ponto de vista. Chegar ao cume é importante, claro. É, desde o início, o propósito da expedição. Como em qualquer projeto, existem diversos indicadores de sucesso, e o cume é apenas um deles. Já participei de expedições inesquecíveis, vitoriosas sob vários aspectos, em que não chegamos ao cume. Isso não impediu essas empreitadas de ter muita visibilidade na imprensa – o que, do ponto de vista comercial, agrada aos patrocinadores. Nesse ponto, é possível fazer uma analogia com um representante de vendas de uma empresa que se empenhou em prospectar o mercado para encontrar novos clientes, mas não conseguiu fechar nenhum negócio de imediato. De qualquer forma, a empreitada vale porque ele estabeleceu novos contatos, que podem ser úteis no futuro. O importante, em qualquer situação, é ser persistente.

Como em toda aventura, é na travessia que ocorrem as experiências que guardaremos para sempre, o aprendizado de vida e as histórias para contar. A chegada ao destino, o cumprimento da meta, é a coroação de um desafio superado. É só a cereja do bolo. Por isso, em uma situação de risco, na dúvida, não ultrapasse. Quando temos de ir de um ponto a outro numa estrada sinuosa e há um caminhão na nossa frente, esperemos. A distância não aumentou. O fato de demorar um pouco mais para chegar é irrelevante.

Depois de atingir são e salvo o acampamento base, passei a acreditar que poderia ter ido ao cume e ter voltado inteiro. Mas isso é pura confabulação, baseada no fato de eu ainda ter energia de sobra quando voltei. Mas, depois que algo já aconteceu, é impossível avaliar com perfeição o que o destino me reservaria se eu tivesse tomado uma decisão diferente. Só sei que, naquelas condições, fiz a coisa certa dando meia-volta a poucos metros do cume. Por uma decisão movida pelo ego, eu poderia ter colocado tudo a perder. Quando ministro cursos de escalada em gelo, são três os primeiros ensinamentos que passo aos meus alunos. O primeiro é que a vida se dá nos vales. Quando estamos na alta montanha, estamos em risco e precisamos voltar rapidamente a um lugar seguro, onde a vida continua. O segundo é caminhar como um velho para se sentir sempre jovem. Ou seja, poupe sua energia. O terceiro é um desdobramento do segundo: ao percorrer um caminho de A a B, reserve sempre energia para a volta. Não gaste tudo na ida. Escale como se depois do topo ainda houvesse mais montanha para percorrer. O cume é apenas metade do caminho, e 80% dos acidentes acontecem na descida. Dependendo das condições, deixe o cume para depois. Se seu parceiro estiver correndo risco ou se houver alguma outra coisa errada com você, atingir o topo deixa de ser a prioridade. O legal é escalar a montanha. Se você chegou ao cume ou a 10 metros dele, é uma questão que só importa aos livros de recordes.

De volta ao Brasil, discuti esses valores com o Vitor durante um ano. Certa vez, travamos o seguinte diálogo:

— Nós dois estávamos separados, cada um por si na montanha, e eu olhava para baixo e não via nossa barraca. Eu pensava na volta. Sabia que poderíamos sobreviver à ascensão. Mas e quanto à volta, se a barraca não estava lá?

— Cara, você não tinha nem subido a montanha ainda, por que estava preocupado com a volta? – perguntou o Vitor.

— Eu subo olhando para trás, cara.

Aprendi a me orientar no mato, em caverna, em todo lugar, obedecendo ao seguinte princípio: avance olhando para trás. Na ida, a paisagem é uma. Na volta, é outra. Por isso, a técnica para não se perder na natureza consiste em não olhar apenas para a frente. Quando eu me deparo com uma bifurcação, por exemplo, antes de escolher uma das trilhas, eu olho para trás e gravo a paisagem que vou encontrar na volta. Depois de seguir pelo caminho escolhido, viro-me novamente e registro na lembrança o que vejo. Isso funciona muito bem, porque tenho uma ótima memória fotográfica. É preciso sempre pensar no caminho de volta, ele é a sua segurança. Quando se escala sem corda, isso é ainda mais vital. Como não há a possibilidade de retornar ao chão descendo pela corda, fazendo rapel, é fundamental analisar a via para saber como "desescalar". Se o atleta ultrapassa um lance muito difícil, que não pode ser "desescalado", está numa roubada. A única opção é chegar ao topo e descer pelo outro lado. Certa vez, abri uma via[6] na Pedra do Baú, em São Bento do Sapucaí, na divisa entre São Paulo e Minas Gerais. Era uma escalada muito difícil, com trechos de subida em diagonal, em negativa (quando a inclinação é tal que a rocha fica quase paralela ao chão). Ou seja, a partir de certos pontos da escalada, se eu tentasse voltar de rapel, ficaria pendurado no vazio, sem conseguir voltar para a parede. Numa situação como essas, ou eu continuava subindo, ou continuava subindo. Não havia retorno. Ou você escala, ou você morre, não tem como desistir. Isso é o que chamamos de ponto de não retorno. A face sul do Aconcágua tem um lugar a partir do qual é menos arriscado subir do que voltar, mas não chega a ser um ponto de não retorno.

O perigo, quando ultrapassamos um ponto de não retorno, é ocorrer o chamado *fail to the top* (algo como "falhar rumo ao cume", em inglês). O *fail to the top* ocorre quando voltar atrás é mais perigoso do que arriscar tudo para chegar ao cume e descer por outra rota. É uma situação de risco extremo, quando a dificuldade e a periculosidade da via estão no limite da capacidade dos alpinistas. Outra expressão em inglês capaz de resumir com perfeição um fenômeno comum entre os alpinistas é *summit fever*, a febre do cume. O sujeito já investiu tanto naquela escalada, gastou tanto tempo, esforço, dinheiro e saúde e está tão perto do cume que há uma inversão de valores: chegar lá passa a ser um desejo que se sobrepõe a todas as outras coisas. Ele pensa: "Ah, não vai acontecer nada, não vai ter problema. Já sofri tanto para chegar até aqui, vou até o fim". Às vezes, voltar é muito mais difícil que continuar. Eu experimentei, todo mundo experimenta essa sensação. Como sei disso, sempre que me aproximo do topo de uma montanha e sinto

---

6 Fazer uma escalada que nunca tinha sido realizada antes e fixar parafusos na rocha para que outras pessoas possam subir por ali.

a adrenalina subindo, a empolgação aumentando, digo a mim mesmo: "Calma, Rodrigo, lembre-se da febre de cume. Ele é apenas metade do caminho. Lembre-se dos valores básicos e do seu filho. Não deixe isso acontecer. Preste atenção nos padrões de segurança. Não deixe o cume ser mais importante que o resto de sua vida".

Até nas decisões mais simples do dia a dia é saudável seguir essas regras. Muitas vezes, torna-se necessário desistir de algo que está ao alcance das nossas mãos para obter um benefício maior. Isso é análise de risco, é avaliar causa e consequência. Quem nunca passou por situações assim? A felicidade não vem apenas dos prazeres momentâneos. Fazer a escolha certa, ainda que isso represente uma privação imediata, é um dos caminhos para a felicidade, uma forma de atingir nossos objetivos.

Por tudo isso, sempre, a todo instante, avalio qual é o ponto de não retorno. Existe algum ponto de não retorno na ascensão do Everest? Não. Há sempre a opção de voltar. E em 2005 eu tomei uma das decisões mais difíceis da minha vida: voltar a menos de 50 metros verticais do cume. No Brasil, em Campinas, em uma casa com um quintal arborizado, a 15.600 quilômetros de distância do topo do mundo, havia meu filho, minha família esperando por mim. Não podia imaginar, naquele momento, o quanto aprenderia com essa decisão. Muito mais do que se tivesse continuado. Posteriormente, surpreendi-me também com a quantidade de comentários que recebi de pessoas desconhecidas, dizendo-me que eu havia conquistado seu respeito por ter voltado atrás faltando tão pouco para cumprir minha meta. Muitos consideraram isso um ato de coragem ainda maior do que se eu tivesse continuado. Também fui apoiado por familiares, amigos e patrocinadores. Eles estavam todos certos, e eu aprendi muito com isso.

Eu sempre, sempre vou pensar na volta.

CAPÍTULO 4

NA NATUREZA

Rodrigo faz escalada em rocha na Pedra do Baú,
em São Bento do Sapucaí, São Paulo.

Cachoeira do Pai Nosso, serra do Aracá, Amazonas, Brasil
11 de agosto de 2001
5h30

Totalmente nu, caminhei sobre a plataforma de pedra irregular em direção à beira da cachoeira mais alta do Brasil. Passara a noite no topo da queda-d'água, em meio à floresta Amazônica. O impacto do rio sendo despejado daquele penhasco formava uma nuvem líquida que chegava até o topo. Era como se estivesse chovendo de baixo para cima, tal o volume de água disperso que voltava da base da cachoeira. Molhado por causa dos respingos, tive de pernoitar sem roupa, dentro do saco de dormir, ao relento, apreciando o céu estrelado.

Para chegar àquele lugar, desci de um helicóptero, deslizando por uma corda. Eu estava acompanhado do meu então sócio na empresa de turismo de aventura, treinamento e segurança do trabalho que mantenho em Campinas. Nossa missão era descer de rapel toda a extensão da cachoeira para medir com precisão sua altura. Para isso precisaríamos de um heliponto, e dali abrir caminho até a cachoeira. Após escolher um local em um banco de areia próximo à cachoeira, descemos pela corda para retirar dois arbustos que impediam a descida do helicóptero. Quando chegamos ao chão, e o helicóptero foi embora, estávamos no coração da selva Amazônica e tínhamos apenas um facão cada um. Se acontecesse alguma pane no helicóptero ou chovesse muito forte, ficaríamos sozinhos na selva, sem possibilidade de resgate.

Depois de feita a descida da cachoeira, passaríamos a corda em um aparelho semelhante a um odômetro de automóvel, capaz de calcular a distância vertical percorrida. Após a descida, subiríamos tudo de volta pela corda, fazendo a medição. Tratava-se de um projeto em parceria com a EPTV, filiada da TV Globo em Campinas, que registrou todo o trabalho de medição com câmeras potentes a partir do helicóptero. Como viríamos a descobrir, a cachoeira do Pai Nosso tem 353 metros de queda livre, quase a altura do morro do Pão de Açúcar, no Rio de Janeiro. Meu filho Rodrigo nascera 20 dias antes. De maneira espontânea, enquanto deslizava pela corda com a água caindo de enxurrada na minha cabeça, eu cantava mentalmente uma cantiga de ninar: "Eu tenho um amigo; ele é muito bonzinho; sempre, sempre me acompanha; ele é o meu anjinho". Eu me sentia como se meu filho recém-nascido fosse uma presença protetora, como um anjo. Era muito bom estar ali, no meio da Amazônia, distante de toda a civilização; mas também pensava no molequinho, tão pequenino, que precisava de tantos cuidados...

Finalmente o helicóptero voltou com os equipamentos e pousou na clareira aberta por nós. Com uma corda comprida, fixei uma travessia do rio, pois o caminho pela margem oposta parecia melhor. Avançamos até encontrar uma grande barreira de pedras impedindo a passagem. Uma opção era nadar pelo rio, mas estávamos muito perto da cachoeira e carregávamos equipamentos que não podiam ser molhados, inclusive eletrônicos. Procurei uma passagem pelas pedras e acabei encontrando uma pequena abertura. Entrei pelo buraco, que se mostrou mais amplo do outro lado. Era uma pequena caverna que dava no lajeado onde terminava o platô e onde a cachoeira despencava centenas de metros abaixo. Deixamos nossos equipamentos ali e voltamos ao acampamento.

Choveu a noite toda no acampamento, e quase todas as barracas estavam encharcadas. Tomamos café e fomos retirar as laterais do helicóptero, para facilitar a filmagem. Colocamos um cinto de segurança em altura no Coutinho, o cinegrafista, e fizemos uma ancoragem no centro do helicóptero, de forma que ele podia movimentar-se colocando metade do corpo para fora do helicóptero com total segurança. Em seguida, eu e meu parceiro voltamos à cachoeira.

Após muitos preparativos e concentração, desci primeiro, levando 300 metros de corda e muitos equipamentos para ancoragem. Fiz questão de não deixar nenhuma ancoragem fixa, nenhum vestígio após nossa empreitada: tudo o que utilizamos de equipamento foi retirado e trazido de volta. Meu parceiro veio em seguida, com mais 480 metros de corda (uma de 300 e outra de 180). Desci até o final da minha corda e esperei por ele. Atei a ponta da corda de 180 metros no final da minha e, no último lance, de aproximadamente 120 metros de queda livre, cheguei ao fundo da cachoeira. Um lago colossal, com ondas enormes causadas pelo vento da cachoeira, recebia aquele jato d'água infinito. Contornei o lago pela esquerda até um ponto onde o vento forte carregado de partículas de água me permitia olhar para cima. Chamei a equipe pelo rádio, comemos e iniciamos a subida. Para chegar de volta à corda, tive de caminhar de costas, pois as gotas de água vinham com tamanha força que pareciam me furar o rosto e não me deixavam respirar direito.

A queda d'água dançava ao sabor do vento, e durante a subida uma rajada mais forte de vento jogou o centro da cachoeira sobre nós.

O peso da água batendo nas costas e na cabeça era quase insuportável, e ficamos por mais de um minuto sem conseguir respirar. Nesse momento meu parceiro desistiu de retirar o equipamento, e continuamos a subida deixando todos os apetrechos fixos à parede de rocha. Chegamos ao topo da cachoeira de noite, completamente encharcados e com frio. Teríamos de passar a noite no lajeado, ao relento. Ali estavam nossos sacos de dormir, uma lanterna, um pouco de comida e fósforos, com os quais fiz uma fogueira para espantar possíveis animais. A cada meia hora eu saía do meu saco de dormir para colocar mais lenha na fogueira e ficava atento aos ruídos vindos da mata, do outro lado do rio. Se aparecesse uma onça ou outro animal perigoso, o jeito seria correr para as cordas e dependurar-se. Era o único local onde não poderíamos ser atacados.

Ao amanhecer me aproximei da borda do penhasco, nu. Em breve iniciaria os preparativos para uma nova descida de rapel para retirar todo o equipamento que ficara para trás. O sol despontava no horizonte. As cores do céu variavam do vermelho ao alaranjado. Sob os pés, a perder de vista, o manto verde da selva Amazônica. Sentei no limiar da pedra, de pernas cruzadas, e contemplei aquela imensidão. Durante uma hora e meia, fiz ioga, meditei e planejei o que estava por vir. Uma revoada de andorinhões, que aos milhares saíam de trás da cachoeira, quebrou o silêncio de forma espetacular.

A contemplação não é o meu estado natural. Os momentos em que me permito desfrutar a paisagem, o cenário ao meu redor, são quase sempre pausas em meio a uma atividade constante, enérgica. Prefiro jogar a assistir ao jogo. Se ficar muito tempo parado, já começo a achar que não faço parte daquilo. Para me sentir integrado à natureza, preciso estar em ação.

Quando escalo o Everest, por exemplo, todos os meus sentidos estão voltados para os elementos essenciais à minha sobrevivência. Isso inclui os movimentos do meu corpo, o estado do meu organismo e os mínimos detalhes do meu entorno, como o relevo e o caminho a seguir. A trilha sonora da ascensão é o som ritmado da minha respiração. De tempos em tempos, é preciso parar para descansar. Então, durante cinco ou dez minutos, eu contemplo. Coloco toda a minha percepção para absorver a extrema beleza ao redor. Fico de costas para a montanha e vejo primeiro o chão pisado à minha frente. Elevo um pouco mais o olhar e observo a cordilheira do Himalaia abaixo de mim, um tapete de espigões nevados. Em seguida, miro o horizonte e confirmo o que Galileu dizia e só os astronautas conseguem enxergar a olho nu, em toda a plenitude: a Terra é redonda. A 8.500 metros de altitude, é possível ver a curvatura da Terra. Nessas horas, não canso de me espantar como o mundo é grande. Nessas horas, surpreendo-me como um ser tão pequeno perto de tudo aquilo pode ser capaz de subir a gigantesca massa de rocha e gelo que é o Everest e, lá de cima, ver os limites do mundo. Nessas horas eu sou contemplativo.

"Por que escalar montanhas? Por que subir o Everest?" Essas são algumas das perguntas que eu e a maioria dos alpinistas mais escutamos. Questionamentos semelhantes sempre foram feitos a exploradores e pioneiros de todos os períodos históricos. A americana Amelia Earhart (1897-1937), a primeira mulher a cruzar o oceano Atlântico pilotando sozinha um avião, respondeu da seguinte forma quando lhe perguntaram por que queria voar: "Por que o homem quer andar a cavalo?" A mesma paixão pelo desafio que a levou a fazer um voo solo dos Estados Unidos à França é o que move alguém a subir um pico de 3.000, 5.000 ou 8.000 metros de altitude. Mas a resposta mais clássica – e a que eu mais gosto – a esse respeito foi dada por George Leigh Mallory antes de fazer sua fatídica expedição ao Himalaia, em 1924. Quando lhe perguntaram por que queria escalar o monte Everest, Mallory disparou: "Porque está lá".

Enquanto houver uma montanha no mundo, estarei disposto a subi-la. Talvez o meu passado explique essa necessidade.

Nasci em Ibitinga, no interior do Estado de São Paulo, no dia 9 de maio de 1969. Ibitinga é uma cidade à beira do rio Tietê, em um trecho em que suas águas, depois de muito serpentear por aí, deixaram para trás a poluição adquirida na capital. Passei a infância em um ambiente rural, pois morávamos em um sítio. Lá havia cachorro, cavalo, égua, mula, boi. Fiz casa na árvore, bati peneira no rio para pegar peixinho, colhi frutas nos sítios dos vizinhos, corri no cafezal, joguei bola e andei de bicicleta. Não tinha nem carteira de motorista e já dirigia, porque em sítio é assim: a necessidade faz o homem.

A quinta e a sexta séries do ensino fundamental eu cursei em Rio Claro, em um colégio interno chamado Koelle. Meus pais decidiram me matricular lá porque era uma opção de ensino de qualidade melhor do que as existentes em Ibitinga naquela época. Lá tive experiências diversas, algumas muito boas, outras um tanto quanto difíceis. Aos 11 anos de idade, tinha de cuidar de mim mesmo em um ambiente agradável e ao mesmo tempo hostil. Quem já passou por um internato sabe que, quando os professores não estão olhando, vale a lei do mais forte. Entre os colegas, na sala de aula, no recreio, na natação ou no vestiário, era cada um por si. No dormitório, convivíamos 24 crianças. Havia camaradagem, mas também brigas e situações de maus-tratos e chantagens por parte dos garotos maiores. Naquele tempo, esse tipo de intimidação ainda não era chamado de *bullying*, nem havia sido identificado como um fenômeno social ou psicológico, mas obviamente já existia. De várias formas, aquilo foi um aprendizado de sobrevivência. Nunca tive gosto por brigas e sempre fui franzino. Só mais tarde, já adulto, ganhei massa. Meu tipo físico acabou me ajudando na escalada, em que a relação força-peso é essencial. Mais do que explosão muscular, muito útil no boxe, por exemplo, na rocha é preciso ter resistência física. E isso eu sempre tive, além de uma capacidade superior de me manter em estado de alerta. Na faculdade, quando íamos pular o carnaval em Ouro Preto, era eu quem retornava dirigindo, enquanto os meus colegas iam dormindo, destruídos fisicamente pela festança. Mas, voltando ao internato em Rio Claro: eu me defendia das maldades da criançada. Logo percebi que a inteligência podia muito mais do que a força. Por isso, fazia amizade com os mais fortes ou conquistava respeito demonstrando coragem e lealdade. Depois de dois anos, meus pais tiveram de me tirar do colégio interno porque estava ficando muito custoso para eles. Por mim, eu teria ficado.

Entre os aspectos positivos do colégio, que me marcaram para sempre, estavam as excursões que fazíamos com certa frequência. O professor Dalner, que morava no colégio e era responsável por manter um olho nos internos, era quem nos levava nas viagens. A cada 15 dias ou uma vez por mês, íamos às cuestas de Botucatu, região de Brotas, Analândia, Piracicaba, Charqueada e Batovi, todas elas cidades do interior de São Paulo, dotadas de uma natureza rica. Fazíamos caminhada na mata e tomávamos banho nas piscinas naturais das cascatas. Para um menino de 11, 12 anos, era uma diversão maravilhosa chegar a uma cachoeira de 40 metros de altura, com um pequeno lago para brincar. Hoje, quando avalio a maneira como aquelas excursões eram organizadas, vejo que era uma temeridade. A gente se embrenhava no meio do rio de Piracicaba: um monte de crianças tropeçando no meio daquelas pedras com corredeiras, entrando em cachoeiras e passando por trás da cortina d'água sem grande supervisão. Alguns eram muito pequenos. Sem precisar estabelecer regras, de maneira espontânea, os maiores acabavam tomando conta dos menores. Não havia nenhum sistema de gestão de segurança. Mas isso é porque eu trabalho com turismo de aventura, sempre aplicando os métodos mais modernos. Jamais levaria um grupo para fazer uma trilha sem tomar precauções e sem ter uma equipe de profissionais para dar suporte. Mas era uma época diferente, e, por sorte, nunca tivemos nenhum problema. Ninguém jamais se machucou. Foi uma infância muito rica.

Depois de dois anos no colégio interno, voltei a Ibitinga, onde fiz o restante do ginásio, hoje chamado de ensino fundamental. Lá, reencontrei meus amigos de infância que continuavam morando na cidade. Depois do ginásio, fui para Ribeirão Preto cursar o colegial (ensino médio) e estudar para o vestibular. Em Ibitinga não havia um bom cursinho. Matriculei-me no COC de Ribeirão. Essa foi minha segunda fase de independência. Aos 15 anos tinha meu próprio talão de cheques e conta bancária. Eu era responsável por minhas coisas. De vez em quando, decidia viajar de carona de Ribeirão a Ibitinga para economizar dinheiro. Como não tinha pai nem mãe por perto para me obrigar a fazer as coisas o tempo todo, ia para a escola na hora que bem entendesse. Com isso, fiz algumas doideiras de estudante, mas amadureci bastante.

Pelo COC, participei de duas excursões que me impressionaram muito. Na primeira, visitamos as cidades históricas de Minas Gerais. Além de conhecer as construções coloniais, as igrejas e os museus, fizemos atividades na natureza e conhecemos a gruta de Maquiné. Eu achei aquela caverna deslumbrante. Eu queria ir mais fundo, explorar os lugares onde não havia luz e descobrir novas galerias nas entranhas da terra. Mas não podia, tínhamos de ficar na parte turística da gruta. Na segunda excursão, fomos às cavernas do Vale da Ribeira. Aí, sim, nos foi permitido entrar nas partes escuras, e começamos a desbravar aquele mundo subterrâneo, cheio de estalactites, estalagmites e cortinas de calcita. Vimos grilos albinos, bagres cegos, morcegos e opiliões, insetos de oito patas da classe dos aracnídeos. Aquele ecossistema cavernícola era um novo mundo para nós e me fisgou imediatamente. Era o ambiente perfeito para um grupo de estudantes, pois permitia fazer analogias com as lições escolares. As reações químicas, por exemplo: as cavernas em rochas calcárias surgem porque o calcário é solúvel no ácido carbônico, transformando-se em bicarbonato de cálcio. A água da chuva carrega o bicarbonato de cálcio, penetrando nas fendas e reaparecendo em formas espetaculares no interior das cavernas. Esse processo libera o gás carbônico e forma espeleotemas de carbonato de cálcio.. Naquela viagem, tive uma *overdose* de informações que fez entrar no meu sangue o vício da curiosidade sobre o mundo natural e geológico.

Eu era bom aluno, mas durante o colegial fui preparado para um vestibular de múltipla escolha. E, justo no meu ano, a Unicamp mudou a prova para perguntas discursivas. Por isso, não passei direto e fui a Campinas fazer cursinho. A decisão de trocar Ribeirão Preto por Campinas foi necessária porque na primeira cidade eu tinha muitos amigos. Era impossível me concentrar nos estudos com a quantidade de festas que fazíamos. Em Campinas, dividi apartamento só com mais um amigo e conterrâneo, o Tuca, e foquei na preparação para o vestibular. No final do ano, passei na Universidade de São Paulo (USP), na Universidade Estadual de Campinas (Unicamp) e na Universidade Estadual Paulista (Unesp). Pude escolher.

Uma das minhas primeiras iniciativas depois de começar o curso de Engenharia da Computação na Unicamp foi organizar viagens para levar meus colegas às cavernas do *Parque Estadual Turístico do Alto Ribeira* (Petar). Eu havia guardado os contatos dos guias de São Carlos que haviam feito a excursão do colégio de Ribeirão Preto. Liguei para eles e fiz uma vaquinha entre os colegas para lhes pagar. Na primeira viagem, éramos quatro pessoas, e fomos de carro. Na segunda, viajamos em dois carros e uma moto. Na terceira excursão, fretamos um ônibus cheio de estudantes da Unicamp. Havia tanta gente interessada que decidimos montar um grupo excursionista universitário, o Gaia, em 1989. Fui, portanto, o idealizador do Gaia e um de seus fundadores. Foi ali que conheci o Vitor Negrete. Em uma das excursões ao Petar organizadas por mim, ele se inscreveu como cliente, mas demonstrou tal força e iniciativa que acabou funcionando como um guia. Vitor, como bom tenente de cavalaria da reserva que era, mostrou-se disciplinado e companheiro. Durante a exploração de uma das cavernas, uma das garotas perdeu os óculos. À noite, juntamos um grupo de guias e voltamos à gruta. Vitor mergulhou na cachoeira da caverna, naquele breu, e conseguiu encontrar os óculos. Um feito extraordinário. Então já um ciclista e corredor de aventura admirado, ele também era conhecido na universidade por seu engajamento político, tendo sido dirigente do Diretório Central Estudantil da Unicamp.

Do Gaia nasceu o Grupo de Escalada Esportiva da Unicamp (GEEU). Pelo GEEU, montamos duas paredes de escalada. Meu amigo Tomás Gridi Papp teve a ideia de fazer uma delas na Faculdade de Educação Física. Com medo de que os alunos se machucassem, o reitor e o diretor hesitavam em dar a autorização. Para convencê-los a aprovar o projeto, fizemos um abaixo-assinado para o qual conseguimos mais de 500 assinaturas. Por fim nos foi permitido fixar as agarras e as ancoragens[7] na parte externa de um prédio da futura biblioteca, ainda em obras. Mesmo com o aval oficial, temíamos que, quando nos vissem pendurados

7 Dispositivo usado para prender o sistema de segurança do escalador à rocha ou ao gelo.

fixando as pedras e as fissuras artificiais, mandassem a gente descer. Por isso, fomos ao local numa sexta-feira à noite, e enquanto alguns colegas iluminavam a parede de 9 metros de altura, o Tomás Papp, o Breno Arruda, o José Fernando Madureira Guedes e eu ficamos fazendo os furos para instalar todos os parafusos. A instrução técnica para fazer as ancoragens nos foi dada por Carlos Vageler. O uso da parede era livre, apesar de todo o equipamento ter sido comprado com a contribuição mensal dos integrantes do Gaia. Aquela foi, se não a pioneira, uma das primeiras paredes artificiais de escalada em uma universidade brasileira. Antes já havíamos montado uma parede de escalada *indoor* em estilo *boulder*[8] na edícula da república Império dos Sentidos, onde eu morava. Seu uso também era liberado, mas era considerado de bom-tom que quem a escalasse com frequência doasse um par de tênis Kichute para o acervo do GEEU. Sapatilhas de escalada, naquela época, custavam uma fábula e eram difíceis de encontrar. Por isso, usávamos chuteiras baratas bem apertadas e sem os cravos, para que os pés não escorregassem nos apoios das paredes. Bons tempos. Até hoje, muitos dos meus colegas de Gaia e GEEU me chamam por meu apelido de calouro, "Ibitinga".

Por essa época, fui convidado para participar de um Encontro Paulista de Espeleologia no Petar. O evento incluía dois cursos, um de técnicas verticais e um de resgate, ambos muito úteis para a exploração de cavernas. No início da década de 1990, ninguém entendia muito de técnicas verticais no Brasil. Por isso, o curso foi ministrado por uma equipe da Itália liderada por Giovanni Badino, um dos maiores espeleologistas europeus. O problema é que os cursos ocorreram ao mesmo tempo, em salas separadas. Eu estava tão sedento de informação que queria os dois. O jeito foi começar assistindo ao curso de verticalidade até o momento em que os instrutores pediam para os presentes repassarem as informações aprendidas. Nesse instante, eu corria para a sala ao lado e assistia a alguns trechos da aula de resgate. Em seguida, voltava para a palestra anterior. Nas aulas práticas de técnicas verticais, a gente se pendurava nas árvores, fazia subida e descida em corda, passagem de nó e ancoragem. Nas de resgate, aprendíamos a usar uma maca e a deslocar uma vítima para cima e para baixo, com o uso de técnicas verticais. Treinávamos, por exemplo, como carregar um corpo inerte, pesado, com o uso de cordas. No mesmo fim de semana do encontro de espeleologia, meu colega Tomás Papp foi ao Rio de Janeiro para fazer um curso de escalada de nível básico. Quando voltamos de nossos cursos, eu

8 Escalada em pedras baixas ou em paredes horizontais, em que o uso de cadeirinhas e cordas torna-se desnecessário.

transmiti para a turma do Gaia as técnicas verticais, e o Tom passou as informações e os macetes da escalada. Foi uma delícia obter e compartilhar tanto conhecimento.

Essa reunião aconteceu no pico das Cabras, próximo ao Observatório de Capricórnio, em Campinas, e encontramos em meio à mata uns pinos presos à pedra que levavam ao cume do morro. Alguém já tinha aberto uma via de escalada naquele lugar, algo absolutamente surpreendente, porque esse tipo de atividade *outdoor* ainda não havia se popularizado no Brasil. A mãe do Tom, Verônica, viajou aos Estados Unidos, e encomendamos a ela uma corda, cinco mosquetões e um pedaço de fita. Com a fita e os mosquetões, a gente preparava a ancoragem e, com a corda, fazia a segurança um do outro. Compramos duas cadeirinhas nacionais e começamos a escalar. Tudo isso ocorreu em 1989.

No ano anterior, no feriado de 7 de setembro, eu e um grupo de amigos da Unicamp, entre os quais a Betina, cuja família morava em Cruzeiro, e o José Fernando, viajamos ao Parque Nacional do Itatiaia, no Rio de Janeiro, e subimos o pico das Agulhas Negras, a 2.791 metros de altitude. Foi o lugar mais alto onde eu havia estado até então. Em 1991, fiz um curso avançado de escalada com Luiz Makoto Ishibe, então um dos poucos montanhistas respeitados no país. As aulas com Ishibe me abriram a cabeça. Com ele aprendi a escalar grandes paredes, a dormir em barracas suspensas e a empregar uma variedade muito maior de instrumentos verticais, como a proteção móvel.[9] Dois anos depois, fiz o curso de escalada em gelo do Clube Andino, em Bariloche, na Argentina. O treinamento culminou com uma escalada do cerro Tronador (3.748 metros de altitude) pela face sul, mais técnica. Nessa subida, tivemos de fazer o resgate de uma dupla de alpinistas que sofrera uma queda. Um deles havia fraturado a tíbia, e o outro, o que mais gritava de dor, sofrera ferimentos bem mais leves. Demos o primeiro atendimento, mas em seguida chegaram os instrutores argentinos e assumiram a responsabilidade pelo resgate. Não precisa nem dizer quem foi socorrido primeiro: o alpinista que gritava mais, não o mais ferido. Foi chocante, mas ao mesmo tempo uma experiência de vida que certamente me amadureceu profissionalmente. Em seguida, na mesma temporada, fui com o Tomás Papp para o Aconcágua, e já na primeira tentativa chegamos ao cume, pela via normal.

Não planejei uma vida de alpinista, portanto. Os fatos foram me levando, quase sem que eu vislumbrasse, lá na frente, meu futuro.

9 Uso de peças metálicas que podem ser afixadas em fissuras na rocha para prender ou passar uma corda de escalada.

Não comecei a escalar pensando: um dia vou subir o Everest. Apenas fui fazendo o que me dava prazer e o que me instigava. No montanhismo, aprendemos que não se deve avançar pensando simplesmente em chegar a algum lugar. É preciso dar um passo após o outro, concentrando-se em cada um deles. A minha entrada no mundo das aventuras foi assim. Dei cada passo com extrema dedicação, curtindo o gesto. E a caminhada levou-me a ser o que sou.

No Gaia, organizávamos toda sorte de atividade *outdoor*. Mergulhávamos, explorávamos cavernas e fazíamos caminhadas longas, de vários dias. Fizemos travessias na Ilha Grande, na serra da Bocaina e na de Petrópolis-Teresópolis. Eu adoro caminhar, adoro cachoeira, adoro caverna, adoro mergulhar. De todas essas atividades, a que me dava mais satisfação era a escalada. No Brasil, só havia rochas para escalar. O Everest era algo tão distante e diferente... Eu sempre projetei e fiz planos dentro das minhas possibilidades. Primeiro, sonhei em escalar alguns morros no Estado de São Paulo. Depois de realizar esse sonho e de fazer o curso com o Ishibe, almejei subir uma *big wall*, como são chamadas as paredes de grande extensão que podem levar vários dias para serem superadas. Logo que venci um desafio desses, fiz o curso na Argentina e percebi que podia fazer uma escalada mista, com trechos de rocha e gelo. Depois de chegar ao cume do Aconcágua, pensei: "Veja só, já posso escalar em grandes altitudes". Cada desafio superado levou ao próximo. Quando dei por mim, estava a caminho do topo do mundo.

Durante a maior parte do meu período na faculdade, eu pensava que seguiria a carreira de alto executivo de uma multinacional. Os esportes de aventura seriam apenas o meu *hobby*. A guinada se deu em 1993, quando fui à Holanda para um estágio na área de engenharia da computação. Eu me dediquei muito ao trabalho e aos estudos na Europa. Morar no Velho Mundo, no entanto, também me permitiu ver que era possível viver de esportes *outdoor*. Escalei o Mont Blanc, o pico mais alto da Europa Ocidental, com 4.810 metros de altitude, e treinei muito. Voltei ao Brasil decidido a não ser um executivo de multinacional, mas um alpinista. Terminei as últimas matérias que faltavam para acabar a faculdade e tirar o diploma. Em vez de arranjar um emprego em uma grande empresa, comecei a observar como os profissionais como o navegador Amyr Klink vendiam seus projetos, captavam patrocínio e elaboravam palestras sobre suas experiências. Decidi trilhar esse caminho. O diploma de engenheiro era meu plano B.

Eu já vinha trabalhando informalmente como guia de atividades ao ar livre e instrutor de técnicas verticais antes de terminar a faculdade. Como não contava com o patrocínio dos pais para comprar equipamentos de escalada ou para pagar as viagens pelo Gaia, tinha de me virar para ganhar dinheiro. Comecei a ensinar algumas pessoas a escalar, cobrando valores quase simbólicos: 20 ou 30 reais por aula. Com meu conhecimento de equipamentos e os contatos com fábricas nacionais, passei também a vender barracas, sacos de dormir e mochilas na minha casa. Em 1994, depois de voltar da temporada na Holanda, formalizei o negócio – CNPJ, nota fiscal, tudo direitinho –, mas a sede ainda era na minha casa. Em 1995, junto com um conhecido da faculdade, aluguei uma sobreloja em Barão Geraldo, nos arredores de Campinas, e abri a primeira portinha da Grade6, uma empresa de turismo de aventura, técnicas verticais aplicadas à segurança no trabalho e treinamento corporativo. Até hoje a Grade6 atua nesses segmentos. Na área de ecoturismo, levamos clientes ao monte Kilimanjaro (5.895 metros), na Tanzânia, África, ao acampamento base do Everest e ao Aconcágua, só para dar alguns exemplos. No segmento de segurança no trabalho, damos treinamento e consultoria a empresas que têm funcionários trabalhando em lugares altos, como instaladores de antenas de celular e técnicos de iluminação de estúdios de TV. Já em *outdoor training* – treinamento empresarial ao ar livre –, a Grade6 foi uma das pioneiras do Brasil.

Tão logo terminei a faculdade, matriculei-me no mestrado de Qualidade vinculado ao Instituto de Matemática, Estatística e Computação Científica (Imecc), na Unicamp, com o objetivo de elaborar uma dissertação sobre *outdoor training*. Fiz todas as aulas, mas não cheguei a defender a dissertação porque não consegui um orientador que acreditasse no tema. No *outdoor training*, tiramos um grupo de funcionários do ambiente corporativo e os levamos para o ambiente natural. Nas dependências da empresa, as pessoas se mantêm presas a códigos de ética e de conduta muito arraigados. Na natureza, elas têm mais facilidade de deixar isso para trás, pois agem de maneira espontânea, natural. Por isso, nesse ambiente é mais fácil trabalhar as relações entre elas. Hoje, levar gerentes e executivos para desenvolver, na natureza, habilidades como liderança, comunicação, planejamento e trabalho em equipe é uma forma de treinamento difundida e reconhecida. Quando tentei fazer meu mestrado, não. A bibliografia e o embasamento teórico sobre o tema eram praticamente inexistentes. E os professores nada entendiam do assunto. O episódio me ensinou o quanto a academia brasileira é, muitas vezes, resistente à inovação. E que, quando acreditamos em um produto ou projeto, é preciso seguir em frente sem nos deixar desanimar por aqueles que se acomodaram aos velhos modelos ou à rotina. É preciso ter perseverança.

No alto da maior cachoeira do Brasil, terminei a sequência de ioga e permaneci mais um tempinho de pé, mirando o horizonte amazônico. Lembrei-me então de uma passagem da minha infância, quando viajei para a praia com os meus pais. Para aplacar a ansiedade de criança, que não para de perguntar se ainda falta muito, minha mãe inventou uma brincadeira de ver quem avistava o mar primeiro. Quando, na descida da serra, enxergamos o mar, fiquei maravilhado. Depois, ao pisar na areia da praia, todo mundo só olhava para a frente, para o oceano. Eu não. Eu também me virava para trás, observava aquele mato fechado que cobria a serra e tinha vontade de entrar ali, embrenhar-me em uma trilha e procurar cachoeiras como quem sai à caça de um tesouro.

Eu gosto de animais soltos, jamais presos. Detesto apartamentos. Sempre preferi morar em casa, com quintal. Gosto do sol e do céu estrelado. Agrada-me a amplitude da natureza. E me sinto bem em saber que posso ir a qualquer lugar. Para chegar a alguns deles, é preciso deixar o conforto de lado, botar uma mochila nas costas e pegar uma trilha. Quanto mais urbanizado o mundo fica – e esse é um processo que avança rapidamente –, mais longe é preciso ir para encontrar a natureza em seu estado mais puro. Eu sinto falta da ausência de infraestrutura e da privação das mordomias da vida moderna que os ambientes mais selvagens proporcionam. De estar em um lugar onde não há sequer um espelho para saber se o cabelo está penteado ou não. Nas cidades, nossas sensações ficam mais restritas, o horizonte se encontra logo ali, e os ruídos são mais altos. Nessas condições, é quase impossível perceber a si mesmo. Por isso me realizo tanto escalando, voando de parapente, subindo cachoeiras por uma corda e surfando. Mesmo eu não sabendo surfar. O que vale é que, ao ar livre, fico mais próximo da minha essência.

Millennium

CAPÍTULO 5

MAIS ALTO, MAIS FORTE

O alpinista português João Garcia e Rodrigo encontram-se na trilha que leva à base do Everest, em 2008.

Katmandu, Nepal
22 de março de 2008
20h

Uma expedição para o Everest, contando as viagens de avião de ida e de volta, dura quase três meses. Se der tudo certo e houver bom clima, pode-se reduzir esse tempo para 65 ou 70 dias. Para isso, é preciso da colaboração não apenas da natureza, mas também dos homens. Quando desembarquei no Aeroporto de Katmandu, capital do Nepal, para minha terceira tentativa de chegar ao cume do Everest, a principal ameaça ao sucesso da expedição eram as Olimpíadas na China. Parece absurdo que um evento sediado em Pequim, a 3.000 quilômetros de distância da maior de todas as montanhas, pudesse atrapalhar tanto os meus planos como os de centenas de outros alpinistas, mas foi isso mesmo o que aconteceu.

Para entender a relação entre uma coisa e outra, é necessário relembrar um pouco da história tibetana recente. O Tibete, um território de 1,22 milhão de quilômetros quadrados na fronteira com o Nepal, foi anexado pela China em 1950. Os tibetanos dizem que sempre foram um povo soberano, governado por regentes religiosos. Já os chineses alegam que o Tibete lhes pertence desde a Dinastia Yuan, no século XIII. O fato é que, com a recente ocupação chinesa, o regente tibetano, então com 24 anos de idade, foi obrigado a fugir para a Índia, onde vive exilado até hoje. Todos já ouviram falar dele: é o Dalai Lama, aquele senhor de óculos redondinhos e túnica vermelha e amarela. Nas últimas cinco décadas, o Dalai Lama tornou a sua causa, a da independência do Tibete, conhecida internacionalmente. Em 2008, quando a tocha olímpica saiu de Atenas para, após a tradicional volta ao mundo, levar a chama dos esportes à nova sede dos jogos, foi seguida por uma legião de manifestantes pró-Tibete. Por onde a tocha passou – Paris, San Francisco, Londres e muitas outras cidades –, atraiu um bom número de pessoas com cartazes pedindo a independência da província chinesa. Algumas delas tentavam a todo custo apagar o fogo olímpico, que desfilava nas mãos de maratonistas e outros atletas convidados.

Pois bem. Não é que o pico do Everest estava no roteiro da tocha? É de se admitir que fazia sentido. Afinal, metade da montanha está em território controlado pelo país que sediou as Olimpíadas daquele ano. O lugar mais alto do mundo era perfeito para realçar a grandiosidade dos jogos, expresso em seu lema: "Mais rápido, mais alto, mais forte". Para os manifestantes pró-Dalai Lama, contudo, a presença da tocha no topo do mundo simbolizava o domínio da China sobre o Tibete. Para eles, a metade norte do Everest não pertence aos chineses, mas aos tibetanos apenas. Ao levar a chama olímpica ao Tibete, os chineses deram aos defensores da independência da província uma excelente oportunidade para chamar a atenção internacional para sua causa.

Consciente do impacto político de levar a tocha aos 8.848 metros de altitude, o governo chinês resolveu fechar a face norte, ou seja, o lado tibetano da montanha, na temporada de 2008, para evitar protestos. Como resultado, todos os montanhistas que haviam planejado escalar o Everest naquele ano tiveram de optar por fazê-lo pela face sul, do lado nepalês. Isso criou a primeira dificuldade: Katmandu estava abarrotada de alpinistas estrangeiros, todos comprando equipamentos, estocando mantimentos e contratando sherpas. Consequentemente, os preços dispararam. Eu passava os dias negociando com vendedores e prestadores de serviço, enquanto esperava a chegada de Eduardo Keppke, meu parceiro na expedição ao cume, que ainda não havia saído do Brasil.

Para piorar as coisas, o governo nepalês resolveu atender ao pedido da China-Tibet Mountaineering Association (Associação de Montanhismo da China e do Tibet – CTMA) para fechar o acesso à montanha também pela face sul. O governo da China provavelmente queria evitar que algum manifestante-alpinista escalasse o Everest pelo lado nepalês no mesmo dia em que os escaladores chineses conseguissem chegar com a tocha ao cume. Eu liguei para o Ministério de Turismo do Nepal para confirmar a notícia e tentar encontrar uma brecha na proibição. Informavam-me que só seriam concedidas autorizações para ir ao acampamento base (*base camp* – BC – ou *Everest base camp* – EBC) após a tocha chegar ao cume pela face tibetana. Isso era péssimo, porque atrasaria todo o processo de aclimatação e toda a logística das expedições. A temporada de escalada do Everest termina no início de junho. Depois disso, começam as monções, período de intensas chuvas, e o clima fica terrível, com nevascas e tempestades. Ou seja, se a tocha chegasse ao pico em meados de maio, teríamos apenas uns 20 dias para chegar ao BC, fazer a aclimatação, preparar os acampamentos superiores e fazer o ataque ao cume. Só a caminhada de Lukla, um dos aeroportos mais próximos à montanha, ao BC durava, no mínimo, dez dias. Tudo indicava, portanto, que não haveria expedição alguma, e eu teria de voltar ao Brasil frustrado.

Um alpinista frustrado é uma coisa. Centenas deles na mesma situação é outra bem diferente. Juntamos diversos líderes de expedição e operadores locais, fizemos um abaixo-assinado e conseguimos uma audiência com o ministro de Turismo nepalês. Foi a primeira de várias reuniões, uma mais demorada que a outra, cheias de protocolo. Demos nossa palavra a ele de que, se nos concedesse permissão para ir à montanha, não passaríamos do acampamento 2 (ou acampamento base avançado – ABC) enquanto os chineses não erguessem a tocha olímpica no cume. Ele nos fez assinar um documento de compromisso. Nos dias seguintes, ficamos esperando ansiosamente a autorização para ir à montanha em condições de pelo menos iniciar o processo de aclimatação ao ar rarefeito.

Havia um senão. O governo nepalês avisou que instalaria uma equipe militar no BC responsável por apreender os equipamentos de comunicação de todas as expedições. O objetivo era evitar que transmitíssemos informações para a imprensa mundial sobre o fechamento da montanha ou que alguém transformasse o BC em plataforma de protestos contra a China por meio da internet, por exemplo. Para nossa expedição, isso era um grande problema, porque estaríamos acompanhados de uma equipe da TV Globo, responsável por fazer a cobertura jornalística da nossa ascensão. Como o repórter Clayton Conservani enviaria seus boletins televisivos sem comunicação por satélite? Esse problema logístico acabou sendo a maior fonte de estresse para mim.

Na verdade, eu não só precisava resolver a questão da logística de comunicações como era responsável por organizar toda a parte burocrática da vinda da equipe de TV para o Nepal. Durante minha estada em Katmandu para preparar a expedição, eu quase não dormia. Para fazer contato com a Rede Globo, no Brasil, eu permanecia até 2h da madrugada conectado à internet. Por causa da diferença de fuso horário, o Nepal está 8 horas e 45 minutos à frente do Brasil. Eu disse 45 minutos? Pois é, acredite. Nenhum outro país do mundo usa o mesmo fuso horário do Nepal. Isso é uma coisa lá só deles, que costuma dar uma confusão danada. Por exemplo, o fuso horário adotado pela China no Tibete é 2 horas e 15 minutos adiantado em relação ao nepalês. Essa diferença cria a seguinte situação: se duas expedições, uma na China e a outra no Nepal, começarem o ataque ao cume do Everest ao mesmo tempo, a primeira sairá de suas barracas às 22h30 e a segunda às 20h15 do horário local! Seria apenas uma curiosidade, não fosse o fato de os sherpas que acompanham as expedições, tanto na face sul quanto na norte, serem nepaleses. Por algum motivo, eles não acertam o relógio quando estão no país vizinho. Para evitar problemas, numa expedição pela face norte é preciso usar dois relógios: um para marcar reuniões com oficiais de ligação e motoristas chineses ou tibetanos, e outro para definir os horários a serem cumpridos pelos sherpas.

Mas, voltando aos preparativos de 2008, a informação de que nossos computadores, antenas e telefones por satélite ficariam presos no BC apenas complicou uma tarefa já extenuante. Depois de passar boa parte da noite na internet resolvendo problemas no Brasil, eu tinha de acordar cedo no dia seguinte para conferir equipamentos, participar de uma reunião no Ministério do Turismo, acertar detalhes com os sherpas e comprar mantimentos. Foram tantos imprevistos em cima da hora que, logo após chegar a Katmandu, adoeci. Durante os 11 dias que passei na cidade resolvendo problemas, empacotando equipamentos em barris de plástico e comendo mal, enfrentei uma gripe, com direito a duas crises severas de sinusite. Antes de ir a Katmandu, eu havia feito uma escala rápida em Frankfurt, onde pernoitei na casa do meu amigo Zé Fernando, para comprar equipamentos. Dormi muito pouco, porque o voo para a Ásia saía no dia seguinte bem cedo. Depois, fiz uma escala de 12 horas em Delhi, na Índia. Não saí do aeroporto nem preguei o olho. Por fim, fui agraciado na minha chegada a Katmandu com o tradicional ar poluído da capital nepalesa. Já havia estado oito vezes na cidade, duas delas após a segunda expedição com Vitor à face norte do Everest, em 2006. A cada ano, Katmandu se revela mais poluída. Há dois fatores para isso. O primeiro é o combustível cheio de impurezas, importado da Índia, usado para abastecer milhares de carros velhos e sem catalisador. O segundo é a maneira como as autoridades limpam o lixo acumulado na cidade. Ao final de cada dia, os resíduos são enfiados dentro de tonéis de lata e queimados ali mesmo, no meio da rua. O ar fica empesteado. Katmandu é uma cidade linda, cheia de riquezas arquitetônicas e de manifestações culturais únicas. Mas é muito poluída e suja. Para quem precisa manter os pulmões saudáveis para enfrentar o ar rarefeito do alto Himalaia, é um suplício. Em uma das minhas entrevistas por telefone para o Brasil, detalhei a dificuldade de manter o preparo físico nessas condições:

— Eu andava dormindo muito mal, com a garganta ruim e sentindo muito cansaço. Ontem à noite começou a ventar, e o ar ficou mais limpo, melhorando um pouco minha situação. Mas há outro problema: sinto falta de treinar, o que é muito ruim nessa etapa. Por isso, encontrei uma forma de treinamento diferente. Apesar de estar alojado no terceiro andar do hotel, sempre que saio do quarto ou volto da rua, eu subo as escadas até o quinto piso e depois desço até o térreo.

Inicialmente, eu estava alojado no quinto andar, mas pedi para trocar para ficar longe do barulho do gerador. Isso porque durante seis ou oito horas por dia não havia eletricidade em Katmandu. Os raros estabelecimentos com luz elétrica durante todo o dia eram alguns hotéis e os cibercafés, cujos computadores, durante os apagões, seguiam funcionando com o auxílio de geradores. Essa peculiaridade talvez faça de Katmandu uma das únicas capitais do mundo onde a internet é movida à gasolina.

Em meio à poluição e à falta de luz, a todo instante ocorriam manifestações políticas, porque no mês seguinte haveria as primeiras eleições gerais diretas no país. Desde 1996, o Nepal enfrentava um embate entre forças do governo monárquico e os guerrilheiros maoístas. Mais de 15.000 pessoas morreram nessa guerra. A votação parlamentar de 2008 foi decisiva porque, pela primeira vez, foi vencida pelos maoístas. Um mês depois, em maio, enquanto Eduardo Keppke e eu nos preparávamos para subir o Everest, o Parlamento nepalês aboliu a monarquia, encerrando uma dinastia de 240 anos! Ainda hoje, muitos hotéis e estabelecimentos comerciais de Katmandu ostentam fotos de Gyanendra, o rei deposto. É comum ver os funcionários apontarem para o quadro de um homem sentado num trono, de roupas típicas suntuosas, e comentarem:

— Este é o nosso rei. Agora ele é um homem comum.

Os protestos, carreatas e enfrentamentos políticos, que ocorriam em Katmandu enquanto eu acelerava de um lado a outro para acertar os últimos detalhes da expedição, portanto, eram o prenúncio de um fato histórico para o Nepal, que em poucas semanas deixaria de ser um reino para se tornar uma república parlamentarista. Por aí dá para imaginar o momento de tensão política vivido no país. Sair à rua em meio às manifestações era um perigo, pois podia haver enfrentamentos entre grupos rivais.

Diante de tudo isso – tocha olímpica, oscilação de preços, poluição urbana e instabilidade política –, eu acreditava ser impossível algo mais dar errado. Quanto otimismo...

No dia 30 de março, fui buscar meu parceiro Eduardo no aeroporto. Uma de suas duas malas se extraviara, privando-o de equipamentos importantes, como o macacão para baixas temperaturas e as botas de neve. Isso nos causaria um problema sério, porque não podíamos ficar muito tempo em Katmandu esperando que a companhia aérea encontrasse a bagagem extraviada. Queríamos ir logo à montanha para começar a aclimatação e sair de uma vez por todas de Katmandu. Eu precisava ir urgentemente a um ambiente natural, sem poluição e com menos estresse, para que minha saúde melhorasse.

No dia seguinte à chegada de Eduardo, recebemos uma ótima notícia que compensou o estorvo da bagagem perdida: o Ministério do Turismo nepalês decidiu liberar os *permits* definitivos para a escalada do Everest, os quais custaram 10.000 dólares por alpinista. Pelo menos a continuidade da expedição estava garantida. A previsão era de que os chineses levariam a tocha ao cume entre os dias 1º e 10 de maio. Depois, o pico estaria liberado. Dessa forma, o cronograma idealizado por Eduardo e por mim não seria tão afetado. Como eu pretendia fazer a escalada sem oxigênio suplementar, precisava de 30 dias de aclimatação. Eduardo planejava valer-se dos cilindros de oxigênio, mas também só estaria pronto após o dia 10 de maio.

A liberação dos *permits* levantou o nosso astral. Começamos então a preparar um plano B para o caso de os equipamentos de Eduardo não serem encontrados a tempo. Zé Fernando, o velho amigo que eu havia visitado na Alemanha, telefonou perguntando se podia nos acompanhar até o acampamento base. Ele também é montanhista e planejava ir conosco até a base do Everest antes mesmo de eu sair do Brasil. Mas ele fora contratado para um novo emprego poucos dias antes. Com isso, teve de abortar a viagem. Coincidentemente, no entanto, ele acabou saindo do trabalho enquanto o Eduardo e eu estávamos às voltas com o problema da mala, em Katmandu. Ou seja, o Zé Fernando estava novamente livre para viajar ao Nepal e se ofereceu para trazer da Europa os equipamentos necessários para o Eduardo compensar a falta da mala, que estava perdida em algum lugar do Terminal B de Heathrow, o aeroporto de Londres, onde o avião havia feito escala antes de seguir para a Ásia. O noticiário inglês indicava que havia 50.000 malas da British Airways extraviadas em Heathrow.

Para não atrasar nosso cronograma, Eduardo e eu tomamos um avião para Lukla, uma cidade no limite do território do povo sherpa, e de lá caminhamos em dois dias até Namche Bazar, uma cidadezinha encravada no Himalaia, em meio à trilha que leva ao BC. Namche Bazar é a capital dos sherpas, que habitam a região do Solu Khumbu, as terras altas ao sul do Everest, onde se situam alguns dos picos mais elevados do mundo. Acredita-se que os sherpas migraram há 500 anos do platô tibetano para o Himalaia central e oriental. Essa origem faz com que quase todos os sherpas sejam seguidores da corrente tibetana do budismo. Antigamente, os membros dessa etnia viviam basicamente do pastoreio em terras altas e do comércio com a China. Após a conquista do Everest, na década de 1950, eles se especializaram em prestar serviços às expedições para a montanha. O turismo associado ao alpinismo tornou-se a sua principal fonte de renda. As mulheres, por exemplo, trabalham em *lodges* ou casas de chá ao longo das trilhas da região do Khumbu. Já os homens se orgulham de serem naturalmente resistentes ao ar rarefeito, o que faz deles os indivíduos perfeitos para trabalhar como carregadores, cozinheiros ou guias de montanha. De fato, os sherpas são extremamente fortes e, por pertencerem a um povo que há várias gerações vive no Himalaia, parecem ser geneticamente adaptados para sofrer menos com o mal de altitude. Mas a verdade é que não são imunes à falta de oxigênio, e alguns se acidentam porque superestimam sua capacidade física.

Como está situada a 3.340 metros de altitude, Namche Bazar era um bom lugar para darmos início à aclimatação com algumas caminhadas nos morros próximos. Enquanto isso, esperávamos a chegada da equipe da TV Globo, que estava a caminho, e de Zé Fernando, que traria equipamentos da Alemanha e compraria um par de botas para Eduardo em Katmandu. Estávamos cercados de alternativas, caso a bagagem não chegasse.

Permanecemos seis dias na capital sherpa, treinando e monitorando a caça às malas de Eduardo por meio de telefone e internet. Durante a manhã, ficávamos em contato com a empresa aérea. À tarde, depois do almoço, saíamos para caminhar, correr e fazer exercícios de alongamento, ou seja, fazendo a manutenção do preparo físico. Já poderíamos estar na metade do caminho rumo ao BC, a 5.300 metros de altitude. Não dava para esperar mais. Fiz um levantamento do equipamento que eu poderia emprestar ao Eduardo. Outras coisas poderiam ser alugadas no caminho. E o Zé Fernando traria o que faltava. No dia 9 de abril, partimos para Tengboche, a 3.750 metros de altitude. Eduardo demonstrou nosso otimismo em entrevista para o Brasil:

— Não será por causa desse problema com os equipamentos que deixaremos de seguir em frente.

Fizemos a caminhada entre Namche Bazar e o Monastério de Tengboche em quatro horas. No caminho, paramos longamente em duas ocasiões. A primeira foi para visitar a sede do Comitê de Controle de Poluição de Sagarmatha (SPCC), ONG responsável por organizar o recolhimento do lixo deixado pelos escaladores e pelos *trekkers* no Everest e nas trilhas do Parque Sagarmatha, onde o monte se situa. Lá deixamos um depósito de 4.000 dólares cobrado de todos os alpinistas. Para recebê-lo de volta, seria preciso provar que todo o lixo da expedição foi retirado da montanha. O SPCC procura conscientizar os turistas e os escaladores a não deixar na natureza os equipamentos sem serventia ou as sobras de material de suas expedições. Periodicamente, são enviadas equipes para fazer uma faxina nos pontos mais altos da montanha. Só em 2010, foram retiradas 7 toneladas de lixo.

A segunda parada foi um encontro com o alpinista português João Garcia, a quem eu já conhecia de outras expedições. A confraternização que se segue quando me deparo com um amigo como João na montanha é tão natural quanto a de um encontro com um velho conhecido em um *shopping center*: abraços, piadinhas, perguntas sobre o que cada um anda fazendo e, na hora da despedida, votos de boa sorte. João estava a caminho do Makalu (8.462 metros). Conversamos sobre as diferenças entre a face sul e a face norte do Everest. João, que escalou a montanha pelo lado tibetano, sem oxigênio suplementar, confirmou que o ataque ao cume pela face sul é mais íngreme e menos técnico do que pelo norte. Comentou também que há mais incidência solar do lado nepalês, o que garante temperaturas mais amenas. As dicas de João, de maneira geral, eram informações que eu já havia colhido de outras fontes. Mas é sempre precioso checá-las com um alpinista respeitado como ele, porque, quando nos lançamos a uma atividade que envolve a nossa própria sobrevivência, informação nunca é demais. Sempre pergunto as mesmas coisas a diversas pessoas: qual é a melhor hora para partir para o cume, por exemplo, ou como é a plataforma Balcony (local onde os alpinistas param para descansar a meio caminho entre o acampamento 4 e o objetivo final). Assim, vou identificando contradições, adquirindo certezas e solidificando o conhecimento.

Em Tengboche, não havia energia elétrica no *lodge*, como são chamadas as humildes pousadas do Himalaia, e o tempo estava encoberto. De Tengboche já é possível avistar a pirâmide branca do Everest. Vimos pouca coisa, porque o céu continuava nublado. Na manhã seguinte, lá estava ele, acima das outras montanhas. Seguimos para Dingboche, um vilarejo a 4.300 metros. Depois, caminhamos até Chukung (a 4.700 metros).

No dia 13, tivemos um domingo especial. Recebemos a comunicação, por telefone, da localização da mala de Eduardo. Ela havia sido retirada no Aeroporto de Katmandu por nosso agente e seria enviada para o BC.

— Estamos muito aliviados e contentes. Superamos o último grande obstáculo até aqui e agora temos que nos concentrar totalmente na aclimatação e na montanha – comentei, aliviado, durante uma entrevista ao vivo para o Brasil.

Eu estava em um cibercafé, no meio da montanha, cercado por *trekkers* e escaladores de diversas nacionalidades: alemães, mexicanos, nepaleses, americanos e nós, brasileiros. Uma verdadeira Babel de pessoas a caminho da torre mais alta do mundo.

Como expliquei anteriormente, há dois estilos de escalada: a alpina, que utiliza o mínimo de apoio externo, e a de expedição, que conta com uma logística maior, incluindo carregadores e a montagem de diversos acampamentos ao longo da rota para o cume. As escaladas em expedição, por sua vez, podem ser organizadas de diversas formas. No caso do Everest, a maneira mais confortável de subir a montanha é contratando um pacote completo com uma agência especializada. Nesse modelo, o alpinista-cliente não precisa se preocupar com nada além do próprio desempenho. Toda a logística, a contratação de sherpas, o cronograma de aclimatação e a liderança da expedição ficam por conta da agência. O jornalista americano Jon Krakauer valeu-se de uma dessas estruturas quando fez a ascensão, em 1996, que deu origem ao livro *No ar rarefeito*. Outra forma de expedição consiste em organizar a própria logística, o que significa tomar todas as decisões importantes referentes à escalada e assumir a responsabilidade pelos riscos, inclusive aqueles aos quais são submetidos os sherpas. Esse foi o modelo que eu adotei em 2005, 2006 e 2008, com algumas diferenças de gradação. Na expedição de 2005, em parceria com Vitor Negrete, como era a primeira vez que subíamos o Everest, contratamos uma agência nepalesa que deveria fornecer toda a estrutura de transporte, equipamentos, alimentação e mão de obra (alpinistas sherpas, carregadores e cozinheiros). As decisões técnicas da escalada, contudo, como o melhor dia para o ataque ao cume ou as análises climáticas, eram responsabilidade nossa. Em 2006, queríamos ter um controle maior sobre a qualidade dos sherpas que nos acompanhariam e optamos por contratá-los diretamente, sem a intermediação da agência local. Em 2008, decidi dispensar o trabalho da agência e fiz tudo sozinho: desde a compra e a checagem de equipamentos até a contratação de carregadores e alpinistas sherpas, passando pela escolha de mantimentos e pela solução de problemas técnicos para viabilizar a cobertura televisiva. Há duas vantagens nessa forma de organização. A primeira é a diminuição do custo. Quando se contrata uma agência local para cuidar da logística, às vezes se paga mais caro por serviços e equipamentos de pior qualidade. O segundo benefício é a possibilidade de ter controle total sobre os mais diversos detalhes. É possível estipular, por exemplo, a quantidade exata de comida e em que fases da expedição ela vai ser consumida. Com isso, os problemas estavam mais próximos de mim, o líder da equipe, e eram mais facilmente solucionáveis.

Em 2005, mesmo com a contratação da agência local, logo vimos que, se não tomássemos nós mesmos a iniciativa para resolver os imprevistos, as coisas ficavam paradas... ou davam muito errado, como ficou confirmado quando um dos sherpas nos deixou sem barraca na volta do cume. No início daquela expedição, o desafio foi chegar ao Tibete em meio a uma grande manifestação maoísta. Os guerrilheiros haviam bloqueado todas as estradas do país em represália à decisão do rei nepalês de fechar o congresso. Com isso, dezenas de expedições para a face norte ficaram presas em Katmandu, sem poder viajar até a fronteira do Nepal com o Tibete. A solução encontrada foi organizar um comboio com 32 veículos - ônibus, carros, jipes e caminhões - para percorrer a sinuosa estrada entre Katmandu e Zangmu, na fronteira. A caravana foi escoltada por carros blindados do exército, helicópteros e tratores, cuja função era limpar o caminho, entulhado por barricadas de pedras e troncos de árvore.

No começo da viagem, a escolta era grande, capaz de impressionar até os guerrilheiros mais corajosos. Havia até policiais subindo e descendo pelas encostas da estrada enquanto passávamos. Pouco a pouco, contudo, a guarda do nosso comboio foi passando de uma milícia ou força policial local para a outra. Só o helicóptero nos acompanhou durante todo o tempo. Até que, no final, sobraram duas pequenas caminhonetes para fazer a patrulha, cada uma com dez policiais armados de metralhadoras. Seu poder de fogo era bem menor que o das forças de segurança que iniciaram a viagem conosco.

— Pô, ferrou - comentei.

— É. Não vamos conseguir atravessar - disse o Vitor com um misto de resignação e indignação.

Uma expedição russa havia tentado cruzar a fronteira dois dias antes sem apoio militar. Os maoístas jogaram uma granada dentro do ônibus, e dois integrantes foram hospitalizados com ferimentos graves. A situação era realmente tensa. Em geral, os maoístas não costumavam incomodar os turistas, pois sabiam que essa é uma fonte de recursos importante para a população e, principalmente, para eles próprios. Isso porque, nas regiões controladas pela guerrilha, eles exigiam pedágio para os turistas passarem. Para garantir que o dinheiro pingasse sempre em seus bolsos, evitavam assustar os estrangeiros com propinas muito altas. Pediam sempre quantias pequenas ou médias, que não causariam grande desconforto. Mas aquela situação era diferente. A guerrilha tinha como objetivo paralisar o país, e ninguém, nem os turistas, podia romper essa determinação.

Por sorte, contudo, nada aconteceu conosco, e passamos ilesos para o outro lado da fronteira.

Em 2006, novamente optamos por fazer a escalada pela face norte. Como no ano anterior, era preciso viajar de Katmandu até Kodari, a última localidade nepalesa antes da Ponte da Amizade, que conecta o Nepal à China, a 2.700 metros de altitude. É proibido, no entanto, atravessar a ponte com qualquer tipo de veículo. Por isso, os barris com equipamentos tiveram de ser descarregados e transportados nas costas dos carregadores até o outro lado da fronteira. Depois de levar a carga por uma pirambeira insana, chega-se à localidade tibetana de Zangmu, onde é possível alugar caminhões chineses para fazer o restante da viagem. No total, o trajeto a pé tem cerca de 3 quilômetros de distância. É impossível, portanto, manter o olho em todo o equipamento. As coisas sumiam de vista, e ficávamos torcendo para que estivesse tudo lá quando chegássemos a Zangmu. Eu sempre ficava muito tenso nessa travessia.

— Não se preocupe, não vai acontecer nada, não vai acontecer nada – diziam-me os carregadores e o *sirdar* (chefe dos sherpas).

Mas é justamente quando a gente não se preocupa e pensa "não vai acontecer nada" que acontecem as piores besteiras. Fronteira é fronteira. Trata-se de um lugar perigoso, cheio de bandidos, traficantes, guardas corruptos...

Ao chegar a Zangmu, contamos os barris, e estava tudo certo. Mas tínhamos contratado, através da agência de Katmandu, dois caminhões para seguir viagem na China. E só havia um caminhão. Foi a maior briga. Ligamos para a agência de Katmandu e armamos um barraco, o Vitor e eu. Os outros integrantes da expedição ficavam apenas olhando, como se o problema não fosse também deles! Demoramos mais de duas horas para conseguir o segundo veículo de carga, conforme prometido, e uma lona para cobri-la, pois chovia muito forte.

Em Zangmu, também chamada de "Terra de Ninguém", jantamos e trocamos dinheiro. Fomos até uma farmácia para comprar aspirina. Não conseguimos. Não podíamos nos comunicar com os chineses donos da farmácia. Encontramos um cibercafé: tudo em chinês nos computadores! Antes que pudéssemos configurar as máquinas, caiu um raio e detonou de vez a internet. No hotel, tivemos de brigar na recepção, pois queriam nos dar um quarto pior, para seis pessoas. Tínhamos acertado com a agência em Katmandu quartos para duas pessoas. Dormimos de janelas abertas por causa do mofo no quarto do hotel.

Finalmente, seguimos viagem pela cordilheira do Himalaia, sentido norte, rumo ao platô tibetano. A estrada sobe, sobe, sobe, até chegar a um passo a 5.100 metros de altitude. Dali se tem uma vista linda, cercada de montanhas nevadas. Em seguida, a estrada saracoteia por entre desfiladeiros gigantes ou por passagens estreitas com rocha dos dois lados da pista.

Havia caído muita neve naquele inverno. Era o início da primavera, e o gelo, que ainda não começara a derreter, cobria uma daquelas passagens estreitas. Os chineses haviam usado um pequeno trator com escavadeira para limpar a neve compactada e conseguiram fazer um buraco que levava ao outro lado. Não era propriamente um túnel de gelo porque estava aberto em cima. Os caminhões das expedições foram passando um a um, lentamente, raspando a carga em ambas as paredes congeladas, cada uma com cerca de 12 metros de altura. Eis, no entanto, que chegou um caminhão gigante, mais carregado que os outros, e não conseguiu passar.

O congestionamento que se formou era uma bagunça. Havia alpinistas dirigindo-se ao Cho Oyu, ao Shisha Pangma e ao Everest. E havia turistas cujo único objetivo era chegar às bases dessas montanhas e a Lhasa, capital do Tibete. Todos queriam passar, todos queriam resolver o problema. Mas, como quem manda no Tibete são os militares chineses, eram eles os responsáveis por organizar a travessia daquela passagem. Primeiro, conseguiu-se um consenso de que era preciso amarrar uma corrente ao caminhão preso e puxá-lo para trás. Não dava para forçar a passagem para a frente, através do gelo. Puxamos o caminhão.

A discussão começou quando os chineses decidiram obedecer à ordem de chegada dos veículos. Quem era o próximo? Era um caminhão maior ainda... Não ia passar, obviamente. Mas era a vez dele, segundo as regras locais. Havia uma enorme quantidade de jipes 4 x 4 que passariam com facilidade pelo buraco, mas os oficiais chineses insistiam em seguir a regra da ordem de chegada, em vez de dar prioridade aos veículos leves e depois aos de carga.

A equipe com quem dividíamos a logística era multinacional: os sherpas eram nepaleses, e os alpinistas eram brasileiros (Vitor e eu), americanos, ingleses, austríacos e malasianos. Já os motoristas dos nossos caminhões e jipes eram tibetanos e, portanto, morriam de medo dos militares chineses. Vitor e eu começamos a passar a conversa no motorista do nosso jipe, tentando convencê-lo a ligar o carro e, sem aviso, atravessar o buraco enquanto os chineses discutiam com aquele monte de estrangeiros.

— Liga o carro e atravessa – disse Vitor.

— Não posso... – respondeu o motorista tibetano, com medo.

— Pode ligar, não vai acontecer nada. Fica tranquilo. A gente assume a responsabilidade – disse eu.

— Mas... – o pobre estava pálido.

— Você quer que a gente dirija? – perguntei.

— Não – disse o motorista, subitamente decidido.

Ele não podia entregar o carro para a gente de jeito nenhum. Isso seria pior do que desacatar os militares chineses. Se ele cruzasse a passagem, ainda podia dizer que havia entendido mal. Mas jamais podia dar a direção para um de nós. Por fim, num ato de coragem, ele ligou o jipe. Imediatamente, a discussão lá fora cessou, e os alpinistas, os turistas e os militares olharam para nós, surpresos. Os outros motoristas começaram a ligar também os seus jipes. Os oficiais chineses começaram a agitar os braços, gritando. A tensão entre eles e os motoristas tibetanos aumentou.

Então, lentamente, nosso jipe começou a atravessar, sob os olhares atônitos de todos. Coloquei o corpo para fora da janela, do lado oposto ao do motorista, para que os chineses vissem que havia estrangeiros dentro do carro. Esperávamos que, assim, eles não atirassem em nós. Vitor também se pendurou para fora, do outro lado, e começamos a gritar:

— *Jeeps first!* Jipes primeiro!

Os outros veículos leves começaram a nos seguir, todo mundo batendo palmas e gritando "*Jeeps first!*". Foi uma farra. Quando chegamos do outro lado, Vitor e eu atravessamos o túnel de volta, a pé. O oficial chinês estava furioso.

— Você não podia ter feito isso! – esbravejou.

— Desculpa. Agora já foi. Voltamos para ajudá-los a passar os veículos maiores. Vamos lá!

O oficial entendeu que não estávamos querendo desacatar sua autoridade, apenas resolver um problema de todos. Os motoristas tibetanos também voltaram a pé e pediram desculpas, oferecendo-se para ajudar.

O chinês mandou, então, que o próximo caminhão passasse. Foi um desastre. O gelo do topo do paredão desabou sobre a carga e fechou de vez a estrada. Deixamos um jipe com dois ou três sherpas nossos para ajudar a abrir a passagem e seguimos viagem com o outro carro. Precisávamos conseguir uma vaga no hotel no próximo vilarejo, em Nyalam, a 3.800 metros. Ficamos exatamente no mesmo quarto do mesmo *lodge* em que ficamos durante a expedição de 2005. A comida me pareceu melhor que no ano anterior. A internet funcionava dessa vez, ainda que lentamente. Nyalam também ganhara um novo cibercafé, com internet mais rápida do que a do *lodge*. Fiquei impressionado com o fato de a cidade ter crescido tanto em apenas um ano.

Na manhã seguinte, todos os sherpas voltaram para ajudar a desobstruir a estrada, enquanto nós e os outros alpinistas fomos caminhar nas montanhas para aclimatar. À tarde, subi até os 4.000 metros de altitude. O dia estava lindo, com um céu muito azul. A região de Nyalam é realmente deslumbrante, repleta de montanhas nevadas. Senti meu desempenho muito melhor, comparado ao ano anterior.

À noite, mostramos fotos do ataque ao cume em 2005 para os outros integrantes da nossa expedição e para uma pequena plateia atenta de alpinistas turcos, noruegueses e suíços hospedados no mesmo *lodge*. Contamos como tínhamos aguardado 24 horas no último acampamento e atacado o cume sem sherpas, carregando três cilindros de oxigênio cada um de nós, e como, na volta, sobrevivemos mesmo não tendo onde nos abrigar, porque os carregadores haviam desmontado as barracas.

Nevou bastante durante a noite. Dedicamos a manhã seguinte à internet, enviando e-mails e baixando e enviando fotos para distribuir à imprensa no Brasil. Após o almoço, Vitor subiu até os 4.000 metros de altitude, e eu fiz uma caminhada agradável pelo vale. Dormi meia hora deitado na grama, sob o sol. Eu estava muito relaxado, tranquilo e decidido a curtir a montanha, o lugar e as pessoas, com sua cultura e sua religião. Sentia-me muito mais saudável do que no ano anterior. Adoro a altitude intermediária, dos 3.500 aos 5.000 metros. O ar é fresco e rarefeito, mas ainda permite o florescimento de uma biodiversidade riquíssima. O ar das montanhas.

Foram necessários dois dias para abrir a passagem no gelo onde haviam ficado presos nossos caminhões. Só então pudemos seguir viagem, com nossos jipes e nossa carga.

TRY ON
Experimente a vida

Confusão no BC durante a pesagem das cargas que seriam transportadas pelos iaques até o ABC, na face norte do Everest, em 2006. O primeiro homem à esquerda é o oficial de ligação.

Nyalam, Tibete, China
4 de abril de 2006
10h

Fomos o último grupo a sair, pois, mais uma vez, tivemos problemas com o transporte. O motorista encasquetou que só podia viajar com cinco pessoas no jipe. Um absurdo, porque viemos de Zangmu com seis no carro – ele e cinco passageiros. Após muita discussão, conseguimos convencê-lo a seguir viagem. Eram dois jipes com seis pessoas cada e dois caminhões. A expedição totalizava, portanto, 14 integrantes: seis alpinistas, quatro sherpas, dois cozinheiros e dois ajudantes de cozinha, sem contar os quatro motoristas.

A estrada de Nyalam a Shegar, onde passaríamos a noite, sobe por um maravilhoso e perigoso zigue-zague. Em 2005, Vitor e eu quase morremos nesse trajeto, pois os pneus derraparam no gelo acumulado na pista, e o motorista perdeu o controle do jipe ao lado de um despenhadeiro. Desta vez, a viagem foi tranquila. Ao alcançar um passo de 5.000 metros, avistamos o Shishapangma (8.013 metros) e várias outras montanhas do Himalaia. Paramos para almoçar em Tingri.

Após a refeição, deveríamos continuar a viagem para Shegar. Nosso motorista disse novamente que não viajaria com seis pessoas no carro. Dessa vez ele foi irredutível. Após muita discussão, seguiram em cada jipe três alpinistas, um sherpa e o motorista. Os caminhões ficaram em Tingri. Dali, os dois sherpas que não couberam nos jipes e a carga seriam levados no dia seguinte diretamente para o acampamento base, enquanto nós ficaríamos um dia a mais aclimatando em Shegar. Em menos de duas horas, chegamos ao Qomolungma Guest House, a 7 quilômetros de Shegar, na beira da Estrada da Amizade, que liga a capital do Tibete, Lhasa, a Katmandu, no Nepal.

O Qomolungma é um hotel gigantesco, um tanto frio por causa do seu tamanho, e bem-acabado, com muitos detalhes em pintura budista. Vitor e eu ficamos no apartamento 110, provavelmente um dos mais agradáveis de todo o Tibete: duas camas com ótimos colchões de mola, edredons limpos e macios, criado-mudo, escrivaninha com espelho e duas poltronas. No banheiro, água encanada! E quente – para os padrões do Himalaia, pelo menos. Na realidade, a ducha estava morna, mas foi o suficiente para tomar o último banho antes do acampamento base. Já estávamos há cinco dias sem banho. No Tibete, água encanada é uma raridade, e os *lodges* e os hotéis costumam ser construções com paredes de madeira ou barro, e o chão dos quartos, de terra batida. Os banheiros são quase sempre uma fossa instalada do lado de fora do *lodge*. O Qomolungma, portanto, era um verdadeiro luxo. Aproveitamos bem nossos últimos dias de conforto antes do BC.

Enquanto Ang Dawa Sherpa tentava me ensinar algumas palavras em nepalês, o tibetano Tsering Dorjee colocou um prato de batata cozida sobre a mesa e sentou-se para comer conosco, dentro de uma barraca enorme chamada, um tanto quanto exageradamente, de Hotel California. Estávamos no acampamento base, aos pés da face norte do Everest. Conheci Ang Dawa em 2005, quando ele trabalhava para a expedição de George Dijmarescu. Trata-se de um sherpa com grande experiência no Everest, que já havia chegado ao cume pela face norte duas vezes. A postura exemplar e respeitosa adotada por ele na relação com George mostrou-me que era uma pessoa em quem poderia confiar. Por isso, Vitor e eu o contratamos para nossa segunda investida ao cume do Everest, no ano seguinte. Tsering Dorjee era o dono do Hotel California, onde os turistas sem pretensão de subir a montanha podem alugar um cantinho para esticar o saco de dormir. Durante minha aula de idiomas com Dawa, o hoteleiro escreveu no caderno o seu nome em letras tibetanas.

Nunca vi uma batata tão apimentada quanto aquela servida por Dorjee. Eu sentia o corpo em fogo, e o nariz escorria. Pouco antes de servirem o almoço – ao qual me juntei por acaso, pois comeria mais tarde, em nossa barraca-refeitório –, eu conversava com Dawa sobre nossas famílias e sobre sua vontade de conhecer outros países, como a Bélgica e o Brasil. Incrível a relatividade das distâncias. Para visitar sua família, no Nepal, Dawa precisava tomar um avião em Katmandu e depois caminhar durante dois dias de um vilarejo a outro, aos pés do Makalu (uma montanha com 8.462 metros de altitude)! Nesse mesmo intervalo de tempo, poderia viajar ao Brasil.

O celular de Dorjee tocou, e ele ficou parado, olhando para o aparelho. Demorava a atender só para escutar a música! Pudera, aquela era uma comodidade recente no acampamento base: desde a nossa passagem por lá, no ano anterior, fora construída uma torre de celular ao lado do Monastério de Rongbuk, atrás do qual agora despontavam duas gigantescas antenas parabólicas. De um ano para o outro, portanto, todos adquiriram um celular, do oficial de ligação aos motoristas.

Olhei o relógio de pulso: 12h35. Hora de voltar ao meu acampamento, onde o almoço era servido diariamente às 13h. Perguntei quanto era o chá e o prato de batatas. Dorjee disse que, para mim, não custavam nada. Então explicou para o Ang Dawa que me conhecia do ano anterior, que éramos amigos, e por isso não cobraria nada. Fiquei impressionado com essa atitude, inimaginável em um lugar onde a relação entre os nativos e os estrangeiros é regida pelo dinheiro, onde as pessoas têm um trabalho muito sofrido para ganhar o pão de cada dia. Agradeci, emocionado, e saí com Dawa.

Levamos 15 minutos, andando contra um vento frio de 60 quilômetros por hora, para voltar ao nosso acampamento. Cheguei com mãos, nariz e orelhas gelados. O almoço, em companhia dos outros cinco alpinistas que compunham a expedição, foi ótimo: arroz com alho e cebola, cogumelos, atum e couve-flor com cenoura. O americano Ken Hill comeu pouco, porque estava com diarreia. Jackson Clark, igualmente americano, também andava doente, com dor de barriga, mas já melhorou. Dei a ele ciprofloxacino 500 mg em Shegar. Precisou tomar o remédio durante quatro dias até sarar.

Durante a refeição, o inglês David Sharp pareceu-me um pouco arrogante ao falar com o malasiano Ravi Chandran. De fato, Ravi era deselegante em sua maneira de comer e por vezes fazia comentários impróprios a respeito dos colegas. Mas achei desnecessária a reação de David. Após o almoço, o Ang Dawa entrou na barraca-refeitório, e continuamos nossa aula de nepalês. Lá fora, o vento chicoteava as paredes da tenda.

O dia anterior amanhecera com um clima espetacular. Céu claro, sem nuvens ou vento. Eu estava muito bem-disposto, fiz ioga na barraca e fui caminhar em um vale lindo, sobre um rio congelado. No fim da tarde, o céu se transformou: entraram nuvens, começou a ventar. Eu estava gostando bastante de passar o tempo no acampamento base. Os dias na montanha, apesar de completamente diferentes, acabam assumindo uma rotina muito semelhante à da cidade. Ou somos nós que os fazemos assim parecer?

Os acampamentos base do Everest, tanto o da face sul, no Nepal, quanto o da face norte, no Tibete, são lugares impressionantes, de uma beleza dura e inóspita. Rios de neve e gelo serpenteiam por entre blocos de pedra e, nesse trajeto, misturam-se a seixos e areia. O vento é frio e seco. O sol, escaldante e perigoso, com altíssimos índices de raios ultravioleta. Animais exóticos, como cerdos e aves raras, são avistados com frequência. É incrível como a natureza viceja em condições tão extremas de altitude e frio. Quando fiz meu curso de escalada em gelo e montanhismo, em 1993, em Bariloche, na Argentina, ao lado de amigos como Tomás Papp, Breno Ribeiro e as irmãs Daniela e Rosana Broto Yoshioka, o primeiro ensinamento do andinista e instrutor Chulengo Lamuriere foi: a vida se dá nos vales! Lamuriere era lenhador por profissão. Por paradoxal que possa parecer, ele não derrubava árvores. Vivia apenas de cortar e vender os seus galhos. Muito antes de o tema da sustentabilidade se tornar moda, ele já unia o amor à vida natural à própria atividade de sobrevivência.

A partir de ambos os acampamentos base do Everest, é possível avistar o monte mais alto do planeta. Pela ótica dos turistas cujo único objetivo é avistar o monte e, no mesmo dia, voltar – seja vencendo a longa trilha do lado nepalês, seja enfrentando uma viagem torturante de carro do lado tibetano –, os acampamentos base parecem os desertos de gelo e rocha mais frios e desolados do mundo. Já para os candidatos a chegar ao topo do mundo, os BCs são uma referência de conforto e segurança. Ali, podem montar suas maiores tendas, dormir e, principalmente, alimentar-se bem, descansar e comunicar-se com o mundo. Como a montanha se encontra no hemisfério norte do planeta, sua face sul recebe mais sol direto do que a face norte e, portanto, é mais quente. Isso, apesar de ali as barracas serem montadas sobre um glaciar, ou seja, um rio congelado. Na face norte, as tendas são montadas sobre a rocha nua, em frente à moraina frontal, onde termina o glaciar de Rongbuk.

Na face sul, entre o BC e o cume há quatro locais para acampamentos intermediários, designados por números: acampamento 1, 2 e assim por diante. O acampamento 2 é chamado de acampamento base avançado (*advanced base camp* – ABC). Na face norte, também há um acampamento base avançado, que fica entre o BC e os intermediários 1, 2 e 3. Com exceção dos acampamentos base e do avançado, a vida é bem modesta na encosta do Everest. É praticamente impossível, por exemplo, tomar banho do acampamento 1 em diante. Por isso, meu recorde são 17 dias sem tomar banho, em duas expedições diferentes. Ficar sem escovar os dentes tampouco é motivo de orgulho, e a marca é bem mais modesta: foram, no máximo, oito dias, na escalada da face sul do Aconcágua. Minha mãe, dona Nanci, é cirurgiã-dentista, e quase me matou quando ficou sabendo disso. Nos BCs e no ABC, o luxo do banho é até viável, mas dá bastante trabalho. Primeiro, é preciso arrancar um bom bocado da geleira e colocá-lo na panela para derreter. Em lugares altos, onde a pressão atmosférica é menor e há menos oxigênio no ar, os fogareiros sofrem para fazer a água em estado sólido encontrar o seu ponto de fusão. Depois de esquentar a água, pode-se desfrutar um banho de bacia e canequinha. No BC da face sul, dá até para tomar uma ducha com um regador preso no alto de um pedaço de madeira, dentro de uma cabaninha de lona. Essa é uma engenhoca comum até hoje na zona rural brasileira. Existe também um sistema de mangueira em que o jato d'água sai sob pressão, depois de se bombear o recipiente. Nos BCs, só dá para se limpar assim em dias de sol e ao meio-dia, o horário mais quente. Nessa fase do dia, com sorte, a temperatura externa pode chegar a 10°C positivos e, no interior de uma barraca bem fechada, a 25°C. Com sol, isso significa que fica bem quentinho onde há proteção contra o vento. Mas nem sempre o tempo ajuda. Por conta das dificuldades, um banho por semana é considerada uma ótima média nos acampamentos base.

Existem dois banheiros nos BCs: o de líquidos e o de sólidos. O primeiro não tem segredo. Resume-se a uma cabaninha de lona preta com pedras no chão. O segundo é mais elaborado. Consiste em um barril de plástico grande entre duas torres de pedra, geralmente instaladas em uma encosta mais baixa, para fazer com que fiquem no mesmo nível do chão ou, digamos assim, da "porta" do banheiro, cujas paredes também são de lona. Quando o sujeito está apertado, ele apoia os pés em cada uma das torres. Enfim, funciona como uma fossa séptica, com a diferença de que os dejetos são coletados em um recipiente móvel. Na face sul, quando o barril se enche, ele é tampado, lacrado e despachado no lombo dos iaques, para não ficar sujeira no glaciar. Ou seja, os pobres iaques literalmente carregam centenas de quilos de cocô montanha abaixo a cada temporada de escalada. E é muito bom que isso aconteça, porque o glaciar é a fonte da água que forma os rios do vale do Khumbu e, portanto, é consumida pelas comunidades que habitam as altitudes mais baixas. Por isso, deve-se fazer de tudo para não o sujar.

No lado nepalês da montanha, os equipamentos das expedições são transportados inicialmente de avião ou helicóptero até Lukla, localizada a 2.800 metros de altitude, no sopé do Himalaia, e depois por iaques ou sherpas até o acampamento base, em uma longa jornada de até oito dias. A proximidade com Namche Bazar – o centro do comércio entre as terras altas do Khumbu e as terras mais baixas – permite reabastecer o acampamento com verduras e legumes com razoável frequência. No Tibete, a carga chega de caminhão até o BC. Mas é muito difícil encontrar legumes e verduras frescos no platô tibetano. Por isso, o estoque desses alimentos, trazido de Katmandu, logo acaba. É incrível como essa limitação alimentar reduz o astral dos alpinistas. Em ambos os lados da montanha, mas principalmente no Tibete, a administração da cozinha no acampamento base e no avançado são tarefas árduas, pois a motivação da equipe está diretamente ligada à qualidade da comida. Também é preciso ficar de olho na higiene dos cozinheiros nepaleses. Quando menos se espera, lá estão eles colocando os alimentos já descascados e lavados diretamente sobre o chão. Não espanta que a diarreia seja tão frequente entre os integrantes da expedição. No meu caso, o que mais faz mal para o estômago é a água insalubre que obtemos depois de derreter pedaços das geleiras. Digo insalubre porque os glaciares são formados pelo acúmulo de neve compactada durante milhares de anos. Ela contém micro-organismos milenares em estado latente, que após aquecidos podem voltar à vida e aos quais, evidentemente, nosso organismo não está acostumado. Além disso, essa água é pobre em sais minerais. Por isso, evito tomá-la pura. Prefiro usá-la para fazer chá.

Há outro fator a ser considerado quando nos hidratamos com neve derretida. A água congelada no alto das montanhas deveria ser das mais puras e limpas. Mas não é bem assim. Infelizmente, a poluição causada pelo homem viaja longe, pelo ar, e chega até aos lugares mais ermos da Terra, como o Everest. Cientistas da Universidade do Sul do Maine analisaram amostras de neve coletadas a 5.300 e 7.700 metros de altitude no Everest e descobriram níveis preocupantes de metais pesados, como cádmio e arsênico. Não há muito o que fazer para evitar ingerir esses poluentes. Afinal, é impossível levar até o acampamento base quantidade suficiente de água potável para abastecer uma expedição durante três meses. Eu até levo algumas garrafas de água mineral, mas só são abertas em casos especiais, quando alguém está doente ou quando estamos voltando do ataque ao cume, muito desidratados e exaustos. Existem poucas sensações melhores do que tomar água mineral depois de horas de atividade física intensa na zona da morte.

Apesar do conforto relativo, a estada nos acampamentos base pode ser muito desafiadora do ponto de vista psicológico. Os dias de mau tempo são os mais exigentes mentalmente. Ficamos confinados dentro da barraca, aguardando o vento e o frio diminuírem lá fora. As horas não passam. Nos acampamentos superiores é ainda pior, pois muitas vezes é preciso ficar dias dentro da barraca, sem poder sair sequer para ir ao banheiro. A comida, nessas situações, tem de ser racionada, e não há cozinheiro para preparar algo fresco, como ocorre nos acampamentos base mesmo nos piores dias. Por essas e outras, nos dias de tempestade, a montanha transforma-se em uma armadilha: é impossível sair, avançar ou retornar.

Para quem está acostumado a uma rotina de atividades variadas, como a oferecida nas cidades, não é fácil viver no ambiente hostil da montanha. Há sempre muito a fazer nos BCs, como montar as barracas-dormitório, a cozinha e o refeitório, checar se toda a carga chegou bem, separar e conferir os mantimentos que vão para os acampamentos superiores, preparar tudo o que for preciso para a próxima jornada, ligar o gerador, acionar o *link* por satélite e organizar as tendas. O aquecedor a gás não está funcionando? Toca a consertá-lo, num processo que pode consumir várias horas. O zíper da barraca emperrou? Lá vamos nós o arrumar. Tem uma rampa de gelo no caminho da barraca até a cozinha? Sem demora, pegamos a piqueta para cavar dois degraus no glaciar e poder ir tomar café da manhã sem precisar calçar bota de neve. Enfim, o dia a dia nos BCs consiste em se dedicar aos serviços domésticos, à arrumação da casa. Há também o trabalho de repensar o que será feito nas etapas seguintes da expedição e dar diretivas a todos os integrantes contratados (cozinheiros, auxiliares e carregadores). Apesar de tudo isso, há muitos momentos de espera e apreensão para a próxima fase da conquista do pico.

A ansiedade nasce de um fato inescapável de uma expedição: não existe ataque ao cume com dia marcado. Depois de todas as etapas da aclimatação ao ar rarefeito terem sido cumpridas – e isso inclui subir aos acampamentos superiores e voltar à base algumas vezes –, só resta esperar a melhor janela de bom tempo para fazer a ascensão final. Por isso, o passatempo dominante entre os alpinistas no acampamento base é especular sobre a previsão do tempo e negociar quem subirá primeiro na próxima oportunidade. Todos querem utilizar a melhor janela climática favorável para subir, mas a rota é uma só, e, se todos forem ao mesmo tempo, haverá congestionamento e, talvez, acidentes.

Essas decisões costumam ocorrer de maneira muito pacífica. O relacionamento entre os membros da equipe e entre as diferentes expedições é, geralmente, muito bom nessa fase inicial da escalada: todos estão onde mais desejariam estar, na montanha, e ao mesmo tempo sabem que há muito esforço pela frente. Por isso, o trabalho em equipe precisa estar sincronizado como as engrenagens de um relógio, para que todos possam chegar ao topo. Aqueles cujo objetivo não é subir ajudam e participam das tarefas o máximo possível, para poupar a energia da equipe de cume.

O primeiro BC que eu conheci foi o da face sul, situado a 5.300 metros de altitude, em 2003. Naquela ocasião, fiz apenas a trilha de Lukla ao acampamento base, para comemorar os 50 anos da primeira conquista do Everest pelo apicultor neozelandês Edmund Hillary e por seu sherpa, o nepalês Tenzing Norgay. Os dois pioneiros, integrantes de uma expedição britânica, fizeram o cume em 1953, depois de muito esforço e com auxílio de oxigênio engarrafado. O Nepal havia aberto suas fronteiras para quem quisesse tentar conquistar a montanha quatro anos antes, mais ou menos na mesma época em que a China fechou o acesso ao Tibete, logo após a ocupação do território. Ou seja, se durante décadas todas as tentativas, inclusive a de Mallory e Irvine, haviam ocorrido pela face norte do Everest, foi só com a abertura da face sul que o lugar mais alto do mundo foi alcançado.

Em Katmandu, antes de iniciarmos nossa viagem ao Tibete, fizemos uma reunião com o Dawa Sherpa (não confundir com o Ang Dawa), da empresa local contratada por nós para fornecer os serviços locais, como barracas do acampamento base e do avançado, cozinheiros, carregadores e comida. Fizemos questão de frisar que os sherpas designados por ele para nos acompanhar no ano anterior, em 2005, eram muito ruins e quase nos mataram. Enquanto escalávamos o cume, eles tiraram nossa barraca e nossos equipamentos do acampamento 3 e nos abandonaram na montanha. Explicamos o quanto isso era ruim para a empresa dele, pois poderia levá-lo a perder muitos clientes. Histórias como essas se espalham como fogo de palha entre a comunidade de alpinistas. Por fim, perguntamos se aqueles sherpas estariam na face norte do Everest naquele ano novamente. A resposta foi negativa. Mombadur Tamang estaria no Cho Oyo (8.201 metros), e Lila Tamang não trabalharia naquela temporada.

Certo fim de tarde, eu estava sentado na barraca-refeitório, no acampamento base, quando ouvi o Vitor gritar lá de fora:

— Rodrigo, você não imagina quem está aqui!

Depois de reencontrar vários amigos da temporada de 2005 no BC, como o romeno George Dijmarescu, o nepalês Sucre, nosso ex-cozinheiro, e o Dorjee, imaginei mais um reencontro agradável.

— Quem? – perguntei.

— Você não imagina! – repetiu Vitor, e percebi certo escárnio em sua voz.

— *Hi! Please, get in!* Entre, por favor! – gritei para o vulto que se entrevia pela tela da barraca.

O zíper da barraca se abriu, e a cabeça do Lila Tamang, o sherpa que quase nos matou de frio na montanha no ano anterior, apareceu. Justo ele, que desobedeceu à nossa orientação de manter o acampamento 3 montado enquanto atacávamos o cume, levou todo equipamento embora e nos abandonou na montanha sem abrigo, sem comida e sem água.

Lila deu um passo e entrou na barraca-refeitório. Fiquei atônito por instantes, enquanto escutava as gargalhadas do Vitor, que permanecia do lado de fora. Recuperei minha capacidade de raciocínio, levantei-me e disse em inglês:

— Olá, Lila Tamang! O sherpa que quase matou os brasileiros! Ainda estamos vivos! E você, como está?

— Estou bem – respondeu Lila, depois de titubear.

Sentei-me novamente e baixei a cabeça. Continuei revendo, em um caderno, as palavras em nepalês que acabara de aprender com Ang Dawa. Um minuto de silêncio se passou, e perguntei como iam sua família e seus filhos.

— *Fine*. Bem – ele respondeu.

— Para quem você está trabalhando? – perguntei.

— Para uma expedição britânica.

— E o Mombadur?

— Ele vai para o Cho Oyo.

Servi-me de chá, sem oferecer. Porém, em instantes um dos cozinheiros trouxe uma caneca de chá da barraca cozinha, anexa àquela em que estávamos, e a entregou a Lila. Vitor entrou na barraca, e começamos a conversar em português, o que não é totalmente polido. Precisávamos ligar o gerador, o telefone por satélite e o computador para mandar notícias para o Brasil. Começamos a arrumar as coisas, e o Lila saiu da barraca sem nenhuma palavra.

Vitor e eu nos entreolhamos. Não podíamos acreditar: Lila Tamang estava no Everest e veio nos visitar! Não parecia verdade. Ele sabia muito bem o mal que havia nos causado. Tanto isso é verdade que em 2005, quando conseguimos retornar ao acampamento base depois de quase morrer congelados na descida do cume, ele havia fugido, provavelmente de vergonha ou de medo. Que cara de pau! Passado algum tempo, o Vitor sugeriu que fôssemos entrevistá-lo. Achei uma boa ideia. Em 2005, de volta a Katmandu, consegui fazer uma curta entrevista com Lila, mas ele não explicou por que nos havia deixado na montanha sem abrigo justamente na volta do ataque ao cume. A segunda entrevista acabou não acontecendo, e a razão de ele quase nos ter matado continuou sendo um mistério.

O vento soprou forte a noite toda. Antes de dormir, Vitor e eu recebemos várias mensagens de incentivo do Brasil por SMS, no telefone por satélite. As comunicações com o Brasil costumavam ser diárias. Às vezes ligávamos para passar informação à nossa assessora de imprensa, outras para dar uma entrevista ao vivo e, com frequência, para conversar com a mulher, os pais ou os filhos. Em 2008, meu filho Rodrigo estava morando em Portugal. Eu ligava para ele sempre que possível. Os gastos com comunicação acabam sendo bastante altos. De volta à minha barraca, fiquei vendo fotos do meu filho no celular. Vi também imagens de familiares e amigos. Que saudades! Especialmente do meu moleque, que eu tanto amo. Tive aquela sensação de certeza do quanto sou uma pessoa feliz.

Na manhã do quinto dia no BC, o sol alcançou a barraca antes das 8h. No primeiro dia, isso ocorrera um pouco depois desse horário. Era possível perceber que os dias ficavam mais longos, e as noites, menos frias. Uma mudança rápida e evidente. O sol evaporou toda a neve da noite anterior, e, no interior da barraca-refeitório, a temperatura tornou-se agradável, aproximadamente 20°C positivos após o café da manhã. Tomei chá preto e comi pão de frigideira com ovo frito. Tínhamos também à disposição leite em pó, café, água quente, açúcar, geleia da marca Sagarmatha (como os nepaleses chamam o Everest), bolacha doce, flocos de milho, manteiga de iaque, mel e um suco concentrado, supostamente sabor laranja.

Ang Dawa entrou e nos pediu que levássemos os equipamentos para benzer na *puja*. Trata-se de uma cerimônia budista em que se constrói uma pequena torre de pedra com um mastro fincado no centro. Nesse mastro são amarradas as tradicionais bandeirinhas tibetanas. Em cada uma delas há inscrições com as orações que o vento leva para os deuses. A *puja* é comandada por um lama, que pode ser tanto um monge de um dos monastérios próximos como um dos sherpas da expedição. Faz-se uma oferenda de farinha e outros alimentos a Chomolungma, a Deusa Mãe do Universo, o Everest. O ritual é muito importante para os alpinistas sherpa porque eles acreditam que, para que a escalada seja bem-sucedida, é preciso pedir a proteção divina. Quando há acidentes na montanha, os sherpas dizem, em inglês: "*No puja*". Por isso, é fundamental benzer os equipamentos da escalada. Eu levei *crampons*, cadeirinha e piqueta. Foi interessante participar da *puja*, mas enfrentamos muito vento, neve e frio.

Na volta, checamos e consertamos as barracas que iríamos utilizar nos acampamentos de altitude. No acampamento 1 (7.100 metros), mais protegido do vento, utilizaríamos as barracas maiores. Para o acampamento 2 (7.600 metros), situado na aresta da montanha, totalmente exposto ao vento, escolhemos as tendas mais fortes e novas. Para o acampamento 3 (8.300 metros), por ser o local mais alto onde dormiríamos, optamos por aquelas de material mais leve e, portanto, mais fáceis de carregar. O plano era subir para o acampamento intermediário, situado entre o base e o avançado, no dia seguinte.

Por isso, precisávamos descansar, mas acabamos perdendo um tempão no fim da tarde porque o gerador elétrico, essencial para alimentar de energia nosso computador, nossa máquina fotográfica digital e nossa filmadora, não queria funcionar de jeito nenhum. Finalmente consegui consertá-lo, trocando a vela do motor. Depois de fazer *backup* de fotografias e de enviar alguns e-mails, fomos dormir.

Acordei à 00h30 e só consegui recuperar o sono depois das 4h da madrugada. Pensei muito no meu filho, em novos projetos e no que quero para o meu futuro, refletindo nas coisas que devo levar em consideração para minha vida. Fiquei imaginando os rumos que minha existência pode seguir se eu tomar essa ou aquela decisão.

O sol bateu na barraca às 7h. Estava tudo completamente empoeirado no meu abrigo. Ainda bem que eu mantive todos os equipamentos bem protegidos. Meus lábios estavam secos, os olhos raspavam por dentro das pálpebras, e a narina esquerda mostrava leve sinal de entupimento, o que poderia causar uma sinusite. De modo geral, contudo, sentia-me bem. Nada de diferente no lento processo fisiológico de se acostumar novamente ao ambiente rude da montanha.

Peguei um vidrinho de Rinosoro e um *spray* nasal e coloquei-os no bolso da calça, bem próximo à virilha, para esquentá-los com o calor do meu corpo. Enquanto esperava, liguei o telefone por satélite. Durante a noite haviam chegado oito novas mensagens. O conteúdo das mensagens confirmava que nossos familiares e amigos estavam nos achando muito animados naquele ano. O que era realmente verdade. Nem o encontro com o Lila Tamang conseguiu derrubar nosso astral.

Após ler cuidadosamente cada uma das mensagens, levei mais de 20 minutos para fazer o que poderia chamar de uma excelente lavagem nasal. Manter as vias respiratórias desimpedidas é fundamental para conseguir captar cada milímetro cúbico do pouco oxigênio disponível no ar de altitude. Os problemas que mais me atingem em grandes altitudes, uma vez acostumado à falta de oxigênio, são os relativos às vias aéreas superiores. Devido ao ar frio e seco, as secreções endurecem um pouco a cada dia, podendo formar placas enormes que grudam na garganta e chegam a me afogar. Por duas vezes, enquanto dormia, e várias outras, durante os ataques ao cume, quando a sensação térmica cai para menos de 50°C negativos, fiquei seriamente engasgado com minhas secreções. Ou seja, quase não conseguia respirar. Além da sensação de estar sendo sufocado, o espessamento das secreções aumenta muito a probabilidade de uma sinusite. Na parte final da escalada da face sul do Aconcágua, por exemplo, eu me sentia febril e extremamente debilitado por causa de uma sinusite muito forte. Em 2005, quando desci do ataque ao cume do Everest, tossia sem parar, a ponto de sentir uma dor muito forte nos músculos intercostais e nos pulmões. A sinusite também causa uma enxaqueca enlouquecedora. Durante as subidas para aclimatação, quando percebo que estou sofrendo o início de um processo inflamatório, tomo logo um antibiótico para não deixar a doença se instalar e me debilitar mais ainda. Pela agressividade do ambiente em grandes altitudes, com as células do organismo recebendo pouco oxigênio e com o frio extremo, uma vez doente, é quase impossível se recuperar. Para se curar, o melhor a fazer é descer à altitude mais baixa possível.

Depois de limpar o nariz com o Rinosoro, ainda dentro do saco de dormir, bati algumas peças de roupas para tirar o pó e agasalhei-me com elas. Em seguida, guardei o saco de dormir dentro da sua embalagem apertada, uma tarefa bastante cansativa nas grandes altitudes. Enfiei em um lugar protegido também a jaqueta de pluma de ganso que me serviu de travesseiro. Em meio ao barulho do vento, escutei vozes na barraca-refeitório. Já estavam todos de pé. Desisti de ajeitar as coisas na barraca para ir tomar café da manhã com os outros integrantes da expedição. Arrumaria depois.

Fui o último a entrar na barraca-refeitório. Enquanto comia e conversava com o Vitor, nos demos conta de que nenhum de nós queria subir naquele dia para o acampamento intermediário e, em seguida, para o avançado. Nós já estávamos aclimatados e muito bem de saúde, mas o clima estava péssimo. Vento muito forte, frio intenso, nuvens sobre o Everest, barômetro indicando pressão baixa – ou seja, havia sinais inequívocos de mau tempo. Além disso, outra expedição estava partindo para o acampamento intermediário, onde há pouco espaço para montar as barracas para o pernoite. Por isso, decidimos enviar os barris com nossos equipamentos com a caravana de iaques montanha acima. Ficaríamos no BC esperando o tempo melhorar. O americano Ken Hill, ainda sofrendo intensamente com dores no intestino e no estômago, decidiu ficar também.

Nesse meio tempo, chegaram os 41 iaques que haviam sido encomendados por nossa expedição. Eram trazidos por tibetanos, os chamados *yak men*. O oficial de ligação, chinês, e seus assistentes também vieram, de jipe, fiscalizar o transporte. Os chineses pegaram uma balança e começaram a pesar toda a carga da nossa expedição. Tínhamos bastante carga, mas os 41 animais contratados eram suficientes para levar tudo, com sobra.

Eu estava fotografando e filmando a preparação do nosso comboio quando o Vitor se aproximou de mim e disse:

— Cara, o oficial de ligação está dizendo que o nosso barril contém 60 quilos! Mas nós pesamos no aeroporto, e estava com 32 quilos!

Fui com o Vitor conferir o processo de pesagem. A balança deles estava muito errada. E não tinha nada a ver com a unidade de medida usada por eles, diferente da nossa. O aparelho estava desajustado, mesmo. Tudo pesado, começou a confusão: o oficial de ligação disse que precisaríamos de mais 15 iaques para conseguir levar tudo.

O nosso encarregado, Sucre, o cozinheiro, e os outros sherpas tentaram em vão negociar. Não teve jeito. Foram obrigados a rearranjar toda a carga, separando o suficiente para distribuí-la no lombo de mais 15 iaques. No meio de uma confusão enorme, em que havia gente falando e gesticulando em tibetano, nepalês, chinês e inglês, os sherpas foram colocando de lado equipamentos e bagagens até o oficial de ligação achar que era suficiente. Quando ele se deu por satisfeito, girou sobre os calcanhares e, seguido por sua equipe, entrou no jipe e foi embora.

A poeira do carro não havia sequer baixado, e iniciou-se uma nova confusão, ainda maior do que a anterior. Desta vez, eram os *yak men* tibetanos discutindo quem ia levar o quê. Quase uma hora e meia depois, começaram a carregar os animais. Vitor, nossos sherpas e eu estávamos embasbacados. Havia pouca carga para muitos animais. No fim, contamos 11 iaques sem nada e dois que levaram carga de outra expedição (um dos *yak men*, muito esperto, aproveitou os animais ociosos e fez um serviço extra, recebendo duas vezes pela mesma viagem). Ou seja, 13 dos nossos iaques subiam vazios, e teríamos de pagar por mais 15! Sobrou muita coisa para ser levada. Era inacreditável. Outro mundo.

O oficial de ligação é o representante do governo na expedição. Cada equipe tem de contratar o seu. Ou seja, na teoria, ele é um membro do time e deveria ajudar a resolver problemas, mas na prática ele tem apenas a função de ficar de olho no que os estrangeiros estão fazendo. Por isso, na relação com o oficial de ligação, é preciso ter consciência do jogo de interesses envolvido. Obrigar a expedição a contratar mais iaques do que o necessário, por exemplo, pode ser uma maneira de o oficial de ligação receber um dinheirinho por fora dos *yak men*. Mas nunca saberemos com certeza de que maneira ele estava se beneficiando.

Depois da caravana de iaques, pouco a pouco partiram rumo ao acampamento intermediário dois cozinheiros, nosso sherpa Pechumbi, o malasiano Ravi e seu sherpa, o americano Jackson e seu sherpa e por último, solitário, o inglês David Sharp. Ang Dawa subiria depois, comigo e com o Vitor.

Voltamos à barraca-cozinha, e lá estavam Sucre e seu assistente, Ang Dawa e o lama que havia feito nossa *puja* no dia anterior. O lama, a bem da verdade, era também o sherpa designado para acompanhar o George na escalada. Vitor e eu nos sentamos para comer omelete com legumes e pão. Quando terminamos, os outros, todos nepaleses, comeram *dal bhat*. Parecia muito mais apetitoso do que a nossa omelete. *Dal bhat* é uma comida típica do Nepal e consiste em sopa de lentilhas, arroz e vegetais com batatas ao *curry*. É quase sempre apimentado e raramente acompanha algum tipo de carne. Os nepaleses hindus não comem carne de boi, para eles um animal sagrado, e os que seguem o budismo são muitas vezes vegetarianos. E, à parte as questões religiosas, proteína animal é algo caríssimo para os padrões de renda nepaleses. O *dal bhat*, por conter lentilhas, é um alimento que supre razoavelmente bem essa necessidade nutricional. É comum os carregadores e os sherpas comerem *dal bhat* no café da manhã, no almoço e no jantar.

Esperei os sherpas terminarem de almoçar, peguei meu livro de frases em nepalês e comecei a fazer perguntas. Sucre gostou muito do meu interesse por seu idioma e se levantou várias vezes para ver meu livro e me ensinar. Enquanto eu estudava, Vitor saiu para dar um passeio nas barracas de comércio, próximas à casa do oficial de ligação e ao início da estrada. Nesse local ficam os turistas que não são alpinistas. Muitos deles se alojam no Hotel California, o barracão do nosso amigo Dorjee.

Dei conselhos e carvões ativados para tratar a diarreia do Ken e fui encontrar o Vitor. O duro era enfrentar o vento frio. Se no BC estava daquele jeito, fiquei imaginando como estaria no acampamento intermediário, para onde o resto de nossa equipe havia partido.

Ao entrar no Hotel California, vi o Vitor sentado, cantando com quatro rapazes e uma moça. Eram três israelenses e um casal norueguês. Na mesa havia água, vinho, pão e frutas secas. Prontamente me convidaram para sentar com eles. Cumprimentaram-me alegremente, explicaram-me que estavam comemorando a Páscoa judaica e voltaram a cantar. Os israelenses se revezavam na leitura de um caderno com rezas e cantos. De tempos em tempos, paravam para nos explicar o significado do que estavam cantando ou rezando. Vitor, que havia passado um ano em Israel, entendia hebraico. Explicaram também a simbologia da água, do vinho, do pão e das frutas.

Não eram montanhistas, não pretendiam escalar o Everest. Eram todos turistas viajando de férias. Iriam passar apenas uma noite no Hotel California e prosseguir viagem. O casal da Noruega veio de trem através da Sibéria, na Rússia. Atravessaram a Mongólia e vieram descendo pela China até encontrar os três israelenses, aos quais se juntaram para viajar. O rapaz norueguês era artista cênico. Um sujeito muito engraçado. Fazia circo de rua para ganhar uns trocados. Os israelenses eram da marinha e, após três anos de serviço militar, tiraram um de folga para viajar. Após esse período sabático, decidiriam se continuariam ou não a carreira militar.

Cantamos, dançamos e tiramos fotos, observados por Dorjee, Suna (sua irmã mais nova) e outros turistas. Foi muito divertido. Era um ambiente de amizade, em que diferentes culturas confraternizavam-se na mais perfeita paz. Se as relações entre os povos fossem sempre assim como naquele dia no Hotel California, o mundo seria um lugar muito melhor.

Voltamos ao nosso acampamento por volta das 18h, na hora do jantar, com o mesmo vento frio nos castigando. Jantamos *dal bhat* na barraca-cozinha com Ang Dawa, Sucre e o seu assistente. Geralmente comíamos na barraca-refeitório anexa, mas agora os clientes eram apenas o Ken, o Vitor e eu.

Depois do jantar, enquanto me dirigia à minha barraca, pude observar a noite e todo o acampamento base, pois o céu estava limpo. A lua cheia iluminava inteiramente o vale e o glaciar de Rongbuk. As luzes dentro das barracas coloridas das outras expedições davam a impressão de que dezenas de luminárias haviam sido instaladas na base do Everest, conferindo um tom alegre e vivaz àquela paisagem de rocha e gelo.

À noite, mudei-me para a barraca do Vitor. Precisávamos estar juntos e com o telefone por satélite ligado, pois daríamos uma entrevista ao vivo para a ESPN Brasil. A barraca de Vitor estava melhor protegida do vento e mais esticada. Por isso, chacoalhava menos e fazia menos barulho. O chão onde eu me deitaria estava muito irregular, e, para deixar o lugar mais confortável, coloquei algumas peças da minha roupa sob o isolante. Colocamos nossos despertadores para a meia-noite do horário chinês. A entrevista estava marcada para as 2h45 do Nepal, 18h do Brasil, mas achamos melhor acordar mais cedo e acionar o telefone por satélite, pois acreditávamos que a produção da TV ligaria antes para testar.

Dormi profundamente até ser acordado pelo despertador. Ficamos entre o sono e o estado de alerta, cochilando e acordando, no frio de 5°C negativos do interior da barraca. Enfim, às 2h43, tocou o telefone. Era o produtor da ESPN, dizendo que iríamos entrar ao vivo em dois minutos. Desligamos o telefone e trocamos a bateria. Em um minuto, o produtor ligou de novo. Vitor estava com o telefone e contava tudo o que acontecia no estúdio, onde estavam a apresentadora Vivian, a Janine Cardoso e o escalador esportivo André Berezosk, o Belê. Vitor contou as peripécias da contratação de iaques e falou da comemoração da Páscoa judaica em pleno acampamento base.

— A gente participou de uma cerimônia de Pessach, a Páscoa judaica, com alguns turistas de Israel que estão fazendo *trekking*. Nunca imaginei que teria a oportunidade de celebrar o Pessach na base do Everest. A gente se divertiu muito. Dentro de dois dias, se o tempo melhorar, a gente sobe para o acampamento intermediário.

O clima não melhorou como esperávamos, e acabamos seguindo apenas no terceiro dia para o acampamento intermediário. A espera foi proveitosa. Tomamos um banho de bacia e canequinha, à moda antiga, e apresentamos nossos ajudantes sherpas ao Brasil. Primeiro, passei o telefone por satélite para o Ang Dawa, para que ele dissesse algumas palavrinhas em inglês para o público brasileiro. Dawa agarrou o aparelho, amuado, e soltou alguns murmúrios incompreensíveis. Peguei de volta o telefone e expliquei:

— O Ang Dawa está um pouco tímido, o inglês dele é mais ou menos, mas ele fala melhor do que isso. Vou passar agora para o cozinheiro, o Sucre. Ele é o organizador de toda a comida, tanto do acampamento base quanto do base avançado.

Passei o telefone para o Sucre, que também disse qualquer coisa que ninguém entendeu. Eles eram bem mais desenvoltos pessoalmente!

O fato de termos esperado mais tempo no acampamento base foi essencial para resguardar energia enquanto nos aclimatávamos a 5.200 metros. Não havia a menor necessidade de ter pressa, porque pretendíamos subir a montanha sem oxigênio. Nossos companheiros de expedição que já se encontravam no acampamento base avançado, segundo os relatos que nos fizeram por rádio, estavam sofrendo um pouco com a altitude, pois apresentavam sintomas como dor de cabeça e vômito. A decisão de esperar alguns dias antes de subir para os acampamentos mais elevados também nos dava a vantagem de chegar lá já com tudo organizado. Na barraca-refeitório, por exemplo, seria instalado um aquecedor, o que tornaria a permanência lá em cima bem mais agradável, poupando-nos de um desgaste físico desnecessário. Com isso, teríamos mais chances de escalar o Everest sem oxigênio.

Falávamos pouco sobre isso, mas a verdade é que a temporada havia começado tensa. No nosso primeiro dia no acampamento base, recebemos a triste notícia de que o sherpa de uma expedição americana havia morrido. Ele tinha passado mal no ABC, descera sozinho até o acampamento base, entrara numa barraca para dormir e, no dia seguinte, fora encontrado morto. Em nossa expedição, os sherpas ficaram muito abalados, pois vários deles conheciam o falecido. Alguns comentavam que o acidente tinha razão de ser: a expedição americana não havia feito a *puja*. Havia também outro sherpa doente, o irmão da Lakpa, a mulher que mais vezes escalou o Everest, esposa de George. Estavam juntos no ABC, e, quando ele começou a se sentir mal, Lakpa o acompanhou até a base e, em seguida, até Shegar. Quando chegamos ao acampamento base, por sorte, o irmão de Lakpa já estava bem melhor e em dois dias retornaria ao processo de aclimatação para escalar o Everest.

Tudo isso podia nos deixar tristes, mas não tirava nossa motivação ou confiança na nossa capacidade de superar o desafio de subir a montanha. Preparação física adequada, logística correta, decisões acertadas – nenhum desses fatores é capaz de levar por si só a uma conquista no montanhismo se o estado psicológico não estiver equilibrado. E, psicologicamente, Vitor e eu estávamos mais preparados do que nunca. Sabíamos que, acima dos 7.500 metros, o organismo morre aos poucos por falta de oxigênio e que, após dormir no acampamento 3, a 8.300 metros de altitude, acordaríamos mais cansados do que antes. Sabíamos que quanto mais alto estamos, menos animais e plantas encontramos – um sinal de que estamos avançando em terreno proibido para quem quer viver. E é nesse aspecto que um atleta de alta montanha revela a força psicológica: ele tem consciência de estar cruzando a fronteira para uma zona letal, mas seu desejo não é morrer. Seu desejo é viver, mais do que nunca, e isso o ajuda a reconhecer os próprios limites. Quando a vontade de ir além está equalizada com a vontade de viver, isso significa que o alpinista está mentalmente preparado.

O vento parou por uns cinco minutos, e pude ouvir passarinhos cantando do lado de fora da barraca. Como é bom perceber a vida nos vales!

CAPÍTULO 7

CASCATA DE GELO

Eduardo cruza greta na Cascata de gelo do Khumbu,
perto do C1, a 6.000 metros de altitude, em 2008.

Acampamento base do Everest, face sul, Nepal
19 de abril de 2008
11h

O BC nunca esteve tão incomunicável, pelo menos não desde que inventaram o telefone por satélite. Como parte da censura organizada pelas autoridades chinesas para evitar a transmissão ao vivo de qualquer informação sobre eventuais protestos contra a passagem da tocha olímpica pelo cimo da montanha ou contra a repressão chinesa sobre o povo tibetano, o exército nepalês confiscou os equipamentos de comunicação de todas as expedições. Telefones e antenas para conexão por satélite, *laptops*, celulares, enfim, tudo o que pudesse ser utilizado para estabelecer contato com o resto do mundo ficou armazenado em uma grande tenda militar. Nosso *sirdar*, o nepalês Anil, fez nada menos que três reuniões em um único dia com os oficiais do exército para tentar resolver o assunto. Era um grande problema para nós, pois nos próximos dias chegaria a equipe da TV Globo, que acompanharia a expedição a partir do BC e pretendia fazer transmissões ao vivo para o Brasil. No nosso primeiro dia no BC, a 5.300 metros de altitude, conseguimos permissão dos soldados para pelo menos nos deixar enviar na presença deles um arquivo em áudio, com entrevistas nossas e algumas fotos. Isso foi antes de entregarmos nossos equipamentos. Se conseguiríamos fazer o mesmo outras vezes, era uma incógnita. Certamente poderíamos usar o telefone por satélite para alguma emergência, como chamar o resgate em caso de emergência, mas dificilmente poderíamos usá-lo para conversar com o Brasil a qualquer momento. Afinal, mesmo que o fizéssemos na frente dos soldados nepaleses, como eles iam poder controlar se estávamos falando sobre a China, a tocha olímpica ou qualquer outro assunto? Estávamos, portanto, preparados para passar muitos dias sem dar notícias.

Quando nos disseram no Ministério do Turismo, em Katmandu, que teríamos de deixar nossos aparelhos de comunicação em um depósito militar no BC, apenas fingi que acreditava. Eu achava que haveria como contornar a situação com o tradicional "jeitinho brasileiro"... muito parecido com o "jeitinho nepalês". Em condições normais, os funcionários do governo dizem que não pode, mas, na hora H, fazem vista grossa. Em 2008, eles foram muito rígidos. Quem não entregou seus telefones e tentou fazer chamadas escondido recebeu reprimendas fenomenais. Os reincidentes foram deportados. O clima estava realmente tenso. Todos os nepaleses – cada sherpa, cada cozinheiro – foram intimados a ser fiscais para o exército. Se vissem algum alpinista utilizando equipamento de comunicação e não avisassem, e depois isso fosse descoberto, poderiam ser presos como cúmplices.

Com o passar dos dias, fomos nos acomodando àquela situação e identificando a melhor maneira de mitigar o problema. Os militares até que foram razoáveis conosco e deixavam que fizéssemos telefonemas para a família. Não entendiam português, mas sabiam perfeitamente a diferença de entonação quando se está concedendo uma entrevista ou um depoimento ao vivo para a TV ou para uma rádio. Inicialmente, fiquei apreensivo, porque temia que os equipamentos se perdessem ou fossem roubados. Os aparelhos estavam identificados com etiquetas. Frequentemente, quando pedíamos para usar o nosso telefone, os militares entregavam o aparelho errado. "Não é esse, é outro", eu dizia. E o soldado voltava à barraca para procurar o meu telefone. O maior problema era encontrar o momento ideal para fazer as chamadas. Primeiro, porque tínhamos de ficar conversando ao telefone do lado de fora, no frio. Não podíamos levá-lo para a nossa tenda, por exemplo. Segundo, porque o depósito ficava aberto em horários mais adequados para alpinistas europeus ou asiáticos, que tinham de lidar com uma diferença de fuso horário de não mais do que quatro ou cinco horas. Para nós isso era ruim, porque a variação de fuso horário para falar com o Brasil é de quase nove horas. Ou seja, era quase impossível conciliar os momentos de sol, em que era mais agradável telefonar ao ar livre, o horário de funcionamento do depósito e a diferença de fuso do Brasil. Aos poucos, com um trabalho de boa vizinhança e de negociação, ficamos amigos dos guardiões dos telefones e conseguíamos que eles abrissem exceções para nós – tudo dentro do possível para eles, porque, afinal, por mais que não concordassem com aquela medida autoritária e absurda, estavam apenas cumprindo ordens.

Quando soubemos do confisco dos aparelhos, no entanto, estabelecemos um plano B clandestino para não ficar sem comunicação caso acontecesse alguma coisa – por exemplo, se ocorresse um confronto com os militares numa manifestação pró-Tibete, a barraca do exército podia pegar fogo, ou podiam prender todo mundo por algum motivo. Eduardo Keppke e eu havíamos levado dois telefones e dois *chips* para conexão via satélite. Os militares, obviamente, não sabiam disso. Por garantia, entreguei um telefone com *chip* no depósito e escondi o outro em um barril de comida. Deixei lá, sem usar, como se não existisse, para o caso de uma emergência. Se eu o usasse, seria deportado e prejudicaria os meus sherpas. Como eles haviam sido declarados corresponsáveis por controlar qualquer tentativa de estragar a festa chinesa no cume, estavam tensos, morrendo de medo.

Para compensar a dor de cabeça com a estrutura de comunicação, nossa chegada ao acampamento base foi premiada com a comprovação de que a mala do Eduardo, que havia se extraviado em Londres, fora entregue. Chegara de iaque, após longas horas em avião, e já estava lá no BC esperando por ele. Também foi possível conferir que valera a pena todo o trabalho de escolher e avaliar os equipamentos em Katmandu. Estava quase tudo montadinho no BC e funcionando bem. As três barracas de apoio – refeitório, cozinha e depósito – eram de ótima qualidade. Os barris com nossos equipamentos também estavam todos lá.

O maior inconveniente da passagem da tocha olímpica era conciliar o cronograma das exigências militares e políticas com nossos planos de aclimatação. A primeira fase de preparação do organismo para a sobrevivência em grandes altitudes já havia sido vencida. Consistia basicamente em percorrer a trilha entre Lukla (2.860 metros) e o BC (5.300 metros). Essa etapa não poderia ter sido melhor, pois tivemos de esperar a solução da perda da mala do Eduardo, o que nos deu tempo de sobra para pernoitar mais de uma noite em diferentes altitudes no caminho e escalar alguns picos intermediários. Um dia antes de chegarmos ao BC, por exemplo, subimos o Kala Patar, um pico de 5.500 metros com vista para o Everest. Fazia frio lá no alto, mas o pôr do sol estava deslumbrante, tingindo de laranja o Everest e a lua nascente ao fundo. A segunda fase de aclimatação, no entanto, seria mais complicada, pois não tínhamos acesso liberado à montanha. Havia incertezas principalmente em relação à possibilidade de irmos ou não até o acampamento 3, a 7.500 metros de altitude, antes de a tocha chegar ao cume.

Nossa estratégia era subir no dia 25 de abril até o acampamento 1 (6.000 metros) e, no dia seguinte, até o acampamento 2, também chamado de ABC, 400 metros verticais acima. Passaríamos alguns dias lá, descansando e forçando o organismo a funcionar adequadamente com pouco oxigênio. Em seguida, se os militares permitissem, escalaríamos até o acampamento 3 e voltaríamos no mesmo dia para dormir em uma altitude mais baixa, no acampamento 1 ou no próprio BC, onde a concentração de oxigênio no ar é a metade da existente no nível do mar. No cume do Everest, é de apenas um terço.

A estratégia de aclimatação é vital para o sucesso de uma expedição a picos muito altos. Se uma pessoa pudesse ser levada de helicóptero diretamente de uma praia ao cume do Everest, em menos de três minutos perderia a consciência e em poucas horas morreria, porque seu corpo não seria capaz de captar e enviar oxigênio para as células em quantidade suficiente. Aclimatar-se significa dar tempo e condições ao organismo para fazer os ajustes graduais necessários para funcionar em um ambiente com pouca oferta de oxigênio. Essas mudanças fisiológicas ocorrem nos sistemas respiratório, cardiovascular, renal e endócrino, e são temporárias. Algumas semanas em baixas altitudes são suficientes para revertê-las. Por isso, dizemos que na aclimatação o corpo se "acostuma" à hipóxia, ou seja, ao baixo nível de oxigênio. Já uma pessoa "adaptada" à altitude é aquela que contém características genéticas adequadas para viver em um local com ar rarefeito. Isso inclui principalmente os povos nativos das cordilheiras do Himalaia e dos Andes. Por viverem há gerações em lugares altos, tibetanos, nepaleses sherpas, bolivianos e peruanos passaram por um processo de seleção natural, em que os indivíduos com organismos mais aptos conseguiam sobreviver, produzir e reproduzir-se melhor, perpetuando seus genes. Estudos científicos com tibetanos e povos andinos mostraram que, entre outras peculiaridades fisiológicas, esses grupos herdaram de seus ancestrais um maior número de alvéolos pulmonares e um sangue mais rico em hemoglobinas do que os povos originários do litoral. A primeira adaptação melhora a captação de oxigênio pelos pulmões, porque aumenta a área de difusão do gás para o sangue. A segunda característica confere ao sangue a capacidade de carregar de maneira mais eficiente o oxigênio para as células, onde será usado na produção de energia para o bom funcionamento do organismo. Sem ele, as células começam a morrer.

Estima-se que nenhum grupo humano está adaptado para viver sem problemas a mais de 5.000 metros de altitude, acima dos quais não existem, nem nos Andes, nem no Himalaia, povoados permanentes. A ciência também concluiu que nenhum ser humano, mesmo um sherpa aclimatado, é capaz de sobreviver mais do que alguns dias acima dos 7.500 metros de altitude. A partir daí, na chamada zona da morte, o organismo não é capaz de se aclimatar, apenas se degrada, lutando pela sobrevivência. Desse ponto em diante, o oxigênio disponível na atmosfera é tão baixo que nenhum ajuste feito pelo organismo é suficiente para manter o fornecimento mínimo do gás vital para os tecidos. O objetivo de um alpinista no Everest, portanto, é conseguir aclimatar-se para se sentir bem e conseguir ter um bom desempenho físico a uma altitude mínima de 7.000 metros. Depois, é entrar na zona da morte rumo ao topo da montanha e voltar o mais rápido possível. Ficar acampado a 8.000 metros, sem oxigênio, esperando o melhor dia para atacar o cume, é praticamente suicídio.

A rigor, a noção de que há menos oxigênio nas altas montanhas é inexata. Na verdade, o ar é rarefeito, ou seja, menos concentrado, devido à baixa pressão atmosférica. Com isso, a quantidade de oxigênio que entra nos pulmões a cada inspiração é menor. Muitos dos sintomas desagradáveis sentidos em grandes altitudes, contudo, não são consequências diretas da falta de oxigênio no corpo, mas dos ajustes feitos pelo organismo para compensá-la. Entre esses efeitos estão o aumento da pressão sanguínea, a intensificação da ventilação pulmonar, a aceleração dos batimentos cardíacos e a alteração da acidez do sangue. Essas mudanças, apesar de não serem desejáveis em um corpo saudável, são necessárias ao processo de aclimatação, e muitas vezes desaparecem ou diminuem com o passar dos dias. Quando isso não ocorre, podem provocar danos à saúde, alguns deles potencialmente letais.

Os males de altitude são divididos em agudo ou crônico. O mal de altitude agudo (em inglês, *acute mountain sickness* – AMS) em geral é uma reação leve à hipóxia, e seus sintomas são dor de cabeça, fadiga, enjoo, vômito e falta de apetite. Normalmente, desaparecem em questão de 36 horas, bastando parar para descansar ou pernoitar onde se está antes de continuar a ascensão. Ninguém está imune ao mal agudo nem tampouco é possível prever em que situações uma pessoa será acometida por ele. Já vi gente subir a 5.000 metros sem sentir nada, descer e só passar mal dois dias depois, ao caminhar até 4.000 metros de altitude.

O mal de atitude crônico divide-se em dois tipos, ambos potencialmente fatais: edema cerebral (em inglês, *high altitude cerebral edema* – HACE) e edema pulmonar (*high altitude pulmonary edema* – HAPE). O HACE consiste no acúmulo de líquidos no cérebro e, para muitos estudiosos, é um estágio avançado do AMS. Sua causa exata não está clara para a ciência, mas sabe-se que está associada ao aumento da pressão sanguínea nos capilares cerebrais. Os sintomas são a princípio parecidos com os do mal de altitude agudo, mas com agravantes. Um montanhista com edema cerebral costuma dar sinais de confusão mental e coordenação motora prejudicada. Os testes antigamente aplicados para descobrir motoristas alcoolizados, como andar sobre uma linha, ou equilibrar-se sobre uma perna e cruzar a outra ("fazer o 4", como se diz popularmente), ou pedir para a pessoa colocar o dedo na ponta do nariz, são maneiras simples de identificar um HACE. Já o HAPE é o acúmulo de fluidos nos pulmões, o que, em excesso, pode levar a uma espécie de "morte por afogamento". Acredita-se que ela seja causada por danos aos capilares pulmonares, por sua vez provocados pelo aumento da pressão sanguínea. Na alta montanha, o risco de edema pulmonar é agravado pelo frio, que aumenta a constrição arterial, e por exercícios físicos, que intensificam o bombeamento de sangue através dos pulmões. Pressão alta, tosse com sangue e ruídos de água no peito, como chiados, estalos ou um som semelhante ao de um gato ronronando, são alguns dos sinais de HAPE. O diagnóstico é difícil, pois muitos desses sintomas podem estar relacionados a infecções pulmonares e nas vias aéreas, também muito comuns em altitude. Estima-se que metade dos casos de HAPE no Himalaia sejam fatais. O melhor remédio para o mal de altitude crônico, tanto o edema pulmonar como o cerebral, é descer imediatamente. Respirar oxigênio de cilindros também ajuda. Algumas drogas ajudam a combater o mal da montanha. Para lidar com o mal de altitude agudo e com o edema pulmonar, usa-se acetazolamida (o nome comercial é Diamox), que estimula a eliminação de bicarbonato na urina, reduzindo a alcalinidade do sangue causada pelos níveis reduzidos de gás carbônico, uma consequência indesejada das reações do organismo à hipóxia. O resultado é que a acetazolamida melhora a qualidade da respiração. A dexametasona, um esteroide, reduz a saída de fluidos e proteínas dos capilares cerebrais, e é razoavelmente eficiente no tratamento de HACE. Seu efeito é sistêmico e não cura o edema, mas pode impedir que piore. É perigoso recorrer a qualquer um desses medicamentos sem orientação, por isso recomendo fortemente consultar um médico antes de usá-los – é o que eu faço. O melhor mesmo, contudo, é realizar uma boa aclimatação para minimizar o risco de sofrer qualquer um desses males.

Existem duas correntes principais sobre técnicas de aclimatação. O cazaque Anatoli Boukreev era um dos maiores defensores da prática de escalar o mais alto possível e depois descer bastante para descansar, antes de subir novamente para fazer o ataque ao cume. Boukreev, sem dúvida, obtinha ótimos resultados com sua técnica. Ele escalou 8 dos 14 picos com mais de 8.000 metros de altitude sem oxigênio auxiliar e tornou-se uma lenda do alpinismo quando, em 1996, resgatou sozinho três membros de sua expedição logo após ele próprio ter chegado ao cume do Everest sem oxigênio. Boukreev morreu sob uma avalanche no Annapurna, em 1997. A outra corrente de aclimatação, liderada pelo suíço Erhard Loretan, prega que se deve ficar na base, fazendo caminhadas e escalas curtas, aclimatando-se sem se desgastar. Depois, escala-se a montanha de uma vez até o cume, sem perder tempo nos acampamentos superiores, e faz-se a descida rapidamente. Ele foi um dos poucos homens do mundo a escalar todas as montanhas com mais de 8.000 metros sem oxigênio suplementar. Com essa técnica, Loretan escalou o monte Everest em 1986 em apenas 40 horas, sem oxigênio suplementar. Ele morreu em abril de 2011, no dia do seu aniversário, após cair durante uma escalada relativamente simples nos Alpes. Fiquei sabendo da morte dele no BC, durante minha quarta expedição ao Everest, por meio de um suíço, o Bruno, que foi vizinho e amigo próximo dele.

O corpo humano leva, em média, um mês para atingir o auge da aclimatação. A intensa rotina dos acampamentos e o longo período de preparação do organismo para suportar a hipóxia acabam por debilitá-lo. Trata-se de um jogo paradoxal, um "cabo de guerra" entre diferentes funções do organismo. Se um dos lados fraqueja, não há vencedor. Minha aclimatação sempre foi excelente, compensando rapidamente as mudanças nos batimentos cardíacos, na pressão e na alcalose sanguíneas e no ritmo da respiração. Mas, como sempre ocorre na ciência da aclimatação, não posso confiar na infalibilidade do meu organismo. Se não fizer um bom trabalho preparatório quando chego a uma montanha, corro risco de sofrer de mal de altitude, como qualquer outra pessoa.

É possível ver a aclimatação na montanha como os ajustes necessários quando há uma grande mudança em nosso ambiente de trabalho. Em ambos os casos, podemos errar ao agir antes da hora ou quando é tarde demais. Há sempre um ponto de mudança, aquele em que uma nova estratégia ou um passo adiante têm o efeito desejado, ideal. Se deixamos passar o ponto de mudança, os danos causados podem ser irreversíveis para o objetivo almejado, e temos de começar tudo de novo numa outra oportunidade. No caso da montanha, a oportunidade é a temporada do ano seguinte. No trabalho, pode simplesmente não haver outra. Em ambos os ambientes, a montanha e o profissional, têm vantagem ao lidar com as mudanças aqueles que são mais resilientes, não necessariamente os mais fortes ou mais rápidos. A adaptação ao estresse ambiental é uma qualidade que não costuma ser levada em conta em nosso no dia a dia, em grande parte porque estamos cercados de tecnologias que disfarçam essa capacidade.

A resiliência talvez seja a maior qualidade do meu parceiro de 2008 como montanhista. Conheci o cirurgião plástico Eduardo Keppke em uma das minhas palestras na Grade6. Eu estava montando um grupo para fazer curso de escalada em gelo, e, como sempre, os potenciais clientes foram à agência para ouvir algumas explicações sobre o cronograma, sobre o que aprenderiam, etc. A médica Ana Elisa Boscarioli, primeira mulher brasileira a escalar o Everest, foi quem sugeriu ao Eduardo que fizesse o curso comigo. Ela própria já havia sido minha aluna, na mesma ocasião, aliás, em que também ensinei técnicas de escalada em gelo para Vitor Negrete, na Bolívia. Eduardo assistiu à palestra, fez o curso e pouco depois participou de uma expedição para o Illimani (6.490 metros), com Vitor como guia. Como apaixonado por atividades *outdoor*, Eduardo já havia feito o *trekking* para o acampamento base do Everest e atingira o cume do Aconcágua. Ele tem o projeto de concluir o circuito dos sete picos mais altos do mundo.

Como cliente da Grade6, fez diversos roteiros conosco. Em 2003, contratou-me para levá-lo ao monte Kilimanjaro, o ponto mais alto da África, com elevação de 5.895 metros. O grupo era formado por Eduardo, sua mulher Daniele e um amigo do casal, Guilherme Bertani. Eu nunca havia estado no Kilimanjaro até então. Esse fato gerou certo debate no grupo. Afinal, para que precisariam dos meus serviços como guia se eu não conhecia o caminho? Não seria um gasto desnecessário, ainda mais para subir uma montanha tecnicamente fácil como o Kilimanjaro? A questão é que, justamente por ser uma montanha em que a maior dificuldade é a altitude, não o trajeto, saber o caminho é o que menos importa para um guia. Desde o começo, Eduardo era a favor da minha contratação. Ele sabia que um guia de confiança era necessário para resolver todos os outros problemas da expedição, como dar assistência e socorro no caso de mal de altitude, controlar a previsão do tempo, preparar a logística e até negociar com cozinheiros, carregadores e um guia local – este sim, obrigatoriamente deve conhecer o caminho.

Eduardo, Daniele e Guilherme haviam escolhido uma rota mais difícil para chegar ao cume do Kilimanjaro, chamada Machame. Trata-se de um percurso mais longo e com muita subida e descida, ainda que não tenha nenhum ponto de escalada. Em um mesmo dia de caminhada, por exemplo, sobe-se a 4.400 metros e, depois, volta-se a 3.800, apenas para voltar a subir em seguida. Ou seja, é uma rota muito desgastante fisicamente. No primeiro dia de expedição, os cozinheiros africanos serviram um macarrão com molho de carne vermelha.

— Olha, pessoal, acho melhor não comer isso, não – recomendei.

Dani não comeu. Mas Eduardo e Guilherme, sim. No dia seguinte, eles passaram muito mal. Tiveram diarreia e sentiam dores estomacais e intestinais terríveis. Ficaram brancos como fantasmas. O problema é que tínhamos um cronograma relativamente rígido, com um acampamento por dia até o cume. Não podíamos parar para descansar e dormir mais de uma noite no mesmo lugar. Nesse dia, subimos nada menos que 1.000 metros de desnível. Fomos de 2.800 para 3.800 metros de altitude. Eduardo e Guilherme andavam um pouquinho e literalmente despencavam no chão de fraqueza e de dor. Eles iam ao banheiro – na verdade, ao ar livre – a toda hora. Era um terror.

Na primeira refeição depois de eles ficarem doentes, dei uma de cozinheiro, com a Dani. Comecei a separar os ingredientes. A carne não estava refrigerada, e na base da montanha, no meio da savana tanzaniana, é quente. Peguei toda a carne vermelha e entreguei aos carregadores, ao cozinheiro e ao guia local. Eles não conseguiam acreditar.

— Isso aqui fica para vocês.

— Mas essa é a melhor parte da comida! – disse um deles.

— Bom proveito.

Eles não entendiam que nem tudo o que o estômago deles, acostumado, aguentava servia para os nossos. O cozinheiro não conseguia nem compreender direito o que eu dizia, mas descartei qualquer ingrediente suspeito, inclusive os condimentos e a gordura animal que ele usava para preparar a comida. Substituí por um pouco de óleo vegetal que encontrei no meio dos mantimentos. De carne, guardei apenas um pouquinho de frango. Descascamos batatas, cenouras e outras verduras e fiz uma sopa de macarrão com legumes, com quase nada de tempero, só um pouco de sal. Com essa alimentação mais saudável e a medicação adequada, Eduardo e Guilherme melhoraram progressivamente. No fim, todos conseguiram chegar ao cume, em uma expedição inesquecível, marcada pela superação diária.

No Kilimanjaro, criamos laços muito fortes de amizade. E o Eduardo seguiu com o seu plano de escalar os sete picos. Subiu os montes Elbrus (5.642 metros), na Rússia, e McKinley (6.187 metros), no Alasca, com outras agências. Faltavam três montes: o Carstensz (4.884 metros), na Oceania; o Vinson (4.892 metros), na Antártica; e, claro, o Everest.

Um dia, em 2007, encontrei o Eduardo em Campinas e soltei, à queima roupa:

— Du, vamos para o Everest?

— O quê? Você está me convidando para ser seu parceiro para escalar o Everest?

— Claro, por que não? Eu vou tentar ir sem oxigênio, e você, se quiser, pode ir com.

Eu não tinha certeza se ele ia topar, porque sabia de seu plano de contratar uma expedição internacional para levá-lo. Mas ele se animou. Eduardo demorou três segundos para aceitar e três meses para conseguir organizar a vida e deixar o consultório, a família e as finanças para trás. Ficar 90 dias longe de tudo não é fácil, ainda mais para um profissional com pacientes e pessoas que dependem dele.

Nossa relação no Everest, em 2008, era ótima. Eduardo sempre respeitava minhas decisões como líder da expedição, e eu, suas orientações médicas. Formamos uma dupla extraordinária. Ele é um sujeito tão bem-humorado que, às vezes, extrapola. Há momentos tensos, que para muitos não dão espaço para brincadeiras, mas Eduardo não perde a piada. No balanço geral, no entanto, isso acabava sendo bom para o astral da equipe. Fisicamente, Eduardo é forte e bem-disposto. Ex-jogador de basquete, ele possuía um histórico de atividade física consistente, ainda que tenha treinado muito pouco para o Everest. O mais importante era que, psicologicamente, ele conseguia lidar com o frio, com a fome, com a falta de sono, com os perigos da montanha e com a saudade da família. Eduardo conseguia ficar numa boa naquele ambiente agressivo, e isso era fundamental.

No dia 25 de abril, conforme previsto no nosso plano de aclimatação, o Eduardo e eu saímos do BC com destino ao acampamento 1. Cruzaríamos, portanto, pela primeira vez a temível cascata do Khumbu. Um glaciar nada mais é que um rio permanentemente congelado. As margens de rocha são chamadas de morainas laterais, e o lugar onde ele termina, de moraina frontal. E, como todo rio, o glaciar se move, ainda que muito lentamente, obedecendo à lei da gravidade. Por isso, nos trechos onde o leito é mais plano, parece um lago, com a superfície branca e lisinha. Já nos trechos de maior declive, o glaciar torna-se uma verdadeira cascata de gelo, em que a água em estado sólido não cai constantemente, como em uma cachoeira normal, mas de supetão, o que faz despencar blocos de 20 ou 30 metros de altura que parecem pequenos *icebergs* suspensos (chamados de *seracs*), abrindo fendas enormes no caminho – chamadas de gretas – por onde os alpinistas têm de passar. Na cascata do Khumbu, o glaciar se move, em média, apenas 1 metro por dia. Não parece tão lento quando vemos um *serac* despencando ou uma greta de 5 metros de largura se abrindo.

Por causa dessas mudanças bruscas, de uma noite para outra a paisagem do glaciar pode mudar totalmente. Para se ter uma ideia, cerca de 15 metros acima de nossa barraca havia uma pequena aresta de morro de onde se podia ver um enorme lago de quase 5.000 metros quadrados no meio do glaciar. Para ir até a barraca médica, por exemplo, era preciso contornar o lago. Foi o que aconteceu quando tivemos de levar um de nossos sherpas, que havia martelado o dedão e ficara com a unha preta, para ser atendido. Um dia, acordamos e não vimos lago nenhum. Era só gelo e rocha no fundo. Simplesmente, o lago inteiro havia vazado da noite para o dia. A partir daí, para chegar à tenda dos médicos, era só atravessar em linha reta pelo leito do que antes havia sido um depósito natural de água.

Como o acampamento base fica muito próximo da cascata do Khumbu, é possível ouvir o barulho dos blocos de gelo estalando e ver as avalanches causadas por eles. Certo dia, vi uma avalanche descer pela encosta do Everest e cair em cima da cascata de gelo. Havia dezenas de alpinistas cruzando o local naquele momento. Só deu para ver vários pontinhos pretos – alpinistas a distância – correndo e aquela nuvem branca cobrindo tudo. Depois ficamos sabendo que, por sorte, ninguém fora atingido. Mas era assustador mesmo assim.

A cascata de gelo é o trecho mais temido da escalada do Everest pela face sul. E o pior é que, com as subidas e descidas para aclimatação, é preciso cruzá-la, no mínimo, quatro vezes por temporada! As expedições pioneiras do início da década de 1950 chegaram a pensar que fosse impossível transpor aquele labirinto de torres de gelo e buracos traiçoeiros escondidos sob a neve fofa. Os primeiros a superar esse desafio foram os suíços, em 1952, abrindo caminho para que, um ano depois, os ingleses conquistassem o cume com Hillary e Tenzing. Desde a década de 1980, a cada início de temporada, uma equipe de sherpas chamados de *icefall specialists* ("especialistas da cascata de gelo", em inglês) dedica-se apenas a preparar a cascata do Khumbu para a escalada. O trabalho, pago por um pedágio cobrado de todos os alpinistas que pretendem cruzar a cascata, consiste em colocar escadas de alumínio e cordas nos trechos mais difíceis e perigosos. Sobre as gretas, por exemplo, são montadas pontes precárias feitas de até cinco escadas amarradas umas às outras. Para atravessá-las, é preciso equilibrar-se pisando cuidadosamente em cada degrau. O perigo maior é enroscar as garras dos *crampons* na escada, tropeçar e despencar lá embaixo no abismo. Em 2008, havia oito *icefall specialists*. Eles não têm nada a fazer acima do acampamento 2. Sua função é apenas manter a via aberta para os alpinistas, entre o BC e o ABC. Terminada a temporada, eles recolhem as escadas e as guardam em Lobuche ou em outra vila mais próxima. No ano seguinte, quando a cascata será completamente diferente, lá estarão eles outra vez.

Quando Eduardo e eu percorremos a cascata do Khumbu pela primeira vez, ainda estava escuro, porque havíamos saído de madrugada para subir ao acampamento 1. Ao cruzar uma ponte feita de escadas, escutei o barulho de gelo se quebrando e o borbulhar de água correndo por baixo do glaciar. Resultado do derretimento do gelo pelo sol, a água no fundo do glaciar age como um lubrificante, fazendo os blocos deslizarem mais rápido. Para entender o que isso significa, faça um teste com uma pedrinha de gelo escorregando em uma pequena rampa de madeira. Se o gelo acabou de sair do congelador, vai deslizar menos. Se já estiver um pouco derretido, vai disparar rampa abaixo. Pois bem. Justo no momento em que eu estava a meio caminho entre um lado e outro de uma greta gigantesca, sentindo a sequência de três escadas amarradas umas às outras por cordinhas que rangiam sob o meu peso, comecei a ouvir aquele estalido de gelo e pensei: "Pronto, essa greta vai abrir ainda mais justo agora, e eu vou despencar lá dentro! Tenho duas opções: ou eu volto, ou continuo". Acelerei o passo e fui em frente. Não sei como não pisei em falso, no vão entre um degrau e outro. Por sorte, o glaciar se acalmou, e o Eduardo pôde passar em seguida, tranquilamente. Depois disso, nunca mais passei um estresse tão grande na cascata do Khumbu. Parecia um aviso da montanha: "Fica esperto".

A cachoeira do Khumbu, apesar de perigosa, é incrivelmente bela. Há uma variedade infinita de formas esculpidas pelo derretimento do gelo, e, conforme o sol nasce, a luz parece tingir as paredes dos *seracs* com diferentes variações de branco e de outras cores claras. Em alguns pontos, caminha-se entre maravilhosas estalactites de gelo, muitas delas mais altas do que uma pessoa. E há vários tipos de gelo: novo, velho, azul, verde ou vítreo. Quando fazemos uma caminhada na terra, podemos observar que o solo muda de cor, de consistência ou de textura. Com o gelo é a mesma coisa. Trata-se de um cenário surreal, cujas estruturas mudam de formato como um relógio derretido em uma pintura de Salvador Dalí.

Seis horas é um tempo razoável para percorrer a cascata de gelo. Mas ainda não estávamos aclimatados e cometemos o erro de levar mochilas mais carregadas do que o necessário. Acabamos demorando dez horas para cruzar o labirinto do Khumbu. O Eduardo escalava muito lentamente e parava com frequência. Começou a ficar tarde, e eu disse:

— Du, não dá mais para esperar. Preciso chegar logo ao acampamento 1 e dar um jeito de te ajudar.

— Vai nessa, não se preocupe. Eu vou devagar e sempre.

Cada mochila nossa pesava 18 quilos. Não é muito quando se está aclimatado e o terreno é conhecido, o que não era o nosso caso. Seria difícil para mim carregar algum peso extra para aliviar a mochila de Eduardo. Era melhor eu subir, deixar minha carga e voltar para ajudá-lo. Deixei o rádio com ele e acelerei o passo. Cheguei ao acampamento 1 e achei nossa barraca. Eu tinha duas opções: ou descia para ajudá-lo, ou arranjava alguém descansado para fazer isso por mim. Acabei encontrando um sherpa que estava há dois dias no acampamento 1 sem fazer nada, só cuidando da barraca da expedição para a qual havia sido contratado. Expliquei-lhe que meu amigo estava cansado, subindo o Khumbu com uma mochila pesada. Perguntei se podia descer para ajudar, mediante um pagamento justo. O sherpa topou. Desceu, encontrou o Eduardo, assumiu sua carga, e, em pouco mais de uma hora, eles chegaram. Meu companheiro estava exausto, não queria nem comer. Só pensava em deitar e dormir. Mas eu já o esperava com um chá quente, que fiz derretendo neve do glaciar. Insisti com o Eduardo que ele não podia deitar antes de se hidratar e se alimentar, e ele seguiu meus conselhos.

No dia seguinte, subimos para o acampamento 2. Este trecho do glaciar, entre os acampamentos 1 e 2, com pequena inclinação, chamado de Vale do Silêncio, é maravilhoso. Caminhamos entre o Everest (8.848m), de um lado, e o Nuptse (7.855m), do outro, encarando o Lhotse (8.516m), a quarta mais alta montanha do mundo, imponente no final do vale.

Não acreditei quando vi o lugar onde nossos sherpas haviam montado nossas tendas: bem debaixo de um enorme e ameaçador *serac*, uma torre de gelo que parecia querer desabar a qualquer momento. "Nada seguro", pensei. Nosso pernoite ali foi aterrador. Ouvíamos o barulho de gelo quebrando e não conseguimos dormir, imaginando que seríamos esmagados por um dos *seracs*. Ao amanhecer, por precaução, pedi a uma expedição irmã – com a qual dividíamos o *permit* de escalada – uma barraca emprestada para passar a noite. Depois, gastei duas horas e meia caminhando na região do acampamento 2 em busca de um local melhor para instalar nossas barracas. Marquei o ponto com cordas e depois falei, por rádio, com Anil, nosso *sirdar*, no BC. Ele não gostou nem um pouco de ouvir que teria de mudar o acampamento de lugar. Outra má notícia era que as autoridades do Nepal, a pedido da China, não haviam liberado a subida até o acampamento 3. Isso atrapalhou o nosso plano de aclimatação, pois pretendíamos subir a 7.500 metros de altitude e só depois voltar ao BC. Decidimos então retornar à base, esperar os chineses liberarem a montanha, subir ao acampamento 3, voltar ao BC e só então fazer o ataque ao cume, no final de maio. Acreditávamos que até o dia 10 de maio, no máximo, a tocha olímpica finalmente chegaria ao topo. Teríamos de passar seis vezes pela temível cascata do Khumbu, portanto.

Voltamos ao acampamento base. Estávamos muito cansados e desidratados porque no acampamento 2 a temperatura à noite chegava a 15°C negativos e durante o dia, com sol, atingia 25°C positivos, o que nos fazia suar dentro das nossas roupas para baixas temperaturas. Uma variação de 40°C em um único dia! Pelo menos não sentíamos dor de cabeça – um indício de que a altitude não estava nos afetando negativamente.

Nossa equipe de brasileiros foi mudando com o passar dos dias. Zé Fernando, meu amigo que vivia na Alemanha e trouxera alguns equipamentos reservas para o Eduardo, já estava conosco no acampamento base desde o princípio e teve de partir. No dia 1° de maio, Eduardo e eu descemos para o vilarejo de Pheriche (4.370 metros) e depois para Namche Bazar (3.440 metros). Lá, encontraríamos o repórter Clayton Conservani e o produtor Claudio Marques, da TV Globo. Dormir em altitudes mais baixas não prejudica a aclimatação já adquirida, desde que o período não ultrapasse uma semana. Ao contrário, é até positivo para descansar do desgaste físico dos dias anteriores.

Depois de encontrar a equipe da Globo, caminhamos até o Monastério de Tengboche, onde visitamos o lama Rimpoche para pedir uma nova bênção para a escalada (já havíamos passado por lá quando nos dirigimos ao BC pela primeira vez). Bênção nunca é demais. Lembro que em outubro de 2005, quando guiei um grupo de *trekking* no Nepal até o BC, fui me consultar com o lama no Monastério de Tengboche. Eu fizera minha primeira tentativa de escalar o Everest naquele mesmo ano e perguntei ao lama se Chomolungma, a Deusa Mãe do Universo, um dia me permitiria escalar as encostas de sua morada e chegar ao cume. Ele me olhou, pensou e disse:

— Você, sim.

Durante muito tempo, refleti sobre essas palavras. Não pareciam nem um pouco um atestado de uma empreitada fácil. Ou seja, não senti na voz do lama algo como: "Vai nessa que a montanha é sua". Ao contrário, aquela afirmação, dita de forma mansa, mas assertiva, continha uma dádiva e ao mesmo tempo um aviso: "A montanha não aceita todos. Você poderá subir, mas respeite a força de Chomolungma e os seus próprios limites".

"Você, sim" foram as três sílabas sobre as quais mais refleti a partir de então.

CAPÍTULO 8

MISTÉRIOS DA MONTANHA

Vitor vence trecho usando o jumar,
na face sul do Aconcágua.

Via normal do Aconcágua, Argentina
Dezembro de 1999
2h

Eu estava a trabalho, guiando uma expedição com alguns clientes brasileiros. Vitor tinha ido junto para me auxiliar. Era sua primeira vez no Aconcágua. Certa noite, acordei sobressaltado dentro da barraca que dividia com ele no Acampamento Nido de Condores, a 5.400 metros de altitude. Olhei para o lado e vi uma figura sentada no cantinho. Era um homem grande, forte, com uma fisionomia tranquila, mas que se assemelhava ao focinho de um cachorro. Vitor estava deitado do meu lado esquerdo, e o espaço à minha direita era muito pequeno para comportar mais uma pessoa ou outro ser daquele tamanho. Fosse o que fosse, cabia inexplicavelmente naquele aperto e parecia confortável. Permanecia sentado, olhando-me fixamente. Pensei estar sonhando ou tendo alucinações, e fechei os olhos. Olhei novamente, e a imagem continuava ali. Virei o rosto para o outro lado e vi Vitor dormindo, tudo normal. Belisquei meu braço, como se faz nos gibis: eu estava bem acordado. O homem com cara de cachorro continuava lá, me observando a pouca distância.

Coisas estranhas acontecem nas montanhas. Em janeiro de 2001, durante nossa primeira tentativa de subir a face sul do Aconcágua, desistimos após vencer dois terços do percurso porque estávamos sobrecarregados com equipamentos. Tivemos de desescalar tudo de volta. Na última noite que passamos na parede, dormimos ao lado dos restos de um acampamento deixado por algum alpinista, aparentemente há muito tempo. Não sei quem era, não sei o que foi feito dele, não sei se tinha a ver com o que sucedeu depois. Mas foi assustador. Eram 21h. Vitor e eu estávamos dentro da barraca quando ouvi passos do lado de fora. Era impossível que houvesse alguém naquele lugar, àquela hora, andando para lá e para cá em uma encosta vertical.

— Vitor, você está ouvindo?

Ele estava, mas sua resposta foi:

— Não! Não estou ouvindo nada, não quero saber e boa noite!

Vitor afundou no seu saco de dormir, e não conversamos mais sobre o assunto. Já havíamos tido uma experiência desagradável nessa mesma temporada, enquanto caminhávamos no glaciar Horcones Inferior para estudar a via da face sul. O glaciar em questão é formado pela neve e pelo gelo que descem das encostas da montanha. Um objeto abandonado lá em cima pode levar dezenas, talvez centenas de anos até descer arrastado por uma avalanche – e, geralmente, chega à franja da geleira triturado em meio à neve compactada. Vitor e eu encontramos inúmeros objetos jogados sobre o glaciar durante nossa caminhada de reconhecimento: restos de um avião, mosquetões de escalada, um pedaço de zíper costurado ao náilon de uma barraca (provavelmente), restos de um saco de dormir, um fragmento de uma bota plástica de alpinismo e, ao seu lado, um osso que julguei ser uma tíbia. Humana ou animal? Não sei. O fato é que fomos caminhando e, na volta, decidimos filmar tudo. Estávamos intrigados e assustados. Aqueles despojos pareciam um quebra-cabeça ao mesmo tempo misterioso e mórbido, e queríamos registrá-los para, quem sabe, desvendar seu significado. Começamos filmando a fuselagem de avião e depois passamos ao zíper da barraca, aos restos do saco de dormir e ao pedaço de bota. Quando chegamos à tíbia, a filmadora parou de funcionar. Tentamos de tudo, mas, sem que entendêssemos por quê, ela não gravava nada. Trocamos a bateria, a fita, checamos a configuração. Nem assim. Vitor pegou então a máquina fotográfica e tirou uma foto para, posteriormente, mostrar a um de nossos amigos médicos. Talvez eles pudessem dizer se se tratava de um osso humano ou não. Em vão. A imagem queimou.

Nem sempre, no entanto, as aparições ou os eventos misteriosos na montanha são atemorizantes como foram para mim e para Vitor os passos sem dono na face sul do Aconcágua e o osso que não se deixava filmar nem fotografar. Às vezes, são manifestações boas. Ainda em 2001, tive uma experiência enigmática que se repetiu em diferentes ocasiões e sempre me deixou com uma sensação positiva. Durante a descida da face sul do Aconcágua, após a primeira tentativa de escalá-la, ouvi um assovio em pleno glaciar médio, a 5.200 metros de altitude. Achei que fosse Vitor, mas vinha de outra direção. Assim mesmo, perguntei-lhe se estava assoviando. Vitor disse que não. Continuei ouvindo a melodia por um longo tempo durante a descida. Era um sibilo suave, de quem caminha tranquilamente, descontraído. Sentia-me confortado ao ouvir aquele som.

Cinco meses depois, em junho, eu estava na Bolívia ministrando um curso de escalada no gelo numa cadeia de montanhas conhecida como Condoriri. O final do curso consistia em atacar o cume Pequeno Alpamayo. Saímos de madrugada. Por volta das 5h, enquanto subíamos um lindo glaciar que leva ao Tarija, um pico antes de chegar ao Pequeno Alpamayo, ouvi o mesmo assovio da descida pela face sul do Aconcágua! Perguntei se havia alguém no grupo assobiando, e a resposta foi negativa. O som sibilante continuou. Dei de ombros, pois, afinal, a melodia me dava paz e alegria. Agradeci intimamente por ela. Podia ser meu anjo da guarda ou um velho companheiro de montanha, podia ser uma alucinação. O fato é que me fazia bem, e eu me sentia feliz.

No final do ano, Vitor e eu nos preparamos para fazer a segunda escalada da face sul do Aconcágua, desta vez bem-sucedida. Durante a caminhada até o acampamento base, eu andava lado a lado na trilha com Guilherme Setani, o Totó, enquanto Vitor estava bem adiantado em relação a nós. Tive vontade de urinar e disse ao Totó para continuar, que eu o alcançaria em breve. Fui para trás de uma grande pedra. Quando saí, vi Totó quase correndo, distanciando-se muito de mim, prestes a alcançar Vitor. Fiquei surpreso. O que teria acontecido?

No acampamento base, durante o jantar, perguntei ao Totó por que ele havia avançado tão rápido em direção ao Vitor quando eu parei para urinar. Ele contou que estava caminhando normalmente e começou a ouvir um assovio. Pensou que fosse eu me aproximando por trás e começou a falar comigo. Quando se virou, não havia ninguém por perto. Eu estava longe, atrás da pedra. Ele ficou com medo e apertou o passo. Vitor já sabia que eu ouvira assovios no Aconcágua e na Bolívia. Agora acontecia o mesmo com o Totó.

Os cientistas especializados em mal de altitude afirmam que muitos alpinistas têm alucinações causadas pela hipóxia, a baixa disponibilidade de oxigênio no organismo. Isso pode ocorrer mesmo quando o montanhista não apresenta nenhum sintoma de mal de altitude, e é comum que essas experiências sejam relatadas posteriormente como boas, reconfortantes. Mas é difícil acreditar que fossem alucinações os assovios, os passos no paredão vazio da face sul e o estranho episódio do osso no glaciar, porque eu não fui o único a testemunhá-los. Vitor e Totó viram e ouviram as mesmas coisas que eu. Alucinação coletiva? Sobre isso não há registros científicos.

Dentro da barraca do Acampamento Nido de Condores, o homem com cara de cachorro continuava me observando, ao meu lado, enquanto Vitor dormia. Comecei a conversar mentalmente com aquele ser, tentando entender o que queria de mim. Mas ele permanecia imóvel. Passei então a dizer que aquela barraca era do Vitor e minha, que não havia espaço para mais um, que ele nos deixasse. A criatura não parava de me olhar. Virei rapidamente e chamei Vitor, que custou a acordar.

— Vitor, Vitor, acorda!

— Que foi?

— Olha!

— O quê?

Olhei novamente e não estava mais lá.

— Nada, nada não! – disfarcei.

Dormimos. Só contei essa história para o Vitor depois de descermos a montanha. Não queria que medo de espíritos ou assemelhados prejudicasse o moral do meu amigo no ataque ao cume.

Não vou concluir nada, os fatos são esses. Cada um que interprete como quiser.

Rodrigo no cume do Aconcágua no inverno de 2004, testando as roupas e o equipamento que utilizaria no Everest no ano seguinte.

Barracas cobertas de neve no acampamento 1, a 7.100 metros de altitude, na face norte do Everest, em 2005.

Alpinistas e sherpas vencem o trecho entre o ABC e C1, no glaciar Rongbuk, na face norte do Everest.

O Everest imponente ao fundo, com seu penacho de neve no topo, durante a subida ao ABC, na China.

Alpinistas cruzam a franja amarela, a caminho do C4, na face sul do Everest. À esquerda da foto, a aresta é o esporão de Genebra.

Rodrigo Raineri cruza as enormes e perigosas gretas na cascata de gelo do Khumbu, entre o BC e o C1, Nepal.

Alpinistas vencem cascata de gelo do Khumbu, entre o BC e o C1, Nepal.

Eduardo escala trecho íngreme da cascata de gelo do Khumbu, em 2008.

Escadas de alumínio ajudam Rodrigo a transpor um dos trechos difíceis da cascata de gelo do Khumbu, em 2008.

Vitor Negrete cruza trecho de gelo na descida do ABC para o BC, na face norte do Everest.

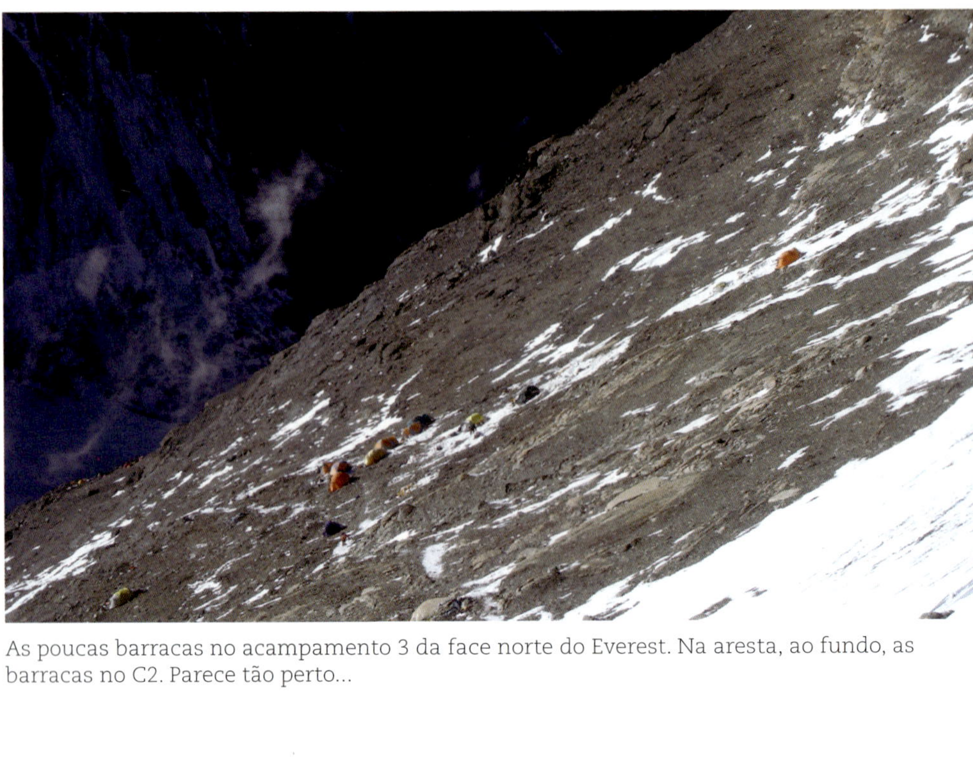

As poucas barracas no acampamento 3 da face norte do Everest. Na aresta, ao fundo, as barracas no C2. Parece tão perto...

Barracas na imensidão de gelo do C1, no lado nepalês do Everest.

Alpinistas no C2, a 7.700 metros, na face norte do Everest. Os pontinhos abaixo e ao fundo são as barracas no C1, a 7.100 metros.

Panorama do Himalaia a 8.500 metros de altitude, durante o ataque ao cume em 2005.
É possível observar a olho nu a curvatura da Terra no horizonte.

Aresta do cume na face norte do Everest, em 2005, a 8.600 metros de altitude. A seta indica o ponto em que Rodrigo decidiu retornar, desistindo do cume.

Pôr do sol no Everest com a lua nascendo ao fundo, visto do cume do Kala Patar, no Nepal.

A impressionante face sul do monte Aconcágua, com seus 3 quilômetros de altura.
A linha indica a rota de escalada escolhida por Rodrigo e Vitor em 2001.

No dia 27 de maio de 2008, Rodrigo com foto de Vitor Negrete no cume do Everest. Ang Kami Sherpa está ao lado, sentado.

Rodrigo durante o ataque ao cume, em 2005, junto a Mushroom Rock, a 8.600 metros.
Ao fundo, a pirâmide de gelo e o cume do Everest.

Rodrigo dentro da barraca no platô do acampamento 1, face sul do Aconcágua, em 2001.

Memorial em homenagem aos alpinistas mortos no Everest, em Periche, a 4.300 metros de altitude, no caminho para o BC da face sul, em 2008. Eduardo Keppke está sentado, de cabeça abaixada.

Rodrigo Raineri nos memoriais construídos em lembrança aos mortos durante a trilha para o Everest, Nepal.

Rodrigo Raineri na sua barraca dormitório, no BC, Nepal. Ao fundo, observamos um altar, onde são realizadas as pujas para Chomolungma, e as bandeiras de oração.

Caminhão entalado no gelo durante a viagem para o BC da face norte, em 2006.

Rodrigo com máscara de oxigênio no C3 da face norte do Everest, em 2005, com os sherpas Mombadur, à direita da foto, e Lila Tamang, no centro.

Vitor e Rodrigo com a placa de identificação do acampamento base do Everest, no Tibete. Na primeira linha, o nome local da montanha, em tibetano, seguida de traduções para o chinês e para o alfabeto romano. Em português, Chomolungma significa Deusa Mãe do Mundo.

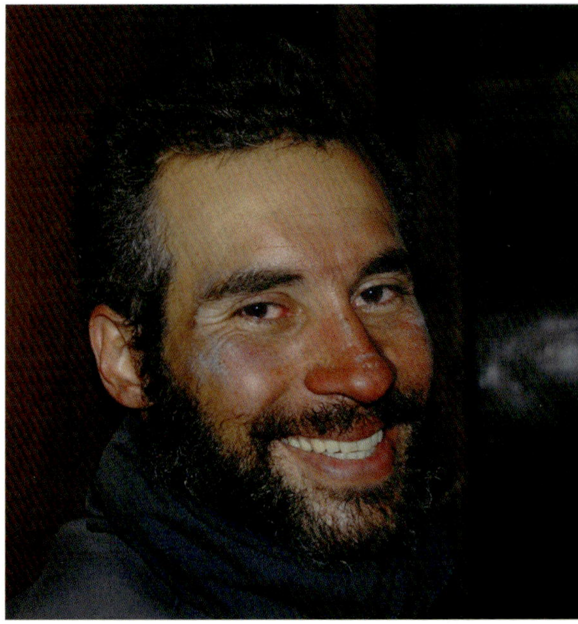

Rodrigo queimado pelo frio e pelo sol, e muito satisfeito após chegar ao cume em 2008.

Da esquerda para a direita: Vitor, Ken, Totó, Rodrigo e Clayton na barraca-refeitório do BC tibetano, em 2005.

Dedos congelados do malasiano Ravi Chamdran, no BC, em 2006. As partes mais escuras dos dedos indicam onde tiveram de ser feitas as amputações.

Rodrigo com o seu bolo de aniversário, no BC do Everest, Nepal. Ao seu lado direito, Eduardo Keppke, e, à sua esquerda, Anil e o cozinheiro.

Rodrigo Raineri prestes a atravessar uma das inúmeras pontes suspensas na trilha do Everest.

Rodrigo embala as rodas de oração na entrada de Namche Bazar, 3.440 metros, Nepal.

Eduardo Keppke após uma investida do iaque por ter se aproximado demais para tirar uma foto.

Caravana de iaques cruza trecho de gelo vítreo do glaciar Rongbuk, a 6.200 metros, rumo ao ABC, em 2005.

Subida do C1 ao C2, na face norte do Everest. O cume está no alto à direita.

Rodrigo e Eduardo observam o lama durante a puja no BC, em 2008.

Monastério em Shegar, no platô Tibetano, a caminho do BC, China.

Rodrigo cruza um trecho do glaciar Horcones inferior, perto do acampamento base da face sul do Aconcágua, bem em frente a um cone de avalanches. A pedra e o relevo do gelo revelam a altura a que chegaram o gelo e seus detritos em uma avalanche gigante.

Monges em cerimônia no monastério de Tengboche, a 3.800 metros de altitude, durante a caminhada até o BC do Everest, em 2005.

Eduardo e Rodrigo com dois carregadores na trilha até o BC do Everest, em 2008. Ao fundo, o monte Amadablam (6.865 metros).

Rodrigo e Eduardo, em Namche Baazar (3.440 metros), conferem a carga no caminho para o BC do Everest, em 2008.

Memorial em homenagem a Vitor Negrete, no acampamento base da face norte do Everest, em 2006. O Everest está ao fundo, e, atrás de Rodrigo, estão as barracas de uma expedição russa.

De volta ao C4, a 7.950 metros, Rodrigo comemora sua segunda subida ao cume do Everest.

Rodrigo no cume do Everest com a foto do filho, em 20 de maio de 2011.

TRY ON
Outside
TRY ON
TRY ON
Outside
GRADE VI
THE NORTH FACE
SKI
RSD

CAPÍTULO 9

A PUJA

Puja no BC da face norte, em 2006. Da esquerda para a direita, em pé: Pechumbi Sherpa, Rodrigo e Vitor. Sentados: David Sharp e o lama.

Acampamento base avançado, Tibete, China
18 de abril de 2006
10h

Após o café da manhã, fomos visitar os turcos. Nem todos eram experientes como montanhistas, mas conseguiram montar uma expedição extraordinária. Havia oito homens e quatro mulheres, todos amigos. Faziam parte de um clube de montanhismo de uma universidade da Turquia. Alguns se conheciam havia 16 anos. Mesmo os mais novatos integravam o grupo havia pelo menos cinco anos. Tinham conseguido um excelente patrocínio de uma empresa de petróleo do país e, por isso, viajavam com uma estrutura invejável. Todas as barracas, novíssimas, tinham parede dupla e piso com isolamento térmico. Contavam inclusive com uma tenda de telecomunicações muito bem equipada. Pretendiam chegar ao cume com auxílio de oxigênio. Apenas uma parte dos mantimentos fora comprada em Katmandu. Sobre a mesa do desjejum havia um pote de geleia da Turquia, bolachas da Turquia, leite em pó da Turquia e assim por diante. Eles iam tirando os produtos de dentro das embalagens e anunciavam, rindo:

— Mais uma iguaria da... Turquia!

Vitor e eu ríamos também. Pepe, um espanhol de cerca de 55 anos que não falava muito bem inglês, também fazia parte do grupo e, por algum motivo, estava comendo pouco. Todos brincavam com ele, dizendo carinhosamente: "Come, Pepe!" Mas a brincadeira parava por aí, por causa da barreira linguística. Os turcos são muçulmanos, mas os que integravam a expedição ao Everest não se consideravam muito religiosos. Eles contavam, por exemplo, que passaram vergonha no Paquistão, onde estiveram em expedição pelo Karakoram, uma cadeia montanhosa que muitos geólogos consideram uma continuação do Himalaia. Os paquistaneses começavam a falar de religião, mas os turcos não conseguiam demonstrar o mesmo fervor e a mesma regularidade nas rezas (no islamismo, exige-se, no mínimo, cinco rezas por dia). Eles também demonstravam muito respeito pelos tibetanos budistas e por outras religiões.

Sarkan, um turco de porte e nariz grandes, bom humor e fala pausada, era o líder da expedição. Ele era de fato a autoridade máxima do grupo. O que ele decidisse, todos acatavam sem questionar. Realmente impressionante. Até o cozinheiro deles era mais bem-humorado. Tal organização, somada ao senso de coleguismo entre os integrantes da equipe, refletiu-se em uma escalada de sucesso. A mulher do Sarkan desmaiou a 8.600 metros de altitude, e alguns dos integrantes abortaram o ataque ao cume para descer com ela até o BC. Normalmente, após o ataque ao cume, a expedição termina, mesmo quando a meta não é atingida, pois o desgaste físico é muito grande, e os alpinistas e os sherpas não têm mais energia nem motivação para uma nova tentativa. Nesse caso foi diferente: os turcos pagaram a mais para que os sherpas aceitassem acompanhá-los em nova escalada e compraram mais oxigênio para todos. Ela se recuperou e retomou a escalada com os colegas e os sherpas. No final, todos os membros da expedição turca, sem exceção, chegaram ao topo da montanha e voltaram ilesos para casa. Esse episódio serviu-me de exemplo em 2011, quando fiz dois ataques ao cume na mesma temporada.

Os turcos eram uma companhia tão agradável e se mostravam sempre tão hospitaleiros que Vitor e eu almoçamos com eles mais de uma vez durante nossa estada no acampamento base avançado.

No dia 20, acordei às 6h30 e fiquei escutando o canto dos passarinhos, sinal de bom tempo após vários dias de precipitações intensas, que cobriram o acampamento com uma camada de 40 centímetros de neve. A temperatura à noite, dentro da barraca, era de 16°C negativos. O som dos pássaros teve um efeito revigorante sobre o meu ânimo. Fiquei refletindo novamente sobre a capacidade de adaptação de alguns animais a um ambiente tão gélido e desolado. Com um lugar desses, é difícil entrar em sintonia. Minha técnica é pensar que estou fazendo parte daquele pedaço da natureza apenas temporariamente. Vejo isso quase como uma missão: durante um determinado período, levo vida (a minha própria) a um ambiente hostil, antes de voltar ao meu lugar, nas baixas altitudes. Em poucos locais do mundo me sinto assim, porque em geral a vida desponta em sua plenitude por toda parte: nas plantas, nos animais e até nas cores.

Olhei para o barômetro e verifiquei que a pressão atmosférica subira um pouco. Tive certeza de que finalmente o sol voltaria a nos aquecer. Pacientemente, esperei na minha barraca, fazendo massagem nos pés gelados, cochilando e acordando para beber um gole de água e voltar a cochilar, até que, finalmente, às 10h30, o céu se abriu, e o sol bateu na parede de náilon. Foi uma delícia sentir o ar, as roupas e o saco de dormir esquentando. A energia solar era absorvida pelos objetos e pelos seres vivos. A alegria se expandia para todo o entorno. Durante o dia, dava até para ficar de camiseta dentro da barraca.

Caminhei até a barraca-refeitório, escutando a neve ranger ao ritmo dos meus passos. Todos os membros da expedição já estavam lá. Fui o último a chegar. O "*good morning!*" foi muito animado. Após comer, um cozinheiro veio até mim e perguntou se podia guardar algumas frutas na nossa barraca-depósito. Vitor e eu pagamos um valor extra para que a agência providenciasse um lugar para guardar equipamentos e alimentos. Pensei que não nos causaria transtorno se colocassem algumas frutas no nosso depósito. Respondi ao cozinheiro que sim, poderia guardá-las lá. Passaram-se 15 minutos e fui checar o que eles estavam fazendo. Os sherpas estavam colocando todo o alimento da expedição, e não apenas as frutas, na nossa barraca! Havia mais três grandes mochilas marinheiras[10] com comida para armazenar, e o local já estava lotado! Não pude concordar com aquele abuso da nossa boa vontade e chamei o cozinheiro:

— Desculpe, mas você disse que iria guardar as frutas, e não todos os mantimentos. Vitor e eu precisamos desta barraca. Planejamos, solicitamos e pagamos a mais por ela. Se vocês quiserem usá-la de maneira ilimitada, tudo bem, nós podemos abrir mão. Ligamos agora mesmo para a agência em Katmandu, eles devolvem o dinheiro que pagamos pelo aluguel, e a barraca fica como depósito para toda a expedição.

Um grande silêncio e um clima pesado pairaram no ar. Os cozinheiros e os carregadores começaram a conversar em nepalês e decidiram guardar os mantimentos na barraca-cozinha, como deveriam ter feito desde o início. Fiquei muito chateado, principalmente porque a princípio eu havia permitido que utilizassem nossa barraca-depósito para guardar as frutas de todos. Era evidente para mim que não se tratava de um mal-entendido. O cozinheiro estava acostumado com o fato de os dois brasileiros (Vitor e eu) serem muito solícitos e tentou tirar proveito da situação, facilitando o trabalho dele. Era uma grande falta de respeito, pois, ainda que parte da estrutura fosse utilizada por todos os integrantes, a expedição era formada por equipes menores com um planejamento próprio e exigências específicas. A barraca-depósito não estaria lá se não a tivéssemos encomendado. Apesar disso, no final, quem não ficou bem no episódio fui eu.

Conversei com Vitor sobre o ocorrido, e vimos que havia malas de outros membros da expedição armazenadas no nosso depósito. Mais tarde, Vitor conversou com o britânico David Sharp, o dono das outras bagagens, e disse-lhe que podia compartilhar o depósito conosco desde que pagasse sua parte. David explicou que achava que a barraca

---

10 Bolsa com alças e zíper.

era comum a todos os alpinistas e imediatamente foi recolher suas coisas. E depois dizem que brasileiro é que é malandro.

O dia estava lindo e pedia uma escalada curta, para acostumar o organismo à atividade física naquela altitude. Mas havia muito a fazer. Fiquei arrumando a barraca-depósito, separando comida e suplementos alimentares para os acampamentos superiores e retirando dos barris os equipamentos, como a bota tripla, os *crampons*, a mochila de ataque e a piqueta. A carga estava muito bem embalada e dá um trabalhão abrir tudo, desembalar e organizar o que vai para cada acampamento. Encarreguei Ang Dawa e seu irmão, Pechumbi, de levar os equipamentos até o acampamento 1.

Vitor parou os preparativos para participar de uma nova *puja*, a cerimônia budista para pedir bênção à montanha. Quando eu lhe disse que pretendia fazer uma escalada para me aclimatar, ele não deu certeza se viria comigo. Em 2006, ao contrário de 2005, estávamos mais livres para fazer cada um o seu programa de aclimatação. Combinamos de ficar o máximo do tempo juntos, mas, se quiséssemos ou precisássemos nos separar, não haveria problema. O mais importante era aproveitar os melhores dias de cada um para fazer uma aclimatação individualizada, potencializando o processo e minimizando o desgaste físico. Podíamos nos apartar inclusive no ataque ao cume. Por isso contratamos dois alpinistas sherpas: se no dia da escalada decisiva precisássemos nos separar, como havia ocorrido em 2005, não ficaríamos sozinhos na montanha, e sim cada um com o seu sherpa.

Após arrumar o depósito, comecei a me equipar para a caminhada de aclimatação. O processo foi bem demorado. Há quanto tempo eu não calçava as botas de neve! Desde o ano anterior. De início, elas causam muito estranhamento e desconforto, porque são muito rígidas e pesadas. Parece impossível caminhar com tijolos como aqueles nos pés. Depois de alguns minutos e passos, vem a lembrança dos perigos dos quais a bota é capaz de proteger: o frio, a umidade da neve e as pedras pontiagudas. Estas, afiadas como ponta de faca, são formadas pela expansão da água que se infiltra nas fissuras durante o dia e que congela durante a noite, fraturando-as. As botas de gelo são como o capacete de um motoqueiro: é um trambolho e incomoda, mas no primeiro acidente temos de dar graças a Deus por estar com ele.

A caminhada na zona dos 6.500 metros foi muito proveitosa. Realmente, eu estava em ótima forma. O clima também ajudava. A pressão atmosférica marcava em torno de 460 milibars.[11] Os dias no acampa-

11 Unidade de pressão equivalente à milésima parte do bar (abreviação: mbar). 1 bar é a pressão atmosférica aproximada ao nível do mar.

mento avançado davam mostras de que a temporada seria bem melhor que a do ano anterior. Também, não precisava muito. O ano de 2005 registrou o pior clima em 47 anos, com ventos polares soprando o tempo todo, causando temporais e derrubando drasticamente a temperatura. Parecia que teríamos mais sorte em 2006. Fui dormir feliz.

Acordei com uma algazarra em frente à barraca. O sol já começava a transformar o interior da minha "habitação" em um forno. Enfiei a cabeça para fora com o intuito de entender o motivo de tanto barulho. Paulo e Helena Coelho, um casal de alpinistas brasileiros que há 20 anos tenta em vão escalar o Everest, haviam montado sua barraca bem em frente à minha, praticamente obstruindo a passagem. George, Lakpa e David vieram conversar com eles. Lá pelas tantas, Helena gritou para mim:

— Eles estão tentando nos convencer a utilizar oxigênio!

Sorri e acenei, apenas. Não iria participar daquela discussão. Cada um escala para si e à sua maneira. Não sou contra o uso de oxigênio, nem a favor. Entretanto, se o indivíduo quer saber como é estar a 8.848 metros sem oxigênio, o único jeito é escalar sem ele. Os primeiros a chegar ao cimo do Everest sem oxigênio suplementar foram Reinhold Messner e o australiano Peter Habeler, em 1978. Desde então e até 2010, apenas 140 alpinistas repetiram o feito. Desses, dez morreram na descida. A Agência Mundial Antidoping considerou *doping* qualquer meio artificial para facilitar a absorção ou o transporte de oxigênio no corpo humano. Por esse critério, o uso de oxigênio suplementar em cilindros pelos alpinistas podia ser considerado *doping*. O oxigênio suplementar foi excluído da lista de substâncias e métodos proibidos no ano seguinte. A meu ver, por preservar a saúde, os neurônios e a integridade física após sairmos de um quadro de hipóxia, esse pode ser considerado um *doping* bom, que reduz o desgaste do corpo em situações extremas. O dado varia, mas, em geral, se uma pessoa chega a um hospital com uma saturação de oxigênio no sangue de menos de 80%, é internada imediatamente na Unidade de Terapia Intensiva (UTI) para receber respiração artificial. No Everest, no dia do ataque ao cume, é comum um escalador sem cilindros de oxigênio ter uma saturação de 50%. Ou seja, em termos de saturação sanguínea, seu quadro clínico é pior do que o de um paciente entubado em uma UTI.

À parte a decisão de usar ou não oxigênio, se você quer subir uma montanha como o Everest, pode escolher uma grande variedade de serviços para ajudá-lo em seu objetivo. Por exemplo, os animais de carga para levar equipamentos do acampamento base ao avançado são praticamente obrigatórios. É um desperdício de energia carregar tudo nas costas. Contar com cozinheiros no BC e no ABC também constitui uma ajuda e tanto. O fato de um alpinista contratar alguém para preparar sua comida não diminui em nada o seu mérito como esportista. Utilizar as cordas fixas deixadas por sherpas ou outros montanhistas evita muitos transtornos e reduz os riscos da ascensão. Os adeptos do estilo alpino – minimalista – de escalada dispensam a maior parte da ajuda externa, mas mesmo para eles não faz sentido subir por uma via cheia de cordas fixas e não utilizar nenhuma. Sabe-se, por exemplo, que Messner, na minha opinião o maior montanhista de todos os tempos, utilizou cordas deixadas por outras expedições durante a ascensão do K2 (8.611 metros), em 1979. Contratar carregadores de altitude, os alpinistas sherpas, é outra opção comumente aceita.

Certo dia, Ken, Helena e eu resolvemos jogar cartas após o almoço, na nossa barraca-refeitório do acampamento base avançado. Paulo não jogou, mas nos fez companhia. Ken é um sujeito absolutamente de bem com a vida. Ele nos ensinou um jogo parecido com a cacheta, mas com algumas regras adicionais, o que deixava a partida mais divertida. Enquanto jogávamos, Ken, que estava muito engraçado, puxou assunto com Paulo:

— Você não odeia este lugar?

Paulo olhou para ele sem entender direito.

— Você odeia? – perguntou o brasileiro.

— De certa forma, sim. Eu quero chegar ao cume e ir escalar em outro lugar – respondeu Ken.

— Eu não odeio, mas tenho esse problema, esse projeto inconcluso para resolver – abriu-se Paulo.

— Por que vocês simplesmente não usam oxigênio e escalam essa montanha de uma vez?

— Se eu quisesse subir com oxigênio, já teria feito o cume anos atrás! Quero terminar esse projeto e depois ir escalar em outros lugares.

Impressionante a insistência do casal em vencer o Everest sem tubos de oxigênio e sem sherpa. Eles argumentavam que, quando contrataram um alpinista sherpa, tiveram problemas com ele, da mesma forma que Vitor e eu em 2005. Perguntei ao Paulo até quando insistiriam, caso não conseguissem chegar ao pico novamente. Ele não soube responder. Quanto a mim, se eu não completasse o desafio naquela temporada, provavelmente não voltaria em 2007. Daria um tempo, escalaria outra montanha de 8.000 metros e só depois tentaria de novo. Certamente não passaria dez anos da minha vida tentando a mesma coisa, da mesma maneira e com resultados tão aquém do esperado, como era o caso deles. Em 2005, nosso plano era escalar sem oxigênio, mas não pudemos fazê-lo por causa das condições climáticas que encontramos quando estávamos no acampamento 3, prontos para o ataque ao cume. Optamos então por usar os cilindros de oxigênio, mudando o planejamento. Foi um grande passo para conhecer melhor a montanha, nossa *performance* na altitude e todo o percurso e tentar novamente em 2006 em condições melhores. E eu, particularmente, já ficara bem satisfeito de, logo na primeira tentativa, chegar a 8.200 metros sem oxigênio.

Um dia, no ABC, fiquei conversando com Clark até 22h20. Um recorde, por causa do frio. Geralmente, quando estamos na montanha, todos se recolhem bem mais cedo. Nada como uma conversa agradável para não ver passar o tempo. A expedição contava com um aquecedor na barraca-refeitório, o que nos dava mais conforto. Em 2005, havíamos sofrido muito para fazer as refeições. Em 2006, com o aquecedor, podíamos comer tranquilamente e jogar conversa fora com os companheiros. Clark é um índio americano alto e de olhos claros. Apesar de viverem em cidades e terem uma vida como a de qualquer outro cidadão norte-americano, os integrantes de sua tribo são donos de um cassino, pelo qual cada um recebe 2.600 dólares por mês sem precisar fazer nada.

Antes de dormir, enchi duas garrafas *pet* com água quente. Vesti cada garrafa com um pé de meia de lã e as joguei dentro do saco de dormir, para aquecê-lo. As meias eu ganhara de presente de Gustavo Junqueira[12] no Hotel Refugio Plaza de Mulas, em 2002, logo após a escalada da face sul do Aconcágua, quando meus pés congelaram. Assim vestidas, as garrafas conservariam o calor por muito mais tempo e não me queimariam durante o sono. Que delícia! Devido ao frio intenso da alta montanha, o corpo humano gasta quase 6.000 calorias diárias apenas para se manter quente. Qualquer ajuda externa, como o calor emanado das garrafas *pet*, propicia um certo conforto e impede que o organismo perca ainda mais energia.

A noite nem parecia tão fria. Deixei o termômetro preso à mochila no depósito, portanto não tenho certeza se a temperatura realmente estava elevada ou se era eu quem estava mais adaptado, ajudado pelo calor das garrafinhas de água quente. Coloquei uma delas entre os pés e o fundo do saco de dormir, que tocava a parede da gélida barraca. A outra garrafa aquecida eu ficava rolando entre as pernas, na barriga, embaixo dos braços e no rosto. Adormeci.

Acordei às 2h com um bruta calor. Acendi a luz da lanterna de cabeça e vi a barraca forrada de gelo formado pela condensação da

---

12 Triatleta e jornalista do portal Extremos.

minha respiração. Mas dentro do saco estava muito quente, até demais. Saí daquela minissauna e urinei em um recipiente próprio para isso, chamado *pee bottle* (garrafa de xixi). Em seguida, voltei para minha "cama", mas deixei o zíper do saco de dormir aberto e coloquei uma das garrafas aquecidas para fora, para refrescar um pouco. A outra ficou acomodada entre os meus pés. Chupei uma pastilha para a garganta, que estava raspando um pouco. Cinco minutos depois, comecei a sentir frio e me fechei novamente no saco. Fiquei só com o nariz de fora.

Às 4h acordei de novo. Havia uma pelota de secreção na garganta me afogando. A sensação era horrível, mas não havia nada a fazer. Novo xixi, voltei a dormir. Uma hora depois acordei e não dormi mais. A pelota de catarro tornara-se ainda maior, e a garganta estava tão seca que eu mal conseguia engolir. Tomei um gole de água para umedecê-la e peguei os remédios para fazer uma lavagem nasal. Após aquecê-los junto ao corpo, comecei a lavagem, tentando chegar à garganta para umedecê-la e soltar o catarro. Exatamente às 6h30 o sol bateu forte na barraca, clareando e esquentando tudo. Em seguida, consegui desvencilhar-me de uma pelota gigantesca de catarro com sangue coagulado. Que alívio! Agora conseguia respirar novamente.

Deitei-me e fiquei curtindo o calor do sol na barraca e a sensação prazerosa das vias aéreas desobstruídas. Deixei a barraca aberta para ventilar e refrescar o interior. Cochilei um pouco, acordei, tomei as vitaminas e voltei a cochilar. Antes de viajar para o Nepal, Vitor e eu preparamos um poderoso *kit* de suplementos alimentares e vitamínicos para garantir uma boa *performance* na escalada, com a ajuda de um médico e de uma farmacêutica, a dra. Roma – não por acaso a mãe de Vitor. Diariamente, tomávamos vitamina C (para evitar os radicais livres produzidos pelo exercício físico extremo), *ginkgo biloba* e óleo de alho (para afinar o sangue e melhorar a circulação), aspirina infantil de 100 gramas (cujo efeito antiplaquetário mantém o sangue fluido, minimiza a pressão intracraniana provocada pela baixa pressão atmosférica externa e evita dores de cabeça), extrato de óleo de fígado de bacalhau (que eu acabei dispensando, porque me dava diarreia) e magnésio. Com essa dose concentrada de nutrientes, procurávamos suprir os elementos que podiam faltar na dieta preparada pelos sherpas. Entre os medicamentos de uso diário estavam o Rinosoro, um *spray* nasal (com corticoide para combater a sinusite) e Fluimucil, que eu comecei a usar no ABC para soltar a secreção da garganta, que a cada dia se tornava mais grossa. Conforme nos aproximamos da zona da morte, o organismo vai dando sinal de que está falhando aos poucos.

Pela abertura da barraca, eu observava o movimento no ABC e cochilava. Acordava com o barulho de alguém passando ou de um gerador sendo ligado, mas logo voltava a cochilar. Por vezes, ficava em um estado letárgico, de catalepsia, entre acordado e dormindo. E estava tão bom, tão quentinho! Eram 8h da manhã. Parte de mim dizia: "Vamos, Rodrigo, acorde! É hora do café". Outra parte respondia: "Levantar pra quê? Está tão bom aqui, e estou me aclimatando...". Finalmente, às 9h, levantei e fui para o refeitório. Entrei na cozinha e pedi uma omelete, que veio maravilhosa sobre um *chapatti*.[13] No refeitório estavam Vitor, Paulo, Helena e Ravi. Clark já havia saído.

Paulo e Helena tinham um oxímetro, aparelho para medir a quantidade de oxigênio no sangue. Após o café da manhã, medi a saturação: deu entre 83 e 85% de hemoglobina arterial. Ótimo! Sinal de que minha aclimatação ia muito bem. No nível do mar, a taxa normal é de 95% a 100%. A de Vitor deu 76%, o que é muito bom para os 6.400 metros de altitude do ABC, e a de Ravi, 72%. Disseram-me que a saturação de Clark chegou a 62%, apenas, e que ele fora aconselhado a não subir para o acampamento 1, conforme planejara fazer naquele dia, e a tomar Diamox (*acetazolamida*), remédio que reduz os efeitos da hipóxia. Clark ficou psicologicamente abalado. Se não melhorasse logo, teria de descer ao BC e reiniciar todo o processo de aclimatação.

Escutamos passos, e, em seguida, o zíper da barraca-refeitório se abriu. Não posso evitar o trocadilho: adivinha quem era? Era Ken. Festejamos a sua chegada. Ele passara a noite no acampamento 1. Parecia abatido, mas muito feliz.

Conversei com Vitor, e decidimos não subir no dia seguinte ao acampamento 1. Originalmente, planejávamos dormir duas noites no acampamento 1 e uma no 2. Resolvemos mudar a estratégia para um pernoite no 1 e um no 2. Como ainda teríamos mais dois dias no ABC, eu me preparei para fazer uma caminhada até o *crampon point* do glaciar de Rongbuk, com o intuito de me aclimatar e aproveitar o dia, que estava lindo.

No caminho até o *crampon point*, encontrei Clark sentado em uma pedra, olhando para o horizonte. Cumprimentei brevemente: "*Hi!*", ele respondeu de maneira branda, e segui em frente. Sabia que ele queria ficar sozinho. Levei 50 minutos para ir e 23 para voltar, em um ritmo relativamente tranquilo. Sentia-me muito bem. Na volta não passei por Clark, e, no almoço, me disseram que ele estava na barraca. A refeição – arroz e carne de porco – era pequena, mas es-

13 Pão típico da culinária indiana.

tava ótima, e todos ficaram com um gostinho de quero mais, para não dizer claramente que ainda estávamos com fome de comida boa. Mas tivemos de nos contentar com a sobremesa: uma bolacha e uma xícara de chá ou café.

Às 15h fizemos a sesta, aproveitando a última hora de calor. Às 16h o sol se esconde atrás do Changtse, uma montanha linda de 7.500 metros, e instantaneamente a temperatura cai. Dormi por quase uma hora. Minha garganta raspava um pouco, e a secreção engrossava a cada dia, como sempre.

No dia seguinte, Vitor e eu chamamos nossos sherpas e fomos à barraca-depósito a fim de arrumar o que faltava para abastecer os acampamentos 1, 2 e 3. Os sherpas já haviam montado duas barracas no acampamento 1, com comida, fogareiros, 16 bujõezinhos de gás com uma mistura de butano com propano[14] e seis cilindros de O_2 que seriam levados depois ao acampamento 3. Ainda faltava subir com os sacos de dormir, os isolantes para o chão das barracas, remédios e outros itens menores, mas essenciais para o pernoite. Nosso plano era subir no dia 25 de abril para os acampamentos superiores, alcançando o C2 no dia 27. Na manhã seguinte, subiríamos a uma elevação de 8.000 metros e voltaríamos ao ABC antes de anoitecer. Depois desceríamos até o BC e de lá viajaríamos de carro até a vila de Shegar, para nos recuperar do exaustivo processo de aclimatação. David e Ravi também pretendiam subir conosco para o acampamento 1. O clima estava bom, Vitor e eu desfrutávamos uma excelente forma física. Tudo corria maravilhosamente bem na expedição de 2006.

14 A mistura é necessária porque o butano, usado no Brasil nos bujões domésticos, não queima direito em grandes altitudes por causa da falta de oxigênio.

CAPÍTULO 10

BONS MOÇOS

Carregadores fazem pausa para comer a caminho de Namche Baazar, na trilha do Everest.

Acampamento base do Everest, face sul, Nepal
8 de maio de 2008
20h30

Quando a notícia chegou, foi festa em todas as barracas: os chineses fizeram cume. Concentrados na face norte, haviam montado uma gigantesca estrutura para não falhar na missão de levar o fogo olímpico ao topo do mundo. Eram 16 tochas – 16 equipes de 40 escaladores cada. Finalmente, a montanha estava liberada para quem se preparava para subir pela face sul, e os aparelhos de comunicação, até então retidos em uma barraca do exército nepalês, foram devolvidos às expedições estrangeiras. O Everest voltou a ser o que sempre foi: uma montanha cujo desafio é imposto apenas por fatores da natureza, como o terreno, o clima e a altitude, sem militares nem controle dos chineses. (Mais tarde, no final da expedição, de volta a Katmandu, tive de dar satisfações no Ministério do Turismo porque um sujeito com quem dividíamos o *permit* estendeu uma faixa no acampamento 1 com os seguintes dizeres: *"Free Tibet, fuck China"*.)

Para mim, a chegada da tocha ao cume foi como um presente antecipado pelos meus 39 anos, que eu cumpriria no dia seguinte. Pela terceira vez, comemorei a data na base do Everest. A diferença é que, em 2008, fui um aniversariante mais limpinho do que nos outros anos. Isso porque, como o dia 9 de maio amanheceu com sol forte, pude tomar um raro banho de caneca.

Com a montanha liberada, planejamos iniciar nova subida aos acampamentos superiores no dia 11, como parte do segundo e último ciclo de aclimatação. Enquanto esperávamos a data marcada, enviamos os sherpas para terminar de montar o acampamento 2. Na primeira passagem minha e de Eduardo por lá, tive uma grande discussão com eles, por considerar que haviam instalado nossas barracas em um lugar perigoso e inadequado. Os sherpas achavam bobagem a minha preocupação com o fato de as barracas estarem muito próximas de torres enormes de gelo, aparentemente instáveis. O argumento deles era que aqueles *seracs* nunca haviam caído antes. Bastava uma vez, eu respondia. Sem opções, Eduardo e eu tivemos uma noite terrível, sem conseguir dormir com o barulho do gelo estalando. Sentindo como se houvesse uma espada prestes a cair sobre nossas cabeças, resolvi não mais pagar para ver. Passei o dia seguinte inteiro insistindo para os sherpas mudarem o local do acampamento. Eles enrolaram, enrolaram e nada fizeram. Naquela segunda noite, Eduardo e eu dormimos em uma barraca emprestada de outra expedição. No terceiro dia, com a vantagem de já estar mais aclimatado à altitude de 6.400 metros, eu mesmo comecei a trocar minha barraca de lugar. Com muita má vontade, os sherpas transferiram o restante do acampamento para o novo local.

Os sherpas alpinistas, ou carregadores de altitude, como também são chamados, são essenciais em expedições no Himalaia. Em geral, são bem-humorados e quase sempre bem-dispostos, mas a relação com eles pode ser também muito tensa. Como já estão familiarizados com o trabalho, não gostam de receber orientações dos alpinistas. Querem fazer as coisas do jeito deles. Nem sempre isso atendia à maneira como eu planejava a expedição. A situação era semelhante à de um engenheiro que tenta ensinar uma maneira nova, mais segura, de construir uma casa a um pedreiro que a vida inteira trabalhou do mesmo jeito, com os mesmos vícios. Depois de ouvir as explicações sobre os conceitos de *design*, de equipamentos e de normas a serem adotados, o pedreiro vai lá e faz tudo como sempre fez. Isso, obviamente, cria conflitos.

Nossa expedição contava com uma equipe de cinco nepaleses. Anil Batharai era o *sirdar*, ou chefe dos sherpas, encarregado de organizar toda a logística do acampamentos base e do avançado. Eu o conheci porque era casado com uma brasileira. Etnicamente, Anil não era sherpa, mas neware, um povo do vale de Katmandu. Ele tinha boa experiência de montanha, principalmente como *sirdar*, e queria ser o primeiro neware a escalar o Everest. Durante a nossa escalada, daria apoio no colo sul e, quando voltássemos, tentaria o cume no dia seguinte.

Ang Dawa, uma pessoa de extrema confiança, participara da minha expedição com Vitor em 2006. Com um bom currículo no Everest, já havia chegado ao cume duas vezes, ambas pela face norte. Naa Tenzing, amigo de Ang Dawa, era o único da equipe que já completara a escalada do Everest pela face sul. Era pequeno e forte, mas não tinha muito conhecimento de montanhismo. Completando o quinteto, havia um cozinheiro e seu ajudante, Ang Kami. O cozinheiro não foi além do acampamento base. Já Ang Kami, um jovem muito forte e prestativo, trabalhava como guia de montanhas menores, de cerca de 6.000 metros de altitude, e nos pediu uma oportunidade para escalar o Everest. Como auxiliar de cozinha, ganhava 15 dólares por dia. Se chegasse aos 8.848 metros, acumularia cacife para se tornar alpinista sherpa, com um salário de três a cinco vezes maior. Era um rapaz tão ávido de aprender que aceitamos o seu pedido e compramos oxigênio e equipamentos para ele. No colo sul, decidiríamos se ele tentaria o cume conosco ou com o Anil no dia seguinte. Ele foi o único sherpa que não achou ruim quando exigimos que o acampamento 2 fosse transferido para outro local.

No acampamento base, contamos também com três brasileiros a abrilhantar, em momentos distintos, a expedição: Zé Fernando, no início, vindo diretamente da Alemanha, e os jornalistas Clayton Conservani e Claudio Marques, da TV Globo, nos 19 dias finais. Antes de sair do Brasil, conheci Claudinho no Rio de Janeiro. A equipe dele brincava comigo que eu ia matá-lo, porque ele estava, digamos assim, com o peso acima do ideal. Já Clayton é um repórter de esportes radicais por excelência. Além de acompanhar nossa primeira expedição ao Everest, em 2005, quando escalou até os 7.600 metros de altitude, uma ótima marca, Clayton cobriu inúmeros outros projetos meus, como a face sul do Aconcágua e a escalada dessa montanha andina durante o inverno, e fez também corrida de aventura com Vitor na Amazônia. Clayton até conheceu minha mãe e meu pai em Ibitinga. É um grande amigo.

Entre as expedições de 2005 e 2008 (ele não acompanhou a de 2006), houve uma transformação muito positiva na maneira como Clayton se envolvia nos problemas cotidianos do acampamento base. Em 2005, Vitor e eu o chamávamos, brincando, de *Tyrannosaurus rex*, porque parecia ter bracinhos curtos quando surgia serviço pesado para fazer. Ele era muito dependente, para não chamar de folgado. Queria que fizéssemos quase tudo relativo à expedição e focava toda a sua energia na produção de imagens, textos e material para a TV. Mas uma aventura em um lugar remoto requer o esforço de todos nas tarefas comuns. Em 2008, Clayton era outro. Se tivesse de consertar alguma coisa, ainda que fosse sob uma nevasca, lá estava ele ajudando, botando a mão na massa. Ainda assim, em expedição com equipe de TV eu sempre acabo trabalhando em dobro e tendo o triplo de estresse. Principalmente porque em condições naturais extremas, longe de qualquer centro urbano, é muito difícil manter todos os equipamentos de telecomunicações funcionando. Em determinado momento, por exemplo, tínhamos de enviar por satélite arquivos pesados com imagens para o servidor da Globo no Rio de Janeiro, mas Clayton e Claudio não conseguiam fazer o *login*. Por sorte, contavam com um engenheiro de computação no acampamento base: o próprio alpinista cuja ascensão eles se propunham a registrar. Ou seja, eu. Liguei para o técnico da Globo, e ele me orientou a configurar os computadores. Sem conhecer termos específicos da informática, como "*bit* de paridade", teria sido mais difícil. Por isso, posso me orgulhar de nunca, seja no Everest, na Amazônia ou no Aconcágua, ter deixado de captar e enviar imagens para a Globo, para a ESPN Brasil, para o SporTV ou para outro canal por problemas técnicos. Um desempenho conquistado, como deve ser em qualquer ambiente de trabalho, graças à combinação certa de conhecimento, flexibilidade, comprometimento com o grupo e uma vontade enorme de fazer as coisas darem certo.

Montar a logística de TV e de telecomunicações na montanha é muito mais complicado do que organizar a expedição em si. Além de todas as questões técnicas para fazer os equipamentos funcionarem, como líder de expedição e alpinista eu também tenho de me dedicar a produzir conteúdo – ou seja, fazer filmagens e gravações em áudio. Isso porque, como ocorreu em 2008, os cinegrafistas e os jornalistas não passam do acampamento base. Quem vai até o pico? O montanhista. Quem registra as imagens da chegada ao pico, portanto? O montanhista, claro. O trabalho é dobrado, porque, além de se preocupar com a própria segurança, é preciso cuidar de fazer a filmadora funcionar e a bateria não arriar com o frio. Sem TV é mais fácil. O foco do atleta passa a ser a escalada, o bem-estar do seu parceiro, o planejamento do desafio e o já agitado dia a dia do acampamento. Uma expedição com imprensa é muito mais trabalhosa.

A tarefa de solucionar problemas logísticos não me deixou sequer quando Eduardo e eu fazíamos o segundo ciclo de aclimatação na alta montanha. Saímos no dia 11 do acampamento base, com planos de dormir a primeira noite no acampamento 2, subir até o acampamento 3, voltar, descansar alguns dias no 2 e só então retornar ao BC. Eduardo foi acompanhado de Anil, e eu fui sozinho, no meu ritmo. Isso era necessário porque, como eu pretendia chegar ao cume sem oxigênio, teria de realizar um processo de aclimatação diferente, específico. Mas eis que estou no acampamento 2, a 6.400 metros de altitude, preparando-me para subir mais 900 metros verticais, quando recebo uma mensagem do Clayton no telefone por satélite: "Rodrigo, desce. O gerador está queimando todos os equipamentos. Abraço, Clayton".

A altitude tem efeitos nocivos não apenas no corpo humano, mas também em diversas máquinas. O manual do iPod, tocador de música da Apple, por exemplo, informa que o fabricante só garante o funcionamento do produto até, no máximo, 3.000 metros de altitude, devido à baixa pressão atmosférica. Na expedição de 2006, Vitor levou um iPod e, já no vilarejo tibetano de Shegar, a 4.350 metros, não conseguiu mais ouvir música com ele. O aparelho morreu. Tanto que Ken e os outros alpinistas anglófonos da nossa equipe chamavam o tocador de "diePod" – uma brincadeira com o verbo *to die*, "morrer" em inglês. Os geradores de eletricidade portáteis, à gasolina ou a diesel, são igualmente sensíveis às altas elevações. Primeiro, porque o frio endurece o combustível. Segundo, porque, como em qualquer motor de combustão, para ocorrer a queima da gasolina é necessário oxigênio – justamente o que está mais em falta naquele ambiente. Para piorar, a gasolina nepalesa, importada da Índia, é cheia de impurezas. Ou seja, para fazer um gerador pegar no acampamento base é preciso ter muita paciência e passar horas mexendo no carburador.

Quando o gerador enlouqueceu na mão de Clayton, em 2008, provocando variações na corrente elétrica que acabaram queimando as fontes de alimentação de vários equipamentos, a única coisa a fazer de imediato era conseguir um aparelho emprestado de alguma expedição amiga. Eu não podia simplesmente descer a perigosa cascata do Khumbu e interromper meu plano de aclimatação. Isso atrasaria todo o nosso cronograma de escalada e me colocaria em risco desnecessariamente. Por isso, negociei por rádio com uma expedição vizinha à nossa no BC o empréstimo do gerador em troca de combustível. Colocamos na nossa barraca uma extensão do gerador deles, e sempre que eles o estivessem utilizando, nós também o fazíamos. A gasolina usada era nossa. Às vezes, tínhamos de manter o equipamento ligado por mais tempo, por causa das transmissões de arquivos de vídeo para o Brasil. Essa solução, no entanto, servia apenas temporariamente, porque eticamente não é adequado ficar desgastando o gerador dos outros com uso intenso e aquela gasolina suja. Eu teria de encontrar outra saída quando voltasse ao BC.

Preocupado com os problemas logísticos enfrentados pela equipe de TV no BC, continuei minha escalada de aclimatação. No dia 13 de maio, subi 900 metros em aclive até o acampamento 3. O nosso sherpa Anil achou que não seria necessário usar o macacão contra frio extremo porque, na partida, o sol brilhava forte e fazia muito calor. No caminho, nevou muito, e Eduardo decidiu voltar ao acampamento 2. Eu segui em frente, mas fiquei com os dedos dos pés e das mãos duros de tanto frio. A montagem das nossas barracas no acampamento 3 estava atrasada, e, por isso, eu planejava voltar no mesmo dia ao acampamento 2. Por sorte, pude usar uma barraca de uma expedição amiga para me aquecer antes de começar a descida. No total, enfrentei 12 horas de atividade física intensa. No dia seguinte, enquanto eu ficava no acampamento 2 fotografando e descansando, Eduardo foi ao 3, acompanhado de Anil.

No dia 15 estávamos de volta ao acampamento base. Tão logo cheguei, enviei Ang Kami a Namche, a dois dias de caminhada, e Naa Tenzing aos *lodges* dos vilarejos mais próximos do BC. Ambos tinham a missão de conseguir um gerador para alugar. Passou-se um dia, e Naa Tenzing voltou dizendo não ser possível.

— Como não é possível? – perguntei.

— Ah, porque os *lodges* não têm gerador sobrando para alugar – respondeu o sherpa.

— Mas eu não pensei em alugar um gerador qualquer. O que eu quero alugar é mesmo o gerador que está sendo usado no *lodge*.

— Como assim? O gerador do hotel o dono não vai querer alugar – espantou-se Tenzing.

— Quantos leitos tem o *lodge*?

— Vinte.

— Quanto custa a diária por pessoa?

— Trezentas rúpias.

— Vinte multiplicado por 300 dá 6.000 rúpias. Oferece ao dono, como pagamento pelo aluguel do gerador, o valor da hospedagem dele com ocupação máxima.

Naa Tenzing arregalou os olhos e botou o pé na trilha. Chegou no outro dia trazendo o gerador nas costas, com a ajuda de outro carregador. Foi o gerador mais caro da minha vida. Para o proprietário do *lodge* foi um grande negócio. Ele certamente não fechou a hospedagem. Os clientes continuaram tomando banho morno, aquecido com esterco de iaque e querosene, como sempre foi. E nem deve ter faltado luz à noite, porque quase todos os *lodges* têm painel solar e bateria.

O gerador antigo tinha queimado as fontes de alimentação de energia de vários equipamentos, inclusive do *laptop* e da antena por satélite. Não adiantava nada, portanto, ter alugado o gerador do *lodge* por uma fortuna se não desse para consertá-las. Por sorte, eu tinha o contato de um técnico em eletrônica de Namche Bazar. Anotei a voltagem de saída das fontes queimadas, liguei para a capital sherpa pelo telefone por satélite e pedi ao técnico para montar, dentro de uma caixa de madeira ou papelão, um circuito elétrico com uma entrada em 220 volts para conectar ao gerador e uma saída em corrente contínua para alimentar os equipamentos. Dois dias depois, Ang Kami voltou de Namche Bazar com uma espécie de caixa de sapatos debaixo do braço. Eram duas fontes que fizeram todos os equipamentos de última geração da TV Globo funcionar até o final da expedição.

O fato de eu ter o número de telefone de um técnico em eletrônica no meio do Himalaia não era mera coincidência. Tenho o hábito de conversar e fazer amizade com muita gente ao longo de uma expedição e anoto o contato de todos. Durante o *trekking* de Lukla ao BC, paramos em Namche Bazar para esperar a mala perdida do Eduardo. Enquanto aguardávamos no vilarejo, não fiquei de papo para o ar, simplesmente: tratei de descobrir se havia, entre os 1.000 habitantes do local, quem mexesse com eletrônicos, quem tivesse conexão via satélite, quem usasse programas para fazer *upload* de dados por satélite e quem soubesse trabalhar com computador no frio. Conversando com essas pessoas, eu podia aprender muito, porque eles são especialistas em usar a tecnologia em condições adversas e com poucos recursos. Foi assim que descobri um sujeito que, além de ter conexão por satélite, era técnico em eletrônica. Pensei: "Não vou precisar para nada, mas vou anotar o telefone desse cara". Ele acabou salvando a expedição, pois as fontes improvisadas construídas por ele nos permitiram editar vídeos e enviá-los ao Brasil para serem transmitidos no *Esporte Espetacular* e no *Fantástico*, no domingo, ou em outros programas, enquanto ainda estávamos na montanha. Eu tenho a postura quase obsessiva de passar o tempo inteiro arquitetando um plano B para cada situação que pode dar errado. Os meus planos B não são muito diferentes dos planos de contingência de uma empresa para garantir a continuidade da operação em situações anômalas. E, como sabemos, quase sempre há algo que pode dar errado, tanto no montanhismo como no mundo corporativo. Ao anotar o telefone de um técnico em eletrônica no meio da montanha, fiz o que se pode chamar de uma boa gestão de informações, algo essencial para tomar as decisões corretas no momento certo – e salvar a empreitada.

A aptidão para resolver problemas e ajudar os outros, em 2006, levou George Djimaresco a apelidar ao Vitor e a mim de "*The Good Guys*" ("Os Bons Moços"). Certo dia, marcamos com George para ele usar nosso gerador, porque o dele estava funcionando mal. Em troca, ele daria o combustível (tínhamos pouco). Estávamos no acampamento base avançado, na face norte do Everest. Primeiro, nós o ajudamos a configurar seu computador e seu telefone por satélite da marca Thuraya. Depois, tratamos de ligar o nosso *laptop*. Antes, tivemos o cuidado de aquecê-lo um pouco junto ao aquecedor a gás montado em nossa barraca refeitório, que acendíamos apenas em ocasiões especiais. Ligar o computador com os circuitos todos gelados direto na corrente do gerador não era uma boa ideia. Mas o cuidado de pouco adiantou. A variação de tensão do gerador era muito grande, e nosso computador estava sem bateria. Em certos momentos, o equipamento simplesmente desligava. Na terceira vez, não funcionou mais. George, que estava usando um cabo nosso, teve a possibilidade, então, de retribuir a nossa ajuda e ofereceu-nos seu computador para que pudéssemos enviar e receber e-mails. Aceitamos, porque estávamos há sete dias sem conexão. As notícias dos parentes e dos amigos e as mensagens de incentivo vindas de todo o Brasil, enviadas inclusive por desconhecidos, ajudam muito a levantar o ânimo e a dar força quando estamos nos preparando para enfrentar os riscos e os desafios da montanha.

George é um exemplo de alpinista que conhece bem o equilíbrio entre ajudar e ser ajudado. Nem todos são assim. É incrível como, em condições de grande pressão psicológica e física, muitas pessoas tentam se aproveitar da bondade alheia. Em 2006, por exemplo, dei antibióticos contra diarreia para Ken, e depois para Ravi. Ambos realmente estavam passando muito mal e de fato precisavam de um tratamento adequado. Logo, no entanto, diferentes membros de nossa expedição internacional, alguns dos quais talvez nem estivessem tão doentes assim, começaram a me procurar pedindo remédio. Aos poucos, o medicamento foi acabando, expondo a mim e ao Vitor ao risco de, quando precisássemos, não termos como tratar um distúrbio intestinal capaz de nos enfraquecer, desidratar e destruir nosso desempenho na escalada. Por isso, quando George nos chamava de *The Good Guys*, eu pensava: "Bonzinhos, sim. Bobos, não".

Dining room.
TRYON
GRADE VI

CAPÍTULO 11 。

SHERPAS

Vitor negocia aluguel de jipe com destino a Shegar, no BC do Everest, em 2006.

Acampamento 1, face norte, Tibete, China
25 de abril de 2006
17h15

Faltavam apenas 50 metros para chegar ao colo norte do Everest, onde se situa o acampamento 1 (7.100 metros). Sem parar de caminhar, analisei as encostas do Everest e do Changtse, pico de 7.580 metros à esquerda da paisagem. Sentia como se, ao avançar a passos curtos no dorso da montanha, eu estivesse fazendo carícias em Chomolungma, a Deusa Mãe do Mundo. No fim da subida, avistei a pequena barraca amarela de Ken, distante das demais. Sujeito maluco.

— *Ken, hi!* – gritei.

— *Yes!* – O zíper se abriu, e a cabeça daquela figura engraçada apareceu.

— Está tudo bem?

— Comigo sim, e com você?

— Passei muito calor!

Eu me encontrava metido em um macacão próprio para baixas temperaturas, mas o sol estava muito forte. Ken tirou uma foto minha, e eu, uma dele, em sua barraca isolada de todo o resto do acampamento 1.

Vitor e eu havíamos saído do acampamento base avançado às 10h40. Amanhecera um dia ensolarado, o que nos animou a seguir para os acampamentos superiores, dando continuidade ao processo de aclimatação. Empacotei meu saco de dormir e o isolante térmico inflável, entre outros equipamentos, e pedi a Ang Dawa Sherpa para levá-los por mim. Como tínhamos dois carregadores de altitude, Ang Dawa e Pechumbi, Vitor e eu não precisávamos escalar sobrecarregados. A ajuda dos sherpas era valiosa. Além de levar boa parte da carga e auxiliar a montar os acampamentos, eles tinham a missão de nos acompanhar até o cume. Conheço bem o trabalho deles. Atuo há vários anos como guia de montanha, principalmente nos Andes, e já carreguei muitas mochilas de clientes, montei suas barracas em condições extremas de frio e vento e cheguei a ter congelamentos leves nos dedos enquanto os ajudava a superar seus desafios. Agora me via do outro lado, apoiando-me no trabalho dos sherpas para conseguir cumprir minha meta com segurança: chegar ao cume do Everest sem oxigênio suplementar. Se algo desse errado, se Vitor ou eu sofrêssemos com o mal de altitude ou nos acidentássemos, por exemplo, Ang Dawa e Pechumbi estariam ao nosso lado, cheios de energia e de saúde, porque escalariam com cilindros de oxigênio. No ataque ao cume, portanto, a função deles era comparável à das equipes de apoio utilizadas por tantos outros esportes. Em provas de natação no mar, por exemplo, há sempre pequenos barcos acompanhando os atletas para retirá-los da água caso tenham algum problema. Nas competições de mergulho livre em apneia, modalidade em que se desce a grandes profundidades prendendo a respiração, os esportistas podem ser socorridos a qualquer instante por mergulhadores de apoio equipados com cilindros de ar comprimido. O trabalho dos sherpas na zona da morte não é muito diferente disso.

Os carregadores de altitude, por serem profissionais com experiência na montanha, eventualmente também contribuem com opiniões a respeito do clima ou do percurso. Porém, ao nos prepararmos para subir os 700 metros verticais que separam a base avançada do acampamento 1, nem nós, nem os sherpas nos demos conta de que escolhemos as roupas erradas para a ocasião. Como, dois dias antes, eu havia passado frio por vestir apenas uma salopette[15] durante uma escalada de aclimatação no glaciar de Rongbuk, conversei com Vitor, e achamos melhor subir ao acampamento 1 protegidos por um macacão de pluma de ganso (em inglês, *down suit*). Essa decisão foi o maior erro da expedição até aquele momento.

O dia estava quente – o termômetro marcava ao redor de 10°C positivos. Isso é considerado muito frio em Ibitinga, onde nasci. No Everest, no entanto, equivale a dia de praia cheia no Rio de Janeiro. O calor que eu sentia era insuportável, dado o esforço de escalar de 6.400 a 7.100 metros de altitude, sobre um glaciar cuja superfície branca reflete poderosamente a luz solar e vestindo um volumoso macacão que mais parece um vestuário de astronauta. Com aquela roupa, só de ficar parado eu já suava. Lentamente, fui subindo e derretendo. Fiquei com medo de sofrer uma hipertermia. Pensei em voltar para me trocar. Mas já era tarde, e eu perderia, no mínimo, uma hora no processo. Além disso, o clima podia virar subitamente, como dias atrás, e o macacão de pluma faria falta. Levei seis horas e meia para chegar ao acampamento 1, talvez minha pior *performance* no Everest.

Eu estava muito desidratado, mas não tanto quanto durante minha passagem anterior por aquele trecho da montanha, em 2005, quando o sherpa Lila Tamang nos deixou sem barraca e sem comida na volta do nosso ataque ao cume. Pensava nisso enquanto avistava Vitor e Ang Dawa me esperando no fim das escadas que serviam de ponte para cruzar as últimas gretas antes do início do colo norte. O

---

15 Macacão sem mangas.

ano anterior fora sofrido, cheio de problemas, e tivéramos de lutar por nossas vidas, mas eu me sentia feliz por estar ali novamente.

Vitor me avistou, e eu acenei para ele. Em seguida, parei para tirar uma foto deles a distância. Assim que cruzei a última escada, alcancei meu parceiro. Ele não sofreu tanto com o calor porque conseguiu desenrolar a parte de cima do macacão, prendendo-o na cintura, sob a mochila. Dessa forma, conseguiu equalizar a temperatura corporal, refrescando o torso, e não se desidratou tanto. Eu não podia adotar a mesma tática, pois minha camada interna de roupa era muito fina. Além disso, a alça da mochila encostava justamente no local do ombro esquerdo onde eu sofrera uma fratura, em 2004. Sem o acolchoado do macacão, a pressão da mochila machucava meu ombro.

Lentamente me aproximei de nossas barracas, montadas sobre a neve do colo norte,[16] em um lugar ótimo, protegido do vento e sem o perigo de queda de blocos de gelo. Entrei em uma delas. Ang Dawa me ofereceu chá quente. Uma delícia. Depois de muito tempo subindo montanhas, acabei enjoando de chá. Em casa, no Brasil, não tomo nunca. Mas aquela infusão, servida na cumbuca de comida, estava ótima. Era exatamente o que eu precisava. Enquanto eu me hidratava, ficamos derretendo neve numa panelinha. Em seguida, Vitor fez macarrão instantâneo. O produto, de procedência chinesa, vinha com um molho industrializado que normalmente eu não aprecio, mas naquele momento achei gostoso. Consegui comer mais da metade da cumbuca. Depois, enchi uma garrafa térmica com água quente e fiz um chá, que tomei todo antes de me deitar.

Tínhamos duas barracas no acampamento 1: uma para eu dividir com Vitor, a outra para os nossos sherpas. Vitor dormiu bem, mas eu tive uma noite infernal. Sob o assoalho da barraca, no lugar onde me deitei, havia um enorme calombo de gelo, bem na altura da minha lombar. Eu também sofria com as vias aéreas obstruídas pelo catarro, a cada dia mais espesso. Dormi por três horas e acordei com dor nas costas. Sentei-me com as pernas cruzadas e, nessa posição, cochilei por mais uma hora. Tentei deitar de novo, mas não consegui me acomodar bem. O chão irregular incomodava muito. Sentei-me novamente e assim passei a noite, olhando o relógio e tentando em vão encontrar uma posição mais confortável. De manhã, quando saí para me esticar, minha lombar estava em frangalhos.

Em compensação, o dia estava lindo. Ang Dawa saiu para transportar alguns equipamentos até o acampamento 3, e Pechumbi, para

---

16 Depressão íngreme entre o Changtse e o Everest.

o 2. Até Ravi passou pela nossa barraca em direção à encosta, com o intuito de chegar a uma elevação superior para aclimatar. Os turcos também saíram para escalar, mas não progrediram muito. Vitor e eu não tínhamos planos de fazer o mesmo. Precisávamos descansar, porque no dia seguinte queríamos escalar até o acampamento 2 e dormir por lá. Falamos com Ang Dawa pelo rádio. Ele partira às 5h e às 11h atingiu o acampamento 3: uma escalada incrivelmente rápida, o que demonstra a força e a destreza do sherpa.

Caminhei um pouco pelo acampamento 1, filmei e fotografei. Apesar da noite difícil, sentia-me muito bem física e psicologicamente. Preparei um belo almoço de carne-seca com macarrão. Depois, gastei umas duas horas para fazer bastante água, derretendo gelo. Lá pelas tantas, Ravi pediu abrigo na nossa barraca enquanto seu sherpa, Nangle, que saíra para montar o acampamento 2, não voltasse. Acho que ele tinha medo de ficar sozinho. Vitor, Ravi e eu ficamos espremidos dentro da tenda, conversando. Começou a nevar forte. Assim que Ravi saiu – não antes de seu sherpa voltar –, Ang Dawa e Pechumbi chegaram em meio à nevasca. Ofereci uma panela de água fervendo para que eles pudessem fazer chá. Jantamos castanhas, batatas e chocolates, enquanto escurecia, e a precipitação de neve aumentava.

Vitor se ofereceu para trocar de lado comigo, para eu dormir melhor. Antes, tentamos aplainar a superfície da geleira sobre a qual estávamos alojados, jogando um pouco de neve sob a lona e achatando-a por dentro. Assim, ficamos os dois mais bem instalados. Dormi razoavelmente bem, acordando apenas para urinar e fazer lavagem nasal, pois as placas de catarro me sufocavam.

Nevou tanto durante a noite que a barraca amanheceu enterrada até a metade. Fiquei apreensivo, pois naquelas condições não valia a pena tentar subir ao acampamento 2. O desgaste para abrir o caminho na neve, na altura dos joelhos, seria excessivo. Se estivéssemos em um grupo grande, poderíamos nos revezar, indo ora um, ora outro na frente, abrindo caminho na neve fofa. Em apenas dois, Vitor e eu, isso seria um trabalho demasiadamente árduo, ainda mais porque estávamos na fase de aclimatação. Não valia a pena subir.

Passamos duas horas derretendo neve enquanto esperávamos para ver se alguém se lançaria montanha acima naquelas condições. Se isso acontecesse, escalaríamos "no vácuo", por assim dizer. Nada, ninguém se arriscou. Passar uma terceira noite no acampamento 1 não era uma boa estratégia, devido ao desgaste de permanecer acima dos 7.000 metros. A opção mais sensata era descer.

Vagarosamente nos preparamos para voltar ao acampamento base avançado. Deixei quase tudo no C1: saco de dormir, isolante e comida. Trouxe comigo apenas a *nécessaire*. Ang Dawa pediu autorização e partiu bem cedo, deixando seu irmão conosco. Vesti o macacão de pluma e dei o saco de lixo para Pechumbi carregar. Dei sinal para ele ir primeiro. Vitor ficou dentro da barraca, dizendo que viria depois. Queria ficar mais um pouco para filmar e fotografar. Despedi-me dele e acompanhei Pechumbi até a escada de metal sobre a greta. Na verdade, eram três escadas amarradas umas às outras na horizontal, totalizando aproximadamente 20 degraus. Havia uma corda de segurança cruzando de uma beirada à outra da greta, com a qual era possível se prender à cadeirinha. Em tese, se a ponte improvisada cedesse no meio da travessia, a tal corda impediria a queda na greta. Mas era muito fina, de um material de qualidade duvidosa, e a ancoragem no gelo dava calafrios, de tão precária. O jeito era atravessar aquela gigantesca fissura no glaciar torcendo para as escadas amarradas resistirem ao peso do corpo.

Enquanto eu transpunha as escadas, Pechumbi, caminhando muito rápido, desapareceu glaciar abaixo. Tentei acelerar para acompanhar seu ritmo, mas comecei novamente a ferver dentro do macacão. Fui caminhando e parando para me refrescar, retomando o fôlego, hidratando-me, fazendo uma descida bem tranquila. Parei na base das cordas, onde o glaciar fica mais plano, para pegar um bastão que eu deixara enfiado na neve dois dias antes, quando fizera o caminho inverso. Nesse momento, escutei barulho de passos, levantei os olhos e vi um sujeito sem pernas escalando a montanha. Bem, na verdade suas pernas iam até pouco abaixo dos joelhos. Dali saía uma prótese de metal presa a *crampons*. "Quanta determinação!", pensei. "E as pessoas dizem que eu sou perseverante. Esse cara deve estar sofrendo muito." Vim a saber depois que aquele era Mark Inglis, um neozelandês que na década de 1980 passou 14 dias preso por nevascas no monte Cook, a montanha mais alta do seu país. Sofreu congelamentos tão graves que, após ser resgatado, suas duas pernas tiveram de ser amputadas. Ele queria agora se tornar o primeiro homem com próteses nos dois membros inferiores a escalar o Everest. Mark fazia parte de um grupo liderado por Russel Brice, um americano conhecido por expedições muito bem estruturadas, até 2009 apenas pela face norte. Mark contava com o auxílio de um guia e de um sherpa exclusivos, mas não deixava que fizessem tudo por ele, apenas o essencial. Quando respondeu com voz rouca a uma pergunta de seu guia, concluí que estava sofrendo muito com o ar rarefeito e seco.

Passei pelo grupo, cumprimentando seus integrantes, e segui meu rumo glaciar abaixo. "Vou fazer um teste: vou caminhar rápido e não ligar para o calor e para a falta de ar. Quero ver o que acontece", pensei. Em pouco tempo estava ofegante e suado. Continuei por um bom tempo naquele ritmo até passar mal. Achei que ia desmoronar de fraqueza. Diminuí bastante o ritmo, mas a respiração continuou ofegante até eu chegar ao *crampon point*. Retirei os cravos das botas, e, a partir dali, finalmente a respiração voltou ao normal.

Verifiquei o relógio: 13h, horário de almoço no ABC. "Vou descer rápido para pegar a boia, senão terei de esperar o horário do jantar para comer algo consistente", pensei. Mas eu continuava suado e desidratado. Era impossível acelerar o ritmo da caminhada com aquela roupa. Tirei a parte de cima do macacão e a prendi com a mochila, deixando todo o tronco, os braços e o pescoço expostos a uma temperatura de 12°C negativos. "Será que vai fazer muito mal? Será que vou ficar doente? Vamos ver!" Lembrei-me dos esquiadores e de outros esportistas de modalidades de inverno que usam roupas finas para não ter os movimentos limitados durante a atividade física, expondo-se ao frio por períodos curtos. Se eles não ficam doentes, eu também não ficaria! Desci direto, sem parar. Às vezes, por uns poucos instantes, virava de costas, na tentativa de evitar que o vento gelado que varria o glaciar de baixo para cima atingisse em cheio meu peito.

Às 13h35, entrei na barraca-refeitório do acampamento base avançado. Parecia que eu tinha dois corpos: um da cintura para baixo, fervendo dentro da roupa de pluma e da bota tripla, e outro da cintura para cima, amortecido pelo frio, tremendo e com os dedos, o nariz e as orelhas gelados. Sentei-me e fiquei observando os outros comerem, enquanto aguardava meu organismo terminar de lutar para regularizar aquela estranha situação. Após cinco minutos já me sentia um único corpo e passei a ajudar ativamente a minha própria recuperação, massageando, friccionando e alongando as extremidades. Devorei o almoço. Depois, passei no depósito, troquei de roupa, peguei um saco de dormir e o levei para a barraca. Estava cansado, mas feliz. Previa uma noite bem dormida, pois seria a primeira em altitude mais baixa do que as das 72 horas anteriores.

Mas veio a noite e com ela o frio glaciar de 20°C negativos. Por volta das 21h, entrei no saco de dormir e fechei-o bem, como um casulo. Na cabeça, eu vestia uma balaclava. Não havia, portanto, nem um pedacinho de pele totalmente exposto. Acordei à meia-noite e meia tremendo de frio. Nem as duas garrafas de água quente acomodadas junto aos pés davam conta do recado. Comecei a friccionar as pernas e os pés uns nos outros, para aquecê-los. Contraí 16 vezes o abdômen, de maneira isométrica (sem movimentos). Fiz o mesmo com os braços, com força. Sentei-me, puxei uma das garrafas do fundo do saco de dormir e a coloquei sobre a barriga. A sensação térmica no torso melhorou. Cochilei um pouco sentado. Voltei a deitar e adormeci.

Acordei uma hora depois, tremendo mais do que na vez anterior. Liguei a minha *head lamp*: não iluminava mais do que um palmo à frente do meu rosto. Devia estar com a mesma pilha utilizada no ataque ao cume um ano antes. Dei-me conta, então, de que só havia trocado a bateria da lanterna de cabeça que ficara no acampamento 2. As luzes tipo *led* não apagam quando a pilha está fraca, como ocorre com as lâmpadas normais. Apenas vão iluminando cada vez menos. Com isso, custamos a perceber que estão acabando.

Pensei em vestir o macacão de pluma para dormir melhor, mas ele estava no depósito. Coloquei então a jaqueta de pluma. Tentei me encerrar no saco de dormir, mas ficou muito apertado. Consegui fechar o zíper apenas até a altura da cintura. Dormi mais duas horas. Comecei a torcer para a noite acabar logo. Eram 3h30. Fiquei sentado, balançando o corpo para a frente e para trás com a lombar dobrada para não bater a cabeça no teto, onde havia uma grossa camada de gelo grudada pelo lado de dentro. Formada pela sublimação da minha respiração, ela dava ao interior da barraca o aspecto de uma caverna gelada, e os barbantes e os pedaços de pano que caíam do teto pareciam estalactites. Minha garganta, ressecada, parecia querer colar a cada tentativa de engolir. Doía muito.

Procurei uma bala na minha mochila de ataque. Um ato como esse, aparentemente simples, torna-se complicado, pois todos os objetos no interior da barraca estavam a 20°C negativos. Ou seja, para não congelar os dedos, eu precisava manusear tudo com luvas, tirando a sensibilidade das mãos. Após alguns minutos, consegui agarrar e desembrulhar a bala. Coloquei-a na boca e comecei a salivar. Engoli a saliva. Parecia areia. Aos poucos, a dor de garganta diminuiu até se tornar suportável. Por fim, tornou-se prazeroso chupar aquela bala.

Eu não podia acreditar em tamanho sofrimento no acampamento base avançado. O ABC, apesar de elevado, é um lugar para se estar bem, não para desperdiçar energia à toa ou ficar doente. A barraca era tão pequena que, esticado, eu encostava os pés no náilon gelado. Não havia espaço para praticar ioga nem me alongar. Entrar e sair da tenda era um suplício. Definitivamente, não era o equipamento contratado na agência de Katmandu. O saco de dormir não era tão bom quanto o que eu deixara no C1. Respirar o ar frio e seco já era bastante ruim para minha saúde, mas passar frio, tanto frio, era algo fora do previsto. Tudo o mais na expedição estava deixando a desejar. A comida não era a esperada, e o banheiro... Seria melhor nem comentar. Mas vamos lá: os cozinheiros insistiam em não trocar o barril de fezes, que, após três dias de uso por 17 pessoas, já estava transbordando. Desse jeito, ficava ainda mais difícil e nojento retirá-lo, tampá-lo, colocá-lo no lombo de um iaque e despachá-lo montanha abaixo. Era uma briga diária para que a manutenção do banheiro fosse feita.

Terminada a pastilha para garganta, o catarro voltou a engrossar. Tentei dormir, mas despertava de dez em dez minutos sentindo-me sufocado pelas secreções. Passei mais de uma hora umidificando as vias nasais com Rinosoro para conseguir tirar a placa de sangue do tamanho de uma bola de gude que ficara grudada no fundo da garganta. Cantei, rezei, cochilei, deitei, levantei, e assim fiquei até às 5h59, quando o sol bateu na barraca. Que alegria! Agradeci a Deus, a Chomolungma, a todos os santos possíveis e ao sol: "Obrigado por ter vindo tão cedo".

Rapidamente, a temperatura subiu. Em 15 minutos já estava agradável: 8°C negativos. Tirei o casaco de pluma e joguei as garrafas de água – a essa altura mais frias que meu corpo – para fora do saco de dormir. Aproveitei uma delas para diluir uma pastilha de vitamina C. Então dormi um sono curto, mas merecido, até as 8h.

O movimento era intenso no canto direito do glaciar de Rongbuk, onde a maioria das expedições montou seus acampamentos. Tibetanos passavam ruidosamente com carga trazida do acampamento base. Era possível escutar também o barulho de outros tibetanos e nepaleses quebrando o gelo do glaciar para derreter em fogões de uma boca e obter água. Alguns alpinistas e sherpas seguiam totalmente equipados rumo ao acampamento 1. Várias pessoas tomavam chá do lado de fora das barracas, aproveitando o sol.

Nunca tive tanta preguiça no ABC como dessa vez. Sentia-me um tanto fraco, pois gastara muita energia resistindo ao frio durante a noite. Estava frustrado por não ter subido ao acampamento 2 para aclimatar melhor e, além de tudo, acabar enfrentando uma noite tão terrível no ABC.

Meu ânimo foi melhorando com o calor do sol. Ponderei que foi bom para a aclimatação passar duas noites no acampamento 1. Medi minha oximetria: 87% de hemoglobina arterial, uma marca excelente para quem estava há duas semanas acima dos 6.400 metros de altitude e ainda em processo de aclimatação. Eu queria tentar superar minha marca de 2005, quando cheguei a 91% de saturação após acostumar o organismo àquela altitude. Comecei a pensar em descer para descansar e recuperar a energia perdida até o momento. Isso me deixaria forte para a próxima etapa: o ataque ao cume.

Mas o clima, apesar da neve, estava tão bom que também tive vontade de subir, chegar ao pico com oxigênio suplementar, descer para descansar e só então atacar o cume sem os cilindros. Conversei seriamente com meu sherpa, Ang Dawa, sobre isso. Concluímos que seria impossível levar a quantidade necessária de garrafas de oxigênio para cima. Além disso, as cordas fixas ainda não haviam sido instaladas na montanha. Essa opção, portanto, foi descartada.

Mais um dia se passou, outra noite maldormida, e eu continuava dividido entre subir para me aclimatar melhor e descer para descansar. A razão me dizia para escalar até 8.000 metros para completar o plano de aclimatação. Isso me daria um grande conforto emocional, porque na segunda ascensão faltariam apenas mais 850 metros de desnível para chegar ao cume. Minha intuição, no entanto, me mandava descer para preservar a saúde, pois a aclimatação estava perfeita. Isso de resguardar a integridade física nada tinha a ver com um possível cansaço que eu estivesse sentindo. Na verdade, eu demonstrava fôlego e vigor. O que me incomodava e preocupava eram as placas de catarro com sangue coagulado, que aumentavam a cada dia. Normalmente, quando eu conseguia soltá-las com Rinosoro, elas saíam pela boca. Mas em determinado momento, após 20 minutos de lavagem nasal, uma delas saiu pelo nariz. Aquilo parecia grave. A tendência, se eu me deslocasse a uma elevação maior, era piorar. Foi o último sinal de que o melhor a fazer era descer e recuperar-me. Saí da barraca já com quase tudo arrumado para ir ao acampamento base.

Na mesa do café da manhã, comuniquei a Vitor minha decisão. Ele continuaria a aclimatação, subindo até o acampamento 1 e depois até 8.000 metros. No mesmo dia, voltaria ao ABC e depois ao acampamento base, onde nos encontraríamos. De lá, seguiríamos viagem até Shegar, para descansar e recarregar as pilhas para a escalada final. Ang Dawa também subiria até o acampamento 1, onde estavam os cilindros de oxigênio de emergência que ele e Pechumbi teriam de levar até os acampamentos 2 e 3.

Parti às 11h. Contratei um tibetano para levar parte de minhas coisas, assim pude descer bem leve, sem me desgastar. Levei apenas duas horas e 15 minutos até o acampamento intermediário. Um ótimo desempenho. Devido à intensa precipitação durante a noite, o caminho de rocha e o glaciar estavam cobertos de neve. O azul da geleira e o branco da neve faziam par com o azul do céu e o branco das montanhas. Para mim, um visual inédito e maravilhoso. Sentia-me dentro de um cartão-postal. Ao apreciar aquilo, tive a convicção de que era uma dessas paisagens que não se apagariam nunca da minha memória.

Paramos no acampamento intermediário para descansar, com outros dois tibetanos. Tirei bolacha, balas e chocolate da minha mochila e dei para eles dividirem. Ficaram muito felizes e agradeceram. Um deles era mudo. Interagia com os outros dois naturalmente, gesticulando muito, e alegrava-se quando se fazia entender. Conversei com ele. Conduzia dois iaques para o ABC. Pretendia pernoitar no intermediário e, no dia seguinte, seguir viagem. Arrumei minha mochila e pude ler em seus lábios, enquanto me acenava com a mão: "*bye, bye*". Respondi com as mesmas palavras e acenei. Emocionei-me ao perceber sua alegria apenas por conseguir se comunicar comigo. Seus lábios se abriram e fecharam sem soltar sons, no intuito de dizer duas palavras apenas, em língua estrangeira, o suficiente para me desejar tudo de bom, que eu caminhasse em paz e com Deus. Fiquei impressionado com a bondade e a carência daquele trabalhador tibetano, que por algum motivo divino fora designado para se desdobrar na comunicação com seus semelhantes.

Perguntei ao meu amigo mudo qual a melhor direção, se contornava a barraca pela esquerda e subia ou se a percorria pela direita e seguia reto. Orgulhosamente, indicou-me o melhor caminho.

— Vou devagar – apressei-me em dizer ao meu carregador.

— Ok – respondeu ele.

No percurso entre o intermediário e o acampamento base já não existem grandes torres de gelo à vista, e o terreno é muito irregular, com um sobe e desce e com muitas voltas em meio a pedras soltas sobre o glaciar. Cruzei com várias caravanas de iaques até uma parte mais plana, seguida de uma travessia sobre o rio congelado e uma subida íngreme na moraina lateral direita. A partir dali, a trilha torna-se novamente plana, serpenteando por entre as pedras da moraina, deixando o glaciar bem abaixo, à esquerda. Essa caminhada – a passos lentos, com paradas para filmar e fotografar, com o ar mais rico em oxigênio e uma temperatura amena – foi a mais agradável de todas as que fiz naquele cenário de embebedar as retinas.

Uma das vezes que passei por ali, em 2005, estava doente, com sinusite, tossindo sem parar. Por vezes, tinha de esperar a tosse passar para recuperar o fôlego e poder retomar o passo. Para baixo, nem todo santo ajuda. Desta vez me sentia muito bem, a ponto de observar detalhes e montanhas longínquas que não tinha notado antes.

O tibetano passou por mim com mais dois amigos, ligeiro e conversando bastante. Não acelerei; continuei no meu ritmo contemplativo e saudável, preservando joelhos e coluna. Subi em uma grande pedra e observei a natureza como nunca e em paz, sem pressa, pois estava só; não havia ninguém me dizendo para andar mais rápido ou à minha espera. Meu tempo interior era o meu relógio; minha vontade, meu chefe; minha mente, minha consciência. Fui ultrapassado por um alpinista que caminhava depressa, fazendo toc-toc-toc no chão com os dois bastões. Olhava o chão, e apenas isso. Acho que nem me viu.

O tibetano sumiu em meio ao gelo do glaciar. Achei melhor não ficar muito para trás. Acelerei o passo, sem exagero, e não parei mais até encontrar em uma área plana os três tibetanos deitados de bruços, com as cabeças próximas umas das outras, formando um Y. Eles fumavam, conversavam e riam.

Fiquei observando aquela cena, filosofando para mim mesmo como o mundo é diferente e variado. Lembrei-me da minha juventude na Unicamp, dançando *rockabilly* de madrugada no meio da rua, curtindo a Festa do Contrário da faculdade (em que os homens usam roupa de mulher e vice-versa) ou enfiado no meio da multidão na Oktoberfest, em Blumenau. Tudo muito distinto da diversão desses jovens cujo lazer consistia em deitar no chão, fumando e provavelmente contando piadas ou fofocando sobre os alpinistas, ao lado de um glaciar aos pés da montanha mais alta do mundo.

Dois deles carregavam mochilas (entre eles, o meu carregador), e um levava um botijão de gás nas costas. Passei por eles, e sorrindo estenderam a mão com uma caixa de cigarros, oferecendo-me para fumar. Recusei, agradecendo. Precisava ir ao banheiro, e era para já.

Em meu primeiro curso de escalada em gelo, em 1993, no cerro Tronador de Bariloche, descobri que ir ao banheiro em um ambiente natural, dependendo do clima e da paisagem, pode ser uma experiência, no mínimo, interessante. É o mesmo que folhear uma revista ou um livro de fotos na intimidade do trono, com a diferença de as imagens inspiradoras serem todas ao vivo. Naquela ocasião, na Argentina, os banheiros do Refugio Otto Meiling no cerro Tronador haviam sido interditados. Perguntei ao responsável pelo refúgio – o *refugiero*, como se diz na Argentina – que opção eu tinha.

— *Donde voy?*

— No glaciar, ali embaixo – respondeu-me o *refugiero*, apontando para o final da geleira, onde naquele exato instante caíam blocos gigantescos, causando uma estrondosa avalanche.

"Era só o que me faltava", pensei. Com o papel em um bolso e os lencinhos umedecidos para bebês no outro, fui descendo em direção ao final do glaciar. A tarde fazia-se quente, ensolarada e sem vento. Eu tinha vergonha de alguém me ver, por isso caminhei bastante na lateral do glaciar até chegar ao gelo. Andei mais um pouco por entre as gretas até achar um local onde provavelmente ninguém me veria. Apoiei as costas em uma rocha fincada no meio do gelo e me agachei, olhando a paisagem. Fiquei espantado: a vista ali era linda! A menos de 150 metros de distância, o glaciar despencava em uma parede vertical de mais de 800 metros. Podia ver todo o pampa verdejante, a planície mais além e muitas outras montanhas dos Andes.

O barulho do rio que corria sob meus pés, embaixo da camada de mais de 100 metros de gelo, só era abafado ou pelos estalidos causados pelo movimento do glaciar ou por algum bloco gigantesco que despencava da parede em uma grande avalanche. O som das avalanches, semelhante ao trovão, justifica o nome da montanha: Tronador (algo como *trovejador*).

Deixei os três jovens tibetanos com sua alegria e seus cigarros e caminhei por uns cinco minutos até achar o lugar ideal: duas pedras pequenas entre duas pedras grandes. Era uma bacia perfeita. O dia estava quente, e as pedras também. Após 25 dias evacuando agachado, ali eu podia fazê-lo sentado. As pedras formavam uma privada inacreditavelmente confortável, de frente para uma dezena de lindas torres de granito, cada uma com até 500 metros de altura. Olhei para as montanhas e fiquei imaginando por qual rota escalaria cada uma delas, quais trechos seriam os mais difíceis de escalar e onde a rocha teria boa qualidade para colocar proteções e onde seria podre, quebradiça e perigosa. As montanhas ao redor do Everest são tão lindas e variadas que valem uma expedição apenas para escalá-las. Rocha e gelo nas mais variadas formas e dificuldades – o paraíso dos escaladores.

Mais meia hora caminhando e cheguei à confluência dos glaciares Rongbuk oriental e ocidental. A distância, no lado nepalês, avistei o Pumori (7.100 metros) e outros montes próximos ao Everest, todos envoltos em nuvens estáticas de diferentes tonalidades de azul. A trilha seguia à direita, pela moraina lateral, até o acampamento base. Em uma hora eu chegaria ao meu destino. O que mais de deslumbrante poderia acontecer naquele dia?

Continuei caminhando até encontrar três veados. O de chifres devia ser o macho. O outro grande sem chifres era provavelmente a fêmea. O menor, o filhote. Uma família de veados em pleno glaciar de

Rongbuk. Precisava compartilhar aquilo com alguém. Puxei a filmadora e registrei a cena, emocionado.

Cheguei ao BC após um total de cinco horas e 20 minutos de caminhada. Um ótimo tempo, sem me cansar e ainda curtindo cada momento. Os tibetanos estavam na cozinha. Pedi ao Sucre que fizesse pipoca para todos nós. Clark apareceu. Estava bem fisicamente e me disse que subiria no dia seguinte para os acampamentos superiores.

Wilfred e Sylvia Studer também vieram à nossa barraca-refeitório. Era a décima vez que tentavam escalar o Everest sem sherpas e sem a ajuda de oxigênio artificial. Wilfred não tem metade de cada um dos pés. Em 1994, sofreu um acidente com outros dois austríacos no Illimani (6.440 metros), na Bolívia. Os companheiros estavam na face sul, mais difícil. Ele estava na via normal e tentou um resgate, sem sucesso. Em consequência, perdeu parte dos pés. Wilfred e Sylvia contaram ter chegado duas vezes ao segundo escalão do Everest, a 8.700 metros de altitude, mas em ambas tiveram de voltar porque o tempo virou e estava ficando tarde.[17] Disseram também que no ano em que Paulo e Helena Coelho contrataram um sherpa, este havia ficado esperando por eles no acampamento 3 para acompanhá-los até o cume, e eles não apareceram. Uma versão diferente, portanto, da contada pelo casal brasileiro, de que o guia sherpa os havia deixado na mão.

Ravi chegou de noite do acampamento 1, com o sherpa Nangle. Eu me recolhi aos meus "aposentos". Sentia-me muito bem e dormi profundamente, como não fazia há dias. A noite foi quente se comparada à do ABC. Quando o sol nasceu, saí do saco de dormir, tirei a roupa e dormi novamente, totalmente esticado. Coisa boa para as pernas, uma barraca comprida. Após o café da manhã, tomei um revigorante banho de bacia.

Clark deixou algumas folhas de *sudoku* para mim na mesa da barraca-refeitório, para matar meu tempo até o almoço. Depois de comer, dormi mais umas duas horas. Que preguiça boa! Após o jantar, fui ao acampamento dos turcos. Estavam todos em seu refeitório, de cara nova, banho tomado, recuperando-se do cansativo processo de aclimatação nos acampamentos mais altos. Receberam-me com festa. Telefonamos para Vitor, no ABC. Fiquei conversando com eles até 22h30. Disseram-me que estavam tendo sérios problemas com sherpas e barracas nos acampamentos superiores. Perguntaram sobre meu dia de cume no Everest no ano anterior. Contei-lhes.

17 Em 2010, Sylvia escalou o Everest com sua filha, Claudia.

Fui dormir carregado de sentimentos revividos enquanto narrava para os meus amigos turcos o que havia acontecido em 2005: os problemas de congelamento das extremidades, os cadáveres, o tempo ficando curto, a barraca que não estava onde devia estar, a descida extenuante, a luta pela vida. Não pude pregar o olho. Peguei um *sudoku* e fiquei matutando até depois da meia-noite, quando finalmente o sono veio... e dormi mais uma vez muito bem!

CAPÍTULO 12

ERROS E ACERTOS

Rodrigo guia trecho das rochas Areniscas, a 5.900 metros, sem proteção fixa e com *crampon*, durante a escalada da face sul do Aconcágua, em 2001.

Face sul do Aconcágua, Argentina
31 de dezembro de 2001
5h

Na sociedade contemporânea, de consumo exacerbado e quase ilimitado, decidir-se entre inúmeras opções faz parte do jogo. Nunca o ser humano pôde escolher tanto: basta observar uma gôndola de supermercado ou analisar a lista de carreiras à disposição ao se inscrever para o vestibular. Até na vida amorosa a liberdade de escolha não tem precedentes: como todos sabem, em um passado não muito distante, os casamentos eram arranjados, ninguém ficava durante anos namorando até encontrar a cara metade, como ocorre hoje. Agora é possível, sem sair de casa, encontrar milhares de pessoas na internet e selecioná-las por gostos e estilos. Tantas opções deixaram a vida mais complexa, mas banalizaram o processo de decisão. Quase sempre dá para voltar atrás em uma escolha. Se o curso universitário não é o que imaginamos, basta se matricular em outro. Se o novo emprego não agrada totalmente, não faltam empresas oferecendo vagas interessantes. No montanhismo, as decisões retomam seu antigo caráter irremediável. Em situações extremas, uma escolha aparentemente banal pode significar a diferença entre viver e morrer. Não há volta. Isso representa um aprendizado incrível, porque nos permite dar o devido valor às pequenas coisas.

A escalada do Aconcágua foi um dos maiores testes de capacidade de decisão e de estratégia da minha vida. Faltavam 1.000 metros para Vitor e eu chegarmos ao cume do monte pela face sul. Já havíamos deixado 2.000 metros de parede para trás e iniciávamos a escalada de um trecho especialmente perigoso acima do Glaciar Superior, um misto de rocha e gelo da Variante Messner, onde morreram três brasileiros em 1998: Mozart Catão, Othon Leonardos e Alexandre Oliveira. Acordamos de madrugada, pouco depois das 5h, atravessamos umas gretas gigantes e começamos a subir. Era muito difícil achar o caminho. Eu guiava a escalada, com Vitor conectado a mim por uma corda. Às vezes, avançava 20, 30 ou 40 metros e tinha de desescalar tudo porque seguira pela via errada. Eu tentava um pouco mais para a direita, subia de novo, achava que não era por ali, voltava e escolhia um caminho mais à esquerda. Em determinado momento, deparei-me com uma passagem muito difícil e avistei um piton.[18] Pensei: "Alguém passou por aqui, tem jeito de a via ser mesmo por este caminho". Mas era uma escalada absurdamente difícil, por isso voltei atrás uns 2 metros e tirei a mochila antes de tentar de novo. Quando Vitor passasse por ali, pegaria a minha mochila, prenderia à corda, e eu, lá de cima, poderia içá-la. Tentei de novo, passei o lance difícil, continuei mais um pouco e avistei um lugar que eu conhecia dos livros de alpinismo e das histórias contadas por outros atletas. Era uma canaleta de uns 3 metros de largura, com pedra nas duas extremidades. A rocha da canaleta estava coberta por uma camada muito fina, 4 centímetros talvez, de neve e gelo. Era um gelo quebradiço, bem perigoso. Fui escalando pelo obstáculo com muito cuidado e, quando cheguei perto do fim, visualizei uma corda fixa na aresta. Movimentei-me para a esquerda e avistei os corpos congelados de Othon e Alexandre. Na queda, a corda pela qual estavam conectados um ao outro enroscou em uma grande pedra, e eles ficaram pendurados, um de cada lado, o Othon em cima e o Alexandre bem mais abaixo. Eles estavam sentados, ainda apoiados pela corda, virados para o horizonte. O corpo de Mozart não estava lá. Provavelmente ele não estava conectado aos outros dois companheiros quando a avalanche os atingiu. Mozart tinha história: ele e Waldemar Niclevicz foram os primeiros brasileiros a alcançar o cume do Everest com o auxílio de oxigênio, em 1995. Othon, Alexandre e Mozart morreram ao tentar superar a face sul do Aconcágua, em 1998.

Meus olhos se encheram de lágrimas, e, por alguns minutos, não consegui mais escalar. Fixei vários pinos de segurança no gelo e aguardei Vitor me alcançar. Depois continuamos a escalada, emocionalmente abalados.

Quando terminou o trecho misto de rocha e gelo, cheguei a um lugar a partir do qual, segundo o relato de um argentino que já havia subido a face sul, encontraria a escalada dos sonhos, porque a neve não seria nem dura, nem muito macia. Quando está muito rígida, é difícil cravar as ferramentas – os *crampons* e a piqueta, por exemplo. Quando está muito macia, afunda e não dá sustentação, escorregando. Mas a neve que eu encontrei ali estava longe de ter a consistência perfeita descrita pelo argentino. Começou a nevar, e uma avalanchezinha de neve em pó caiu sobre mim. Passei um rádio para Vitor e disse: "Vai cair neve em você. Fica tranquilo, não é nada". Depois, veio outra leva mais carregada, e avisei: "Vitor, aí vem neve de novo, mas é maior". Eu estava preso no último ponto de rocha antes de um paredão de 600 metros verticais de pura neve

18 Pino de metal preso à rocha, usado para prender a corda durante a escalada.

e gelo, puxando a corda para Vitor. Quando ele me alcançou, começamos a discutir se devíamos continuar ou não. Vitor queria parar e arranjar abrigo por ali. Eu argumentei que esse fora exatamente o erro cometido por Mozart, Othon e Alexandre: parar naquele lugar com mau tempo. Estávamos sob uma calha de neve de 600 metros de desnível. Ou seja, era como se tivéssemos sobre a cabeça um funil gigante pronto para canalizar todas as avalanches de neve direto para nós. Vitor e eu tivemos um grande desentendimento sobre o que fazer. Discordâncias em uma parceria como a que eu tinha com Vitor são absolutamente normais – eu diria até saudáveis. Quando dois sócios em uma empresa ou dois colegas de trabalho têm de solucionar juntos um desafio profissional, a troca de experiências e de pontos de vista pode ser essencial para garantir o sucesso da empreitada. Tomar decisões sozinho é fácil, mas não necessariamente melhor. Tomar decisões em conjunto, uma arte – compensada pelo fato de, em dupla, a chance de acertar ser maior.

Enquanto discutíamos, avistamos um lugar à direita que poderia servir de abrigo, pois ficava sob uma parede de rocha com cerca de 150 metros de altura. Ainda avaliávamos a possibilidade de ir até lá quando uma violenta avalanche atingiu justamente o lugar onde pretendíamos nos proteger da nevasca.

Continuou nevando, continuamos discutindo. Avistamos um *serac*, um enorme bloco de gelo pendurado, e, abaixo dele, uma espécie de caverna de neve. Pensamos em escalar até lá e buscar refúgio naquele buraco. Cinco minutos depois, veio uma avalanche gigante e tampou tudo. Se estivéssemos lá dentro, teríamos sido sepultados. Vitor então insistiu para que ficássemos ali mesmo onde nos encontrávamos. Ele dizia que, como estávamos presos à rocha, dificilmente uma avalanche nos arrastaria, ainda que pudesse nos machucar. Eu queria continuar escalando para encontrar um lugar melhor. Aquele era o local do acidente que vitimara o trio de brasileiros. Mesmo sobrevivendo à tempestade, com o acúmulo da neve que caía, seria impossível subir ou descer em segurança depois da nevasca. Por isso, eu não queria ficar ali de jeito nenhum. "Se for para morrer, que seja tentando encontrar uma saída mais segura", pensei. Não pretendia me esconder onde não havia proteção. Fazer isso seria como sair para caminhar à noite em uma rua muito perigosa e, paralisado pelo medo, parar na esquina pensando ser mais seguro do que seguir em frente.

Sempre digo em meus cursos de escalada: "Em situações de risco, caia fora". Mesmo que a fuga também represente algum perigo. De fato, sair do local do acidente de Mozart, Othon e Alexandre e seguir escalando também era arriscado. Mas o relógio já marcava 13h, e tínhamos de atingir o cume naquele mesmo dia.

— Vou esticar a corda inteira e escalar uns 60 metros. Se estiver muito difícil, muito ruim, eu volto – falei.

— Beleza – concordou Vitor, finalmente.

Nos primeiros 50 metros, a consistência da neve estava razoável, então chamei Vitor para vir atrás de mim. Ele veio, e nós fomos escalando simultaneamente. Eu na frente, Vitor atrás e uma corda entre nós, nos conectando. Só isso. Sequer havia onde prender a corda, porque a neve estava fofa. Seria necessária uma estaca de 3 metros de comprimento para atravessar a camada macia e atingir o gelo firme. Minhas estacas tinham apenas 50 centímetros de comprimento. Se eu caísse, arrastaria Vitor comigo para o precipício. Mas, por estar à frente, talvez eu conseguisse segurar uma queda dele.

A neve estava cada vez mais fofa, até porque continuava nevando, e tornou-se difícil progredir. Com muito custo, continuei a escalada. Fazia duas horas que eu vira os corpos dos brasileiros e não queria voltar ao mesmo lugar de sua queda. Então começaram a cair mais avalanches. Primeiro, na forma de ondas de pó de neve bem seca, como é característico nas grandes altitudes. Depois, mais fortes, mais densas, querendo nos levar junto. Era preciso continuar escalando, tentando não perder o chão, atravessando as avalanches como quem fura uma onda. O segredo é manter o corpo bem vertical, tentando diminuir a área de arrasto, e manter os pés colados à parede, para reduzir o efeito da gravidade, que trabalha a favor da avalanche. Como estava tudo branco, neve caindo, chão coberto por flocos alvos, não dava para distinguir céu e horizonte, nem tampouco dava para ver as avalanches se aproximando. Eu só percebia quando estavam muito próximas, quase já passando por mim. Eu pegava o rádio para avisar ao Vitor, porque a distância entre nós era de 60 metros. Chegou um momento em que nem isso mais era possível, porque as massas de neve que desciam a montanha eram tão grandes que atingiam Vitor antes mesmo de eu me libertar. Uma dessas avalanches chegou a empurrar Vitor para trás, pois senti um puxão na corda. Firmei o corpo na parede, segurando a corda, e senti os pés escorregarem para trás na neve macia. Pensei: "Caramba, essa avalanche não acaba!". A corda esticou, esticou, enquanto eu afundava, e depois começou a aliviar. Vitor estava avançando de novo. Depois ele me contou que, se eu não o tivesse segurado, a avalanche o teria levado embora.

Continuar provou-se uma decisão arriscada, mas certeira. O único lugar realmente seguro era uma parede de 50 metros de rocha a 6.700

metros de altitude, onde foi possível martelar os pinos para prender a corda. Em condições normais, a escalada até ali deveria durar umas quatro horas, no máximo. Levamos nove horas e meia. Coloquei três pinos de proteção na rocha e ajudei Vitor, puxando-o com um sistema de içamento em que se monta uma polia com a corda.

Antes desse episódio, já havíamos tomado uma decisão semelhante na face sul do Aconcágua, sobre onde buscar abrigo em um momento de vulnerabilidade. Foi assim: após uma escalada mista de rocha e gelo, chegamos ao pé do Glaciar Superior – um paredão de gelo que termina em uma parede de rocha logo abaixo. Não dava mais para continuar, tínhamos de parar. Vitor estava com formigamento nos membros, e éramos bombardeados por uma tempestade elétrica. Os raios choviam ao nosso redor. Lindo e aterrador.

Precisávamos buscar proteção imediata, encontrar o melhor local para instalar nossa minúscula barraca de escalada. Tínhamos três opções: a primeira era passar a noite sob uma parede de gelo de 100 metros de altura que poderia a qualquer momento cair inteira ou aos pedaços sobre nós. A segunda opção era escalar um pouco mais para a direita, até chegar a um platô razoavelmente horizontal, onde daria para montar a barraca e até esticar um colchonete para dormir. O problema é que um lugar plano, uma depressão no meio da rocha vertical, é igual à canaleta de um telhado: para lá escoa tudo o que cai no alto. A terceira opção era uma aresta com rocha exposta, o lugar mais distante possível da parede de gelo onde nos encontrávamos. Lá, na ponta da pedra, não daria sequer para montar a barraca. Mas foi onde decidimos ficar. Entramos na barraca como se fosse um saco de bivaque[19] e fechamos o zíper. Consegui apenas montar um platozinho onde apoiar o fogareiro para derreter gelo e fazer água. Passamos a noite assim, sentados na beira de uma pedra, com 250 metros de queda livre de cada lado até o relevo plano mais próximo (sem contar os outros 2.000 metros ou mais até a base da face sul), presos pela cadeirinha à rocha. Era o local mais seguro, mas também o mais exposto.

À noite, escutei o som de um monte de blocos de gelo rachando e caindo. No dia seguinte, antes de continuarmos a escalada, o clima melhorou um pouco, e eu olhei para aquele confortável platô onde havíamos cogitado passar a noite: estava cheio de grandes pedaços de gelo espatifados. Teríamos morrido dormindo, esmagados por toneladas de água congelada, se tivéssemos optado por ficar ali.

---

19 Espécie de saco de dormir sem enchimento, resistente à chuva e ao vento. Útil em lugares onde não é possível armar uma barraca.

As duas histórias anteriores revelam decisões acertadas que nos salvaram a vida no Aconcágua. Mas também cometi, no final da escalada, um erro que poderia ter sido fatal, motivado pelo excesso de confiança. Isso foi após passarmos aquele trecho difícil, o Misto Messner, e enfrentarmos as avalanches, logo acima do local onde ocorrera o acidente com Mozart, Othon e Alexandre. Quando Vitor me alcançou, cavamos na neve um degrau para poder sentar. Ficamos ali, naquele banquinho improvisado, enfiados nas barracas desmontadas, de costas para a montanha e com os pés balançando no abismo. Coloquei meu colchonete isolante no platô, para nos proteger do contato com o gelo. À noite, as avalanches despencavam, e a neve ia caindo nas nossas costas. Aos poucos, o acúmulo de neve entre nosso corpo e a parede foi nos empurrando para a frente, e logo não havia mais degrau nenhum a nos sustentar. Eram 3h da manhã, e estávamos apenas pendurados pela fita solteira que liga a cadeirinha de escalada ao mosquetão preso ao pino móvel fincado na parede de gelo.

De tanto tremer de frio, os músculos do tronco e do abdômen doíam. Eu sabia que, quando parasse de tremer, a coisa ia ficar feia, porque seria um indício do esgotamento da energia corporal. Ou seja, eu entraria em estado de hipotermia. Além disso, o peso do corpo sobre a cadeirinha de escalada prendia a circulação de sangue nas pernas. Isso, associado ao frio intenso e à falta de oxigênio, por estarmos a 6.700 metros de altitude, poderia nos causar congelamento e, consequentemente, a amputação das pernas. Não tínhamos o que fazer, e a situação era muito complicada. Então, para passar o tempo e levantar o moral, chamamos Totó, nosso apoio na base da face sul do Aconcágua, e ficamos contando piadas pelo rádio madrugada adentro.

Amanheceu com um clima bom. Pelas imagens de satélite, era para ser perfeito sempre, pois não havia frente fria ou ventos fortes na região. Mas fazia muito calor durante o dia, o que causava uma grande evaporação e sublimação. Nuvens gigantescas se formavam rapidamente, com muito vento. Logo após o meio-dia, o tempo fechava, e recebíamos grandes descargas elétricas, como nas tempestades de verão aqui do Brasil.

Na verdade, andava fazendo muito calor durante o dia, mas de maneira irregular – volta e meia entrava uma nuvem e despejava neve sobre nós.

— Vamos continuar escalando? – perguntei.

— Vamos – disse Vitor, animado pelo calor do sol e por termos sobrevivido a mais um dia duro de escalada. — Eu vou na frente.

— Beleza – concordei.

Ele foi, e eu fiquei derretendo neve para encher nossos cantis de água. Faltavam apenas 200 metros para chegarmos ao cume. Depois, era só descer a montanha pelo outro lado, pela via normal, com seu declive suave. A gente brincava que, depois de todas as provações da face sul, iríamos descer a rota normal rolando. "Tranquilo", pensei. Por isso, depois de abastecer os cantis, joguei fora o que sobrou de benzina, o combustível do fogareiro. Era um peso a menos para carregar parede acima. Fiz o mesmo com a comida. Eu abria os pacotes de barrinha de cereal, guardava algumas para comer na subida e desprezava o resto. Retive apenas as embalagens, para não sujar o ambiente. Quaisquer 100 gramas de peso na mochila naquela altitude faziam muita diferença.

Acontece que a ascensão final até o cume durou muito mais do que o previsto. Depois de recuperar as forças, comer um pouco e arrumar nossos equipamentos molhados pela neve, começamos a escalada ao meio-dia. Enfrentamos uma subida dos infernos, pois havia muita neve fofa acumulada pelas avalanches, que às vezes passava da linha da cintura. Por isso, não conseguíamos progredir naquele terreno vertical e totalmente mole. Havia o risco de nosso deslocamento gerar uma instabilidade no terreno, causando uma avalanche que nos levaria junto com toda aquela neve acumulada. Quando chegamos à aresta do cume, conhecida como Filo del Guanaco, o vento estava extremamente violento. Só atingimos o cume às 20h15. Entre 21h30 e 22h começou a escurecer. Ou seja, a noite nos surpreendeu na descida, com ventos tão fortes que nos jogavam para cima. Fazia quatro dias que o clima estava muito instável, tanto que nenhum montanhista tentou o cume pela via normal. E ali estávamos Vitor e eu, depois de quase uma semana escalando a face sul com tempo ruim, descendo pela via normal, por onde não passava ninguém há dias. Resultado: a neve cobrira as trilhas, e, como era noite e continuava nevando, não conseguíamos encontrar o caminho. Para piorar, meus dedos dos pés começaram a congelar, e estávamos desidratados – a água dos cantis havia congelado havia muito tempo, e eu havia desprezado o bendito combustível do fogareiro na face sul.

— Vitor, não dá mais para continuar – eu falei.

Voltamos um pouco e nos abaixamos atrás de uma pedra grande, para nos proteger do vento. Abrimos a barraca sem a montar, entramos, fechamos o zíper e lá ficamos a noite toda. Era uma medida de desespero. Ninguém dorme no alto do Aconcágua em meio a uma nevasca com vendaval, desidratado e com as roupas e o saco de dormir molhados.

No dia seguinte, esperamos o tempo melhorar, o que aconteceu por volta do meio-dia. Saímos andando rápido. Quando buscávamos abrigo na pedra durante a noite, não tínhamos como saber, mas estávamos a apenas dez minutos de Berlim, como é chamado o último acampamento antes do cume da face norte. Um alpinista chileno nos avistou e veio em nossa direção.

— De onde vocês vêm? – perguntou, espantado por nos ver descer a montanha cheios de equipamentos de escalada técnica, exaustos.

— Da face sul – respondi.

Parecia que tínhamos dito uma palavra mágica: em minutos estávamos cercados por umas 30 ou 40 pessoas. Pegaram nossas mochilas e nos ofereceram água, queijo e salame. Na noite anterior, assim que alcançamos o cume, falamos por rádio com Totó para confirmar o feito. Depois disso não conseguimos nos comunicar com mais ninguém. Como já se haviam passado 16 horas desde a última vez que conseguimos falar com ele, o boato de que estávamos mortos já se espalhara por todos os acampamentos da montanha. Alguém passou um rádio para a base:

— Eles estão vivos!

Foi uma alegria. Naquelas condições climáticas, não teria sido possível sequer enviar uma patrulha de resgate para nos encontrar.

O pior de tudo foi ficar sem água no trecho final da escalada e na descida. O conteúdo dos cantis havia congelado por volta de 16h do dia anterior (quatro horas depois de eu jogar a benzina fora, portanto). Só tomamos água ao meio-dia da manhã seguinte, quando chegamos ao Berlim. Foram 20 horas de atividade física intensa, sob frio extremo e num ambiente absurdamente seco – onde se perde muita água pela respiração, porque o ar inspirado é frio e seco, e o expirado, quente e úmido. Por causa da minha decisão equivocada de me livrar do combustível, Vitor e eu ficamos desidratados, e isso causou o congelamento dos meus pés. Tive muita sorte de não ter de amputá-los, graças à ajuda de João Garcia. João e um amigo dele, também português, me ampararam durante meia hora para percorrer a distância entre a Plaza de Mulas, onde recebi os primeiros socorros, e o Hotel Refugio, na base da montanha. Depois, ele me deu orientações e medicamentos para salvar meus dedos da amputação.

Anos depois, li *Rumo ao polo Sul*, de Diana Preston, sobre a malfadada expedição do inglês Robert Falcon Scott à Antártica, que me fez pensar muito no meu erro. A corrida para ver quem chegava primeiro ao polo Sul foi um dos mais espetaculares episódios do período das grandes explorações do início do século passado. Em 1911, duas expedições concorrentes, uma inglesa e uma norueguesa, partiram quase simultaneamente da plataforma de Ross, na Antártica, com o objetivo de atingir o extremo sul da Terra. O primeiro grupo, comandado por Scott, saiu no dia 1º de novembro e tinha como meio de transporte trenós puxados por pôneis e alguns cães. A segunda expedição, liderada por Roald Amundsen, saiu dez dias antes e contava apenas com cães trazidos da Groenlândia, mais rápidos e resistentes que os pôneis de Scott. Amundsen chegou ao polo Sul no dia 14 de dezembro. Scott, cujo grupo foi definhando no caminho, chegou 35 dias depois, apenas para encontrar um acampamento abandonado e a bandeira da Noruega amarrada a um esqui fincado no marco sul. Ele estava acompanhado de quatro remanescentes de sua expedição. Frustrados, ainda tinham de percorrer centenas de quilômetros de volta, sem cachorros, sem pôneis e com as provisões acabando.

Pior do que a comida no fim, contudo, foi a falta de combustível. Scott havia deixado estoques de combustível no caminho de volta, mas eles estavam mal guardados, e uma parte evaporou. No dia 21 de março de 1912, Scott e dois de seus companheiros (os outros dois já haviam morrido) estavam confinados em uma barraca a apenas 20 quilômetros de sua base, onde um grande depósito de mantimentos os aguardava. Não podiam continuar porque a tempestade de neve, que já durava vários dias, não amansava. Como o combustível acabara, era impossível derreter neve para beber. Scott e os parceiros acabaram morrendo ali oito dias depois.

A lição dessa história é simples. Você pode ter comida à vontade. Sem água, você morre. Quando quiser reduzir o peso de sua bagagem, pode desprezar a comida, mas jamais o combustível que permitirá transformar neve em água. Se eu tivesse lido o livro sobre a história de Scott antes de escalar a face sul do Aconcágua, não teria cometido o erro de jogar a benzina fora. Gosto de aprender com as experiências dos outros. Não é preciso errar para aprender. Se alguém já pagou com a vida por um equívoco, não preciso congelar os pés para aprender. Desde então, estudar em minúcias o terreno, o histórico de condições climáticas e as vivências de outros alpinistas passou a ter um peso muito maior na preparação para minhas expedições. Ler exaustivamente e conversar muito com quem teve uma experiência relevante é primordial para alcançar um objetivo com segurança. Esse princípio deve ser levado também a outras áreas profissionais. A obsessão pela informação correta e pertinente é quase sempre a garantia de sucesso nos negócios e na vida.

Quando fui ao Everest em 2005, e também nas vezes seguintes, já tinha lido muito sobre o ataque ao cume pelas duas vias mais populares: a face sul e a face norte. Mesmo sem nunca ter ido além da base do Everest, eu sabia quanto tempo levaria para ir de um acampamento a outro, o melhor horário para sair da barraca e fazer a escalada final, a descrição exata dos lugares por onde iria passar e os erros mais comuns cometidos por alpinistas que enfrentaram aquele desafio antes de mim. Faz toda a diferença.

CAPÍTULO 13

LUA DE MEL

Rodrigo e Vitor com o Everest ao fundo, em 2006.

Acampamento base do Everest, face norte, Tibete, China
1º de maio de 2006
7h

Acordei cedo, como de costume, mas aquele dia foi diferente. Percebi uma agitação incomum no acampamento, uma algazarra em uma língua absolutamente incompreensível. Pensei que pudesse ser algo grave, pois não é comum uma barulheira como aquela logo cedo no acampamento. Eu me vesti rapidamente e saí.

O agito vinha das barracas dos turcos. De longe, eles acenaram para mim, e fui ver do que se tratava.

— *Labor Day!* – gritaram, enquanto eu me aproximava de sua barraca-refeitório.

— Vocês estão comemorando o Dia do Trabalho?

— Sim. Quer participar?

— Claro, obrigado pelo convite.

Fiquei entusiasmado. Aquele grupo era realmente especial. Os turcos quebravam a rotina com sua simpatia atípica para o acampamento base, em geral um lugar de posturas introspectivas, às vezes competitivas e em que a socialização mais intensa entre as pessoas raramente aflora de maneira espontânea. Os grupos de montanhistas costumam focar-se em seus afazeres, por isso se relacionam pouco com os vizinhos. O isolamento também se explica pela barreira linguística e pelo cotidiano rude e desgastante da montanha. Despender tanto esforço no relacionamento com as outras expedições, como estavam fazendo os turcos naquela temporada, era algo notável.

Quando há eventos sociais, quase sempre ocorrem de dia ou são bastante simples. Às vezes, oferecemos humildes jantares na nossa barraca-refeitório, para poucos e bons convidados. Por exemplo, sempre tento fazer alguma comemoração modesta no dia do meu aniversário, 9 de maio. Já escutei barulho de festa no meio da noite e fiquei sabendo de equipes que faziam farras dionísicas em pleno Everest, mas nunca participei de nenhuma. Aliás, nunca tive disposição para procurar. Esse não é o meu objetivo na montanha. Até porque se embebedar no acampamento base é contraprodutivo, pois o álcool desidrata, e a altitude potencializa seus efeitos.

Os turcos fizeram uma comemoração divertida para o Dia do Trabalho, da qual participaram todos os sherpas. Havia também uma chinesinha linda, parecia feita de porcelana. Ela não era escaladora, mas jornalista. Estava ali a trabalho. Sentia saudade de casa e frio. Muito frio. Parecia prestes a quebrar. Fiquei imaginando quem seria o editor maluco e sádico que a havia enviado para fazer uma reportagem no monte Everest.

Almocei com os turcos e depois fui alugar um jipe para nos levar a Shegar. Vitor vinha do acampamento 1, e pretendíamos descer ao vilarejo mais próximo a fim de recuperar as energias para o ataque ao cume. Fui à casa dos oficiais de ligação. O lugar estava vazio. Saí andando por entre as barracas do acampamento base, procurando por eles. Fazia frio e ventava bastante. Finalmente encontrei nosso oficial de ligação, em meio a uma roda de tibetanos, bebendo muito. Ele me reconheceu e disse que me sentasse em uma cadeira a seu lado. Havia um tibetano tocando um instrumento típico e algumas garotas cantando e dançando, em círculo, ao nosso redor. Nossas cadeiras e uma mesa cheia de bebidas ficavam no centro daquela espécie de ciranda tibetana.

A comunicação foi muito difícil. O oficial de ligação dizia que só haveria jipe no dia seguinte. A música rolava, as jovens mulheres dançavam, e eu me dei por vencido. Era feriado, e aquele chinês bêbado não iria trabalhar. Fui por conta própria tentar achar um jipe. Após acertar os detalhes com um motorista, voltei para nosso acampamento sob neve e vento forte, para esperar por Vitor.

Ele apareceu bem tarde e não dava mais tempo de viajar a Shegar no mesmo dia. Vitor estava com o telefone por satélite, e nas mensagens havia previsões do tempo feitas no Brasil por Marcelo Romão, do Instituto Nacional de Pesquisas Espaciais (Inpe). O meteorologista dizia que haveria tempo bom nos dias seguintes. Eu já estava bem descansado e pensei em aproveitar a janela de dias bonitos para atacar o cume logo, em vez de descer para Shegar, como havia planejado. Alcançar o topo do mundo no dia do meu aniversário, 9 de maio, seria mágico para mim. O problema é que Vitor acabara de descer de 7.500 metros de altitude e estava cansado. Ele me disse para eu subir sozinho. Recusei, mas fui dormir pensando nisso.

No dia seguinte, fomos à barraca dos turcos para comparar a previsão do tempo deles com a nossa. Mas a deles só ia até 7.000 metros. Não adiantava. O importante era saber como estaria a corrente de jato a 9.000 metros[20] e a previsão climática a 8.500 metros de altitude.

Voltamos ao nosso acampamento e fomos avisados de que o ofi-

20 "*Jet streams*", em inglês, são correntes de ar que ocorrem na alta troposfera e que, no Everest, espalham uma nuvem de cristais de gelo a partir do topo, semelhante a um penacho branco.

cial de ligação já havia passado duas vezes perguntando se queríamos o jipe para ir a Shegar. Fiquei surpreso, pois achei que ele não se lembraria do meu pedido. Com isso, fiquei dividido entre subir a montanha imediatamente ou descer primeiro a Shegar, repor as baterias com Vitor e só depois fazer o ataque ao cume em dupla.

À tarde, Ken chegou do acampamento 1 dizendo que queria descer conosco. Éramos quatro, porque Ravi também queria ir a Shegar, o que tornaria o aluguel do jipe bem mais barato. As circunstâncias, portanto, decidiram por mim. A escalada final até o cume ficaria para depois.

Durante a viagem de jipe, Vitor deu uma entrevista ao vivo pelo telefone por satélite para o programa *Mais você*, da Ana Maria Braga, na TV Globo. À noite, em Shegar, tomei o antibiótico azitromicina antes de dormir, pois um gânglio começou a inchar. Essa seria uma preocupação constante de saúde nos dias que se seguiriam. Por sorte, havia chuveiro com água quente no hotel. Eu tinha esperança de o vapor ajudar na recuperação.

No cibercafé de Shegar, encontramos o equatoriano José Ignacio Jijón, o Pepe (não confundir com o espanhol integrante da equipe dos turcos). Ele estava voltando do Cho Oyo (8.201 metros), cujo cume escalou como preparação para o Everest. Ele alugou cilindros de oxigênio. Mostrava-se decidido a subir a montanha mais alta do mundo de uma vez, porque havia outro equatoriano que, como ele, estava finalizando o Circuito dos Sete Cumes. Pepe queria ser o primeiro e sentia-se tão motivado que, para expressar o espírito aguerrido, nos chamou e nos pediu para acompanhá-lo ao barbeiro, pois queria cortar o cabelo em estilo moicano. Ele estava pronto para a batalha.

Senti-me como um E.T., pois, ao contrário de Pepe e da maioria dos alpinistas, não vejo a escalada de uma montanha como uma batalha. Para mim, é mais como uma conquista amorosa. A relação homem-montanha é equivalente à relação homem-mulher. Na primeira vez em que fiz a caminhada para a base do Everest, em 2003, pelo lado nepalês, eu apenas flertei com a montanha. Subi o Kala Patar, o pico ao lado, olhei para o Everest e dei aquela paquerada. Fiquei com a impressão de ter sido correspondido. A montanha gostou de mim, e eu me senti confiante para voltar em outra ocasião e conquistá-la. Em 2005, fui para a face norte e comecei a investir nessa relação. No montanhismo, meu estilo de conquista é o da paciência, é ir de mansinho. Cada escalada de aclimatação, cada pernoite em seu dorso e cada passo em seu manto de neve é uma carícia. Vou fazendo um carinho, avançando pelas entranhas, e volto até a base. Na próxima investida avanço mais um pouco e recuo na hora certa, até chegar lá. Atingir o clímax na relação com a montanha é chegar ao seu cume. Mas Chomolungma não é uma fêmea qualquer. É uma deusa, como bem sabem os tibetanos e os nepaleses. Para lhe agradar tem de haver uma relação absolutamente harmônica. Ambos têm de querer, e deve haver uma sintonia de valores e um entrosamento muito grande entre os dois – eu, o alpinista; ela, a montanha. Se não deu certo em 2005, é porque ela e eu não estávamos preparados um para o outro. Ou simplesmente não era o nosso dia. Se está na hora do vamos ver e não rolou um clima (no sentido literal e no figurado), melhor então deixar para a próxima. Volto depois com novas carícias e uma nova estratégia de conquista.

Pepe ia para a batalha, eu para a lua de mel!

Três dias em Shegar pareceram uma longa estadia. No dia 5 de maio, acordei com o barulho do Vitor arrumando suas coisas. Não falei nada para não ser chato e para não aumentar a tensão natural que antecede o ataque ao cume, mas era desnecessário me acordar daquela forma. Ele podia ser mais cuidadoso – afinal, ainda faltavam algumas boas horas para pegarmos o jipe que nos levaria de volta ao acampamento base. Eu tinha ido dormir tarde, pois ficara até as 3h da madrugada conversando com meu filho, então com 4 anos de idade, pela internet. Bem que o Vitor poderia ter esperado um pouco mais para arrumar a mala ou ser mais silencioso. Vitor e eu tínhamos uma excelente relação de companheirismo. Mas, como em qualquer amizade, existem atitudes que irritam ou incomodam. Tentei dormir de novo, mas não consegui.

O jipe deveria nos pegar ao meio-dia. Já eram 13h20, e eu ainda estava dentro do hotel fazendo anotações sobre a viagem, enquanto Vitor surfava na internet do cibercafé. No Tibete, as pessoas não ligam muito em ser pontuais, e nós, como bons brasileiros, estávamos acostumados com isso. Parecia-nos muito óbvio que partiríamos mais tarde.

Como eu não tinha tomado café da manhã, pensei em almoçar e depois fazer uma sesta. Nesse exato instante, ouvi o malasiano Ravi me chamar. Olhei pela janela, e o carro estava lá. Ken já estava à espera. Ventava muito, e o céu estava preto. Para os lados do Everest, nevava. Levei minha bagagem para baixo e depois voltei ao quarto para pegar as coisas do Vitor. Subir as escadas apertadas do hotel era um sacrifício naquela altitude. Uma funcionária chinesa desceu com as compras. Nas minhas sacolas, havia até uma garrafa de vinho chinês para minha adega.

Entrei no carro e perguntei ao Ken e ao Ravi se estavam bem, recuperados, prontos para conquistar a montanha. Os dois responderam com monossílabos e cara amarrada. O clima no carro estava pesado. Não entendi por quê, mas respeitei e fiquei na minha, não perguntei nada. Tínhamos de ir até o cibercafé apanhar o Vitor.

Nevou durante a viagem, mas o motorista e o carro eram ótimos. Chegamos ao BC às 15h30, horário nepalês. Pedi ao Sucre, o cozinheiro da expedição, que fizesse pipoca. Queimou, mas estava boa mesmo assim. Depois, Vitor e eu fomos entregar um bilhete do Pepe ao oficial de ligação. Aproveitei a ida à casa dos funcionários chineses e comprei duas caixas de água mineral, uma para mim e outra para o Pepe. Mandei entregar no acampamento base avançado. A água e o transporte em lombo de iaque ficaram uma fortuna, mas fariam muita diferença quando o estômago já estivesse maltratado de tanta água de glaciar – desmineralizada e cheia de micro-organismos milenares. Quando tivéssemos dor de barriga ou não aguentássemos mais chá, sucos artificiais de saquinho ou isotônicos, o melhor remédio seria beber do líquido engarrafado mesmo.

Fiquei feliz em perceber, na manhã seguinte, que a atmosfera pesada da viagem de Shegar a BC se desanuviara. No café da manhã, Ken me parecia mais relaxado. Até me cumprimentou. Depois, papeou normalmente comigo e com Vitor durante o desjejum. Mais tarde, no almoço (cardápio: macarrão, batatas fritas, salada de cenoura com repolho e uma carne enrolada frita), cheguei à barraca-refeitório com uns cadernos de *sudoku*. Entrei com os passatempos escondidos atrás das costas e brinquei com Ken:

— Você ainda quer ser meu amigo?

— Vocês não sabem mesmo o que aconteceu? – retrucou Ken.

— Não. Mas, independentemente de você querer ser meu amigo, tenho aqui uns cadernos de *sudoku* – respondi, jogando as revistas sobre a mesa.

Sentei-me ao lado de Vitor. Ken então me explicou que ele e Ravi tinham ficado bravos porque, em Shegar, ficaram esperando o carro desde 11h45 do lado de fora do hotel, no vento e no frio. Depois de muito tempo, Vitor aparecera e lhes dissera:

— Ei, por que vocês estão esperando aqui fora, no vento? A saída tanto pode ser às 12h como às 17h!

Pela maneira como Vitor havia falado, com aquele seu jeito tranquilão e brincalhão, Ken achara que ele estava de sacanagem e que nós sabíamos do atraso, mas tínhamos optado por não o avisar. Ou seja, que não havíamos compartilhado as informações, deixando os dois como bobos à espera do jipe. Ou Vitor soou irônico ao comentar sobre o fato de os dois terem acreditado que o carro sairia na hora, ou Ravi e Ken haviam direcionado o aborrecimento pelo atraso do carro para nós.

— Por estar com Vitor, achamos que você também não quis nos contar nada – disse Ken.

— Vitor e eu já nos desentendemos por coisas assim, por falhas de comunicação – respondi.

— Não foi só isso. Vitor disse que nos ajudaria a nos orientar em Shegar, mostrando onde ficavam o banho, o cibercafé e outros serviços úteis. Mas vocês ficaram andando para cima e para baixo na rua e não nos mostraram nada – continuou Ken.

Vitor pediu desculpas, e Ken respondeu que talvez o erro fosse dele. Reconheceu que ele deveria ter nos abordado e pedido informações, em vez de ficar esperando. Agora estava tudo esclarecido. Pensei como era importante, nessa fase da empreitada, ter cuidado em não ferir os brios de ninguém. Ficar mal com um colega de expedição não era bom nem para as questões práticas do dia a dia do acampamento, nem para o moral do grupo.

De problemas, já bastavam a baixa qualidade do serviço prestado pela agência que todos nós estávamos dividindo, as informações desencontradas sobre a previsão do tempo para os dias seguintes e o meu estado de saúde. Sobre o serviço da agência: no acampamento base, a comida e a estrutura eram razoáveis, mas no avançado deixavam a desejar. O refeitório era pequeno; a comida, ruim; e a barraca-dormitório, curta para minha estatura. Eu tinha de dormir encolhido para não encostar os pés na entrada da barraca, caso contrário acordaria com os dedos azuis de tão gelados. Sobre a previsão climática: a temperatura no acampamento base estava cada vez mais amena, e os dias mais longos. No BC, fez apenas 0°C! Mas não havia expectativa de tempo bom no cume, segundo as informações que me chegavam pelo telefone por satélite. Liguei duas vezes para os turcos no acampamento avançado, para confrontar as previsões. Não atenderam. Um tempo depois ligaram de volta. Era Sarkan, chefe da expedição. Eles estavam prontos para subir ao C1 e pretendiam ir até o C2, a 7.800 metros, no mesmo dia. A previsão de tempo deles também não era muito boa, pois indicava a possibilidade de ocorrerem nevascas. Sobre meu estado de saúde: o gânglio que me surgira no pescoço parecia que ia melhorar, mas estava longe do ideal. Em termos de disposição física, no entanto, não podia estar melhor. Eu tomava azitromicina regularmente e recebi uma mensagem por telefone do doutor Paulo Boscarioli[21] com uma ótima receita para o gânglio inflamado: gargarejo com água morna, sal e própolis. Mas, apesar de todos os cuidados, continuavam saindo placas de catarro com sangue da minha garganta. Ou seja, eu estava dividido entre cuidar da

21 Irmão da escaladora Ana Luiza Boscarioli, de Campinas.

garganta e do gânglio e subir a montanha imediatamente. Encontrava-me já há sete dias abaixo dos 6.000 metros. Tinha medo de subir para esperar o momento do ataque ao cume e deteriorar minha saúde antes da hora. Era difícil saber, contudo, se permanecer no BC adiantaria alguma coisa. O gânglio podia simplesmente não desinchar, e nesse caso seria melhor subir logo, aproveitando a primeira janela de tempo bom. De qualquer forma, do ponto de vista da motivação, seria ótimo passar o meu aniversário no avançado. Eu não estava muito tranquilo.

Quando escalei a face sul do Aconcágua com Vitor, eu tive o pressentimento de que congelaria os dedos. De fato, por pouco não os perdi. Dessa vez, na temporada 2006 do Everest, eu pressentia que algo pior pudesse acontecer. Cheguei a escrever sobre essa preocupação em meu caderno de anotações, no dia 8 de maio. Ali, eu observava também a quantidade de alpinistas ao meu redor que tinham tido congelamento nas extremidades: David Sharp havia perdido parte dos dedos dos pés e das mãos; Wilfred Studer só tem metade dos pés; o austríaco Chris Stangl, que se juntara ao grupo no dia anterior, acabara de congelar o nariz escalando o Elbrus, na Rússia; Helena Coelho congelara as mãos no Cho Oyo, sem sequelas; por fim, Vitor e eu tivéramos congelamento no Aconcágua, sem amputação, mas com consequências permanentes para a circulação sanguínea dos pés.

E eu tinha de lembrar a mim mesmo o tempo todo que escalar o Everest sem oxigênio complementar não era qualquer coisa. Em 60 anos de exploração da maior montanha do mundo, uma proporção reduzida de alpinistas – pouco mais de uma centena – realizou esse feito. Era preciso estar 100% fisicamente para concluir o desafio com segurança. O aspecto positivo do meu estado físico é que a saturação de oxigênio no meu sangue estava em torno de 88%, perto do que eu considerava ideal, 91%. Além disso, eu fizera uma excelente preparação corporal no Brasil nos meses anteriores à viagem. Empenhara-me bastante nos exercícios com peso, o que me deu uma ótima resistência muscular, apesar de não ter treinado a parte aeróbica como gostaria. Recuperei-me satisfatoriamente da fratura no ombro que tanto me havia incomodado na expedição de 2005. E, para completar, ainda tive de resolver um problema sério de retificação e bicos de papagaio na lombar, que travou por excesso de treinamento com pesos e de trabalho em escritório, sentado. Foi necessário fazer infiltração[22] para eu voltar a andar.

Como parte do preparo físico, tratei de engordar. Na alta montanha, perde-se peso automaticamente sem precisar fazer esforço, e,

22 Injeção de medicamentos para tratar dores intensas.

como tenho biótipo de magro, preciso chegar lá com uma reserva. A altitude é realmente capaz de deteriorar o organismo humano com rapidez. Certo dia, no acampamento base, eu estava cortando os fios do bigode e me surpreendi com a quantidade de cabelos e barba brancos. Surgiram pelos desbotados onde apenas algumas semanas antes não havia nenhum. A montanha nos envelhece. Vaidosos de plantão, não escalem o Everest! A não ser que o objetivo seja perder peso. Quer emagrecer 15 quilos em dois meses? Pergunte-me como.

As noites no acampamento base estavam lindas. A lua crescia e clareava tudo. Havia muitas nuvens, mas pouco vento. O Everest, com sua pirâmide branca, parecia uma obra iluminada da natureza, brilhando como neon (onde era neve) e em variações do preto (onde era rocha).

Concluí que a melhor estratégia para mim seria subir logo para atacar o cume. Eu estava muito disperso. Normalmente, foco meus pensamentos na expedição, no dia seguinte, nos próximos passos. Dessa vez eu estava pensando no depois, no que eu queria ou precisava fazer. Devia ser saudade do meu filho Rodrigo, de casa e da minha namorada. Ficava imaginando o que faria depois do Everest: escalar rocha na Tailândia, viajar para o Nordeste com o Digo e mergulhar. Beber com os amigos e dançar. Que ansiedade incomum! Não era o meu estilo. “Paciência, meu caro. Não se consegue nada sem ela”, eu dizia a mim mesmo.

Vitor e eu partimos no dia 7 de maio rumo ao acampamento intermediário (IC, 6.200 metros). Saímos depois do almoço, pois podíamos ficar sem comida quente no IC. Sucre, o cozinheiro, conseguira um carregador para levar nossas mochilas e ainda fizera o rapaz levar mais alguns apetrechos de cozinha. A carga estava pesada, mas o tibetano não reclamou. Partiu antes de nós. Vitor saiu 15 minutos na minha frente. Arrumei a mochila, me despedi de todos e iniciei a caminhada. Meu passo era rápido, mas lento o suficiente para não ofegar nem suar. Estava frio e tive de parar para colocar mais roupa. Em meia hora ultrapassei o Vitor, que havia parado para ir ao banheiro. Caminhei só por horas, apreciando a paisagem, sentindo o coração pulsar forte e perdendo-me em pensamentos. As caminhadas mais longas são verdadeiras viagens internas. São horas pensando em muita coisa, mas há instantes em que a mente fica absolutamente vazia. Ao fundo, imponente, despontava o Everest, a montanha que faz parte dos meus sonhos e dos meus pesadelos.

Eu caminhava por entre pedras soltas. O rio congelado pelo qual eu passara na subida de aclimatação, dias antes, agora corria rumo ao vale, e era preciso desviar dele. Passei por um grupo de montanhistas, depois olhei para trás e avistei um sujeito alto, de vermelho, discutindo com um sherpa, com o rádio dependurado na cintura. Parecia Alex Abramov, o russo dono da Seven Summits. Vitor e eu tínhamos o plano de pedir a ele para usar sua infraestrutura no IC, já que nosso grupo só tinha barraca mais para cima, no acampamento avançado. Difícil era passar cera na cara de pau para fazer a abordagem.

Continuei caminhando até alcançar um alpinista com quem puxei conversa. Ele parecia bem cansado e avançava com lentidão. Era inglês e vivia na Holanda, 6 metros abaixo do nível do mar. Sujeito corajoso. Saíra de um dos pontos mais baixos do mundo para o mais alto! O inglês era do grupo de Alex. Acompanhei seu ritmo até o russo, que caminhava rápido, nos alcançar.

— Oi – adiantei-me. — Você não deve se lembrar de mim. Sou um dos brasileiros que os sherpas quase mataram no ano passado. Na ocasião, fui até o seu acampamento no ABC para me consultar com o seu médico, pois tive congelamento de extremidades. Vocês me serviram um ótimo macarrão!

— Sim, me lembro de você. Você é o Rodrigo?

— Eu mesmo. Muito prazer em revê-lo, Alex.

— Cadê o Vitor?

— Ele vem vindo aí.

Conversamos mais um pouco até sermos interrompidos por seu rádio, que tocou novamente. A expedição de Alex tinha 40 clientes, 20 dos quais iam fazer a escalada apenas até o colo norte, a 7.100 metros. Os outros 20 pretendiam chegar ao topo. A estrutura era incrível. A equipe de apoio era composta por nada menos que 20 sherpas e sete cozinheiros. Alex desligou o rádio e falou:

— Muito trabalho!

— Você tem uma cidade no ABC – comentei.

— Uma vila – corrigiu Alex.

Ele continuou em seu ritmo e me passou. Eu passei o inglês e, um pouco mais adiante, parei ao lado de uma pequena lagoa parcialmente congelada. Coloquei a mão na água: não estava tão fria. Esperei o Vitor enquanto comia. Sentia-me um pouco fraco, pois há muitos dias não fazia exercício. Vitor chegou, e eu lhe contei que havia encontrado Alex. Fomos até o seu acampamento pedir comida e pouso. Era uma situação embaraçosa para Alex, pois ele estava com dez clientes no IC, e cada um deles pagara uma fortuna para ter toda aquela estrutura. Nós nos oferecemos para pagar por uma noite apenas. Alex disse que precisava falar com o seu grupo. Gentilmente, todos os clientes concordaram.

A comida deles era da melhor qualidade possível. Tomei um chá de menta enquanto aguardava o jantar. Frango, batata, macarrão com molho branco e legumes cozidos: um banquete. Comi muito, e fomos dormir em uma barraca oferecida por ele. Dessa forma não precisaríamos desempacotar e montar a nossa. Não fez muito frio à noite, e dormi bem.

Acordamos cedo, às 6h, com os cozinheiros oferecendo chá na porta da barraca. Que mordomia! Mas eu recusei, agradecido. Preferi tomar a vitamina C que fiz com a água da garrafa usada para aquecer meu saco de dormir durante a noite. Eu não aguentava tanto chá o tempo todo. Além disso, estava com dor de barriga.

Durante o café da manhã, fiz muitas perguntas ao Alex sobre a Rússia, pois pretendia viajar por lá. A recomendação mais importante que ele me fez foi a de me barbear todos os dias. Se eu viajasse pela Rússia com aquela barba de alpinista do Everest, iam me confundir com um rebelde checheno. A Chechênia é uma república que permaneceu sob o controle da Rússia após a queda da União Soviética, em 1991. A guerra separatista foi esmagada com violência por Moscou. O estereótipo do rebelde barbudo deve-se ao fato de os chechenos serem muçulmanos. Como os separatistas são chegados em fazer atentados terroristas em Moscou, o conselho em relação à barba feito por Alex era para valer, e não apenas uma piada. Depois, conversamos sobre Ojos del Salado, a maior montanha do Chile e a segunda dos Andes, e sobre o Elbrus, a maior montanha da Rússia e da Europa, entre outras. Pedimos a conta, e ele disse gentilmente que não cobraria nada, pois tínhamos ficado apenas uma noite. Éramos seus convidados. "Grande sujeito", pensei. Agradecemos muito e partimos rumo ao ABC às 9h.

Caminhei em um bom ritmo e em uma hora e 40 minutos cheguei ao acampamento base do monte Changtse, situado entre o intermediário e o avançado do Everest. Estava me sentindo bem, apesar do desarranjo intestinal da manhã. Sentei-me em uma pedra, tirei as botas para as meias secarem, comi um ovo cozido e duas barrinhas de chocolate. Um tibetano passou por mim e me ofereceu uma Coca-cola.

— Dez yuans?! Não, muito caro – eu disse.

— Quanto? – ele me perguntou, em inglês.

— Cinco yuans. É o que eu pago no ABC.

— Não, 10! – ele insistiu.

Recusei, e ele continuou caminhando. Deu uns cinco passos, virou e deu-se por vencido:

— *Ok*, 5 yuans.

Eu não tinha troco e disse-lhe para passar na minha barraca no

ABC, que eu lhe pagaria e compraria mais. Como no dia seguinte seria meu aniversário, pensei em pagar refrigerante para todos os colegas. O cozinheiro até prometeu trazer um bolo do acampamento base.

Fazia sol, mas havia muitas nuvens. Elas foram se juntando, juntando e acabaram por encobrir o céu. Nos últimos 15 minutos de caminhada, nevou. Cheguei ao ABC às 13h30, no fim do horário de almoço. David Sharp ainda estava lutando para tentar tirar carne de um pedaço de osso de frango. Ao observar aquela cena, concluí que o almoço havia sido uma miséria, mas ainda havia arroz e lentilhas na panela. Pedi para o cozinheiro fazer algo de carne para mim e para Vitor.

Quando minha carne de iaque foi servida, começou uma grande discussão. Os outros alpinistas pediram para ver e, quando o cozinheiro mostrou, quase caíram de costas, incrédulos. Imediatamente, começaram a reclamar:

— Por que nós comemos ovos há duas semanas, e agora você faz carne de verdade para o Rodrigo?

David e o casal Coelho ficaram indignados, mordendo-se de raiva. Ken lhes explicou que deviam pedir iaque e não frango, que tem muito osso e rende pouco. Já Ravi argumentou que era preciso discutir o menu com os cozinheiros. De fato, a comida no ABC esse ano estava uma droga. Para piorar, um dos cozinheiros passara mal com a altitude e descera no dia anterior, ficando apenas um cozinheiro no acampamento avançado. Comer mal em uma expedição é uma das piores coisas que pode acontecer, tanto para o físico quanto para o humor. Assim, após uma discussão interminável, ninguém realmente tomou uma atitude. O cozinheiro entrou na barraca mostrando coxa e sobrecoxa, dizendo que para o jantar faria duas dessas para oito pessoas. Todos concordaram. Eu fiquei quieto, mas achei bem pouco.

Ao menos consegui resolver o problema da minha barraca, que era curta para o meu tamanho. Eu havia encomendado uma tenda extra à agência em Katmandu, mas a que estava instalada no ABC era a mesma de antes, que me obrigava a ficar com os pés encostados no náilon gelado.

— O cozinheiro está utilizando sua barraca extra – contou-me Ang Dawa.

— Então eu troco com o cozinheiro! – respondi. Afinal, ele era bem menor do que eu.

Os sherpas foram trocar as barracas.

Mais tarde, recebemos mensagem da Sueli Rumi, uma grande amiga e nossa assessora de imprensa, contando que Ana Elisa Boscarioli, nossa amiga campineira que estava fazendo a ascensão pela face sul, tinha uma previsão de tempo sem vento ou neve nos dias 19 e 20 de maio. Se quiséssemos aproveitar a mesma janela climática, teríamos de seguir o seguinte roteiro: no dia 16, subiríamos ao acampamento 1; no dia 17, acampamento 2; e no dia 18, acampamento 3. Ou seja, como ainda era dia 8, teríamos de esperar durante uma semana no avançado, uma eternidade. Ainda não havíamos recebido nossa própria previsão de tempo, enviada periodicamente por Romão, do Inpe, por satélite. George Dijmarescu, sua mulher Lakpa e seu cunhado Dawa (não confundir com Ang Dawa, meu carregador de altitude) tinham partido para o colo norte, rumo ao cume. De fato, para uma escalada com oxigênio suplementar, o clima estava bom o suficiente. No nosso caso, meu e do Vitor, era mais complicado. Precisávamos de condições perfeitas para não congelar mãos e pés. Por mim, eu atacaria o cume no dia 17, quando a lua ainda estaria portentosa, iluminando o caminho. Nas noites seguintes, ela minguaria até sumir do céu.

Havia também a possibilidade de ir até antes. Ficamos sabendo, por exemplo, que Russell Brice, um líder de expedição neozelandês, havia enviado todo o seu time para cima. Isso significava que ele estava contando com tempo bom para os dias seguintes. Brice trabalhava havia 15 anos no Everest. Ele conhecia bem a montanha e tinha um serviço de meteorologia de primeira. Se apostássemos na previsão de Brice e começássemos nossa ascensão ao cume em 10 de maio, em três dias chegaríamos ao topo do mundo com lua cheia. Mas o Vitor estava gripado e quieto. Não parecia muito animado.

O sol se pôs atrás do Changtse depois das 16h. A temperatura caiu bruscamente. Fui até a minha tenda para colocar meias secas e deitei um pouco no meu saco de dormir. Acordei com Vitor me chamando para jantar. Quando a comida foi servida, entendi o que o cozinheiro quisera dizer com "coxa e sobrecoxa, duas destas para todos": um enorme pedaço de frango preenchia o prato de cada um dos integrantes, acompanhado de macarrão com legumes, o tradicional *mixed chowmin*. Menos o da Helena Coelho, que não come alho e ganhara um cardápio diferente.

Fiz meu prato e saboreei aquele pedaço de frango com gosto. Teríamos o mesmo menu nos acampamentos de altitude, pois eu havia dado dinheiro a mais ao Sucre, no BC, para enviar frango extra para mim e para Vitor. Rajkumar, nosso cozinheiro no acampamento avançado, fez um molho com pedaços de frango, embalou e deixou do lado de fora da barraca para congelar. Quando chegássemos aos acampamentos superiores, bastava descongelar a comida com os fogareiros portáteis.

Após o jantar, Ang Dawa entrou na barraca e sentou ao lado de Ravi, no lugar recém-liberado por Ken. Dawa me contou que cercara com cordas dois espaços para nossas barracas no C2, a 7.900 metros de altitude, e descera com nossas coisas para 7.700 metros. Ele havia tomado essa decisão porque seu irmão Muktu, que liderava uma expedição espanhola, tinha barracas a 7.700 metros e nos oferecera para ficar lá. Helena escutou a história e ficou furiosa. Achava que Dawa deveria liberar o lugar reservado, já que não ficaríamos lá:

— Onde já se viu?! Não tem lugar no C2, e o Dawa guardando espaço sem usar!

Helena ficou tão brava que se retirou, foi dormir. Seu marido Paulo ficou na barraca-refeitório, conversando. Eu também não gostei da iniciativa do Ang Dawa, mas por outro motivo. Meu plano era atacar o cume a partir do C2, passar pelo C3 apenas para me hidratar e relaxar um pouco, pois a 8.300 metros não dá para descansar. Na volta do cume, desceria direto para o C2. A diferença de 200 metros de altitude entre o local onde estava a expedição do irmão de Ang Dawa e o C2 propriamente dito, onde deveriam estar nossas barracas, representava algumas horas a mais de exposição ao frio e ao ar rarefeito. Disse a ele que voltasse a montar nossas barracas no lugar reservado a 7.900 metros, conforme planejado antes.

Um a um, os outros alpinistas foram dormir, até ficarmos só Dawa, Clark e eu. Conversamos até as 22h. Quando finalmente me recolhi, o termômetro marcava 12°C negativos no interior da barraca.

Ao acordar, demorei a lembrar que era meu aniversário, apesar de já ter recebido mensagens de felicitações no dia anterior pelo telefone por satélite. Trinta e sete anos de idade!

Fui tomar café da manhã. Do lado de fora da barraca-refeitório, Paulo e Helena estavam arrumando sua tralha.

— Bom dia! – cumprimentei.

— Bom dia! Feliz aniversário – responderam.

— Vocês estão preparando as coisas para tentar atacar o cume?

— Sim.

Entrei na barraca-refeitório. Já estavam todos lá: Vitor, Clark, Ravi, Ken, David. Dei bom dia a todos e recebi os cumprimentos pelo aniversário. Vitor me entregou o Thuraya, o telefone por satélite. Havia um monte Everest de mensagens de parabéns. Muita gente escreveu, o que me deixou muito empolgado e muito motivado. Após o café, calcei as botas duplas, peguei a mochila e caminhei até o *crampon point*. Forcei o passo e, ofegante, não parei no caminho. Não cronometrei, mas acho que fiz o percurso em menos de 40 minutos. Suei muito, o que deixou minha roupa de baixo ensopada. Isso esfriou meu corpo. Quando cheguei ao meu destino, coloquei uma blusa a mais para me proteger. Descansei um pouco, tirei a blusa extra e desci muito rápido. Nos trechos onde havia neve, eu deixava o corpo escorregar. Nos de pedra, às vezes saltava. Sentia-me muito bem.

Passei no acampamento dos turcos para convidá-los para vir à nossa barraca depois do almoço, para a minha festinha de aniversário, mas eles não estavam. Tinham ido almoçar com os chineses. Retornei à minha barraca. O sol aquecera o interior, uma delícia. Tirei a maior parte da roupa e fiquei alongando e fazendo algumas posturas de ioga, trabalhando a respiração, até a hora do almoço. Eu tinha comprado uma caixa de Coca-Cola em lata e todos brindaram. Cada um recebeu uma lata: os sherpas, os cozinheiros, os alpinistas. Fiquei com muito sono depois de comer, mas precisava esperar o bolo.

E veio um bolo maravilhoso. Cantaram um "Parabéns a você" meio desanimado. Cortei o bolo, desejando a mim e ao Vitor uma chegada ao cume sem auxílio de oxigênio artificial e uma descida tranquila, sem congelamentos.

Recebi ligações dos meus pais e da Graziela, minha namorada, pelo telefone por satélite. Liguei na escolinha do meu filho. O Digão me disse que não era mais para eu levá-lo à Bolívia, como eu havia prometido. Agora ele queria mesmo era vir para o Everest. Contei que estava fazendo 37 anos de idade, e ele respondeu:

— Ê, papai! Está ficando velho!

Ao fundo, toda a turminha dele me desejava feliz aniversário. Que farra! Infelizmente, a cordinha de partida do gerador arrebentou, e ficamos sem energia para recarregar as baterias. Por isso, não consegui falar com mais ninguém ao telefone.

Tive vontade de começar no dia seguinte a escalada final rumo ao topo da montanha. Eu estava apreensivo em atacar o cume sem ter dormido ou ao menos atingido os 7.500 metros de altitude. Por outro lado, me sentia muito bem preparado. Em teoria, eu deveria subir até quase a zona da morte, voltar e só então fazer o ataque ao cume. Mas isso significaria um desgaste físico muito grande, e, apesar de melhorar a aclimatação, eu poderia ficar muito cansado, e a sinusite poderia piorar, o que seria péssimo. Havia, porém, a possibilidade de seguir uma linha alternativa de aclimatação, defendida por Erhard Loretan, conforme expliquei no capítulo 7. Se essa técnica funcionasse, eu estava totalmente apto para subir o Everest imediatamente, pois já tinha dormido duas noites a 7.100 metros, no acampamento 1, mais até do que Loretan pregava. No Everest, a altitude máxima para aclimatação é de aproximadamente 7.500 metros. Acima disso, entra-se na zona da morte, onde o organismo é capaz apenas de lutar pela sobrevivência, não havendo qualquer possibilidade de ele se "acostumar" às novas condições de altitude e à hipóxia.

A favor da técnica de Loretan, me lembrei do que acontece no Aconcágua. Muitas pessoas trabalham boa parte da temporada no acampamento base, a 4.370 metros – no Hotel Refugio, por exemplo –, e, do meio para o fim do período de escalada, sobem direto da base até o cume, sem dormir nos acampamentos de Nido (5.400 metros) ou de Berlim (6.000 metros). Ou seja, ficam aclimatados só de permanecer muito tempo em uma altitude intermediária. Se isso vale para o Everest, eu poderia ficar tranquilo, pois na temporada de 2006 nosso primeiro contato com a altitude elevada foi em Nyalam, no dia 2 de março. Chegamos ao acampamento base no dia 5 e ao avançado no dia 13. Ou seja, eu estava aclimatando há mais de um mês. Tanto tempo acima dos 6.000 metros, aliás, não era nada saudável, e, por questões profiláticas, para não voltar a ter problema de inchaço nos gânglios, passei a tomar azitromicina 250 mg diariamente. Feitas todas as ponderações, decidi subir. Faltava conversar com Vitor, que continuava gripado e queria adiar a escalada.

No dia 10, conversei bastante com Vitor durante o café da manhã. Eu estava decidido a subir para melhorar minha aclimatação, e talvez atacar o cume. Queria convencê-lo a ir para os acampamentos superiores. Se saíssemos no dia seguinte, poderíamos atacar o cume na madrugada do dia 13, com lua cheia. Havia vários grupos subindo. Um pouco depois das 11h decidimos que eu iria naquele mesmo dia apenas com meu carregador de altitude, Ang Dawa, para o C1. No dia 11, chegaria ao C2 e lá decidiria se valia ou não a pena seguir para o cume. Vitor ficou no avançado para se recuperar e acompanhar meu progresso na montanha.

Começara a etapa final do meu grande desafio. Arrumei rapidamente a mochila com o *kit* de farmácia e as roupas. Depois do almoço, coloquei o equipamento técnico de prontidão. Parti às 14h30. Ang Dawa saiu meia hora antes. Avancei num ritmo muito bom e em uma hora e 15 minutos já estava na base das cordas fixas, em pleno glaciar de Rongbuk. Coloquei a cadeirinha e os *crampons* e iniciei a subida. Estava indo bem, até que esfriou muito e começou a nevar. Minhas luvas não eram adequadas para a temperatura, e as mãos começaram a gelar. Eu tinha de parar o tempo todo para esquentá-las, colocando-

-as no bolso. Como demorava muito aquecê-las, passei a alternar: ora deslizava o jumar pela corda fixa com uma mão e protegia a outra dentro do casaco, ora o fazia com a outra. Isso me permitia avançar 5, 10, às vezes 20 passos em cada alternância de mão, dependendo da inclinação da encosta. Cheguei ao acampamento 1 às 18h15, uma boa marca, apesar de ter parado muito para trocar as mãos e aquecê-las. Para chegar à minha barraca, ainda precisava cruzar uma sequência de quatro escadas de alumínio amarradas umas às outras sobre uma grande greta no glaciar. Atingi o abrigo às 18h30.

Mal entrei na barraca, Dawa me ofereceu uma garrafa de água fervendo, que virou um chá-aquecedor – para as mãos e para as entranhas, pois até estas estavam geladas. Comi castanhas e bolachas. Não jantei, pois era tarde e na manhã seguinte bem cedo eu partiria para o C2. Pegar neve, derretê-la e fazer comida levaria muito tempo. Dawa disse-me que estava com disenteria, e eu lhe dei carvão vegetal.

Acordei com o mesmo problema intestinal. Senti cólicas fortes e, apressadamente, procurei um saco plástico onde pude me aliviar de maneira a garantir a higiene da barraca. Eu estava com uma disenteria das fortes, provavelmente por causa de uma infecção ou intoxicação alimentar. Precisava ficar atento a isso, pois em altitude, qualquer problema corriqueiro de saúde se agrava rapidamente. Sem contar que o desconforto, naquelas condições de frio e infraestrutura, era grande. Mesmo no acampamento avançado já era um problema ir ao banheiro, que estava nojento, com o barril transbordando.

Lembrei-me do ano anterior, quando aconteceu exatamente a mesma coisa, e eu subi do C1 ao C2 com fortes dores abdominais e sob vento e precipitação de neve intensos, que me impossibilitavam de parar para fazer as necessidades. Existem diversos relatos de alpinistas que não aguentaram segurar e acabaram por se sujar por dentro do macacão espesso. Em um ambiente onde não existe água para um banho, ser obrigado a caminhar sujo durante horas causa assaduras e outros problemas que mesmo eu, com toda a experiência em tudo o que pode dar errado no montanhismo, não consigo imaginar.

Apesar da dor de barriga, arrumei minhas coisas para subir para o C2. Senti uma nova revolução no ventre e, como não havia mais saquinho, tive de sair da barraca. Rapidamente, calcei as *inner boots*[23] e tropecei para fora. O dia estava lindo, mas não pude apreciar direito. Precisava encontrar um banheiro. O colo norte estava infestado de barracas, e não havia aonde ir. As dores apertavam cada vez mais, e, no desespero, encontrei um lugar entre a minha barraca e uma grande

23 Bota de dentro do conjunto de botas triplas.

parede de gelo. A neve ali estava suja, com indícios de que alguém já tinha usado aquele local antes. Argh...

Minha diarreia provavelmente vinha da falta de higiene de Dawa ou da água proveniente do derretimento do gelo do glaciar, que está sendo contaminada há anos pelo lixo ou pelos dejetos de centenas de expedições.

Parti para o C2 às 9h30. Subi num ritmo moderado, nem rápido, para não cansar muito, nem lento demais, pois quanto antes chegasse à barraca do acampamento 2, melhor. Clark me alcançou. Queria atacar o cume no mesmo dia que eu, com lua cheia. Conversamos um pouco, e ele passou. Em seguida, encontrei o trio George, Lakpa e Dawa. Eles tinham acabado de fazer o cume e estavam descendo para o ABC a uma velocidade incrível. Estavam entre os primeiros a chegar ao topo naquela temporada. Era o oitavo cume de George, o quarto de Lakpa e o segundo do Dawa. Fiquei contente por eles. Conversei rapidamente com George e os felicitei. Eles me contaram que havia cordas fixas nos pontos mais difíceis da escalada. Era uma excelente notícia, que, somada à minha boa aclimatação, aumentava as chances de eu chegar ao cume, não fossem as malditas dores abdominais.

Continuei minha ascensão, e pouco depois começou a ventar. No início era um vento até agradável, pois eu vestia a roupa de pluma, e o dia estava claro, com sol forte. Sentia até calor. Mas o vento foi ficando cada vez mais forte, até que, por volta das 13h, estava difícil parar em pé. Segui em frente. Quando cheguei ao final do manto de gelo, a 7.500 metros, a nevasca se intensificou. Estava tudo branco, e eu não conseguia enxergar nada nem ninguém. Parecia que eu estava caminhando dentro de uma nuvem, mas era pura neve – aos meus pés, sobre a cabeça e ao meu redor. Éramos apenas eu, o barulho da minha respiração ofegante e a corda fixa indicando o caminho a seguir.

Apesar da tempestade de neve, do vento gelado, das fortes dores abdominais e de não poder ir ao banheiro, eu me sentia bem, confiante e feliz por estar ali. Eu vivia um sonho, o de galgar a maior montanha do mundo. Metera-me naquela situação porque queria. Eu me esforçara muito para chegar até ali. Naquele momento, de todos os lugares do mundo, eu estava exatamente onde gostaria de estar. Sabia o que poderia acontecer e estava preparado. Só me restava aceitar e desfrutar os desafios que a montanha, o clima e meu próprio corpo me propunham.

Progredia lentamente por causa do vento, que, vez ou outra, numa rajada mais forte, me atirava ao chão. O trecho que precisava vencer naquelas condições, dos 7.500 aos 7.700 metros, era um misto de rocha e gelo, sobre uma aresta muito exposta ao vento, que, ao bater na montanha, acelera e fica ainda mais forte. Numa das passadas em que tive de pular a corda, o vento me desequilibrou e, em consequência, bati com o *crampon* esquerdo na perna direita. Furou meu macacão. Começou a voar pena de ganso para todo lado. Parecia um tufão num galinheiro! Ri de mim mesmo e da situação. Conseguir desfrutar e achar graça das coisas é uma característica de personalidade fundamental para o sucesso numa empreitada arriscada, com alto estresse físico, técnico e mental. Acredito que isso vale também para um ambiente corporativo hostil. A montanha é meu escritório, e sem dúvida ela estava se mostrando muito agressiva naquele momento. À direita, conseguia enxergar os pontos mais próximos da escarpa íngreme por onde deveria subir. Atrás de mim, à frente e à esquerda, porém, apenas o vazio pintado de branco. Um passo em falso e poderia encontrar meu fim.

A ventania se tornou tão violenta que eu não conseguia permanecer mais do que alguns minutos em pé. Protegia-me, agachado ou deitado, atrás de uma pedra e localizava no caminho um ponto onde poderia abrigar-me novamente. Era como se eu estivesse avançando em território inimigo durante uma invasão militar, buscando cobertura para evitar me expor aos disparos do adversário. Eu me levantava e avançava o mais rápido possível até o próximo local seguro, às vezes com uma ou duas quedas durante o percurso, alvejado por golpes de ar. Quando alcançava a "trincheira" seguinte, atirava-me ao chão, tentando inspirar, ofegante, o ar saturado de neve a me chicotear violentamente.

Por um átimo, pensei em voltar, mas Ang Dawa havia saído bem mais cedo que eu e provavelmente já me esperava na barraca – que, ademais, devia estar próxima. Raciocinei também que aquele vento, fora das previsões, devia ser passageiro. Escondendo-me atrás das pedras, ora caminhando, ora engatinhando, finalmente cheguei à barraca onde estava meu amigo sherpa. Nossa tenda parecia um balão amarrado firmemente ao chão querendo alçar voo por sobre um despenhadeiro de 1.300 metros de queda vertical. Ela se dobrava e se contorcia ao sabor do vento, voltando para sua configuração original quando a tempestade diminuía.

Tirei os *crampons* e entrei na barraca. Como já estava acostumado com tempestades na montanha, fiquei tranquilo. A tenda era o único local seguro contra a nevasca que nos castigava. Mas, após entrar, reparei que aquela não era a nossa barraca. Devido ao temporal de neve, Ang Dawa havia desistido de tentar encontrar nosso acampamento e entrara em uma barraca da expedição do seu irmão Muktu. Para nossa infelicidade, quase não havia comida lá, e o fogareiro era extremamente ruim. Demoramos muito para aquecer a panela com gelo para fazer água. Ang Dawa tinha levado o ensopado congelado de frango que eu pedira para o cozinheiro fazer no ABC, e, para nossa sorte, encontramos um pote de arroz na tenda. Montamos o fogareiro dentro da barraca, por causa do vento. Por fim, mesmo com ela querendo decolar conosco dentro, ficamos felizes e saciados. Depois do jantar, arrumamos os isolantes para deitar. Eu acabei ficando do lado do vento, apertado contra a parede da barraca. A cada rajada, o náilon chicoteava meu corpo e por vezes meu rosto. Apanhei a noite toda da barraca.

Eu já enfrentara tempestades piores. Em 1998, guiei uma expedição de brasileiros na face noroeste do Aconcágua. No acampamento Nido de Condores, a 5.400 metros, fui contemplado com a pior noite de tempestade da minha vida. As rajadas chegaram a uma velocidade de 160 quilômetros por hora. Em determinado momento, o vento passou por baixo da barraca, levantando meu parceiro e eu do chão. Pensei que sairíamos voando com barraca e tudo. Durante outra escalada do Aconcágua, no inverno de 2004, Vitor, Ana Elisa Boscarioli e eu dividimos uma barraca de duas pessoas em Nido de Condores sob um temporal intenso. Naquela ocasião, também fiquei espremido justo contra a parede de náilon onde batia o vento. Foram noites longas, lutando contra o clima, às vezes sentado por horas a fio, outras segurando a armação feita de varetas de alumínio aeronáutico para impedir que quebrasse com o vento.

Pois foi exatamente o que aconteceu com a barraca do irmão de Ang Dawa. Às 3h30 da madrugada, as varetas na altura da minha cabeça se quebraram. A barraca parecia prestes a ser varrida da montanha conosco. Ainda bem que estava firmemente amarrada. Ainda assim, os cordins que prendem a barraca às pedras podiam romper-se por causa do atrito causado pelo movimento do náilon. Apreensivo, fiquei atento a alguma evidência de que nosso abrigo pudesse ruir. Se isso ocorresse, a única saída seria descer noite adentro até encontrar pouso no C1 ou no acampamento base avançado.

Eu não conseguia dormir e sentia dor de cabeça, provocada por uma leve desidratação e porque o náilon batia nela. Todo o meu corpo tremia ao ritmo do vento. Acordei Dawa e pedi-lhe mais espaço, pois onde eu estava o piso era irregular. Ele se moveu um palmo à direita, o suficiente para eu torcer o tronco e proteger a cabeça das pancadas. Consegui dormir meia hora. Acordei novamente com as sacudidas do vento. Desisti de dormir. Sentei, abracei as pernas e fiquei assim por mais de duas horas, esperando o tempo passar. O termômetro marcava 26°C negativos dentro do abrigo.

Às 4h15 começou a clarear, e às 5h15 um pequeno facho de sol atingiu a barraca. Os horários de luz no alto das montanhas são diferentes e é muito importante para a logística do ataque ao cume saber quando clareia, quando escurece e quando o sol nos atinge. Aproveitei que não conseguia dormir para analisar esses fatos àquela altitude.

Estava com muita sede. Havia bebido apenas 1,5 litro de água no dia anterior, quando o ideal é ingerir de 3 a 5 litros. Mas o fogareiro e a panela estavam do lado de Dawa, que insistia em dormir esparramado. Ele estava praticamente no meio da barraca, comigo de um lado (o do vento) e o fogareiro do outro (protegido do vento). Uma disposição ilógica, evidentemente. Esperei até as 7h30 e acordei Dawa. Disse-lhe para trocarmos de lugar, pois eu estava com sede e queria fazer água. Ele se sentou e acendeu o fogareiro, uma tarefa não muito fácil no frio e com vento. Colocou neve na panela e deitou-se de novo, na maior empáfia.

Na verdade, eu queria mesmo era ter trocado de lugar com ele para tentar cochilar, mas Dawa insistiu que ele deveria ficar ali para derreter neve para mim, pois era meu sherpa. Não insisti mais, senão iria indispor-me com ele. Sabia que não resolveria meu cansaço conseguir cochilar durante alguns minutos, esperando a neve derreter na panela. Decidi que, depois de me hidratar, eu desceria a montanha. O clima não era adequado para seguir para o topo. Ao menos conseguira passar uma noite a 7.700 metros, no C2. Após alguns dias de descanso no acampamento base avançado, estaria pronto para atacar o cume sem oxigênio.

Cinco minutos depois escutamos alguém chamando do lado de fora. Abrimos o zíper. Era um sherpa amigo de Dawa. Ele estava com muito frio, mas não havia espaço dentro da barraca. Apesar disso, ele entrou e sentou no *avancé*, a varandinha da barraca, protegendo-se um pouco do vento. Continuamos fazendo água enquanto o Dawa aquecia as mãos do amigo com massagens. Naquele momento, a temperatura dentro da barraca era de 17°C negativos, e a pressão atmosférica, de 385 milibars. A velocidade do vento beirava os 70 quilômetros por hora. Para quem estava do lado de fora, isso significava uma sensação térmica de 33°C negativos. O sherpa se aqueceu, bebeu chá e foi embora para o C1. Logo veio outro. Entrou e também ficou no *avancé*. Mais 15 minutos, apareceu outro sherpa pedindo abrigo, mas, como estávamos lotados, ele apenas nos cumprimentou e seguiu em frente.

Quando conseguimos meia panela de água, colocamos em banho-maria uma garrafa de água mineral para descongelar. Eu sonhava com um pouco do conteúdo saudável daquela embalagem de plástico, pois meu intestino ainda estava mal, e beber a água obtida do gelo da montanha só piorava as coisas. Quando a água mineral derreteu, coloquei-a no meu *camelback*, o cantil de hidratação que levo na mochila, e me aprontei para descer. E logo! Permanecer nos acampamentos altos sem máscara nem cilindros de oxigênio é muito desgastante. Se eu tivesse optado por escalar a montanha com esses recursos, poderia esperar o tempo melhorar ali mesmo, sem me desgastar tanto fisicamente. Era uma pena que a previsão de tempo bom não se confirmara, senão eu poderia seguir para o cume. A meteorologia estimara ventos de 25 quilômetros por hora, mas a velocidade lá fora era três vezes maior.

Saí da barraca e coloquei os *crampons*. O vento estava infernal. A viseira deixava entrar neve nos meus olhos. Realmente, não daria para continuar a escalada naquelas condições. Encarei o vento e, com os olhos semicerrados, passei o mosquetão pela corda fixa e fui descendo passo a passo, agarrando-me a ela. Meu corpo ainda estava frio, por isso eu tinha dificuldade de me movimentar e me equilibrar.

No ano anterior eu havia descido aquele mesmo trecho com o Vitor durante a noite, iluminando o caminho apenas com a lanterna de cabeça. Estávamos voltando do ataque ao cume, cansados e desidratados, porque os carregadores tinham levado nosso acampamento embora. Ventava muito. Nunca senti tanta solidão quanto naquele dia.

Agora, em 2006, as condições de descida eram bem distintas, até porque era dia. Após transpor o trecho de rocha, alcancei o glaciar, a 7.500 metros. Ainda ventava muito, mas o terreno era bem mais fácil: uma grande rampa de gelo, pouco técnica, que levava direto ao C1. Às vezes, eu parava e me sentava para descansar. Estava muito fraco. Era o somatório da infecção ou intoxicação alimentar, da falta de oxigênio na zona da morte e da desidratação causada pela dificuldade de fazer água com o fogareiro ruim.

Encontrei o inglês David Sharp subindo sozinho enquanto eu descia. David, professor, era um sujeito ímpar. Ele estivera no Everest antes e terminara a expedição com sérios congelamentos, que lhe haviam rendido algumas amputações. Era saudosista. Chamava os acampamentos pelo nome dado pelas expedições britânicas que tentaram conquistar o Everest pela face norte na década de 1920. Não utilizava rádio nem outras tecnologias. Não tinha sherpas de apoio e pretendia fazer a escalada inteira sem oxigênio suplementar. Desejei-lhe uma boa escalada e, antes de nos despedirmos, tirei uma foto dele. Nunca mais o vi. Ele morreu três dias depois. Imobilizado pelo frio, sentado sob uma pedra a 8.600 metros, ao lado de um cadáver antigo, David agonizou durante dez horas, enquanto quatro dezenas de alpinistas passavam por ele rumo ao cume, sem nada poder fazer para ajudá-lo.

Logo após me despedir de David Sharp naquele derradeiro encontro na rampa de gelo entre o C1 e o C2, Ang Dawa me alcançou e me perguntou se estava tudo bem. Eu disse que sim, apenas precisava me alimentar urgentemente. Não havia comido nada no café da manhã nem tampouco trazia comigo algo energético. Depois de duas horas e meia de descida, eu me sentia hipoglicêmico. Mais 30 minutos sofridos e finalmente cheguei ao C1.

Entrei na nossa barraca e comi cereais, queijo, batata frita, bolachas e balas. Esquentei a água que estava fria no *camelback* e bebi mais de 1 litro. Grande parte do meu cansaço era também devido ao déficit alimentar. Após comer e beber, me senti muito melhor. Tirei a roupa de pluma, pois dali até o ABC a temperatura seria mais amena. Dentro da barraca, ao sol e protegido do vento, o termômetro marcava 30°C positivos. Os extremos de variação térmica na montanha são um dos maiores venenos para o corpo.

Vesti apenas uma calça de *fleece*, uma de *suplex* por cima e duas blusas de *fleece* para proteger o tronco.[24] Arrumei a barraca, deixando ali o macacão de plumas e as roupas que usaria no ataque ao cume, e parti para o ABC. A descida foi muito agradável. Passei pelas quatro escadas sobre a greta e encontrei Ravi em sua barraca. Combinamos de falar mais tarde pelo rádio na frequência 145.200 Mhz. Desci tranquilo e rápido. Sentia-me muito bem depois de comer e me hidratar e aquecido por me movimentar rápido. Mas a dor de barriga não me deixava.

Encontrei um nepalês subindo. Seu objetivo era chegar apenas até o C1, a 7.100 metros. Achei muito interessante essa meta simples e poderosa de conhecer o Everest e ir até onde ele acreditava ser capaz. Feliz e despretensioso.

Em uma hora e 35 minutos de descida, incluindo paradas para filmar, fotografar e fazer as necessidades ao ar livre, cheguei à minha barraca no ABC. Encontrei Pepe e cumprimentei Vitor e os outros. Fiquei contente por estar de volta. Apesar da altitude de 6.400 metros, me sentia muito melhor que no C2 e tinha uma boa infraestrutura para desfrutar. Pela primeira vez na expedição eu havia sentido dores musculares, causadas pelo esforço intenso. Agora era esperar e me recuperar para atacar o cume com o Vitor. Ele ainda não decidira se subiria sem fazer outra aclimatação. Queria fazer a escalada comigo, mas tinha de esperar para ver como ficaria o clima e o seu corpo. Vitor achava que não estava na plenitude da sua força. Eu também queria subir com ele e pensei em ficar no ABC em vez de descer para descansar no acampamento base. Nevou muito e fez frio o dia todo. Como eu queria um dia quente para poder me recuperar melhor e relaxar! Minha garganta começou a raspar.

---

24 *Fleece* é um tecido leve, de rápida secagem, geralmente feito de poliéster. *Suplex* é um tecido macio e flexível, muito usado em roupas de ginástica.

No dia 14 de maio, o sol abriu e presenteou com o cume muita gente que ficara à espera de tempo bom nos acampamentos superiores com cilindros de oxigênio. De binóculos, podíamos ver pequenos pontos negros na pirâmide de gelo aproximando-se do topo. Fisicamente eu me sentia melhor, sem dores musculares, mas a garganta raspava, e o catarro engrossava cada vez mais, dificultando o sono e a respiração.

Fui caminhar um pouco para filmar e me senti muito ofegante. Ao engolir a saliva, a boca se mostrou tão seca que a garganta quase grudou. Comecei a pensar que realmente precisava descer para me recuperar. Eu estava perdendo a saúde no ABC.

A previsão do tempo que recebemos de Sueli Rumi pelo telefone por satélite reforçava a necessidade de eu descer ao acampamento base. Segundo o meteorologista Marcelo Romão, o tempo seria bom até dia 18 e pioraria no dia 19. Chegou também uma mensagem de Ana Elisa Boscarioli dizendo que pretendia atacar o cume pela face sul dia 18, e não mais dia 20. Para eu chegar ao cume no dia 18, seria obrigado a partir para o C1 no dia seguinte, dia 15. Era muito cedo para mim, eu precisava descansar mais. Na verdade, desde que chegara dos acampamentos superiores, a sinusite e a garganta apenas haviam piorado. Só me restava cuidar da saúde e partir no dia 17 para o C1, na esperança de ter uma janela de tempo bom para atacar o cume no dia 20.

Resignado, acompanhei o otimismo que contaminou os meus parceiros no ABC, que iniciaram seus preparativos para atacar o cume. Pepe saiu às 16h30 para o C1, onde pernoitaria em nossa barraca. Depois partiria para o C2 e de lá, direto para o cume. Vitor iniciou sua ascensão no dia seguinte, 15 de maio. Ele estava se sentindo melhor da gripe e demonstrava motivação. No mesmo dia, desci ao acampamento base. Nós nos despedimos de maneira descontraída, com votos de boa sorte. Ele tentaria o cume imediatamente, enquanto eu me recolheria a um lugar mais baixo com o objetivo de recobrar as energias para, em seguida, tentar o mesmo. Achávamos que estávamos tomando sentidos opostos apenas do ponto de vista literal: ele montanha acima, eu montanha abaixo. Como vim a perceber depois, porém, havia uma simbologia muito maior nisso. A despedida no ABC foi a última de nossa parceria e marcou o momento em que nossos destinos tomaram rumos contrários, para sempre.

Na noite anterior à partida de Vitor, presenciei uma das cenas mais emocionantes que já vi no alpinismo: uma sessão de cinema em pleno acampamento base avançado. O filme era *Everest*, rodado em 1996 e lançado em 1998, e tinha um significado especial para muita gente ali. Muktu Lhakpa, irmão mais velho dos nossos sherpas Ang Dawa e Pechumbi, fora o responsável por carregar a câmera IMAX usada nas filmagens. Dez anos depois, ele e outro sherpa que também trabalhara na produção ainda não tinham visto o filme. George Dijimaresku ofereceu aos sherpas para assistirem ao filme em nossa barraca-refeitório, no conforto do aquecedor a gás. Foi fascinante ver os irmãos Muktu, Ang Dawa e Pechumbi, ao lado de mais dois sherpas e de George, orgulhosos diante das imagens em movimento e comentando tudo o que tinha acontecido naquela expedição. Quando apareceram nos agradecimentos, eles apontavam a tela como crianças, dizendo: "Sou eu! Sou eu!" Foi uma noite maravilhosa, alto-astral, com muita energia e com pessoas felizes, em contraste com a aridez daquele deserto de rocha, gelo e ar rarefeito onde nos encontrávamos.

Mas as preocupações não tardaram a nos assolar novamente. Acordei com o sol e com um turco conversando com o Vitor. Este, por sua vez, chamou Paulo Coelho para pedir seu rádio emprestado. Queria falar com Ravi, que devia estar retornando do cume. O caso era o seguinte: a mulher do Sarkan, líder da expedição turca, perdera os sentidos durante o ataque ao cume, perto do segundo escalão. Por meio do seu rádio, Sarkan apenas dera a notícia de que ela estava mal, depois perdera a comunicação. Por isso, o outro alpinista turco pediu ao Vitor que tentasse contato por meio de outro rádio com alguém dos acampamentos superiores que pudesse lhe passar mais informações e dar ajuda à sua equipe. Por sorte, como eu vim a saber depois, ela foi resgatada por integrantes de sua própria expedição, turcos e sherpas, numa demonstração de solidariedade e espírito de equipe. Eles tiveram de abandonar o ataque ao cume para salvá-la, enquanto outros quatro membros do grupo seguiam em frente para completar o desafio, sem saber do acontecido. Durante o resgate, ela acordou, e todos conseguiram descer bem, sem congelamentos ou maiores problemas.

Minha estada no acampamento base, para onde desci depois de todos os meus companheiros de expedição partirem rumo ao cume, foi muito triste. Para me animar, pensava nos versos do samba de Paulo Vanzolini: "Reconhece a queda e não desanima. Levanta, sacode a poeira e dá a volta por cima". Os motivos para a minha melancolia eram evidentes. O clima estava perfeito, nada de vento ou nuvens. Eram as condições climáticas que eu tinha sonhado, esperado e pedido a Deus para escalar o Everest sem o "*doping*" do oxigênio artificial. Mas meu estado de saúde não me permitia aventurar-me acima dos 7.500 metros – pelo menos não por enquanto. O catarro tinha engrossado e começara a soltar placas de sangue que, durante o sono, bloqueavam minha garganta. Quando isso ocorria, eu acordava sufocado. Havia o risco real de eu morrer afogado nas minhas próprias secreções, de forma que eu era obrigado a dormir de lado ou com a cabeça bastante elevada.

Faltavam 15 dias para o fim da temporada e, tecnicamente, ainda havia tempo hábil para eu tentar um ataque ao cume nos últimos dias. Assim mesmo, eu tinha a sensação de estar perdendo a chance da minha vida de escalar o Everest sem oxigênio. Vai ver ainda não havia chegado minha vez de pisar no topo do mundo. Para me animar, eu repetia a mim mesmo que atacar o cume no fim do mês poderia ser ainda melhor, pois a temperatura fica mais elevada, e qualquer diferença de grau centígrado ajuda muito. Outra vantagem é que a montanha estaria mais vazia.

Mas a verdade é que o fato de todos os integrantes do nosso grupo, exceto eu, estarem na alta montanha aproveitando a janela de tempo bom me dava a impressão de estar no lugar errado. Eu devia estar lá, com Vitor e os outros. Não no acampamento base, sofrendo com a falta de notícias – que foi chegando aos poucos, truncada e nem sempre confiável.

Clark atingira o cume no dia anterior, com oxigênio.

Ravi estava na base do segundo escalão, onde permaneceu durante quatro horas. Quando saí do ABC, às 12h30 do dia 16, ele estava descendo com seu sherpa para o C3.

Sobre o paradeiro de David Sharp, com quem eu cruzara entre o C1 e o C2, no meio de um vendaval, ainda não havia chegado nada.

Pepe subiu no dia 14 para o C1, onde pernoitou em uma barraca emprestada por Vitor e por mim. No dia seguinte, partiu para o C2. Pretendia atacar o cume de lá. Pagou 300 dólares para os sherpas levarem dois cilindros de oxigênio para o C3, onde decidiria se os utilizaria ou não.

Ken partiu no dia 15, usando a mesma estratégia de Pepe, com a diferença de que usaria os cilindros de oxigênio desde o princípio.

Também partiram o austríaco Chris Stangl, em escalada solo sem oxigênio, e os casais Wilfred e Sylvia Studer, da Áustria, e Paulo e Helena Coelho, do Brasil.

Meu consolo é que também meu parceiro Vitor estava tendo a oportunidade de aproveitar o tempo bom. Chegar ao cume sem oxigênio em nome da dupla, portanto, agora dependia só dele. Um ótimo sherpa o acompanhava, o que me deixava mais tranquilo. Ang Dawa, além de excelente alpinista de apoio, tinha mais três irmãos trabalhando na montanha na temporada, sendo um deles nosso contratado Pechumbi, de prontidão no ABC. É fato que Vitor não estava com a saúde 100% quando começara a subir. Mas, no ABC, ninguém consegue ficar em sua melhor forma.

Diversas vezes ao dia eu tentava ligar para o Brasil, na esperança de conseguir notícias sobre as etapas de seu ataque ao cume. Por estranho que pareça, era mais fácil o Vitor ligar para o Brasil, porque ele partira para o cume com o nosso único telefone por satélite. Com toda a estrutura existente no acampamento base, eu estava quase incomunicável, pois raramente conseguia um telefone emprestado para conseguir informações e previsões do clima junto aos nossos amigos no Brasil.

Para matar o tempo, fui à cozinha. Encontrei apenas o ajudante. Sucre não estava. O ajudante de cozinha me olhou e disse:

— Temos problemas.

— Cadê o Sucre? – perguntei.

— Foi à polícia e ao oficial de ligação.

— O que aconteceu?

— Na noite passada roubaram nosso painel solar.

Fiquei boquiaberto e indignado. Como existe gente ruim no mundo! Nem o Everest, um dos lugares mais inóspitos do planeta, está livre disso. Haviam roubado uma propriedade da agência de Katmandu, mas o responsável e, portanto, quem teria de pagar o pato era Sucre. Ele podia perder todo o salário por causa do roubo do painel solar.

Pedi uma omelete com pão e entrei na barraca-refeitório. Sucre apareceu. Estava bastante abatido e preocupado. Ele passara horas caminhando pelos arredores do acampamento base e morro acima tentando encontrar o painel solar, pois achava que o ladrão podia ter escondido o espólio em algum lugar para pegar depois que fôssemos embora. Sugeri a Sucre oferecer dinheiro em recompensa pelo painel solar. Ele rodou por todos os acampamentos, falou com vários tibetanos e também com o oficial de ligação. O chinês prometeu conseguir o equipamento de volta em troca de uma propina. Se isso acontecesse, podia ser a confirmação de que ele era o chefe da máfia.

No dia seguinte, o oficial de ligação foi almoçar na nossa barraca para fazer o "negócio". Fiquei um pouco ansioso, pois estávamos nos metendo em algo completamente ilegal. Aceitei participar da negociação apenas para ajudar Sucre. Estávamos na China, afinal de contas. Se alguém resolvesse encrespar comigo, eu poderia me dar muito mal. Por fim, o funcionário chinês apareceu para almoçar, trazendo a tiracolo um tibetano e um painel solar. O aparelho não era nosso.

Devia ser das expedições dos japoneses ou dos chineses, que também haviam sido roubadas. Sucre ficou transtornado, mas disse, honestamente, que aquele painel solar não nos pertencia. Pobre homem. Fiquei com os 50 dólares que havia separado para a propina no bolso e não disse nada. O oficial de ligação não entregou o que prometera e ainda desfrutou um belo almoço preparado por Sucre.

Algumas nuvens densas começaram a passar sobre o Everest.

CAPÍTULO 14

VITOR

Vitor cruza o glaciar de Rongbuk a caminho do C1 do Everest, em 2006.

Acampamento base, face norte do Everest, Tibete, China
16 de maio de 2006
8h

Acordei para uma sequência de dias tristes. Recebi uma notícia trágica atrás da outra, e nada podia fazer além de esperar e ter esperanças de que nem tudo tivesse dado errado – nem com todos.

Encontrei os austríacos Wilfred e Sylvia na barraca-cozinha. Os intrépidos alpinistas haviam chegado de mais um ataque ao cume, mas tinham retornado do C2 e, na volta, haviam feito o percurso entre o acampamento 2, a 7.600 metros, e o acampamento base, a 5.200 metros, em apenas um dia. Trouxeram com eles muitas notícias ruins. A primeira era de que David Sharp morrera tentando chegar ao cume sem auxílio de oxigênio.

— Não acredito! – exclamei, entristecido, relutando em aceitar a notícia.

As informações sobre as circunstâncias da morte de David foram chegando a mim nos dias que se seguiram. Segundo me contou Russel Brice e um de seus sherpas, David estava sentado com as pernas cruzadas à sombra de uma pedra, em um local conhecido como Green Boots Cave ("caverna das Botas Verdes"). O nome é autoexplicativo. Trata-se do mesmo refúgio onde, em 2005, eu vi as botas de um alpinista morto. Os integrantes da expedição de Brice foram os primeiros a ver David ali, como se estivesse velando o corpo do cadáver das botas verdes ao seu lado. Foi-me dito que eles encontraram David apenas durante a descida, o que eu achei muito estranho, pois considero impossível passar por aquele lugar sem perceber o corpo caído com as botas verdes, e David estava ao lado dele. Segundo o relato feito à imprensa posteriormente por Mark Inglis, o duplo amputado que fazia parte da expedição de Brice, isso foi em torno de 1h da madrugada do dia 15, ou seja, quando ainda estavam subindo. Um dos sherpas de Brice tinha uma câmera com *link* por satélite e filmou David ainda vivo. As imagens podem ser vistas na internet, mas não recomendo. Acho de péssimo gosto assistir a um homem à beira da morte na montanha apenas para satisfazer a curiosidade mórbida. Nenhuma equipe de resgate foi enviada. Passaram pelo local mais de 40 alpinistas, inclusive a equipe turca. Falei com Sarkan, e ele me disse que não vira David.

Outros turcos disseram que ele parecia estar morto ou acharam que era o corpo "das botas verdes". Noticiou-se na imprensa, depois, que os montanhistas que passaram por David acharam que ele já estava prestes a morrer e que era tarde demais para salvá-lo, por isso o deixaram na caverna e prosseguiram em seu próprio desafio de chegar ao topo do Everest. O fato é que, quando retornaram do cume, muitas horas depois, já com o sol alto, David continuava vivo. Brice me contou que um de seus sherpas tentara colocá-lo ao sol e lhe dera oxigênio, mas David já estava todo congelado e não reagira. O sherpa, então, pegou seus documentos e sua mochila e levou consigo para o ABC, com o objetivo de fazer a identificação. Depois, Brice trouxe os documentos ao acampamento base, para entregá-los aos responsáveis da nossa agência, que organizava a expedição e tinha o contato dos familiares.

A imprensa tratou a morte de David Sharp como um escândalo. Segundo o julgamento apressado de muitos jornalistas e outras pessoas que nunca estiveram na zona da morte, David poderia ter sido salvo não fosse o egoísmo dos outros alpinistas. Até o pioneiro Edmund Hillary, entrevistado, criticou duramente o fato de diversos alpinistas terem continuado sua escalada após passar por um alpinista que definhava. Esse é um tema delicado, e é difícil julgar a situação sem ter participado dela. A zona da morte é um local extremamente hostil, em que, como o próprio nome deixa claro, qualquer ser humano está lutando a cada segundo pela própria sobrevivência. Se fosse possível ser transportado direto do nível do mar para o topo do Everest, a morte viria em questão de minutos por causa do ar rarefeito. Apenas por meio da ascensão gradual da montanha ocorrem ajustes biológicos no organismo que permitem suportar esse tipo de ambiente, e ainda assim de maneira precária. Respirar o oxigênio armazenado em cilindros mitiga esse problema, mas o que dizer dos outros perigos, como o frio, as tempestades e o terreno acidentado? Por tudo isso, muitos alpinistas seguem uma regra implícita na zona da morte: se você não consegue caminhar, será deixado para trás. Esse argumento é baseado na convicção de que, acima dos 7.500 ou 8.000 metros, ninguém tem forças ou fôlego, mesmo com oxigênio artificial, para carregar um homem imobilizado. É possível amparar uma pessoa que precisa de ajuda, mas ela tem de ser capaz de se mover de alguma forma.

A lógica de que na zona da morte não há resgate possível foi colocada à prova apenas dez dias após a morte de David, quando o australiano Lincoln Hall foi dado como morto a 8.600 metros de altitude, muito próximo de onde estava o inglês. Doze horas depois, no mesmo local em que fora deixado na noite anterior por seus sherpas, Lincoln foi encontrado vivo por um grupo de quatro alpinistas liderado pelo americano Daniel Mazur. Eles abandonaram o ataque ao cume para ajudar o australiano. Alexander Abramov, o russo boa-gente que nos cedera uma noite em seu acampamento no intermediário, era líder da expedição à qual pertencia Lincoln. Ele foi avisado de que Lincoln estava vivo e enviou uma equipe de 12 sherpas para ajudar no resgate. De maneira espetacular, Lincoln foi salvo e chegou caminhando com as próprias pernas ao acampamento base avançado, onde se curou do edema cerebral causado pela hipóxia. Ele ficou bem, apesar dos dedos amputados por congelamento. A questão à qual não se pode responder é: será que David poderia ter sido resgatado da mesma forma que Lincoln?

Acredito haver um fator cultural no que se refere à ética dos resgates em montanha. Nas minhas palestras para escaladores, apresento a situação hipotética a seguir: você decide escalar o monte Everest e, para isso, treina durante quatro anos, economiza até o limite para reunir o dinheiro necessário ou batalha com muito esforço um patrocínio para a expedição e, por fim, pede demissão do trabalho porque o chefe não aceita dar três meses de férias. Já no acampamento base, você encontra um alpinista mal equipado e despreparado. Preocupado, você o alerta. "Meu amigo, essa sua bota não é adequada. Não seria o caso de comprar ou alugar uma melhor?" E o sujeito responde: "Não, eu sei o que estou fazendo". Depois de um mês de aclimatação e de passar por diversas situações de risco, de frio intenso e de desgaste físico, tudo parte do processo de preparação para o ataque ao cume, você encontra o mesmo alpinista no acampamento 2. Você então observa que, além de calçados ruins, ele tem uma cadeirinha e uma piqueta de má qualidade. E você sugere uma solução. "Que tal voltar e pedir emprestado um equipamento melhor de outra equipe?" O colega insiste que não, que está tudo tranquilo. Mas você não quer ninguém se machucando na montanha, então convida o outro alpinista a fazer uma boa aclimatação antes de continuar subindo, e mais uma vez ele recusa, dizendo: "Vou atacar o cume imediatamente, já estou preparado". E no dia em que você vai fazer a sua tentativa de chegar ao topo, encontra o alpinista voltando do cume arrebentado de cansaço, caído, precisando de ajuda. Você para a sua escalada, jogando fora quatro anos de preparo e sacrifício, para socorrer um sujeito que insistiu em fazer tudo errado – e, pior, cujo resgate pode colocar também você em risco? É uma questão complicada. Cidadãos de culturas que valorizam a disciplina e o racionalismo tendem a achar que não é justo colocar em risco o próprio bem-estar ou desperdiçar o investimento individual feito até ali por causa de um escalador imprudente. Já os brasileiros, penso eu, estão acostumados com a ideia de que omissão de socorro é crime. Para nós, por mais que o sujeito seja o único culpado pela situação em que se meteu, o valor de sua vida supera qualquer desejo individual de chegar ao topo do mundo. O pico do Everest está lá e pode esperar, já a vida de um ser humano é insubstituível. Quando o alpinista em dificuldades é o seu parceiro, contudo, não há dúvidas, e entra em vigor a ética do companheirismo, de estar pronto para o que der e vier.

A morte de David Sharp foi a pior, mas não a única má notícia trazida por Wilfred e Sylvia.

O malasiano Ravi tinha congelado as mãos, mas conseguira descer ao C1 com seu sherpa, Nangle. Na volta do cume, Ravi fora ajudado por vários alpinistas.

Wilfred viu Clark retornando do cume sozinho, sem sherpa. Ele o chamou duas vezes, mas Clark não o reconheceu. No dia seguinte, na descida para o ABC, não viu nem teve notícias de Clark ou de Gelu, seu sherpa.

Paulo e Helena não conseguiram ir além do acampamento 1, a 7.100 metros de altitude, e retornaram ao ABC. Pepe saiu do C2 com destino ao cume e passou pelo C3. Não achou seus cilindros de oxigênio e pediu ao Vitor para utilizar o nosso.

Enquanto eu conversava com Wilfred e Sylvia no acampamento base, Vitor estava a caminho do C2. Partira do C1 por volta das 11h. Estava tão frio que Wilfred preferiu descer de uma vez para a base. Mesmo assim, Vitor não quis esperar e lançou-se montanha acima.

Os relatos feitos pelo casal austríaco me deixaram ainda mais preocupado com Vitor. Antes de partirmos, ele para a alta montanha, eu para baixo, fizemos uma reunião com nossos sherpas, Ang Dawa e Pechumbi, para definir a estratégia de cume. Como eu não pretendia escalar a montanha nos próximos dias, cedi Ang Dawa, mais experiente, para dar apoio a Vitor em sua ascensão. Vitor disse ao sherpa que, no dia do ataque ao cume, queria subir só, sem oxigênio. Ang Dawa deveria esperá-lo na barraca do C3 com os cilindros de oxigênio, para uma emergência.

— Então eu vou sem oxigênio com Vitor – disse Ang Dawa.

— Se Vitor permitir, tudo bem, mas acho que não deve fazer isso. Você está trabalhando e precisa estar inteiro, saudável e descansado para dar apoio a ele caso aconteça alguma coisa – respondi.

— Se ele for sem oxigênio, tudo bem, pode vir ao cume comigo – retrucou Vitor.

Vitor queria eliminar qualquer possibilidade de sua conquista do Everest sem oxigênio ser contestada. Se houvesse um sherpa com cilindros ao seu lado durante o ataque ao cume, algum invejoso podia alegar que ele dava respiradas revigorantes na máscara de gás durante a ascensão. Por isso, Vitor não via problemas em Ang Dawa acompanhá-lo sem oxigênio. Dessa forma, ninguém poderia colocar seu feito em dúvida. Depois, contudo, Muktu, o irmão mais velho de Ang Dawa, que já tinha atingido diversas vezes o cume do Everest e duas vezes o do K2, proibiu-o de escalar a montanha sem oxigênio suplementar. Dawa respeitou a ordem do irmão e manteve a combinação original: esperar por Vitor no C3.

Vitor também disse, durante a reunião com Ang Dawa, que não se importava em perder alguns dedos dos pés, desde que conseguisse chegar ao topo.

— Se eu chegar à pirâmide de gelo e não sentir mais os dedos, continuo a escalada, porque estarei muito próximo – disse ele.

— Vitor, se você não se importa de perder os dedos dos pés, pode perder muito mais! – respondi, em tom de repreensão.

Meu companheiro queria repetir a coincidência do ano anterior, quando se encontrara com Irivan e Valdemar, dois brasileiros que escalaram a montanha pelo outro lado, no cume. Por isso, insistia em fazer a escalada final pela face norte no mesmo dia em que Ana Elisa faria pela face sul. Eu só podia apoiar a tentativa de um cume duplamente verde e amarelo. Perguntei a ele se queria que eu ficasse no avançado ou subisse com ele até algum dos acampamentos superiores para lhe dar apoio. Ele disse que não. Achava melhor eu descer para descansar. Eu ficaria na base com mais calor, mais conforto, mandando notícias para o Brasil, enquanto ele atacava o cume. Se a tentativa dele não se mostrasse frutífera, seria a minha vez de apostar minhas fichas.

As informações recebidas de Wilfred e Sylvia no acampamento base, porém, fizeram-me pensar que as coisas talvez estivessem meio fora de controle lá no alto, sem minha supervisão. Eu sempre fora o responsável, na parceria com Vitor, pela logística e pelas diretrizes básicas. Mas eis que Vitor cedera alguns dos nossos cilindros de oxigênio para Pepe no C3, provavelmente convencido de que não precisaria deles. Eu não sabia exatamente quanto tínhamos de oxigênio e quanto fora emprestado. Se fossem seis cilindros, e Pepe tivesse levado dois ou três, não haveria problema, ainda sobraria o suficiente para Vitor, caso precisasse deles na descida. Mas eu simplesmente não sabia, e isso me deixava preocupado.

Na verdade, eu também estava angustiado pelo Pepe. Ele atacou o cume sem descansar. Mesmo sendo muito forte, eu achava difícil ele conseguir. David Sharp também não desceu nenhuma vez ao acampamento base para se recuperar e acabou morrendo.

Daí em diante, a ansiedade dominou minha rotina. Eu passava as manhãs e as tardes esperando por alguma notícia do Vitor, enquanto matava o tempo de forma nunca inteiramente satisfatória: a angústia pela falta de novidades me atormentava. Passava horas dentro da barraca, na cozinha ou perambulando pelo acampamento, na esperança de encontrar pessoas vindas dos acampamentos superiores que pudessem ter informações atualizadas ou que me emprestassem um telefone por satélite. Era o caso de George e Lakpa, que estavam para chegar no dia seguinte. Cheguei a encontrar uma aranha dentro da minha barraca, durante um cochilo que tirei à tarde. Fiquei surpreso em encontrar um aracnídeo em um lugar tão inóspito como a base do Everest. Quando acampo no Petar ou em outro lugar com mata, sempre fico muito atento para fechar bem a barraca. Mas no Everest eu estava um pouco desleixado quanto a isso. Achei melhor ficar mais esperto.

Demorei a dormir naquela noite. Acordei para urinar e não peguei mais no sono. Fiquei pensando no Vitor e no Pepe. O sol bateu na barraca às 7h34. Os dias se tornavam cada vez mais longos. O termômetro indicava 4°C negativos dentro da barraca, e a pressão atmosférica estava alta. Sinal de clima bom. Abri o zíper do *avancé* para olhar o Everest, e a manhã estava perfeita. Era o tempo que tanto esperávamos. Eu me sentia frustrado por perder aquela janela de oportunidade para chegar ao cume. Mas tinha tomado a decisão certa ao descer para tratar da minha saúde. No caso de outros, como David e Ravi, o preço havia sido muito caro.

O clima bom e o fato de haver várias pessoas subindo a montanha dão ânimo a todos, até para os com problemas de saúde, como eu. Essa falsa sensação de segurança é perigosa. Se o alpinista se cansa e não pode mais andar, o máximo que os outros podem fazer é dar-lhe remédios como a dexametazona, água quente para beber e oxigênio suplementar. No Everest e em outras montanhas, as pessoas erram muito nos julgamentos e contam demais com a possibilidade de um resgate ou de ajuda externa. Quando estão lá em cima – com baixíssima quantidade de oxigênio no cérebro, desgastadas por tanto esforço e privação, tão próximas do objetivo final –, são acometidas pela febre do cume, esquecem todos os riscos, perdem a consciência do cansaço físico, são tomadas por uma euforia de chegar ao topo e acabam gastando as últimas energias na subida. Não levam em conta que a escalada termina apenas quando estiverem de volta, seguras, na base da montanha. Há uma inversão de valores em que chegar ao cume é mais importante que viver.

Eu estava ansioso pela chegada de George para ter mais notícias. Olhei para o relógio. Eram 8h30 do dia 17 de maio. "Vitor ainda deve estar no C2, preparando-se para subir para o C3. Pepe deve estar próximo do cume", pensei. Às 11h, tomei um banho de canequinha. Minha última higiene pessoal completa havia sido feita em Shegar, 13 dias antes.

Depois do asseio, encontrei um dos alpinistas turcos. Ele disse que os sherpas da expedição negavam-se a acompanhar os integrantes que faltavam para o cume. Todos os sherpas haviam feito o cume. Quando uma das turcas tivera problemas e precisara de socorro, apenas seus compatriotas voltaram atrás, abortando a escalada para ajudá-la. Fiquei indignado. Como era possível que os sherpas, contratados para dar apoio à expedição, deixassem os turcos para trás e seguissem rumo ao topo?

Recolhi-me à barraca às 14h, pois não tinha conseguido dormir direito à noite. Acordei com um iaque atropelando os cordins da minha barraca. Escutei um barulhão, abri os olhos e vi a enorme sombra do animal bem em cima de mim no náilon da barraca. Dei um pulo para o lado e caí sentado. Que susto! Passaram outros iaques, também pisando no canto da barraca e tropeçando nos cordins. Eu fiquei só esperando o momento em que um deles ia passar por cima da barraca e de mim. Era a caravana de George que chegava. Sua trupe estava trazendo os equipamentos do ABC para o BC, pronta para ir embora. Tinha muita gente deixando a montanha.

Com George e Lakpa chegaram também Dave e Paulo e Helena Coelho. Eles trouxeram várias notícias da alta montanha.

Clark descera sem congelamentos, mas estava com diarreia durante o ataque ao cume e voltara sujo e fedendo. Do meio das costas até o meio das pernas, sua roupa estava toda marrom. Ele brigou com o seu sherpa, Gelu, e disse que não iria pagar o *summit bonus*, prêmio pago aos carregadores de altitude quando a escalada é bem-sucedida. O motivo da briga foi porque seu sherpa o havia abandonado durante a descida. Gelu descera bem e, apesar do desentendimento com Clark, trouxera todos os equipamentos para baixo. Para Clark poder se lavar, George e Lakpa emprestaram sabonete, xampu e uma toalha branca – que voltou marrom, pois o americano estava tão cansado que nem conseguira se limpar direito.

Nosso acampamento 2 fora furtado. Quando Vitor chegara lá, a barraca-depósito estava vazia. Levaram toda a comida e o equipamento. Mais tarde, já no Brasil, li o depoimento que Vitor gravou naquele dia, depois de perceber o furto:

— Pensei seriamente em desistir e descer. Mas o Ravi me disse para fazer o cume por eles. O pessoal emprestou equipamento e comida para passarmos a noite de hoje, 16 de maio. Então decidi que vou subir para o acampamento 3 amanhã. Chegando lá, se o tempo estiver bom, saio por volta das 21h e vou para o cume. No C3 temos outro depósito com equipamentos e comida. Espero que esteja tudo em ordem. Se o depósito lá em cima também tiver sido atacado, vai complicar muito nosso projeto.

É incrível como pode ocorrer um crime desse tipo a 7.600 metros de altitude, contra atletas expostos a riscos imensos na montanha, onde a quantidade de comida é cuidadosamente calculada, e os equipamentos podem salvar vidas. Imagine, no apuro, chegar à sua barraca e não encontrar nada lá. Pois isso acontece, e não é raro... Às vezes, ocorre de um alpinista sem estrutura ou que não encontra a sua barraca entrar na tenda de outro, sem pedir, em busca de abrigo. O austríaco Chris Stangl, por exemplo, subiu do colo norte até 8.400 metros de altitude e voltou. Entrou em uma barraca qualquer (pode ter sido a de David Sharp, porque era de uma marca inglesa) e lá ficou, à espera de tempo melhor para fazer nova tentativa. Comeu algo que encontrou e ainda reclamou que não tinha fogareiro para fazer água. Em uma emergência, é aceitável entrar em uma barraca vazia. Eu mesmo já fiz isso, mas tive o bom-senso de deixar tudo em ordem e de não devorar o alimento alheio (muito menos reclamar da hospitalidade forçada, como fez Chris). Já furtar toda a provisão, como fizeram com a nossa barraca, não tem nada a ver com emergência. Aquilo só podia ser obra proposital de alguém realmente interessado em vender nossos equipamentos e levar embora nossa comida.

Mais novidades ruins me foram sendo relatadas. Tomas Kenneth Olsson, um sueco que pretendia descer esquiando a face norte pelo Hornbein Coloir,[25] também havia morrido. Estava descendo pela corda, em rapel, para chegar à canaleta de neve e gelo de onde deslizaria montanha abaixo, mas a ancoragem se desprendera, e ele despencara de uma altura de mais de 2.000 metros. Seu parceiro, Tormod Granheim, que vinha logo atrás, conseguira chegar ao colo norte esquiando. Conheci Tomas em Nyalam, e conversamos sobre equipamentos de trabalho em altura.

Havia também um indiano desaparecido.

Ravi estava a salvo no ABC, apesar de ter congelado de maneira irreversível os dedos das duas mãos. Ele passara por David enquanto o inglês ainda estava vivo, sentado de pernas cruzadas ao lado do corpo do indiano das botas verdes. Ravi afirmou não saber se tratar de David, pois seu sherpa, Nangle, lhe dissera para não olhar. Ravi e Nangle fica-

25 Grande canaleta coberta de gelo em uma encosta íngreme abaixo e a oeste da pirâmide de gelo do Everest.

ram mais de três horas abaixo do segundo escalão. O malasiano não conseguia subir. Russel Brice disse ter visto, pelo telescópio, Ravi cair duas vezes para trás. Quando isso ocorreu, eu ainda me encontrava no ABC. Ao perceber a dificuldade com que avançavam rumo ao cume, Dave, George e eu avisamos Ravi por rádio que devia voltar, pois já era muito tarde para continuar. Às 12h30, anunciaram que estavam descendo. Foi quando eu comecei minha descida para o BC, tranquilo, pois eles haviam desistido de lançar-se ao cume. Depois, passaram a dizer que haviam feito o cume às 14h30. Uma grande mentira. Isso era simplesmente impossível. Bastava conferir os horários: eles tinham saído às 22h do C3 e ao meio-dia, ou seja, 14 horas depois, ainda estavam no segundo escalão – na metade do caminho para o cume. Ravi não se tornara subitamente o super-homem para ser capaz de percorrer a segunda metade da escalada em apenas duas horas.

Durante o jantar, liguei várias vezes do telefone de Wilfred para Vitor, sem sucesso. Depois, fui à barraca de George. Conversamos bastante sobre a montanha. Ele me emprestou seu Thuraya, e tentei novamente contatar Vitor, telefonando e enviando mensagem, pedindo que me ligasse. George decidiu deixar o telefone por satélite comigo a noite toda. Liguei várias vezes para Vitor. Como não consegui, acabei chamando Sueli Rumi, no Brasil. Sueli me contou que o Vitor ligara no dia anterior dizendo que faria a escalada só e sem oxigênio. Ele prometera tomar cuidado, mas não levaria o telefone por satélite, pois a bateria estava fraca. Era inútil, portanto, tentar falar com ele. Não havendo mais nada a fazer, procurei dormir.

Acordei e liguei para o Brasil. Era madrugada em Campinas. Sueli atendeu e disse que continuava sem notícias. Minha ansiedade aumentou. Tomei café da manhã e fiquei conversando com Paulo, Helena e George, que veio até nossa barraca-refeitório. Logo chegou também Lakpa, informando que Ang Dawa também fora para o cume com Vitor. Seu irmão, Muktu, também pretendia lançar-se ao topo nesse mesmo dia, em outro grupo. Fiquei muito mais aliviado, pois imaginei que Ang Dawa escalaria com oxigênio, além de ter o irmão por perto. Liguei para o Brasil e dei a notícia para Sueli.

Às 14h, conferi a pressão atmosférica: 542 milibars. Caíra 4 milibars desde cedo, o que é muito. O pico do Everest estava encoberto e parecia estar ventando muito lá em cima. A previsão de bom tempo não se concretizara. Vitor e Pepe estavam atacando o cume naquele momento.

Ravi chegou só, sem seu sherpa, com os dedos gangrenados. Ele ainda não havia se dado conta de que teria de amputar. Achava que em seis meses ia ficar bom. Mergulhamos suas mãos em uma bacia com água com iodo a 36°C. Depois, Ravi foi até a casa do oficial de ligação para buscar o diploma atestando que conquistara o Everest. George e Dave estavam indignados e disseram-lhe que, se pegasse o documento, não receberia carona em seu jipe com destino a Katmandu.

— David perdeu a vida este ano, em sua terceira tentativa de chegar ao cume. No ano passado, Rodrigo desistiu a 15 minutos do cume, deu meia-volta e contou a verdade, apesar de todo o sofrimento. Por que Ravi não é honesto consigo e com os outros e admite que não atingiu o topo? Eu não levo mentiroso no meu jipe – disse George.

Apesar da bronca, Ravi recebeu o certificado dos chineses.

Depois, fui com Lakpa até a barraca dos russos para falar com Alex e Nima Dorje. Ninguém tinha notícias do Vitor e do Pepe. Apenas nos contaram que Clark estava mal, descansando no ABC. Passava o dia todo na barraca. Voltei ao nosso acampamento para jantar. Chegou o austríaco Chris. Ele saíra às 14h30 e tampouco sabia qualquer coisa sobre Vitor ou Pepe.

Minha preocupação com Vitor crescia a cada minuto. Tinha a informação de que Pechumbi tinha subido para o C3, o que não era nada bom. Eram 22h do horário nepalês. Estávamos sem notícias de Vitor há 24 horas. Liguei para Sueli umas oito vezes e fiquei com o telefone de George ligado o tempo todo. Nada. Começou a nevar forte no BC. Conversei novamente com Sueli, e ela me contou que Ana Elisa estava se lançando ao cume naquela noite. Desejei mentalmente boa sorte a ela. Pensei também que isso significava uma melhora no clima nos acampamentos superiores.

Tentei dormir um pouco, mas não consegui. No BC dizia-se que algumas pessoas estavam com problemas no ataque ao cume. Mas não sabíamos quem eram nem o que poderia estar acontecendo. Fiz os cálculos: se tivesse de subir para tentar um resgate, levaria quatro dias para chegar onde Vitor e Pepe se encontravam. Uma eternidade.

No dia 19 de maio, acordei bem cedo e fiquei no saco de dormir, protegendo-me do frio da madrugada. "O que será que está acontecendo com o Vitor? Será que ele está precisando da minha ajuda?" Toda sorte de pensamentos e possibilidades passavam rapidamente pela minha mente e não me davam sossego. "Puxa vida, Vitor ou Dawa podiam mandar ao menos uma mensagem. E se a bateria do telefone acabou de vez, mas está tudo bem?" Só me restava esperar...

Era uma manhã tranquila, sem vento. Fui tomar café, mais para fazer algo do que por fome. Não tinha vontade de comer, queria notícias dos meus amigos. No acampamento base, veiculava-se o boato de que naquela noite três pessoas tinham morrido na montanha. "O que será que aconteceu? Vitor, manda notícia, manda notícia", eu pensava sem parar. Liguei para o Brasil, e nada; liguei para o avançado, e nada. Telefonei para o celular por satélite do Vitor, nada de notícia. Não vinha, não vinha. Então, por volta das 9h, chegou a informação de que Pepe havia feito o cume com oxigênio e passava bem. Também vieram me contar que uma das três pessoas mortas naquela noite talvez fosse o meu amigo e parceiro Vitor. Mas não era certeza.

Fiquei perplexo por alguns segundos, sem saber o que pensar. Seria verdade? Algumas lágrimas saíram dos meus olhos, mas a dúvida sobre a veracidade da informação conteve as seguintes.

Lakpa, George e os demais também se comoveram, mas, como não era certeza, fomos buscar notícias mais concretas. Há boatos demais na montanha. Lakpa, por ser sherpa e por ter escalado o Everest quatro vezes, tinha muita influência em seu meio e acionou seus compatriotas e amigos para buscar notícias de Vitor. Em 15 minutos chegou a informação de que Vitor tinha feito o cume sem oxigênio, que precisara de ajuda porque enfrentara dificuldades na descida, mas já estava bem.

Fiquei aliviado e muito feliz. Cheguei a cantar de felicidade. Após alguns dias de ansiedade, finalmente tudo acabava bem. Comecei a planejar a minha subida após o descanso, pois em breve eu também teria a oportunidade de escalar a grande montanha.

Despedi-me de George e de Lakpa, que estavam de partida. Em um gesto memorável de solidariedade, ele me deixou seu telefone por satélite para eu tentar contato direto com Vitor. Ravi partiu com eles. Naquele dia, achei melhor levá-lo. Hoje entendo o desprezo que George e Lakpa sentiram por Ravi. O montanhismo, além de muito duro, é romântico e belo. Por isso, os adeptos da atividade exigem honestidade de seus pares. Um mês após o fim da expedição, quando eu já estava no Brasil, ligaram-me do maior jornal da Malásia para perguntar se Ravi de fato havia chegado ao cume. Eu não podia acreditar que um grande mentiroso tivesse virado herói nacional em seu país, reconhecido como o primeiro a escalar o Everest pela face norte. Ele ganhou até medalha de heroísmo ao regressar com todos os dedos da mão amputados. Mas não havia nada de bonito em sua história. Mentir afirmando ter chegado ao cume para conquistar a fama é um desrespeito aos outros que morreram tentando. Fui sincero no meu depoimento ao jornalista malasiano:

— Ravi saiu do C3 às 22h, por volta de meio-dia ele estava no meio do caminho, às 14h30 ele disse ter chegado ao cume e às 18h30 estava de volta ao C3. Esses são os fatos. Vocês tirem suas próprias conclusões.

Quando Ravi partiu de carona no jipe do George e da Lakpa, eu não estava tão preocupado com essas questões. O súbito bom humor de saber que estava tudo bem com meu parceiro tornava todo o resto secundário. Recuperei o apetite e consegui desfrutar o almoço. Sentia-me leve, renovado. A expectativa em relação à escalada do Vitor reforçava o senso comum de que é mais difícil ficar do que partir. Se eu, que havia organizado toda a nossa expedição, escalava sempre com Vitor e conhecia bem a montanha, estava ansioso por notícias dele, imaginem os familiares e os amigos! Quando estamos escalando, no controle da situação, podemos tomar decisões e agir para mudar ou corrigir algo errado. Quem espera por notícias se sente impotente. Se fôssemos pensar profundamente no sofrimento da espera de quem nos quer bem, acredito que não partiríamos. Desbravadores, aventureiros e cientistas têm de sufocar e superar esse e muitos outros sentimentos para tomar a decisão de deixar tudo para trás, mesmo que temporariamente. Há uma força interior gigante e misteriosa que suplanta tudo e todos, inclusive nós mesmos, e nos move em direção ao perigo e ao desconhecido. Ela foi expressa nos antigos versos atribuídos aos gregos: "Navegar é preciso, viver não é preciso". Trata-se de um impulso difícil de entender ou quantificar. A beleza de uma expedição não pode ser analisada matematicamente. Vale o que escreveu Fernando Pessoa sobre as grandes navegações: "Deus ao mar o perigo e o abismo deu, mas nele é que espelhou o céu". O mesmo pode ser dito sobre as montanhas.

Após o almoço, por volta das 15h, Sucre, o cozinheiro, entrou na nossa barraca, abalado, com a expressão de que havia acontecido algo terrível. Senti um vazio no estômago.

— *Sir!*

— Sim – respondi.

— Vitor está morto – falou, baixando a cabeça.

— Desculpa, o que você disse? – perguntei, totalmente perdido.

— Vitor morreu.

— Não pode ser! Acabamos de ter a notícia de que ele estava bem.

Mal acabara de soltar essa frase, entrou na barraca o sherpa cozinheiro da expedição russa. Ele havia falado com Ang Dawa pelo rádio e confirmara a morte de Vitor. Silêncio. Comecei a chorar. Não podia acreditar. Era a terceira notícia daquele dia, uma contradizendo a outra. Saí em busca da quarta e última, com esperança de que fosse boa novamente. Tinha de ser boa.

Fui com Sucre e com o outro cozinheiro até a barraca dos russos. Após muitas tentativas e muito esperar, consegui contato com Ang Dawa pelo rádio. Ele estava descendo do C3 para o ABC. Pepe estava bem.

Fizera o cume e havia descido para o ABC no dia anterior. Vitor havia chegado ao topo sem oxigênio, mas falecera dentro da barraca do C3.

"Por quê? Como?", pensei.

Voltamos cabisbaixos ao nosso acampamento, sem emitir uma palavra sequer. Com os sentidos amortecidos, eu parecia não perceber o vento frio e seco da montanha cortando o rosto. A visão borrada pelas lágrimas tampouco importunava. Eu tropeçava, vez ou outra, e continuava caminhando sem olhar para nada. Sucre também estava muito triste, pois dois integrantes da nossa equipe haviam morrido. Isso jamais tinha acontecido na vida dele, nem na minha.

Tentei olhar para o Everest, mas não consegui. Fiquei com raiva, muita raiva da montanha, da decisão do Vitor de escalar sem sherpa, de mim por não ter subido com ele. Cheguei ao acampamento e sentei à mesa da barraca-refeitório. "Não é para isso que escalamos", pensei. "Queremos terminar bem a expedição. Voltar para casa é sempre o mais importante." Eu estava apático, lutando para dar significado àquele fato: Vitor Negrete, meu amigo há 18 anos e meu melhor parceiro de escalada, estava morto.

Dezenove de maio de 2006, o dia em que perdi meu amigo e parceiro de tantas conquistas, foi o meu pior em uma montanha. Jamais me esquecerei de cada minuto dele.

Apesar da minha profunda dor e agonia, eu precisava mandar aquela notícia terrível para o Brasil. Não queria fazer, não podia acreditar no que estava acontecendo, mas eu precisava contar o que muitos amigos e familiares já temiam. Peguei uma folha de papel e comecei a anotar o que eu iria dizer. Não tinha palavras, não tinha vontade, e nada do que eu pensava em escrever parecia fazer sentido.

Após algum tempo, consegui preencher o papel. Li e reli algumas vezes para ter certeza de que continha o que eu devia comunicar. Eu precisava dar a notícia rapidamente, de maneira clara e despida de qualquer julgamento, para evitar boatos. Peguei o telefone por satélite de George e liguei para Sueli Rumi, nossa assessora de imprensa, que antes de tudo era uma grande amiga e, muitas vezes, confidente. Ela dormia no sofá, esperando uma notícia, pois era madrugada no Brasil. Atendeu o telefone e foi logo perguntando:

— O que aconteceu?

— O pior – respondi, com a voz trêmula.

Após um longo período de silêncio, continuei:

— Por favor, pegue papel e caneta e anote o que eu vou lhe dizer, pois não sei se vou conseguir gravar.

Senti que Sueli começou a chorar, pois sua voz estava embargada, mas, como sempre, tentou fazer o papel de durona. Ditei o texto enquanto ela copiava em silêncio, provavelmente chorando:

"O Vitor subiu ao cume do Everest sozinho. Partiu às 23h e às 13h alcançou o cume, dentro do tempo limite que estipulamos. Durante a descida, quando ele estava no segundo escalão, a 8.700 metros, às 18h, chamou pelo rádio o sherpa Ang Dawa, que o esperava no acampamento 3, a 8.300 metros, conforme havia sido combinado. O irmão de Ang Dawa, Pechumbi, também havia subido e saiu com Dawa para resgatar Vitor.

Enquanto os irmãos Ang Dawa e Pechumbi subiam, com chá quente e oxigênio, Vitor continuava a sua descida. Encontraram-no às 21h, abaixo do primeiro escalão, a 8.500 metros. Ele estava sem as luvas, com as mãos congeladas, e olhava para o horizonte. Inicialmente, tentou resistir à ajuda, dizendo várias palavras em português que os sherpas não entendiam. Colocaram-lhe oxigênio e deram-lhe chá. Mesmo debilitado, ele brincou com os irmãos e disse que estava se sentindo um bebê, que eles estavam cuidando dele como um bebê. Juntos e com a ajuda do próprio Vitor, levaram-no até a barraca no acampamento 3, a 8.300 metros de altitude.

Deram-lhe suco morno, que ele aceitou e bebeu bastante. Vitor ficou deitado, apenas com o macacão de pluma (sem saco de dormir), entre Ang Dawa e Pechumbi. Dawa estava feliz, pois tinha conseguido resgatar Vitor, e ele mostrava sinais de melhora. Mas, às 2h da manhã do dia 19 de maio de 2006, Vitor inspirou longamente três vezes e morreu na barraca do C3, observado pelos desesperados irmãos sherpas, que não sabiam mais o que fazer."

Fiquei sabendo depois que os irmãos sherpas permaneceram quatro horas ao lado do corpo de Vitor após sua morte. Às 6h da manhã, quando o dia clareou, abandonaram a barraca e iniciaram a descida da montanha.

Terminei de ler o texto para Sueli, respirei fundo e decidi: "Vamos gravar". E registramos o comunicado, emocionados. Após a gravação e alguns segundos de silêncio, eu disse:

— Su, acho que você ficará com a missão mais difícil, não é?

— Sim – respondeu ela –, eu aviso a família dele.

Não consigo imaginar a barra que Sueli segurou naqueles momentos e nos dias que se seguiram. Imagino a dor de comunicar à senhora Roma e ao senhor Sílvio, pais de Vitor; à Marina, esposa, com dois filhos pequenos; aos nossos patrocinadores e a toda a comunidade de companheiros e escaladores. Sem falar na avalanche de e-mails, ligações e solicitações feitas pela imprensa a respeito do acidente. Não deve ter sido nada fácil, mas a japonesinha amiga segurou a barra melhor que ninguém, e quase a totalidade do noticiário a respeito da morte do Vitor foi respeitosa, verdadeira e clara.

Agarrei o telefone novamente e, dessa vez, acordei meu pai. Claro que, pela hora da chamada, notícia boa não era. Falei com ele e com minha mãe. Foi muito triste e difícil lhes contar o ocorrido, mas foi melhor eu o fazer do que deixar que ficassem sabendo por meio da imprensa.

Ainda sem saber o que fazer, eu só tinha uma certeza: precisava subir ao acampamento base avançado. Apesar de estar cheio de raiva da montanha, de Chomolungma, eu queria partir para o cume imediatamente. Talvez eu quisesse provar a mim mesmo que fora um acidente, que não havia nada de errado na estratégia que eu havia montado ou na nossa preparação. Fatalidades acontecem... mas por que tinha de acontecer justamente com Vitor no Everest?

O telefone por satélite não parava de tocar. Nossos amigos e familiares me ligavam, principalmente para me dar força, me ajudar naquele momento de fraqueza. Cheguei a comentar com algumas pessoas a possibilidade de atacar o cume, mas todos, sem exceção, me aconselharam e me pediram para não subir. Eu estava em um estado emocional muito debilitado, e qualquer erro que eu cometesse podia me transformar na próxima vítima. Pensei bastante sobre isso e também no sofrimento, na angústia e na ansiedade que minha decisão causaria na minha família. Eu não podia fazer isso com eles. Não tinha o direito de deixá-los mais preocupados do que normalmente ficam quando saio em uma expedição.

Passei a noite em claro, sozinho na barraca. Eu queria encontrar Ang Dawa. Ele também devia estar péssimo, como eu. Ao amanhecer, subi direto para o acampamento base avançado, sem parar para descansar, para beber ou para comer. Durante todo o percurso, olhei para o chão. Não conseguia levantar a cabeça e mirar a pirâmide de gelo do Everest. Mesmo caminhando lentamente, cheguei em apenas sete horas ao ABC.

Encontrei Ang Dawa, Pepe, Pechumbi e os membros da nossa expedição, todos extremamente tristes e abatidos. Ang Dawa pediu perdão. Eu lhe disse que não era sua culpa. Ele pediu desculpas novamente. Nós dois estávamos com um grande sentimento de responsabilidade pela morte do Vitor.

— Eu não devia ter deixado ele ir sozinho – resmungou Dawa.

— Eu também não – repliquei.

Por fim, consolei Dawa (e a mim mesmo) da melhor forma que pude, sendo honesto com a situação:

— Vitor era um grande alpinista e tomou suas decisões. Ele sabia, e nós o alertamos sobre os riscos e o ajudamos em todo o possível para minimizá-los. Nós temos de respeitar o desejo do Vitor e aceitar que não podíamos fazer nada mais do que fizemos. Não podemos nos culpar pela morte do nosso amigo. Se ele tivesse conseguido, teria sido uma escalada maravilhosa.

Pedi então que o sherpa me contasse em detalhes o acontecido. Preparei a câmera para gravar seu depoimento, pois queria mostrar o vídeo para a Marina, mulher de Vitor, e para os seus pais, Roma e Sílvio. Assim, eles poderiam saber o destino de Vitor da boca de quem estivera com ele até os seus últimos minutos. Enquanto ele contava, eu imaginava, com as lágrimas escondidas pelas lentes dos óculos de montanha, as cenas e o sofrimento de cada momento daquele resgate difícil e corajoso a mais de 8.300 metros de altitude, a meio caminho entre o nível do mar e a estratosfera.

Após consultar a família, decidiu-se deixar o corpo na montanha. Passei a noite pensando em como subir e fazer um funeral respeitoso para o Vitor. Seu corpo não podia ficar dentro de uma barraca no acampamento 3. Conversei bastante com Ang Dawa, com familiares e amigos. Como ninguém queria que eu escalasse a montanha, contratei uma equipe de sherpas para subir ao C3, enrolar o corpo do Vitor na barraca como numa mortalha, arrastá-lo para longe do acampamento e cobri-lo de pedras. Não era possível cavar uma sepultura no local, pois, além de ser um esforço inumano a 8.300 metros de altitude, o terreno é íngreme demais, e a rocha, muito dura. Ang Dawa filmou o procedimento para que eu pudesse, depois, conferir que tudo havia sido feito da maneira mais respeitosa possível. Combinamos de manter o lugar do sepultamento em segredo, para não atrair curiosos.

No dia 23 de maio, ainda desorientado, desci ao acampamento base. Continuava sem conseguir olhar para trás, para a monstruosa massa de rocha e gelo que se impõe insolente sobre o Himalaia. Eu tinha raiva.

Junto com Pepe, contratei alguns tibetanos, e fizemos um memorial de pedras para Vitor em uma colina à direita do acampamento base, bem em frente ao glaciar de Rongbuk – próximo a outros monumentos construídos em memória a vidas perdidas na face norte da montanha, igualmente improvisados e adornados com as coloridas bandeirinhas de oração budistas.

Durante muitos anos, algumas questões relacionadas à morte do Vitor me atormentaram. O que eu poderia ter feito para evitá-la? Eu tinha agido mal ao descer para o acampamento base? Por que eu não havia ignorado o apelo do próprio Vitor para que eu descesse, seguindo em vez disso com ele para os acampamentos superiores? Se eu estivesse no acampamento 2 ou no 3 enquanto meu parceiro atacava o cume, por exemplo, será que hoje ele estaria vivo? Essas dúvidas eram originadas por meu senso de responsabilidade, apesar de saber, racionalmente, que nada ou muito pouco poderia ter feito para reverter o destino de meu companheiro. As respostas a esses questionamentos são, na verdade, razoavelmente óbvias, quando se analisa o tipo de combinação que Vitor e eu fizemos antes da expedição de 2006. O fato de eu não ter ido com Vitor para os acampamentos superiores, por exemplo, tem a ver com as diferenças de aclimatação de cada organismo e com os desencontros ocorridos entre nós na expedição de 2005, que exigiram alguns ajustes na temporada seguinte.

A aclimatação não obedece a um padrão previsível. Cada organismo se acostuma de uma maneira própria à altitude. Uma mesma pessoa, aliás, pode reagir de forma diferente ao ar rarefeito em situações análogas. Algumas vezes, no início de uma expedição, quando chego pela primeira vez a 6.000 metros de altitude, tenho uma aclimatação rápida. Em outras demora um pouco mais, e eu sinto aquele cansaço, aquela dorzinha de cabeça que muitos brasileiros conhecem ao visitar La Paz, na Bolívia. O treinamento, o estado psicológico, os problemas que deixamos em casa e mais uma infinidade de fatores biológicos ainda desconhecidos pela ciência, tudo isso influencia o desempenho na montanha. Em 2005, Vitor e eu aprendemos que escalar o Everest é muito diferente de subir o Aconcágua, pois a maior montanha do mundo exige uma expedição mais complexa, mais lenta e muito mais séria. A aclimatação no Everest tem de ser perfeita, até porque lá é necessário transpor mais de 1.000 metros verticais na zona da morte. E, em 2005, Vitor e eu nos atrapalhamos um pouco na estratégia de aclimatação, porque queríamos fazer tudo junto. Acontece que eu sempre gostei de subir mais rápido, permanecer menos tempo em altitude e descer o quanto antes. Eu me adapto melhor a essa estratégia, principalmente porque o que mais me prejudica na alta montanha é o entupimento das vias aéreas causado pelo frio, e não a falta de oxigênio em si. Já sofri muito com sinusite em montanha. Quanto menor a altitude, menos frio, por isso a preferência por "escalar alto e dormir baixo", como se diz no montanhismo. Vitor era o contrário. Ele preferia andar devagar, de maneira progressiva, expondo-se por mais tempo à altitude. Por isso, em nossa primeira expedição ao Everest sem oxigênio, nos dias em que eu me sentia aclimatado para subir, Vitor não estava bem. E quando ele se considerava preparado, eu estava tendo um ataque de sinusite, com a garganta obstruída e raspando. Ficamos nos forçando a andar juntos e acabamos atrapalhando um ao outro e não aproveitando os dias em que nos sentíamos em forma para avançar.

Para não deixar a impossibilidade de andar no mesmo ritmo prejudicar nosso desempenho, decidimos mudar a fórmula da parceria em 2006: faríamos a maior parte da aclimatação juntos, ou pelo menos o que fosse possível, mas a escalada seria independente. Ou seja, queríamos respeitar nosso corpo, e se desse para fazer tudo em dupla, ótimo. Se não, tudo bem. Por isso também contratamos dois carregadores de altitude, um para Vitor (Pechumbi) e outro para mim (Ang Dawa). Dessa forma, não só ampliávamos as condições de ter o melhor desempenho individual possível, como aumentávamos as chances de sucesso da dupla. Um exemplo hipotético: o dia escolhido por Vitor para atacar o cume tinha previsão de tempo bom, que acabou não se confirmando – tanto que Ana Elisa adiou para o dia seguinte, 19, e foi bem-sucedida. Se Vitor tivesse desistido no meio do caminho e voltado, eu tentaria aproveitar a próxima janela climática para chegar ao cume. Vitor e eu teríamos assim mais chances de atingir o objetivo da dupla: que ao menos um dos dois alcançasse o cume. Infelizmente, isso diminuía nossa segurança, porque é menos arriscado escalar em parceria, um cuidando do outro. Como em tantos outros esportes, quando se busca o resultado máximo, é preciso brigar com os fatores de risco. Na Fórmula 1, por exemplo, há uma queda de braço entre velocidade e segurança. Na alta montanha é a mesma coisa. O alpinista cria estratégias para aumentar as chances de fazer o cume e, para isso, tem de atuar no limite da garantia de que poderá voltar são e salvo para casa. Como em investimentos financeiros, tudo depende do seu perfil: conservador, moderado, arrojado ou agressivo. Quanto mais agressiva a estratégia de investimento ou de escalada, maior a chance de se alcançar o objetivo (ter uma rentabilidade alta ou chegar ao cume), mas maior é o risco (de ter prejuízo ou de sofrer um acidente).

O único ponto de discordância entre mim e Vitor era no que dizia respeito ao papel do sherpa. Eu queria subir sem oxigênio, com um sherpa ao meu lado usando os cilindros e levando um equipamento extra ao qual eu poderia recorrer numa emergência. Vitor não gostava dessa ideia. Ele queria fazer o ataque ao cume sozinho, porque achava que tirava um pouco o brilho da conquista ser acompanhado por um carregador de altitude. Vitor temia que o fato de ter um sherpa com ele usando oxigênio na subida gerasse desconfiança na comunidade de alpinistas. Sozinho, sem oxigênio suplementar por perto, ninguém poderia fazer a insinuação de ele ter usado os cilindros do sherpa. Conversamos muito sobre isso. Eu dizia:

— Poxa, Vitão, você não escala a montanha para agradar aos outros. O fato de usar oxigênio ou não só interessa a você. Se algum invejoso questionar o seu feito, não tem a menor importância, o que vale é a sua satisfação individual de ter vencido o desafio.

Nunca ninguém questionou meus desafios, com TV Globo na base fazendo cobertura ao vivo ou não. E nunca deixei de mudar a estratégia de uma expedição por ter ou não testemunhas ou pensando no que os outros iam achar. Para que eu entendesse o seu ponto de vista, Vitor deu o seguinte exemplo: uma coisa é o Pelé batendo um pênalti numa pelada em um churrasco. Outra é o Rei fazendo o milésimo gol no Maracanã lotado, com o Brasil inteiro assistindo ao vivo. A pressão sobre ele é muito diferente em cada uma dessas situações. Eu argumentei que, se o sujeito é um bom batedor de pênalti, esquece o mundo ao redor e se concentra em si próprio e na bola. Dessa forma, ele vai fazer o gol com a mesma destreza. No nosso caso, se confiávamos na nossa capacidade, não era necessário mudar uma decisão em prejuízo da segurança apenas por causa da expectativa dos outros. Eu me preocupava menos do que o Vitor com o que as pessoas iam dizer. Meu interesse nunca foi o *Guinness Book*, o livro dos recordes. Minha meta é satisfazer sonhos pessoais. Assim se exerce a paixão pelo desafio.

Evidentemente, há picaretas no montanhismo. Tem gente que usa oxigênio apenas dentro da barraca, nunca fora, e acaba sendo reconhecido como se tivesse chegado ao cume sem fazer uso dos cilindros. É muito difícil ter fiscalização na montanha. O julgamento mais respeitado no himalaísmo é o de uma senhora inglesa de quase 90 anos que vive em Katmandu. Jornalista aposentada, ex-correspondente da agência *Reuters* no Nepal, Elizabeth Hawley recebe a visita dos alpinistas para narrar os detalhes de suas expedições. Com base no que eles contam e nas informações passadas por outros montanhistas, ela define quem alcançou e quem não alcançou o cume, e de que forma. Ela faz isso há décadas. Hoje, Elizabeth tem uma equipe de pessoas que a ajudam a fazer as entrevistas e a manter atualizado seu banco de dados dos heróis do Himalaia.[26] Mas a melhor fiscaliza-

26 Reunido no site www.himalayandatabase.com.

ção é a do próprio alpinista, quando ele deita a cabeça no travesseiro e pensa: "Caramba, eu consegui" ou "Sou uma fraude". Algumas pessoas não se importam em enganar todo o mundo, desde que possam colher os louros da suposta conquista. Deve ser esse o caso de Ravi Chandram, da Malásia, uma das pessoas a quem Vitor dedicou sua escalada quando chegou ao cume sem oxigênio. Se Vitor soubesse da verdadeira história de Ravi, não teria feito isso.

Como a motivação para subir uma montanha é muito pessoal, já que ninguém escala por dinheiro, é preciso respeitar o desejo do Vitor de atacar o cume da maneira como ele fez. Ele era um atleta muito bom, com grande conhecimento técnico e excelente força física. Apesar de não concordar que ele escalasse sem sherpa, eu só podia respeitar sua decisão. Ou seja, o fato de Vitor ter atacado o cume sozinho, sem a minha companhia nem a do sherpa, já estava previsto na estratégia que havíamos combinado de comum acordo. Não havia nada que eu pudesse fazer quanto a isso. Apesar de óbvia, levei muito tempo remoendo os fatos até aceitar essa conclusão.

Menos clara para mim era a solução para o enigma sobre até que ponto eu poderia ter evitado a morte do Vitor se estivesse esperando por ele no C3. Certamente, eu seria capaz de propiciar primeiros socorros melhores do que os dados pelos sherpas na barraca. Mas hoje sei que isso talvez não fosse o suficiente para salvar sua vida. É impossível saber com certeza o diagnóstico do mal que acometeu Vitor em sua escalada. Quando não são vitimados por uma queda ou uma avalanche, os alpinistas em alta montanha em geral falecem por três motivos principais: hipotermia, edema pulmonar (HAPE) e edema cerebral (HACE), as duas formas de mal de altitude crônico. Conforme expliquei no capítulo 7, os principais sintomas de HAPE são: ofegação constante mesmo em repouso e som de peito borbulhando durante a respiração. Já os sinais mais perceptíveis de HACE são: confusão mental ou perda de consciência.

Provavelmente, Vitor sofreu de hipotermia e edema pulmonar. Com menor probabilidade, talvez também estivesse com princípio de edema cerebral. Esse é o diagnóstico aproximado que pode ser feito com base no tempo de escalada, nas imagens e nos vídeos que Vitor registrou no cume e no relato de Ang Dawa. Vitor levou 14 horas para escalar até o topo, contando a partir do C3. É bastante, mas foi no limiar do que nós considerávamos seguro. Inicialmente, tínhamos planejado um limite de 12 horas para a ascensão final. Depois, ampliamos para 14 horas o tempo máximo, porque a escalada sem oxigênio é inevitavelmente mais lenta. Quando Ang Dawa me entregou a máquina fotográfica de Vitor, eu conferi os horários das fotos feitas no cume. Da primeira imagem até a última, havia uma diferença de oito minutos. Por isso calculo que Vitor permaneceu por dez minutos no topo. Os três vídeos feitos por ele demonstram que sabia do avançado da hora e que precisava voltar logo. Também fica claro que estava consciente, com a capacidade de julgamento e de raciocínio aparentemente intacta. Mas Vitor ofegava e tossia bastante nos depoimentos gravados, aos quais não posso assistir sem me emocionar profundamente. Eis o que ele disse.

Primeiro vídeo

Eu estou no ponto mais alto do planeta – 8.850 metros de altitude para uns, 8.848 para outros. Eu acabo de me tornar o primeiro brasileiro a pisar neste lugar sem utilizar oxigênio suplementar e sem ter a ajuda de sherpa neste dia da escalada. Eu escalei sozinho, e foi animal. É muito difícil. Eu estou muito, muito cansado. Inclusive preciso descer logo, mas eu queria dedicar esta escalada para o Rodrigo Raineri, meu parceiro. Se não fosse por ele, eu nunca teria vindo aqui, não teria participado da nossa primeira expedição, não estaria pisando aqui agora. Chegar até aqui é muito mais que montanhismo, tem grandes desafios envolvidos em montar uma expedição para cá. Se não fosse o Rodrigo Raineri, tenho certeza que eu nunca teria vindo para cá. É isso! Hoje o clima está ruim, está nublado, está ventando e é prudente eu sair daqui logo, porque mais de 80% dos acidentes ocorrem na descida. Hoje, enquanto eu subia, vi vários corpos desta temporada, inclusive um deles, o David Sharp, da Inglaterra, que estava com a gente e faleceu antes do primeiro escalão. Não sei, não dá pra entender como. Dedico esta escalada também a ele, e também ao Ravi Chandram, da Malásia, que congelou todos os dedos das mãos. Um grande abraço. É isso aí. Vamos apreciar o lugar mais alto do planeta.

Segundo vídeo:

Aí, Caco![27] *Consegui mais uma vez, cara! Não sei como! Hoje eu estava aqui perto, olha como a cabeça da gente é doida, eu estava triste porque queria ter subido mais rápido, porque queria estar me sentindo melhor, estou meio doente. Quase que eu não subo. Mas me lembrei de você, cara. Você me dá muita força. Então eu subi aqui, cara, nesta montanha, muito por você, pela Marina, pelos meus filhos. Seu amuleto está comigo, cara. Espero descer são e salvo para te devolver mais uma vez. Vou te dar tam-*

27 Caco Alzugaray, amigo meu e do Vitor, *publisher* da revista *Go Outside* e patrocinador de nossa expedição em 2006.

bém um outro presente, uma surpresa. Então valeu! Você não imagina como você me ajuda! Um grande abraço para você, pra Marina e pros nossos fofitos. Vocês é que me dão força nesta vida!

Terceiro vídeo:

A aresta do cume do Everest, mas não dá para ver, está tudo nublado. Não tem muita gente, por isso está na hora de eu vazar também!

Esses depoimentos em vídeo contêm as últimas imagens do Vitor. Quando Ang Dawa foi ao seu encontro a 8.500 metros de altitude, encontrou meu parceiro consciente, mas bastante debilitado e com o pensamento lento, olhando para o vazio. Vitor estava sem as luvas grossas, com as mãos congeladas. Talvez ele as tenha tirado para fazer fotos no cume ou para passar um mosquetão em uma corda. Isso com certeza dificultou a sua descida, pois com as mãos congeladas é impossível usar as cordas fixas na montanha. Corretamente, Dawa lhe deu oxigênio para respirar e iniciou a descida ao acampamento 3. Essa é a regra básica na montanha: quando alguém está em apuros com sinal de mal de altitude, deve-se descer imediatamente o máximo que der e, se estiver disponível, ministrar o gás concentrado.

Na barraca do C3, Ang Dawa e Pechumbi, que estava no C2 e foi chamado pelo irmão para ajudá-lo, fizeram o que podiam para aquecer Vitor, dando-lhe líquidos quentes para beber. Eu teria feito mais, como colocar garrafas de água quente por dentro de sua roupa, nas pernas e no tórax. O calor externo evitaria que o organismo em hipotermia gastasse energia para se esquentar. Vitor também tinha muita dor no peito, que não passava com a tosse, sinal de edema pulmonar. Segundo Dawa, em determinado momento ele começou a dizer que estava cansado, que era para os irmãos sherpas irem embora, porque não adiantava mais cuidar dele. Mas ele chegou a dar indícios de recuperação, a ponto de ter feito piada com Dawa por estar sendo tratado como um bebê. Ocorre que, quando uma pessoa está voltando de um estado de hipotermia, ela pode sofrer um infarto. Se foi isso o que aconteceu com Vitor, suas chances de sobreviver seriam pequenas mesmo se ele estivesse sendo atendido em um dos melhores hospitais de São Paulo.

Quanto ao edema pulmonar, eu poderia ter tratado de uma maneira mais adequada que os sherpas. Quando pedi a Ang Dawa para me entregar o que estava no bolso de Vitor, além da máquina fotográfica, ele me deu o telefone por satélite, 500 dólares em dinheiro, um colarzinho de boa sorte dado pelo Caco e uma cartela de dexametasona. Estava intocada. Vitor não havia tomado um comprimido sequer. Esse remédio tem justamente a propriedade de combater o edema pulmonar de altitude. Ou os sherpas não viram a cartela, ou não sabiam para que servia, algo bem provável. Eu teria feito Vitor tomar um comprimido imediatamente. Além disso, eu o teria mantido sentado e não deitado, como fizeram os sherpas, porque na horizontal os líquidos preenchem os pulmões mais rapidamente. Mas não dá para culpar os sherpas, porque eles fizeram o possível, de acordo com seu parco conhecimento de fisiologia e de ciência da altitude.

Com o tempo, fui me convencendo de que não é possível voltar no tempo e modificar o destino e que de nada adianta me atormentar com hipóteses do tipo "e se eu estivesse lá para dar dexametasona para ele". Vitão escreveu a sua história. Sobrevivemos a tantos perigos juntos, a avalanches, a queda em greta, a pedras rolando sobre nossas cabeças. Vitor é o único sujeito que eu conheço que levou um tiro e nem caiu no chão. Isso ocorreu em Campinas, quando um assaltante tentou levar a moto dele. O bandido se assustou com algum gesto de Vitor e atirou em sua barriga. A bala ficou alojada na pochete de Vitor. O ladrão subiu na moto para fugir, foi perseguido pela polícia, bateu em um poste e morreu. Resumindo: Vitor foi baleado, mas quem morreu foi aquele que atirou. Definitivamente, não era a hora do Vitão. Em vez disso, o destino quis que sua trajetória extraordinária terminasse ali, no seio de Chomolungma, a Deusa Mãe do Mundo, aos 39 anos.

TRY ON
TRY ON

CAPÍTULO 15

O RETORNO

Vitor Negrete na expedição ao Everest em 2005.

Acampamento base, face norte do Everest, Tibete, China
23 de maio de 2006
9h

Chegou o momento de partir, deixando para trás a montanha e, em seu flanco, meu parceiro e amigo. Concluir minha própria escalada já estava fora de cogitação, e não era nada agradável ficar só no outro lado do mundo, psicologicamente debilitado e com saudade de tudo e de todos. Foi muito duro arrumar o equipamento, principalmente empacotar as coisas do Vitor. Ir em dupla e voltar só é um sentimento que não desejo a ninguém. Mais do que um vazio, é uma sensação de perda de um futuro brilhante, da falta de uma metade.

Na companhia de Ang Dawa, desci do acampamento avançado para o base com extrema rapidez. No meio do caminho, Dawa aproximou-se de um sherpa com quem começou a conversar enquanto caminhavam. Cheguei perto e vi tratar-se de Lila Tamang, o mesmo que desmontara o acampamento do C3 na expedição de 2005 e quase nos matara, deixando-nos sem abrigo na volta do cume. Fiquei desfigurado de raiva. Olhei para Dawa e disse:

— Dawa, por que você está falando com esse cara?

— Ele? Por quê?

— Porque eu não gosto desse cara.

Eu nunca tinha dito algo assim antes na minha vida. Eu estava chateado, triste, revoltado com a morte de Vitor e fiquei imaginando que, se Lila zombasse dele, desse uma gargalhada ou dissesse qualquer coisa desrespeitosa a respeito da morte dele, eu seria capaz de matar aquele nepalês. Dawa olhou para mim com cara de espanto; Lila apertou o passo e sumiu. Felizmente, nunca mais o vi.

No acampamento base, além de esperar o caminhão com a carga de toda a expedição, que partiria apenas depois de algum tempo, pois alguns integrantes ainda estavam escalando, havia uma série de procedimentos burocráticos a serem resolvidos antes da minha volta ao Brasil. Entre eles, providenciar o atestado de óbito do Vitor. Depois de diversas peregrinações à casa do oficial de ligação chinês, telefonemas para o consulado brasileiro na China e contatos com autoridades no Brasil, intermediados por Sueli, reuni e encaminhei os documentos necessários, desde depoimentos até o passaporte.

Pepe mostrou-se um grande companheiro, auxiliando-me no possível. Fretamos um jipe e viajamos até a fronteira, e de lá para Katmandu. Muita música, bebida e ópio faziam passar o tempo, livrando-nos momentaneamente da dura realidade. Nada do que fizéssemos, no entanto, era capaz de apagar a dor da perda de Vitor. Brindávamos ao nosso amigo, ora rindo e recordando histórias engraçadas, ora mudos, mordendo os lábios e olhando para o infinito.

Katmandu não é o melhor lugar para ficar esperando equipamentos e documentos, e decidimos ir para a região do Annapurna. Tomamos um ônibus para Besihar, pois queríamos fazer uma caminhada, mas as chuvas já estavam chegando, e acabamos tomando outro veículo, transbordando de gente, para Pokhara. Fizemos esse segundo trecho da viagem sentados no teto, no bagageiro, em cima das malas, no mais puro estilo nepalês.

Enquanto o ônibus recortava as estradas sinuosas, beirando os abismos do Nepal, a cordilheira do Himalaia, com suas neves eternas ao fundo, dava ainda mais encanto à paisagem preenchida por camponeses e vilarejos. As mulheres plantavam batatas, alguns homens trabalhavam em construções enquanto outros jogavam e bebiam nos bares, e as crianças corriam e nos acenavam, nuas ou seminuas, brincando e felizes por verem dois branquelas em cima das malas do ônibus, lugar normalmente reservado aos mais jovens e corajosos nepaleses. Foram quatro horas inesquecíveis, com as imagens do coração do Nepal impressionando nossas mentes atordoadas.

Ficamos alguns dias em Pokhara, cidade turística com um lago maravilhoso, onde se pode nadar e remar com vista para os montes Annapurna e Machapuchare. Alugamos duas motos e rodamos pelos vilarejos vizinhos. De dia, fazíamos de tudo para ocupar o tempo e, à noite, bebíamos cerveja em bares cheios de turistas. Quando perdíamos o rumo, o jeito era mostrar o cartão de visitas do hotel para o taxista.

De volta a Katmandu, era hora de encarar a realidade novamente. Conferi equipamentos e documentos e embarquei no avião para o Brasil. Na bagagem, a maior parte era de pertences do Vitor. Foi muito difícil voltar só. Mas é para voltar que partimos.

Um mês depois, publiquei um desabafo na internet:

Olá.

Estou de volta ao Brasil, ao meu trabalho, mais uma vez procurando adaptar-me ao dia a dia, depois de experiências muito fortes, marcantes e, desta vez, muito, muito tristes na montanha.

Gostaria de agradecer mais uma vez a todos os familiares e amigos que ligaram e mandaram mensagens de apoio e incentivo. Vocês me ajudaram muito sempre, nos melhores e nos mais difíceis momentos!

Costumava dizer a familiares, amigos e companheiros de trabalho, e também nas palestras que ministrava, muitas delas com Vitor, que talvez o maior desafio de escalar grandes montanhas seja a volta.

Sempre nos preparamos muito para ir: estudamos, treinamos, planejamos, pensamos durante muito tempo na expedição que faremos. Durante a escalada existe o processo de aclimatação, em que precisamos subir e descer várias vezes a montanha, indo cada vez mais alto, para deixar o organismo apto a enfrentar o ar frio, seco e rarefeito das grandes altitudes, e isso leva tempo.

Durante uma expedição, vivemos intensamente! "Os dias que esses homens passam nas montanhas são os dias que realmente vivem!", chegaram a escrever. É um esforço incrível, suportado através de ajuda mútua, em um ambiente hostil e com experiências extremas.

A convivência com outras culturas, com modos de vida, valores e crenças completamente diferentes dos nossos, é enriquecedora.

Quando partimos para uma expedição, a expectativa de todos, principalmente daqueles com quem convivemos diariamente, é que voltemos exatamente como partimos. Mas em apenas um mês de expedição vivemos momentos tão fortes de alegria e dor, de sofrimento, superação e privações, que em pouco tempo mudamos muito!

Mas não nos preparamos para a volta, e ela é feita de uma maneira muito brusca, muito rápida, se comparada a todos os preparativos e à expectativa da partida. É possível descer de um cume de mais de 6.000 metros na Bolívia e estar em casa, em Campinas, no dia seguinte.

Voltamos modificados. O sentido das coisas e a velocidade do mundo mudam totalmente quando estamos na montanha. Abrir uma torneira e poder lavar as mãos! Que delícia! Com água quente? Mais gostoso ainda. Um lençol limpinho em um colchão gostoso, de onde não vamos despencar enquanto dormimos e onde nenhuma avalanche vai nos atingir, é um prazer: é possível relaxar e dormir tranquilo. Uma mesa com saladas, frutas e carnes. Um rodízio!!! Nossa, como precisamos de pouco para sermos felizes.

Um abraço no filho, um beijo na amada. Existe algo melhor do que isso?

Como é bom estar de volta a tudo aquilo que apreciamos verdadeiramente – que pode nos passar despercebido porque vivemos com tudo isso diariamente e nos acostumamos, deixando de perceber o real valor das coisas mais simples.

Jamais seremos os mesmos depois de uma expedição de verdade a uma grande montanha. Todo alpinista sabe disso. Vivi grandes e bons, maus e terríveis momentos com amigos de verdade nas montanhas. Jamais serei o mesmo depois do Everest 2006. Parte de mim também ficou no Everest, assim como no Aconcágua, no Condoriri, no Tronador. Toda vez que exponho o corpo ao ar rarefeito, sei que estou perdendo neurônios, cabelos, vitalidade. Parte se regenera, parte perdi para sempre. Mas a pior perda foi a da minha outra parte. Meu maior parceiro e amigo ficou na montanha, para sempre.

Olho a montanha, vejo duas imagens. Odeio a montanha pelo que aconteceu. Amo a montanha, pois é lá que meu amigo está, é lá que meus amigos vivem intensamente. É lá que aprendem o real valor das coisas. Fomos em dupla, voltei só. A volta é um grande desafio.

CAPÍTULO 16

O CUME

O escalão Hillary é, para muitos, um dos principais obstáculos próximo ao cume.

Cascata do Khumbu, face sul do Everest, Nepal
23 de maio de 2008
6h

Dei o último passo no delgado degrau de uma escada de alumínio apoiada como uma ponte sobre uma gigantesca greta da cascata do Khumbu. Uma vez do outro lado, após firmar os pés na neve fofa, olhei ao redor. De madrugada havia nevado bastante. Era uma noite linda. Pela terceira vez eu estava transpondo a cascata de gelo. Na primeira, durante a subida de aclimatação, dias antes, fiquei dividido entre apreciar, abismado, a beleza daquele lugar e me concentrar em não fazer um movimento em falso no terreno instável. Devido à tensão de passar pelas enormes fendas do glaciar e por baixo de *seracs* ameaçadores, acabei não curtindo tanto. Na segunda passagem pela cascata, na descida da fase de aclimatação, eu tinha pressa de resolver os problemas com o gerador do acampamento base. Agora, escalava o Khumbu rumo ao acampamento 2, sem parar no 1. Eduardo Keppke, meu parceiro, havia preferido fazer a ascensão em duas etapas, por isso partira um dia antes do acampamento base, acompanhado do sherpa Naa Tenzing. Ele me encontraria no acampamento 2, após dormir no 1. Já mais familiarizado com os obstáculos da cascata de gelo, eu podia aproveitar a sensação de estar integrado a um ambiente absolutamente diferente de tudo o que vemos no dia a dia. É sempre assim na montanha. Nos dias em que estamos com pressa, cansados, desidratados ou com dor de cabeça, nem olhamos ao redor e ignoramos a beleza cênica das torres de gelo e das profundezas das gretas. Tem dias em que estamos nos sentindo bem, felizes, em um estado de quase euforia. É quando a natureza nos parece maravilhosa, com suas formas impressionantes e uma imponência que nos faz respeitá-la ainda mais. É quando nos sentimos parte do todo. Não é qualquer ave ou outro animal que chega até ali. Por isso, temos a impressão de ter recebido uma permissão especial da natureza para frequentar aquele *habitat* inóspito. Se o ser humano é capaz de interagir com a cascata do Khumbu, é porque também pertence ao lugar.

Vitor ia gostar de conhecer e atravessar a cascata de gelo[28]. Como eu, ele sabia apreciar os desafios que a natureza é capaz de nos impor, com seu paradoxal poder de produzir beleza e destruição.

28 As duas únicas expedições de Vitor ao Everest, em 2005 e 2006, foram pela face norte.

Lembrei-me da escultura em homenagem aos alpinistas mortos no Everest que Eduardo e eu visitamos no vilarejo de Periche, durante nosso *trekking* para o acampamento base, no início de nossa expedição. Trata-se de um monumento de aço cromado em forma de cone, apontando para o céu, mas cortado ao meio. Nas faces internas, estão inscritos os nomes e as datas de óbito de todos os montanhistas vitimados na maior montanha do mundo. Abaixo de "Vitor Negrete", havia alguns nomes de alpinistas mortos na temporada de 2007. Mas o que me marcou mesmo foi o espaço em branco reservado para as futuras vítimas. Ou seja, quem concebeu aquele memorial, em frente ao hospital da Associação de Resgate do Himalaia, sabia que a lista de mortos no Everest vai continuar crescendo. Olhar o espaço em branco na escultura, quando se está a caminho da montanha, dá uma sensação ruim. Apesar de ser bastante óbvio que, por mais procedimentos de segurança que se adote, sempre haverá mais mortos no Everest. De maneira similar, um motorista, quando pega uma estrada no Brasil, sabe que alguém morrerá ali, naquele dia ou muito em breve. O espaço em branco no memorial aos mortos do Everest era como os túmulos ainda desocupados de um cemitério. O fato de as duas metades do cone serem cromadas, brilhantes, parece ser uma alusão ao Everest em si, uma montanha de neve. Os nomes escritos na parte interna do cone talvez signifiquem que aquelas pessoas foram abraçadas pela montanha, que elas estão no seio de Chomolungma. O importante é que o nome delas nunca será apagado da história. Elas sempre serão lembradas por quem percorre a trilha até o pé do Everest. Por fim, o aço cromado do monumento tem o efeito de espelhar a imagem dos visitantes, obrigando os alpinistas, como eu e Eduardo, a refletir sobre nossa própria relação com a montanha e sobre o risco de também nós sermos tragados por ela. É uma escultura triste, mas bonita.

Cheguei ao C2 às 13h, após nove horas de caminhada a partir do acampamento base. Eu estava sedento e ansiava por chegar à minha barraca, onde esperava por mim um isotônico que eu trouxera do Brasil e preparara especialmente para o término de um dia cheio e extenuante. Entrei na barraca e procurei a bebida, mas não a encontrei. Descobri então que meus sherpas haviam bebido tudo. Estavam enjoados do gosto dos sucos em pó Tang, segundo me disseram. Pareceu-me desaforo, vingança pelo fato de, durante a fase de aclimatação, eu os ter obrigado a mudar o acampamento de lugar, pois haviam montado as barracas sob um enorme *serac* vacilante.

Preferi não criar caso por causa do isotônico, mas comecei a me sentir desconfortável com minha equipe. Almocei com Eduardo e com os outros, e permanecemos no C2 no dia seguinte para nos aclimatar e descansar. No dia 25, partimos para o C3, no que eu já considerava o início do ataque ao cume. Foi uma ascensão difícil, com muita neve, vento e frio. Como Eduardo estava escalando com oxigênio suplementar e eu sem, nossas barracas do acampamento 3 estavam em altitudes diferentes. A minha estava a 7.500 metros, e a dele, a 7.200. Eu precisava estar mais próximo do cume para a escalada final. Quando cheguei à minha barraca no C3, levei mais um susto: não estava lá o saco inteiro de comida que eu preparara para alimentar a mim e ao Dawa antes de nos lançarmos ao cume – e, o que também é importante, para reabastecer nossas energias na volta. Eu havia levado oito meses para decidir e montar a dieta ideal para o dia do ataque ao cume. Identifiquei e testei o melhor gel de carboidrato, achei um complemento alimentar que meu estômago aceitava bem e comprei müsli na medida certa. Preparei saquinhos de chupe-chupe com os isotônicos, cuja mistura fora feita primeiro no meu cantil para conseguir a concentração correta. Enfim, fiz um trabalho detalhista, científico, para ter um bom desempenho na montanha. Não podia acreditar que, pela terceira vez em uma expedição ao Everest, eu fora roubado. Na primeira, em 2005, o sherpa Lila Tamang levara nosso acampamento embora enquanto Vitor e eu atacávamos o cume. Em 2006, os mantimentos e os equipamentos de nossa barraca-depósito do acampamento 2 da face norte haviam sido surrupiados durante a escalada de Vitor. Agora, eu teria de passar uma noite no C3, subir ao C4, dali escalar 900 metros em aclive até o topo e depois descer a montanha, tudo sem comida.

Sentei na neve, ao lado da barraca, naquela pirambeira a 7.500 metros de altitude, com o rosto queimado pelo sol e pelo frio, olhei para o horizonte maravilhoso do Himalaia, salpicado por agulhas de pontas brancas, e chorei. Apoderou-se de mim uma angústia, uma decepção com a espécie humana. Que tipo de gente faz uma coisa dessas com alguém em situação vulnerável? Quando um equipamento é furtado, tendo a crer que o ladrão seja um sherpa interessado em ganhar uns trocados. O que motivaria um montanhista que gasta 60.000 dólares para escalar uma montanha a roubar um saco de dormir? Ele não tem forças sequer para carregar o dele, se pudesse o deixaria na montanha. Quanto à comida, o ladrão pode ser algum alpinista metido a esperto. Conheço histórias de montanhistas que são enaltecidos por terem escalado montanhas de mais de 8.000 metros sem o auxílio de sherpas. O segredo do sucesso deles é invadir as barracas de outras expedições e comer sua comida. Vai dizer que foi uma expedição solo, como se denomina no alpinismo? Solo uma ova. Evidentemente, há exceções, e alguns poucos atletas de ferro minimalistas de fato carregam tudo o que consomem.

Se eu souber que um alpinista que estava descendo a montanha em meio a uma tempestade, à beira da morte, entrou na minha barraca para se proteger, usou meu equipamento e comeu um pouco dos meus mantimentos, não vou achar ruim. Eu desisto de escalar a montanha para que uma pessoa no limite da sobrevivência possa se socorrer. Não foi o que aconteceu na minha barraca do acampamento 3, em 2008. Alguém levou o saco inteiro de comida, não deixou nem migalhas. Havia a possibilidade, da qual não tenho provas, de os meus próprios sherpas terem jogado a comida fora no momento em que levaram os equipamentos para montar o C3. Para aliviar o peso da carga, podem ter atirado os mantimentos em alguma greta, por exemplo, para depois dizer que fizeram o transporte. Essa tese fazia sentido, pois o clima com os sherpas, com exceção talvez de Ang Kami, estava pesado desde o episódio da barraca sob o *serac*. Talvez eles achassem que eu não precisava daquela comida.

Comuniquei-me por rádio com Eduardo, que estava em sua barraca, a 300 metros verticais de distância da minha. Seus mantimentos estavam intactos. Pedi ao sherpa de Eduardo, Naa Tenzing, que levasse algo consigo para o acampamento 4 no dia seguinte. Não era muita coisa: um macarrão instantâneo, algumas barrinhas de cereal. Falei por rádio também com outras expedições e recebi autorização para usar o resto de comida que encontrasse em suas barracas – as aquisições mais substanciosas foram uma bisnaga de leite condensado, um pedaço de salame e um de queijo.

A ventania se intensificara. Encontrei cinco italianos desistindo após tentar fazer a escalada sem oxigênio. Um deles já havia atingido o cume sem cilindros em 2001. Se o tempo continuasse ruim, seria inviável, para mim, escalar sem o gás complementar.

No dia seguinte, segui pelo caminho das cordas fixas em direção ao acampamento 4. Nesse trajeto, Eduardo, com seu equipamento de respiração complementar, me alcançou. Caminhamos juntos por algum tempo, até que ele começou a apertar o passo e me deixou para trás. Chegou ao acampamento 4 uma hora antes de mim. Fui no meu ritmo, sem me desgastar. O clima variava: ora fazia muito frio, ora amenizava. Como estávamos bem agasalhados e equipados, conseguíamos suportar. Para evitar o congelamento dos pés, levei pela primeira vez um excelente equipamento muito usado por esquiadores: um par de palmilhas-aquecedoras. Trata-se de um condutor de cobre em formato de triângulo abaloado, conectado a uma resistência alimentada por uma bateria presa do lado de fora da bota. O condutor deve ser colocado sob a planta do pé, próximo aos dedos. Optei por instalá-lo entre duas meias. A bateria funciona em três níveis. No nível 1, dura 15 horas, mas aquece pouco. No nível 2, aguenta três horas e é mais quente. No nível 3, resiste por uma hora e esquenta ainda mais. Quando uma parte do corpo sofre congelamento, ainda que reversível, torna-se mais propensa a enfrentar o mesmo mal. Como eu tive congelamento nos pés após a escalada da face sul do Aconcágua, em 2001, tenho perfusão ruim nas extremidades dos pés, o que deixa meus dedos mais vulneráveis ao frio. Eu tinha apenas um par de baterias funcionando. Por isso, Eduardo decidiu ceder as dele para mim:

— Eu nunca tenho frio nos pés, nunca tive congelamento. Não vou usar o aquecedor. Pode ficar com as baterias.

Eu acabei não precisando das quatro baterias. O par que eu tinha era o suficiente. Mas fiquei orgulhoso da atitude de Eduardo. A mesma que Vitor havia tomado no cume do Everest em 2005, quando cedera oxigênio para Irivan e Waldemar. Essa é a postura correta no montanhismo, a meu ver. O alpinista que demonstra solidariedade com o próximo é, em geral, também um sujeito que preserva a natureza, que recolhe o seu lixo da montanha. Tudo é parte de um mesmo comportamento ético. Eduardo e eu tínhamos como música-tema da expedição uma canção de Almir Sater, "Razões". Para nós, uma ode ao companheirismo e à parceria em empreitadas desafiadoras. Os primeiros versos dizem: "Conte comigo, meu amigo/ Se for pra te dar a mão /Mas se for pra correr perigo / Que seja boa a razão".

Confortável dentro de minha roupa, segui rumo ao C4. Como Ang Dawa utilizava oxigênio suplementar e tinha uma carga mais pesada para levar, eu lhe disse para não me esperar. Sozinho, portanto, transpus a Franja Amarela, o primeiro trecho de rocha da rota final para o topo. Se não fosse uma escalada em estilo expedição, ou seja, se já não houvesse corda fixa para superar seus 100 metros de solo quebradiço, a Franja Amarela seria um obstáculo difícil e demorado. Não fossem as cordas, talvez eu preferisse contornar aquele trecho pela direita, pelo gelo. Em seguida, passei por baixo do acampamento 4 do Lhotse, numa travessia longa na neve, e alcancei o Esporão de Genebra, outra subida em pedras. Quando saí do Esporão, fiquei mais exposto ao vento, que se torna mais veloz porque chega afunilado entre o Everest e o Lhotse. É o mesmo princípio de um rio muito caudaloso que, ao passar entre duas paredes apertadas de um cânion, vira uma corredeira. É o chamado efeito Venturi: nas passagens mais estreitas, a pressão e, portanto, a velocidade são maiores. Os tubos pitot, instrumentos que medem a velocidade dos aviões, funcionam com base nesse princípio, calculando-se as variações de pressão do ar dentro de diferentes seções de um tubo.

O vento no acampamento 4 (7.950 metros), portanto, estava infernal. Entrei na barraca e vi que não havia condições meteorológicas para continuar a escalada. Consultei a previsão do tempo pelo telefone por satélite: tinha piorado. Quando saí do acampamento base, a expectativa era de bom clima. Ao chegar ao acampamento 2, a previsão passou a ser de ventos de 30 quilômetros por hora, no limite do que seria razoável para fazer a escalada sem oxigênio. No acampamento 3, os meteorologias previam ventos de 50 quilômetros por hora no dia de cume. Agora, no C4, estimava-se uma velocidade de 70 quilômetros por hora. Isso significava que a sensação térmica no topo do mundo seria de pelo menos 50°C negativos. Tive de desistir do meu sonho de escalar o Everest sem oxigênio, mas já estava feliz. Chegara pela segunda vez a 8.000 metros, no último acampamento do Everest, sem ter de recorrer aos cilindros.

Sobravam duas opções: voltar ou seguir com oxigênio. Mas eu tinha apenas dois cilindros de emergência, insuficientes para a ascensão. Consegui falar com o *sirdar* de uma expedição coreana que voltava do cume. Alguns integrantes desistiram da escalada e tinham cilindros cheios de oxigênio sobrando.

— Vende aí. Eu lhe pago lá na base – propus ao *sirdar*.

— Não sei, não. Com que garantia...? – disse ele.

— Pode vender, o Rodrigo honra seus compromissos – reforçou Ang Dawa, que por sorte era parente do outro sherpa.

Negociar cilindro de oxigênio no acampamento 4 do Everest, onde o ar contém apenas um terço da concentração do gás ao nível do mar, é pior do que comprar uma garrafa de água mineral geladinha no deserto do Saara. O *sirdar* queria cobrar o preço normal do cilindro mais o custo de carregá-lo lá para cima. Ou seja, 450 dólares a garrafa de oxigênio mais 120 do transporte.

— Puxa, mas estou comprando dois cilindros que já estão aqui. Vocês ainda teriam o trabalho de carregá-los cheios, pesados, de volta ao acampamento base. É um trabalho em dobro que eu lhes poupo. E o outro cilindro é para o uso de Ang Kami, sherpa como vocês.

Depois de muita discussão, consegui comprar o oxigênio ao preço de Katmandu, sem pagar pelo transporte. Acabei adquirindo um cilindro sobressalente também para Ang Kami, o auxiliar de cozinha, que já estava equipado com dois.

À noite, o vento fez a barraca chacoalhar violentamente como um hipopótamo saindo de um rio. Havia meia dezena de expedições prontas para atacar o cume no colo sul, a área do tamanho de um campo de futebol onde são erguidas as barracas do C4. Nosso plano era sair para percorrer os 900 metros verticais que faltavam para o cume às 21h. Às 20h30, contatei Eduardo pelo rádio – ele estava na barraca ao lado, mas com o barulho do vento seria impossível me escutar gritando – para lhe dizer que teríamos de atrasar a saída. Liguei para o Brasil e gravei um depoimento para a imprensa. Três expedições haviam partido, e nós lá, esperando. Eduardo começou a achar que não iríamos mais, que eu tinha desistido por causa do mau tempo.

Na verdade, eu estava calculando o tempo exato para chegarmos à plataforma Balcony, a 8.500 metros, quando houvesse sol. A Balcony situa-se onde começa a aresta sudeste, uma crista nevada que leva ao cume. A partir desse ponto, o escalador fica menos exposto ao vento, porque ele segue pelo lado protegido da aresta. Sei por experiência que o sol, mesmo em um ambiente com ar muito frio, aquece mais na alta montanha do que, por exemplo, no gramado do Pacaembu, em São Paulo. Isso ocorre porque a neve reflete os raios solares para todas as direções. Ou seja, quando se caminha sobre a neve em dia de sol, o calor vem tanto de cima como de baixo. Esse fenômeno é conhecido como efeito albedo. No Everest, a neve fresca chega a refletir 90% do calor solar. Trata-se de uma energia valiosíssima para quem está se desgastando na zona da morte, com o termômetro marcando 30°C negativos na sombra. Meu plano era chegar à plataforma Balcony com sol, e ali, protegidos do vento, decidiríamos se continuaríamos a escalada ou não.

Às 22h30, passei um rádio para Eduardo:

— Du, pode se equipar, porque estamos saindo, cara! Vamos escalar esta montanha! Quando você estiver pronto, avisa, para sairmos das barracas todos ao mesmo tempo.

Essa orientação era vital: se alguém saísse antes, ficaria parado no frio, esperando os outros. Anil Batharai, que queria ser o primeiro nepalês da etnia neware a chegar ao cume, desistiu porque estava ventando muito. Preferiu ficar no C4, dando apoio. No dia seguinte, se o tempo melhorasse, talvez tomasse coragem. Todos prontos, Dawa e Naa Tenzing começaram a gritar:

— Vamos embora, vamos embora!

E fomos; saímos às 23h. Após cinco horas de escalada, encontramos três expedições voltando. Seus integrantes haviam desistido. Estavam há sete horas expostos ao frio e não aguentavam mais.

O começo da escalada é sempre difícil, porque o alpinista já sai de uma barraca gelada, onde ficou todo encolhido, com as juntas do corpo duras do frio. Até pegar o ritmo, demora um pouco. Por causa disso, pelo vento que soprava violentamente e nos desequilibrava a todo instante e pelo fato de estar com desarranjo intestinal, Eduardo andava devagar. Com um tanto de incentivo e outro tanto de pressão psicológica, ele apertou o passo.

Passamos pelo corpo de um alpinista estirado na neve. Ao avistar o cadáver, consegui bloquear uma série de emoções desagradáveis e não me abalei. Olhei para ele como um estudante de medicina para uma peça do laboratório de anatomia. Disse a mim mesmo: "Que esta imagem me sirva de alerta para os perigos do Everest". Lembrei-me do Vitor e fiquei aliviado de pensar que ao menos pudemos sepultá-lo na montanha.

Mais adiante, tentei beber um pouco de água, sorvendo-a da mangueirinha do meu cantil dromedário. Em condições de frio extremo, costumo colocar o dromedário por dentro da roupa, para o líquido não congelar. Mas eu chupava e não vinha água nenhuma. Talvez a mangueira estivesse dobrada. Ao dar um puxão para desenroscá-la, senti um calor nas costas e, em seguida, a água escorrer pelas minhas pernas e entrar na bota. Pensei: "Caramba, estourou o meu cantil. O que eu faço? Essa água vai esfriar e roubar todo o calor do meu corpo. Me ferrei". Decidi tirar o macacão de pluma de ganso para arrancar o cantil dali antes que vazasse mais. E tem gente que reclama de banho frio no Brasil: experimente tirar um macacão de pluma de ganso molhado a 8.000 metros de altitude em uma noite ventosa. Por sorte, eu já havia passado por uma situação parecida na Bolívia e tomei uma precaução: por baixo do cantil, eu estava vestindo um anoraque para isolar o vapor da transpiração e assim reter calor e umidade, o que não é usual na escalada em altitude. Isso garantiu que a água me molhasse apenas da cintura para baixo. Tirei o cantil já totalmente vazio e o prendi na corda fixa. "Eu pego na descida", pensei. Nunca mais o achei. Alguém deve tê-lo levado, ou talvez eu tenha descido por outro lugar. Nesse trecho do Everest, há muitas cordas velhas e novas, e é preciso concentrar-se o tempo todo em escolher as que estão em melhor estado para se prender. Como as cordas são muito compridas, é impossível saber se estão bem presas no alto – é um estresse danado. Por isso, acabei não encontrando o cantil na volta. Ou seja, fiquei sem água na subida e na descida. A escalada estava ficando cada vez mais arriscada: eu estava com o macacão de pluma molhado nas costas, com as pernas completamente encharcadas e passaria horas sem poder me hidratar e alimentar a contento. "Só faltava essa. Vou congelar e desidratar." Continuei subindo, mas fiquei atento para os sinais corporais de desconforto. Queria ver até onde resistiria. Consegui manter o desempenho, Eduardo entrou no ritmo, e, quando avistei a Balcony, senti até alegria. O dia estava clareando, e o sol estava batendo na plataforma. Fiquei satisfeito em conferir que a estratégia de sair tarde dera certo. Apertei o passo para sair da sombra e chegar logo à Balcony. Lá, tomei duas canequinhas de chá da garrafa térmica de Ang Kami.

Parei na plataforma para curtir os raios solares e a vista esplendorosa aos meus pés. O caminho seguia ao longo da aresta, com passagens muito estreitas, à beira do precipício. Esperei o Eduardo chegar. Ele estava cansado. Olhou para o caminho a percorrer, analisou as condições climáticas e vacilou:

— Puxa, Rodrigo, não sei, não...

— Du, vamos fazer o seguinte. O Naa Tenzing fica com você, e eu vou na frente com o Ang Dawa. O Ang Kami vem atrás, e você vai observando, vendo o que acha.

Enquanto eu subia, Du descansou na plataforma Balcony. Aqueceu-se, comeu, bebeu e sentiu-se revigorado. Olhei para trás e o vi dando os primeiros passos em direção à aresta. Fiquei feliz e comecei a gesticular, como quem diz: "vem, vem, vem". Eu gritava palavras de incentivo e assoviava. E ele veio. Continuei subindo e de vez em quando olhava para trás para conferir se Eduardo me acompanhava. Passamos por alguns trechos difíceis de escalada com corda, e, seis horas depois, abrindo caminho na neve fofa e lutando contra o vento, atingi o cume sul, um pico secundário da montanha, com 8.749 metros de altitude. A impressão que se tem dali é de o cume principal estar muito perto. Mas faltavam ainda duas horas de escalada, que começa com uma leve descida. Em seguida, chega-se a uma pequena caverna de rocha, um lugar relativamente protegido. Parei ali para urinar. Então me dei conta de ser aquele o lugar onde o neozelandês Rob Hall sobrevivera heroicamente durante duas noites após ficar preso na montanha por uma tempestade, em 1996. A história foi narrada no livro *No ar rarefeito*, do jornalista americano Jon Krakauer. A agonia de Rob Hall foi acompanhada em tempo real nos acampamentos inferiores e por sua mulher grávida, pois ele tinha um rádio e conseguiu manter contato com sua expedição até pouco antes de morrer. Ele teve tempo até de escolher, com a mulher, um nome para o bebê.

Procurei não ficar pensando em quanta gente boa havia sucumbido naquela caverninha, tentando se abrigar de intempéries, e segui em frente. Atingi o escalão Hillary, uma parede de rocha e neve de 9 metros de altura. Muitos montanhistas consideram este um dos mais difíceis obstáculos da ascensão. Achei fácil, principalmente por ter tanta corda fixa. É só agarrar uma delas que pareça mais firme, enfiar os *crampons* no gelo e subir. Quando Edmund Hillary superou esta face rochosa, não havia cordas. Em compensação, havia mais neve, o que facilita a escalada. Os *crampons* e a piqueta entram bem na neve ou no gelo, reduzindo os escorregões. Arriscado mesmo era o que vinha a seguir: uma travessia estreita contornando uma grande pedra, a ser transposta de lado, com um despenhadeiro de mais de 2.000 metros de altura às costas. Uma queda no escalão Hillary dá certa chance de sobrevivência, pois são poucos metros até o chão do platô. No contorno ao redor da pedra, não. Caiu, já era. Daquele ponto é possível avistar as barracas do ABC, o vale do Silêncio e toda a cordilheira do Himalaia.

Dali, era só avançar por uma rampa levemente inclinada até o cume. Olhei para trás, vi o Eduardo e reduzi o ritmo para ele me alcançar. Sentei em uma pedra para esperar. Eu estava com sede. Muita sede. O vento continuava nos castigando. O Eduardo chegou, tirou uma foto minha, e 10 metros de caminhada depois estávamos no ponto mais alto da Terra. Eram 15h do dia 27 de maio.

Meu primeiro gesto no cume foi ajoelhar-me em frente ao "altar", um amontoado de milhares de bandeiras de oração afixadas sobre um tripé, já totalmente coberto, no exato ponto mais elevado do cume, onde há também uma foto do líder espiritual tibetano Dalai Lama. Fiz uma saudação a Chomolungma, agradeci por estar ali, orei a Deus e dediquei o cume ao meu filho, Rodrigo, e ao Vitor Negrete. Agradeci aos patrocinadores e dediquei o cume também ao Eduardo, meu parceiro naquela expedição, a Graziela, minha namorada, a Sueli Rumi, a meus pais e a vários amigos que nos ajudaram. Esse foi um momento introspectivo. Depois, fiz a mesma dedicatória e os agradecimentos "oficialmente", em uma gravação em vídeo em que eu mostrava as fotos do Rodrigo e do Vitor. Tirei fotos no cume com retratos da Isadora, minha sobrinha, abraçando meu filho e da Graziela, pessoas que levo sempre no meu coração.

Eu estava satisfeito com o resultado. Meu projeto era chegar ao cume apenas com o fôlego dos pulmões, mas só o fato de ter começado a usar os cilindros apenas a 8.000 metros e de ter superado todas as outras adversidades da subida já me deixava contente. Por causa das condições climáticas, ninguém conseguiu escalar o Everest sem o auxílio de oxigênio suplementar na temporada de 2008. O único alpinista a tentar acabou, infelizmente, morrendo na descida.

Apesar do vento forte, ficamos mais de 45 minutos no cume. E como nenhuma escalada termina no topo, iniciamos a volta – por sinal, muito sofrida. Enquanto descia o escalão Hillary, olhei para o lado e vi duas nuvens enormes, um cumulonimbus atrás do Nuptse (7.861 metros) e outro, muito alto, em cima do Lhotse. Prenúncio de trovoadas. "Isto aqui vai virar um inferno", pensei. Parei sob o cume sul, pedi ao Ang Kami um último gole do chá que estávamos dividindo e me preparei para a tempestade. Mas, como por um milagre, as nuvens mudaram de direção.

Esperei Eduardo me alcançar, e seguimos. Chegando à Balcony, Naa Tenzing e Ang Kami aceleraram montanha abaixo. Ficamos para trás Dawa, Eduardo e eu. Começou a escurecer e a ventar. Tínhamos de equalizar a pressa para não congelar e a cautela para não despencar. Eu fui um pouco mais à frente, o Eduardo no meio e o sherpa por último. Eduardo vinha tentando me encontrar no escuro. Em determinado momento, quando abri certa distância dele, Eduardo viu umas botas na neve e pensou que fossem minhas. Eram do alpinista morto que víramos na subida – fora ele que chegou ao cume sem oxigênio e sucumbira na volta. Cheguei ao acampamento 4 destruído, desidratado e com fome. Anil veio ao nosso encontro com chá e finalmente, após quase 15 horas de atividade física intensa, consegui me hidratar um pouco. Mas não tinha comida. Mordi o salame que havia conseguido de uma expedição amiga e quase quebrei os dentes. Estava congelado. Tentei comer o queijo: congelado também. Enfiei os dois no bolso para amaciá-los com o calor do corpo e comê-los mais tarde. Tirei as botas para analisar o estado dos pés. A água do cantil estourado havia formado uma pedra de gelo na ponta das meias, com o formato exato dos meus dedos. Eles só não congelaram por causa do aquecedor-palmilha.

Queria ligar para o Brasil, mas meu telefone por satélite não funcionava direito, estava cheio de gelo. Ele dava sinal de Bangladesh, mas a gente não estava em Bangladesh. Por isso, não conseguia conectar com o satélite para completar a ligação. Eu precisava telefonar para a Sueli ou para a Graziela. Eram 19h, e a última notícia que se tinha de nós no Brasil era das 22h da noite anterior, quando eu havia ligado para dizer que estávamos saindo para atacar o cume. O desespero era geral entre os parentes e os amigos: meu pai ligava para Sueli, Sueli para Graziela, Graziela para meu pai, todos sem notícias. Com paciência, mantive o telefone funcionando até aquecê-lo. Desliguei e tornei a ligá-lo várias vezes, inclinando a antena para tentar mudar o sinal captado.

Finalmente, consegui sinal do Nepal. Liguei para Sueli. Ocupado. Liguei de novo. Ocupado. Telefonei para Graziela. Atendeu de primeira.

— Gra, vou falar rápido porque a bateria está arriando por causa do frio. Fizemos o cume, o Eduardo e eu! Está complicado, está muito frio, estou sem água e sem comida. Mas estou bem, e amanhã vamos descer para o acampamento 2.

Desliguei. A Graziela passou o recado para a Sueli, que ficou furiosa porque queria gravar um depoimento meu para divulgar a notícia da chegada ao cume. Partimos ao amanhecer, após empacotar toda a nossa tralha. Os sherpas ficaram para trás para desmontar as barracas e passaram por nós na descida em alta velocidade, apesar de levarem muita carga. Eduardo e eu também tínhamos mochilas muito pesadas, mas não precisávamos ter pressa:

— Du, vamos tranquilos. Cumprimos nosso objetivo e agora só não podemos morrer. Como se diz no futebol, vamos administrar a vantagem.

O tempo melhorou e conforme atingíamos altitudes mais baixas, a hipóxia se reduzia, e ganhávamos vitalidade. Mas estávamos tão cansados que desistimos de caminhar. Resolvemos literalmente deslizar montanha abaixo. Conectávamos o mosquetão a uma corda, deitávamos na neve ou no gelo e deixávamos a gravidade nos levar. Quando ficava rápido demais, freávamos com a piqueta. Às vezes, isso provocava algumas cambalhotas. Então ríamos um do outro como crianças. Descemos um bom pedaço da face do Lhotse desse jeito.

Após o pernoite no acampamento 2, os sherpas insistiram em levar todo o equipamento de uma vez para o acampamento base. Para isso, precisávamos ajudá-los, porque era muita coisa. Eles haviam sido contratados para fazer todo o transporte, mas não queriam fazer duas viagens, o que significaria passar três vezes pela cascata de gelo, em vez de uma só.

Acabamos aceitando a reivindicação dos sherpas. Para mim, que tenho problemas na coluna, o custo foi alto. Um dia de trabalho extremamente pesado na montanha poderia me custar passar o resto da vida fazendo fisioterapia e outros tratamentos. Minhas costas doeram muito na descida. Ao passar pelo acampamento 1, cheguei a pensar em deixar parte da minha carga lá e ir buscar depois. Acabei desistindo dessa ideia e fui em frente. Foi arriscado passar a cascata do Khumbu naquelas condições, cansados, esfomeados e carregados. Na base, fomos recebidos por Clayton e Claudinho, da equipe da TV Globo, que filmaram nossa chegada. Eles nos ajudaram muito, porque estávamos bastante debilitados. Clayton comentou:

— Caramba, não consigo sequer tirar a mochila de Ang Dawa do chão, de tão pesada.

O meu estado físico era de chorar. Os joelhos estavam mais grossos que as coxas. Foram 48 horas de atividade física intensa acima de 7.500 metros de altitude, praticamente sem comer. Em média, os atletas de elite de modalidades de resistência, como alpinistas e corredores de aventura, têm uma capacidade de atuar no limite do metabolismo sem perder peso quase três vezes maior do que as pessoas sedentárias. A baixa pressão atmosférica nas grandes altitudes, no entanto, reduz essa vantagem fisiológica pela metade. Ou seja, a 8.000 metros, o metabolismo de um campeão de *ironman* é apenas um pouco mais eficiente do que o de um sujeito ao nível do mar que não sai da frente do sofá. Portanto, se mesmo os alpinistas bem-alimentados perdem peso na zona da morte, pode-se imaginar como fiquei esquelético.

Em quatro expedições ao monte Everest, posso dizer que tive de lutar com quase todas as consequências da vida em altitude: hipóxia, privação de sono, frio extremo, obstáculos geográficos, cansaço, doenças, desidratação e fome. Mas há um sintoma da altitude, reconhecido pela ciência, do qual nunca sofri: a perda da força de vontade. Inúmeros alpinistas da melhor estirpe, mesmo tirando de letra todas as dificuldades citadas acima, sucumbiram ou fracassaram em uma ascensão por causa de uma súbita e inexplicável falta de determinação. Eu já desisti a poucos metros do cume, abandonei a montanha depois da morte de meu parceiro e, como se verá a seguir, no epílogo, deixei de saltar de parapente do cume, em 2011, porque as nuvens não permitiam ver o lugar de pouso. Mas todas essas decisões foram racionais, tomadas após uma análise de risco criteriosa. Jamais por desânimo ou falta de confiança.

De onde tiro a perseverança? Deve ser porque tenho prazer no que faço. Só de poder levar a vida a que me propus, já me sinto realizado. Quando vou ao Everest, é justamente para superar os desafios, a dor nas costas, a pedra sob o colchonete, a garganta obstruída e outras sensações de um homem no limite da sobrevivência. É para poder retornar ao meu lar no Brasil e dar valor às coisas mais simples. Pois o verdadeiro desafio na vida é partir, superar-se e conseguir voltar, sempre.

EPÍLOGO

O SONHO DE VOAR

Cume do monte Everest
20 de maio de 2011
9h55

Três anos após pisar pela primeira vez no topo da Terra, ali estava eu mais uma vez, a 8.848 metros de altitude, observando o mundo aos meus pés. Desta vez, porém, o cume não era a meta, mas o ponto de partida. Meu plano era decolar do alto do Everest e planar com um parapente até a base, mais precisamente no vilarejo de Gorak Shep (último local de pernoite para os grupos de *trekking* que vão conhecer o BC). O parapente é um equipamento de voo livre com uma asa inflável semelhante a um paraquedas. Trata-se de uma modalidade muito comum em locais com morros ou montanhas, como o Rio de Janeiro ou Andradas, no sul de Minas Gerais. Como na zona da morte a atmosfera é rarefeita, há menos resistência do ar, e, por isso, o voo é muito mais rápido e é preciso pegar mais velocidade para decolar. Isso pode ser compensado pelas intensas correntes de ar das grandes altitudes. Mas, ao mesmo tempo em que os ventos dão sustentação ao "velame", como é chamada a asa, podem desviá-lo para longe da rota prevista. No ar rarefeito, para inflar o parapente, é preciso correr com velocidade antes de saltar. Loucura decolar do Everest de parapente? Nem tanto, apesar de poucos terem se aventurado a fazê-lo. O primeiro a decolar do Everest foi o francês Jean Marc Boivin, em 1988, seguido por seus conterrâneos Claire Roche-Bernier e Roche Bertrand. O casal fez um voo duplo em 2001. Claro que há riscos. O vento pode jogar o piloto contra uma encosta, por exemplo. Em 2011, dez dias antes de mim, a inglesa Squash Falconer chegou ao cume para tentar um voo solo, mas os ventos violentos a fizeram desistir.

Mais do que em uma simples escalada até o topo, as condições climáticas precisam estar perfeitas para se poder lançar do Everest de parapente. Além disso, há poucos locais adequados para pouso, e basta um movimento mal calculado para sofrer uma queda em uma área de terreno irregular e, portanto, perigoso, como a cascata do Khumbu. Para manobrar o parapente é preciso usar uma luva mais fina, em vez do pesado cobre-luvas imprescindível durante a escalada, o que aumenta o risco de congelamento dos dedos das mãos. Nos voos com duas pessoas, é possível se revezar no manejo dos freios. Enquanto um manobra, o outro enfia as mãos nos bolsos para aquecê-las. No voo solo não há essa facilidade. Outra preocupação é soltar os *crampons* antes do pouso, para não perder a agilidade das pernas quando se toca o chão. Isso precisa ser feito a poucos metros da chegada, para não bombardear com *crampons* os alpinistas que estão subindo a montanha.

A vantagem de voar do cume até a base é que a volta se torna muito mais rápida e menos desgastante do que fazer todo o percurso a pé. Como dito anteriormente, a maioria dos acidentes no Everest ocorre no retorno do cume. São necessárias pelo menos 48 horas para descer até o acampamento base, com exposição ao frio, à desidratação, à falta de oxigênio e a quedas. O voo de parapente dura apenas 30 minutos. Em tese, portanto, é mais seguro do que "desescalar" a montanha. Sem contar que é uma maneira de ampliar o espetacular visual que se tem do cume. Uma das minhas motivações para esse projeto era a expectativa de poder voar por cima de todo o belíssimo percurso da face sul do Everest, inclusive a cascata do Khumbu. Pude atestar a emoção de saltar de uma grande montanha em setembro de 2009, quando voei de parapente do topo do Mont Blanc, o pico mais alto da Europa Ocidental, com 4.810 metros de altitude, nos Alpes.

Além de fazer um voo livre a partir do lugar mais alto do mundo, eu tinha outro objetivo com o qual estava igualmente comprometido nessa temporada: levar dois companheiros, Carlos Eduardo Santalena e Carlos Eduardo Canellas, para o cume. Santalena é meu sócio na empresa Grade6. Canellas é um cliente. Em 2008 ele havia me enviado um e-mail dizendo que queria me contratar para levá-lo ao topo do Everest. Essa foi a meta que ele escolheu perseguir para ter a motivação para superar as sequelas de um acidente com uma empilhadeira de sua empresa em São José dos Campos, São Paulo. Seu braço foi esmagado, e os médicos disseram que dificilmente recuperaria os movimentos. Canellas prometeu a si mesmo não apenas que voltaria a movê-lo completamente, mas que um dia escalaria o Everest. Admiro essa forma de motivação, em que se coloca um objetivo muito ambicioso para conseguir vencer todas as etapas que o antecedem. Estas, por si, já podem ser consideradas grandes conquistas.

Quando Canellas entrou em contato comigo, marcamos uma reunião na minha empresa. Expliquei-lhe que há duas maneiras de escalar o Everest. Em uma, você acredita no seu guia, no líder da expedição, e depende dele até o fim. Se algo der errado, você está ferrado, porque não vai saber se virar. Na outra, você se capacita, estuda a técnica e treina. Se alguma coisa não correr bem, terá condições de descer com segurança, por conta própria. Eu gosto de trabalhar da segunda maneira. Para aceitá-la, Canellas teria de fazer uma série de cursos e expedições preparatórias ao longo de três ou quatro anos, antes de lançar-se ao topo do mundo. Ele topou. Depois dessa primeira reunião com Canellas, o outro Carlos Eduardo, o Santalena, que ainda era um funcionário da Grade6, me disse:

— Rodrigo, preciso lhe dizer uma coisa: um dos motivos de eu estar aqui com você na Grade6 é porque eu também tenho o sonho de escalar o Everest.

— Então começa a se preparar agora, parceiro. Aproveita que o Canellas quer ir também e entra no barco. Vamos juntos, e vocês formam uma dupla.

E foi o que aconteceu. Primeiro, fizeram curso de escalada em rocha e gelo. Depois, Santalena acompanhou Canellas em muitas de suas expedições de treinamento ao Aconcágua, na Argentina, à Bolívia e ao Equador. Canellas chegou ao cume do Aconcágua na segunda tentativa. Antes disso, no entanto, eu já havia decretado:

— Você está pronto para escalar o Everest. Se vamos chegar ao cume, é outra história, que vai depender não só do nosso estado físico e psicológico, mas também do clima.

A essa altura, Santalena havia se tornado meu sócio na empresa. Com isso, ele foi para o Everest na qualidade de aprendiz de guia, digamos assim, enquanto Canellas era nosso cliente.

Antes da expedição propriamente dita, guiei um grupo de brasileiros em um *trekking* até o acampamento base do Everest, uma caminhada de 14 dias. No percurso, eu mandava Canellas e Santalena escalar alguma montanha mais alta para se acostumarem à altitude. Chegamos ao BC, onde dormimos todos por uma noite. Depois, voltei com os turistas um bom pedaço da trilha. Na metade do caminho de descida, onde já não havia mais riscos, deixei-os sob responsabilidade dos guias locais e retornei ao BC. Enquanto isso, Canellas e Santalena estavam se aclimatando no BC. Na verdade, os dois já estavam mais aclimatados do que eu antes de chegarmos à base do Everest, porque eles vinham de uma sequência de viagens à cordilheira dos Andes, e eu de uma longa temporada de escritório, em Campinas. Treinava apenas esporadicamente, quando conseguia. (Entre outras coisas, eu estava trabalhando neste livro.)

Quando cheguei ao acampamento base da face sul do Everest, tive uma infecção estomacal violenta. Como na altitude a recuperação é lenta, às vezes inexistente, aquilo podia ser o fim da expedição para mim. Já no primeiro dia da doença, portanto, visitei a barraca da Himalayan Rescue Association (Associação de Resgate do Himalaia), uma organização sem fins lucrativos que dispõe de médicos voluntários na montanha. Eu mal conseguia andar, tal a minha debilidade física. Fui à consulta apoiando-me em um bastão de um lado e amparado por um sherpa, do outro. A médica me receitou um antibiótico para tomar se o mal-estar não passasse nas horas seguintes. Melhorei muito pouco, e acabei tomando uma dose cavalar no início da tarde. No dia seguinte, 12 horas depois, tomei a segunda dose do remédio e já comecei a me sentir bem melhor. Fui andando sem ajuda até a clínica.

— Você é o *Superman*, né? – brincou a médica.

— Como assim?

— Com a infecção de ontem, não era para já estar caminhando hoje, como se nada tivesse acontecido.

Já no dia seguinte subimos para o acampamento 1. Como eu não era e continuo não sendo o Super-Homem, não me sentia muito bem, mas precisava acompanhar os dois Carlos Eduardos para tomar as decisões certas e dar-lhes a chance de chegar ao cume. Essa era uma situação nova para mim. Nas expedições anteriores, minha preocupação era com o meu próprio desempenho e o do meu parceiro. Se eu estivesse com Vitor Negrete ou Eduardo Keppke, teria esperado um ou dois dias antes de cruzar a cascata do Khumbu. Em 2011, dar as condições para que Santalena e Canellas superassem os seus desafios era minha prioridade.

Eu dizia a eles para não se preocuparem com o cume, apenas curtir a montanha sem fazer feio. Ou seja, conduzir os esforços para cumprir cada etapa da escalada, mas sem perder o sono por causa da previsão do tempo ou por ansiedade para chegar logo ao topo. O objetivo era conseguir fazer o ataque ao cume, porque ir à montanha e nem tentar ou sequer chegar ao último acampamento é decepcionante. Muitos pseudoalpinistas não passam do acampamento 1. Isso é justificável, na minha opinião, apenas quando se adoece ou o clima não permite. Nesses casos, pode-se voltar para casa com a consciência tranquila.

Nos dias que se seguiram, escalamos até o acampamento 2. O plano era continuar até o C3, mas ocorreu uma intensa nevasca, e as cordas do percurso, na face do Lhotse, ficaram cobertas por neve fofa. Havia sérios riscos de avalanche. Acabamos voltando para a base, onde eu aproveitei para visitar os médicos que haviam me ajudado dias antes. Normalmente, as pessoas só vão ver os voluntários de saúde quando estão doentes. Eu gosto de retornar também para mostrar que o esforço deles deu certo e para agradecer. Depois, Santalena, Canellas e eu descemos para Dingboche, a 4.400 metros de altitude, para descansar. Ali encontramos Edimar Martins, gerente de projetos e especialista em parapente, cuja função seria me passar as condições de pouso e me ajudar a estudar os ventos que influenciariam meu voo.

A ideia era descer ainda mais, até Pangboche, um vilarejo a 3.960 metros onde pretendíamos pernoitar por uns quatro dias, mas recebemos uma ligação de Dawa Steven, dono da agência que havíamos contratado para fornecer toda a logística na montanha, informando que a previsão meteorológica sugeria uma janela de tempo bom no dia 7 de maio. Ele é um sherpa jovem, poliglota, muito inteligente, filho de nepalês com uma belga. Se eu estivesse sozinho, adiaria a escalada. Deixaria que os sherpas pagos pelas expedições fixassem as cordas até o cume e evitaria o congestionamento de alpinistas, comum na primeira janela de tempo bom. Nas três expedições anteriores ao Everest, me programei para fazer o ataque ao cume na segunda janela de clima aberto. Mas o Carlão (como apelidamos o Santalena) e o Carlitos (o Canellas) estavam aclimatados e muito fortes física e psicologicamente. Fazia sentido aproveitar a oportunidade imediatamente. Além disso, Canellas estava com um filho recém-nascido, de apenas dois meses, no Brasil. Ele estava louco para subir logo a montanha e voltar para casa.

No dia seguinte, telefonei para o Dawa Steven para confirmar a previsão para o dia 7. Reuni os Carlos Eduardos, falei das condições climáticas e expliquei que, por eles estarem bem fisicamente e por nossa meta consistir em subir a montanha com auxílio de oxigênio, era possível fazer daquela uma temporada curta. Partimos então para Lobuche e, no dia seguinte, para o acampamento base, onde dormimos apenas uma noite antes de continuar para o acampamento 2. Ali paramos um dia para descansar. Ao observar o céu, comecei a desconfiar de que a previsão climática não se confirmaria. O tempo estava virando. Perguntei a Dawa Steven:

— Vê direitinho como estará o clima nos próximos dias, porque, se formos abortar a escalada, será aqui no C2. Não quero ter de subir à toa para os acampamentos superiores.

— Vai dar certo, Rodrigo, pode subir – respondeu Dawa Steven.

Partimos para o acampamento 3, aonde chegamos no meio da tarde. Às 17h, Dawa Steven recebeu um novo boletim meteorológico e entrou em contato comigo por rádio:

— Más notícias. Vocês precisam descer, porque no dia 7 os ventos ficarão muito fortes.

O Canellas ficou furioso. Chegou a fazer cara de criança brava. Ele queria subir logo a montanha e voltar para casa, pois estava ansioso para rever o filho. A responsabilidade pela decisão do que fazer, contudo, era minha. Perguntei ao Dawa como estava o trabalho de fixação de cordas. Os sherpas já as haviam instalado para além da plataforma Balcony e estavam quase chegando ao cume sul. Ou seja, no dia seguinte, 6 de maio, provavelmente as cordas seriam afixadas até o cume. Podíamos tentar atacar o cume neste mesmo dia, enquanto os sherpas terminavam de colocar as cordas. Dessa forma, chegaríamos ao topo no dia 7 de manhã e pegaríamos vento forte apenas na descida. Parecia uma boa estratégia. Perguntei aos dois Carlos Eduardos como estava o ânimo de ambos.

— Rodrigo, você e Eduardo Keppke subiram a montanha em 2008 com vento de 70 quilômetros por hora, não foi? – perguntou Canellas.

— Foi. Na verdade, na descida o vento chegou a 80 quilômetros por hora.

— Então dá para ir.

— Dá. Mas a gente vai pegar mau tempo na descida.

— E a gente está aqui para quê? – perguntaram os dois xarás quase em uníssono.

Para o meu voo de parapente, não seria a condição climática ideal, mas eu tinha em primeiro lugar o compromisso de colocar Carlão e Carlitos no cume. Os rapazes estavam com sangue nos olhos, dispostos a enfrentar os maiores perrengues para subir a montanha. Eles tinham razão. Não estávamos no Guarujá lagarteando na praia. Estávamos na maior montanha do mundo, onde não há lugar para moleza. Se não conseguíssemos atingir o pico, teríamos tempo para descer, descansar e tentar de novo. Peguei o rádio:

— Dawa, a gente vai subir.

— Desde que você não coloque meus sherpas em risco.

— Não vou me colocar em risco, o que significa que também não vou pôr seus homens em risco. E os sherpas não são bobos. Se o bicho pegar, eles pulam fora, que eu sei – respondi.

Pernoitamos no C3 com os misturadores de gás no rosto e os cilindros de oxigênio abertos. Isso nos deixaria em forma para iniciar o ataque ao cume no dia seguinte. Quando chegamos ao C4, tive a impressão de que o tempo estava melhorando. “Lindo. A previsão errou, vou poder voar”, pensei. Saí da barraca às 22h10, feliz da vida, 15 minutos antes de Santalena e cerca de 40 minutos antes de Canellas. Eu sabia que teria de caminhar mais lentamente, pois estava menos aclimatado que os dois e porque precisaria abrir a trilha na neve. Fiz isso durante quase uma hora, depois me revezei com meu carregador de altitude, Kami Sherpa. Quando Canellas e Santalena nos alcançaram com seus sherpas, senti a alegria de estarmos subindo a encosta num grupo coeso. Estávamos praticamente sós: três brasileiros, três nepaleses e uma montanha vazia.

Antes de chegar à Balcony, começou a ventar e a nevar. A temperatura era de 29°C negativos; a sensação térmica, de 50°C negativos. As pálpebras grudavam em contato com os flocos de neve. Era preciso levantar a máscara de oxigênio para jogar ar quente nos olhos e descongelar as pálpebras. Do contrário, não se enxergava nada. De madrugada, a ventania se intensificou. "Não vou poder voar", pensei. Eu tinha dois estímulos para chegar ao cume: um era garantir que Santalena e Canellas realizassem o seu sonho, o outro saltar de parapente. Este se mostrava inviável, pelo menos naquele dia. A força do vento tinha diminuído um pouco, chegou a 40 quilômetros por hora em alguns momentos do dia, mas ainda assim era mais do que o recomendável para voar de parapente. Quanto ao cume da dupla, estava praticamente garantido, como percebi ao chegar à plataforma Balcony, a 8.500 metros de altitude, pois Carlão e Carlitos estavam tendo um ótimo desempenho. Prevendo que não conseguiria voar e por estar mais lento, deixei que os dois tomassem a dianteira. Enquanto eu percorria a aresta sudeste, após a Balcony, eles já haviam transposto o cume sul e se preparavam para vencer o escalão Hillary. Dali em diante, não precisavam de mim para atingir os 8.848 metros de altitude. Na verdade, eu era mais útil no C4, pois estávamos com pouca comida e, na noite anterior, não havíamos conseguido acender os fogareiros, porque os fósforos que tínhamos, vencidos ou molhados, simplesmente não funcionavam. Ou seja, não havíamos conseguido derreter gelo para beber, e o problema se repetiria na volta, no auge da desidratação.

Por tudo isso, resolvi desistir de chegar ao cume naquele momento. Eu poderia tentar de novo no final do mês. É difícil tomar uma decisão dessas quando se está tão próximo do pico. Poucos são os alpinistas que de fato enfrentam dois ataques ao cume em uma mesma temporada. Chegar à aresta sudeste, a 8.700 metros, descer e subir de novo até o topo do Everest equivale a escalar duas montanhas de mais de 8.000 metros de altitude na sequência. Um dos meus dois objetivos na temporada de 2011 já fora cumprido – dar condições para que meu grupo chegasse ao cume. Agora eu tinha uma motivação para voltar e atingir a segunda meta: decolar do topo.

Kami Sherpa e eu chegamos ao C4 por volta de meio-dia. Ele estava louco para descer logo da montanha e sair da zona da morte. Eu não deixei:

— Não, senhor. Nós vamos ficar aqui para fazer água e dar assistência aos Carlos Eduardos.

Liguei para o acampamento base para descobrir se alguém tinha fósforos no C4 para nos emprestar. Consegui o segredo do cadeado de uma barraca de outra expedição. O sherpa foi até lá para pegar os fósforos; assim, finalmente, poderíamos acender os fogareiros. Foi nossa salvação. Quando se está em casa, na cidade, não se consegue imaginar o valor que algo tão simples como uma caixa de fósforos pode ter.

Santalena e Canellas chegaram do cume pouco depois das 16h30, em meio a um princípio de temporal, muito cansados, como não podia deixar de ser. O Canellas ficou com dois sherpas em uma barraca. O Santalena, o terceiro sherpa e eu, em outra. Às 22h o vento estava a 90 quilômetros por hora. À meia-noite, a 100 por hora. Uma hora depois, chegou a 110 por hora. Parte da armação arrebentou e entrou neve em uma das tendas. Foi uma noite infernal, daquelas em que ninguém pode ter certeza de que sairá vivo.

Santalena estava deitado do meu lado esquerdo, e Kami Sherpa, do lado direito. Às 8h da noite, antes de a tempestade começar a castigar para valer o colo sul, Kami havia me dito que estava sem saco de dormir.

— O quê? – perguntei, incrédulo.

— Estou sem *sleeping bag* e queria que você dividisse o seu comigo.

Tive de dormir com o saco de dormir aberto, portanto, como se fosse um cobertor. Dessa maneira, ele mal servia para aquecer uma pessoa, que dirá duas. Por isso, não consegui pregar o olho, de tão gelados que estavam meus pés.

No meio da noite, Santalena começou a passar mal. Ele me cutucou com o cotovelo, pedindo ajuda. Não conseguia sequer falar direito, porque vinha sofrendo com o ar seco e o frio das grandes altitudes, o que o deixara rouco havia vários dias. Santalena estava tendo uma espécie de arritmia. Mantive a calma e analisei a situação. Ele parecia bem, apesar do desgaste causado pela escalada, da desidratação e do frio. Não tive dúvidas: abri a vazão de oxigênio de seu cilindro. Ele arregalou o olho, receoso, como se dissesse: "Assim vai acabar todo o gás, e eu estarei perdido!". Mas tudo o que ele conseguiu resmungar foi:

— Vai acabar, vai acabar!

— Fica tranquilo, eu sei o que estou fazendo – disse eu, pedindo, em seguida, que se sentasse.

Analisei o pulso, a cor dos lábios e chequei a respiração para ver se ele apresentava sintomas de edema pulmonar. Ele estava bem, apenas tinha dificuldade para respirar. Comecei a dar tapinhas nas costas dele, uma manobra chamada tapotagem, muito aplicada em crianças engasgadas. Em pouco mais de dois minutos, Carlitos soltou uma placa de catarro com sangue coagulado, desobstruindo as vias respiratórias. Mais alguns segundos e ele estava respirando bem. Acalmou-se e voltou a se deitar. Em seguida, diminuí o fluxo do seu cilindro, para que durasse a noite toda.

A tempestade não deu trégua e, como soubemos depois, destruiu várias das nossas barracas do C2. Onde nos encontrávamos, no C4, estava ainda pior. Nossa equipe no BC e no ABC ficou preocupada conosco. Ao amanhacer, os dedos dos meus pés estavam duros do frio. Eu não conseguia senti-los. "Mais uma vez sofro congelamento nos pés dentro da barraca!", pensei, e dá-lhe massagem até recuperar um pouco a circulação. Como os dedos não se aqueciam, dei-me por vencido e fui tentar acender o fogareiro para derreter neve e fazer água. Depois de uma hora e meia de tentativa, desisti também disso. Tivemos de descer em meio ao vendaval do C4 para o C3, sem água, pois eu não conseguira acender o fogareiro. Desidratados, estávamos mais vulneráveis à hipotermia. Para tranquilizar Santalena, avisei que, quando saíssemos do colo sul e atingíssemos o Esporão de Genebra, o vento diminuiria. Isso porque o Esporão é protegido pela face do Lhotse. Mas Santalena estava se sentindo mal e pediu para levar oxigênio extra. Estava com medo que o dele acabasse.

— Mas dá para descer com o resto que você tem – eu disse.

— Não, não, eu quero um cilindro novo.

Eu achava desnecessário, mas, por garantia, consegui dois cilindros sobressalentes com uma expedição indiana. Um deles era para mim, pois, se eu tivesse de socorrê-lo na descida, podia ser útil ter oxigênio sobrando. De fato, era mais do que suficiente, pois o Canellas acabou por descer com o que tinha de oxigênio. Mas no fim foi bom para mim, pois pude dormir respirando oxigênio engarrafado no C2, o que acelerou minha recuperação. Isso era importante, pois planejava subir novamente a montanha. Ainda sentia formigamento nos dedos dos pés, devido ao congelamento da noite anterior, no colo sul. A sensação só viria a passar um mês após o término da expedição, já de volta ao Brasil. Ansioso e sem saber exatamente como comunicar minha decisão, liguei para Graziela, no Brasil:

— Gra, estou pensando em não ir embora. Vou tentar de novo.

— Eu já imaginava – comentou ela, tranquilizando-me.

Informei também aos dois Carlos Eduardos a minha decisão. Canellas já estava organizando a volta ao Brasil. Santalena disse que ia ficar comigo para me dar apoio. Deixei o meu saco de dormir, o parapente, algumas roupas e equipamentos no C2, e descemos para o acampamento base.

Eu estava muito contente. Com a conquista de Santalena e Canellas, a Grade6 conseguiu uma marca curiosa: dos 11 brasileiros que chegaram ao cume do Everest até 2011, seis usaram os serviços da minha empresa em algum momento da vida – cinco deles como integrantes de nossas expedições, uma como aluna de escalada em gelo. No BC, fizemos um bolo para comemorar o cume da dupla e o meu aniversário.

Acompanhei o Edimar até Gorak Shep e o auxiliei a realizar um voo de parapente do Kala Patar, a 5.300 metros, com pouso 200 metros abaixo. Foi incrível: curto (apenas seis minutos), mas turbulento.

Voltei ao BC para comemorar o aniversário do Santalena com mais um bolo. Datas e conquistas muito bem comemoradas. Como estavam todos arrumando as malas para ir embora, inclusive o Edimar, Santalena acabou mudando de ideia sobre ficar no BC enquanto eu faria mais um ataque ao cume:

— Putz, cara, acho que vou embora também.

— Claro! O que você vai fazer aqui, me cantar a direção do vento? Isso qualquer outra pessoa pode fazer. Fica tranquilo. Se precisar ir embora, pode ir.

Fiquei só no BC. Até pensei em descer com eles o trecho inicial da trilha para descansar em uma altitude mais baixa, mas não dava tempo. As escadas da cascata de gelo seriam retiradas no dia 28 de maio, e havia previsão de tempo bom nos dias 19 e 20. Os ventos aumentariam a partir do dia 21. Se eu descesse para algum vilarejo, teria de caminhar durante três dias para descansar apenas dois. Não valia a pena.

Aproveitei a espera no BC para procurar o Babu Sunuwar, um nepalês que, como eu, pretendia saltar de parapente do cume do Everest. Eu já o conhecia de Pokhara, onde estive para praticar manobras de parapente, em 2007, mas não o encontrei dessa vez. Usei o tempo que passei no BC para fazer ioga na barraca, me alongar, comer bastante e... trabalhar neste livro durante as duas ou três horas por dia em que o gerador ficava ligado.

Eu precisava decidir se atacaria o cume no dia 20 ou no 21. Consultei Dawa Steven:

— A previsão de tempo do dia 20 é realmente melhor? Não há a possibilidade de melhorar ainda mais depois?

— Não, depois vai ter vento e não será mais possível chegar ao cume. Se você não for no dia 20, vai se complicar – respondeu Dawa.

Eu estava descansado, hidratado e bem-alimentado. Levei apenas seis horas para subir até o acampamento 2, uma ótima marca. Também transpus com rapidez o restante do percurso até o acampamento 4. Paguei a Dawa para que um de seus sherpas transportasse o parapente e minha comida até o C4. Ao meio-dia eu já estava no colo sul. Tive, portanto, bastante tempo para descansar, já que atacaria o cume apenas à noite.

Saí da barraca cedo, pensando em não pegar congestionamento na subida. Mas parecia que todas as expedições tinham resolvido atacar o cume no mesmo dia – afinal, era o que a previsão do tempo mandava fazer. Olhei para cima e levei um susto: havia umas 60 pessoas na montanha. Como eu estava sozinho, acompanhado apenas do meu sherpa, e muito bem aclimatado e hidratado, sem a necessidade de abrir caminho na neve fofa, avancei com mais velocidade do que na primeira ascensão, dias antes. Em pouco tempo já havia alcançado o alpinista que estava em último lugar na fila de pessoas conectadas à corda. Ele estava muito lento. Eu precisava andar rápido para não deixar os pés congelarem novamente. Resolvi ultrapassar os outros escaladores. Eu me soltava da corda fixa e ia escalando pela lateral, com a ajuda dos *crampons*. Kami Sherpa me seguia. Eu deixava oito, nove ou até dez alpinistas para trás e voltava para a corda.

Algumas pessoas não gostavam disso e tentavam me fechar, impedindo que eu me reconectasse à corda. Eles deviam achar que estavam numa corrida de Fórmula 1 ou no trânsito de São Paulo. Eu queria apenas me manter em movimento, para aquecer o corpo e não perder os dedos dos pés. Pouco antes de chegar à Balcony, havia apenas oito montanhistas à minha frente. Eram os mais lerdos, guiados por um guru nepalês que se denomina God Angel. Posteriormente, ele alegou ter permanecido 27 horas no topo do Everest, das quais 17 meditando por todos os seres vivos da Terra, sem oxigênio suplementar. Duvido muito que ele tenha ficado tanto tempo no cume sem auxílio de oxigênio! E, antes disso, ele e seu grupo haviam atrasado a ascensão de dezenas de alpinistas e sherpas. Eu tentava ultrapassá-los, mas o sherpa do tal God Angel não dava passagem. O terreno naquele ponto era muito íngreme, e a neve, muito fofa, o que não me permitia deixar a corda e avançar pela lateral. Tive de me conformar em ir no ritmo deles.

Ainda faltavam mais de seis horas para chegar ao cume, e estávamos praticamente parados. Cheguei à Balcony tremendo de frio. "Vou continuar até onde der. O dia está bom e, como eu vou voar do cume, vou descer rápido. O desgaste na volta será menor", pensei. (Para se ter uma ideia do impacto que a escalada do Everest tem sobre o organismo, ao final da expedição de 2011, eu estava 15 quilos mais magro.)

Quando cheguei à aresta do cume sul, percebi com preocupação que havia nuvens sobre o Kala Patar. "Vai dar tudo certo. A nuvem vai se dissipar, e eu vou voar", pensei, com otimismo. O vento no cume era perfeito para voar: no máximo, 20 quilômetros por hora. Cheguei ao cume sul e conferi novamente o clima na base da montanha: tudo fechado. Do C2 até o Kala Patar havia uma névoa cerrada cobrindo tudo, impedindo toda a visibilidade.

Eu havia estudado três possíveis locais de pouso. O melhor e mais plano era em Gorak Shep, um leito de lago congelado e agora extinto, coberto por terra a 5.100 metros de altitude. Numa emergência, também poderia pousar mais para cima, próximo ao BC, ou no C2. Todos esses locais estavam encobertos, com nevasca. O topo do Everest situa-se quase 4.000 metros acima de onde eu pretendia pousar. Natural, portanto, que as condições climáticas no alto fossem tão diferentes das encontradas na base. Por isso, é impossível ter uma previsão do tempo para cada altitude. Ou seja, eu teria um voo tranquilo no começo, mas, quando entrasse na área coberta por neblina, não seria capaz de enxergar o chão sob os pés – e certamente me arrebentaria. Era inviável pousar com segurança naquelas condições. Como fiquei sabendo depois, Babu optou por chegar à cimeira do Everest no dia 21, um dia depois de mim, portanto, e teve mais sorte. O clima na base estava melhor, e ele conseguiu fazer o voo duplo a partir do cume.

Apesar de desanimado pela impossibilidade de voar, segui para o cume principal. Eu não teria chance de fazê-lo novamente naquela temporada, e o fato de ter feito duas investidas ao topo do Everest no intervalo de poucos dias já podia ser considerado uma conquista. Ao chegar lá, após agradecer a Chomolungma por me permitir estar ali mais uma vez, ainda dei a última conferida na nevasca lá em baixo: nenhuma modificação. Eu realmente não teria onde pousar.

Tirei fotos, e fizemos alguns vídeos. Pisar o lugar mais alto do planeta é algo raro. Pela segunda vez, raríssimo. Senti-me abençoado e ofereci a escalada mais uma vez ao meu filho, e também a Graziela e a Sueli Rumi. Eu fiquei emocionado. Eu me lembrei de que o cume da montanha é apenas metade do caminho. Após concretizar mais uma vez o sonho de escalar o Everest, ainda tinha uma longa e perigosa descida pela frente.

Olhei ao meu redor. Podia avistar os limites do planeta, longe, muito longe. O cume do Everest é uma plataforma levemente abaulada, de, no máximo, 20 metros de largura e uns 50 metros de comprimento, que acompanha o declive da montanha. Em alguns pontos há neve, em outros, rocha aparente. Simples assim. Incrível o que se é capaz de enfrentar apenas para ter a satisfação de estar ali. O homem é do tamanho dos seus sonhos.

Este livro foi composto em
Caecilia LT Std e ITC Avant Garde Gothic Std
para a Leya em agosto de 2011.